Nach der Ewigkeit

MAXIM OSSIPOW

NACH DER EWIGKEIT

Deutsch von Birgit Veit

HOLLITZER

Lektorat: Regine Weisbrod
Umschlaggestaltung: Nikola Stevanović
Satz: Daniela Seiler
Hergestellt in der EU

Maxim Ossipow: Nach der Ewigkeit
Aus dem Russischen von Birgit Veit

Die Übersetzung wurde vom Institut Perevoda
und vom Deutschen Übersetzerfonds gefördert.

ИНСТИТУТ ПЕРЕВОДА

AD VERBUM

ISBN 978-3-99012-454-3

INHALT

DER SCHREI DES FEDERVIEHS
Statt eines Vorworts

Provinz heißt Heim: warm, nicht zu reinlich, dein. Doch es gibt noch eine andere Sicht, aus der Distanz, von oben herab, von vielen geteilt, die gegen ihren Willen hier gestrandet sind. Provinz, das bedeutet: Schwärze, Schlamm, Matsch; die Bewohner: arme Teufel, so ihr schmeichelhaftester Leumund.

Der Schrei des Federviehs vertreibt das Böse, das in der Nacht an Macht gewonnen hat.
Krankenhausmorgen. Im Bett ein hagerer, verrauchter Mann, kein Heimvögelchen, ein Busfahrer, Herzinfarkt. Das Schlimmste ist vorüber, er verfolgt die Behandlung seines Bettnachbarn, eines alten Penners, auf dessen Handgelenk eine eintätowierte blaue Sonne prangt. Elektroschock, der Herzrhythmus ist wieder normal. „Dem ist leichter geworden, dem Opa da, er atmet seltener", sagt der Fahrer hinter der Schirmwand. Wir werfen einander einen Blick zu. Wird er wieder als Busfahrer arbeiten dürfen? Und was ihm im Augenblick am meisten auf den Nägeln brennt: dass sich seine Ehefrau und die andere, die ihm Schaschlik zusteckt, bloß nicht hier im Zimmer begegnen. Der Fahrer durchschaut auch mich verdammt gut: Wilde Vögel haben scharfe Augen.
Ein klares Verlangen drängt einen, nicht nur die Angehörigen daheim zu lieben, sondern darüber hinausgehend: die Leute und den Ort. Da hilft es, sich zu erinnern, genau hinzusehen, erfinderisch zu sein.

Aus meinen Kindheitserinnerungen. Vater und ich haben in der Hitze einen weiten Weg zurückgelegt. Ein Dorf, wir haben schrecklichen Durst. Vater klopft irgendwo an und bittet um Wasser. Die Hausfrau sagt: „Wir haben kein Wasser", bringt aber kalte Milch. Wir trinken und trinken, ganze anderthalb Liter. Vater bietet der Hausfrau Geld an. Die zuckt befremdet mit den Achseln: „Mein Lieber, hast du sie noch alle?"

Jeder Ort ist auf seine Weise anziehend, das gilt erst recht für Mittelrussland. Sich dafür zu begeistern, ist so leicht, wie sich eine Frau in einen Versager verliebt. „Doch, wir lieben diese Felsen", heißt es in der norwegischen Nationalhymne. Auch in unserer Hymne wird die Geographie besungen, ein bisschen peinlich angesichts unserer Weiten. Die Hymne haben sich die da oben ausgedacht, *die anderen,* keins unsrer Federvieh-Vögelchen.

Noch eine Erinnerung. Ich bin achtzehn und sitze am Steuer eines klapprigen Saporoshez; hinten, wo der Motor ist, steigt Rauch auf. Bedrohlich. Die Leute auf dem Bürgersteig geraten in Panik: Achtung, der fliegt gleich in die Luft! „Mach auf", sagt ein Passant um die dreißig, nimmt einen Lappen, erstickt damit seelenruhig die Flamme und geht seiner Wege – noch so ein unheimlicher Vogel.

Auto- oder Reisegeschichten fallen mir jede Menge ein. Unterwegs ist das heimische Federvieh ja Unannehmlichkeiten ausgesetzt, begegnet wilden Vögeln und Raubvögeln. Begegnungen, die sich einprägen, da sie sich genauso überraschend liebenswürdig wie unerhört, undenkbar böse gestalten können. „Mörder sind durchschnittliche Menschen", wird der Milizoberst sagen, und du, Grünschnabel, Heimvögelchen, plötzlich nimmst du ihm das ab, begreifst. Es wird deins.

Apropos Miliz. Die hiesigen Ärzte haben einen guten Draht zu ihr. Patienten hochschaffen, wenn der Aufzug streikt, Alkoholiker bis zum nächsten Tag wegsperren, damit sie im

Krankenzimmer nicht randalieren, selbst ein Auto aus dem Schlamm ziehen, da ruft man die Miliz. Die sind wie die Ärzte in Uniform und vermitteln den Einheimischen den Eindruck, sie würden beschützt.

Notaufnahme. Daneben: ein Milizionär mit einem Untersuchungsgefangenen in Handschellen, einem jungen Mann, der Prügel abbekommen hat. Er muss etwas Ernstes ausgefressen haben, sonst wären ihm keine Handschellen angelegt worden. „Hättest du doch gleich gesagt, dass du Frau und Kinder hast", sagt der Milizionär zu dem Untersuchungsgefangenen, „statt einen Rechtsanwalt zu fordern und mit deinen Moskauer Kumpanen zu drohen …"

Neben dem Burschen, der das Feuer im Motor erstickte, taucht das Gesicht eines verschwitzten, schlampig angezogenen Hockeyspielers aus meiner Erinnerung auf. „Dass Sie die Erfinder des Hockeys in deren Heimatland bezwungen haben, muss Sie doch doppelt freuen." Sein zahnloser Mund lacht. „Das ist doch Jacke wie Hose!" Bei dem, was er verdient, hätte er sich weiß Gott die Zähne machen lassen können, aber offenbar hat er auch so keine Probleme, in Fleisch zu beißen. Ein äußerst überzeugender Eindruck.

Was noch? Die Predigt, die ich an Mariä Schutz und Fürbitte hörte: Den Tag, da unsere Vorfahren besiegt wurden, haben wir zu einem unserer höchsten Feiertage erkoren. Es gibt nichts Einfacheres, als über die Kirche zu schimpfen. Das ist wie über Dostojewskij schimpfen: richtig, zweifellos richtig, aber es geht an der Sache vorbei, trifft nicht den Kern. Die Kirche ist ein Wunder, Dostojewskij ist ein Wunder, und dass wir Russen überhaupt am Leben sind, ist gleichfalls ein Wunder.

„Mein Lieber, hast du sie noch alle?" Das könnte eine der Babkas sagen, die im ersten Zimmer liegen. Babka, Oma, das ist keine Beleidigung, sie nennen sich selbst so. Die am schwersten krank ist, hört Stimmen und hat Halluzinationen.

„Jurij, bist du's?" „Nein, ich bin nicht dein Jurij", antwortet die Bettnachbarin. „Sondern?" „Eine Babka." „Dann ist das hier Jurij?", fragt sie die andere Bettnachbarin. „Nein", antwortet die, „ich bin auch eine Babka." Das Wort „Babka" hat nichts Beleidigendes. Im Unterschied zu den gleichaltrigen Vögelchen in den großen Städten fühlen sie sich nicht wie alte Frauen mit klarem Kopf, sondern wie Babkas.

Tagsüber haben sich zwei Krankenpflegerinnen lautstark angekeift. Die eine arbeitet hier, um ihr Vieh und sich selbst mit dem Essen, das von den Patienten übrigbleibt, durchzubringen; die andere besitzt ein paar Hektar Land, fährt abwechselnd in die Türkei und nach Europa und hat die Stelle als Pflegerin angenommen, um unter Menschen zu kommen. Oder, Moment, andersrum: Die in Europa war, das ist die erste Pflegerin, sie hat mehrere Kredite aufgenommen, die Ärmste, der Gerichtsvollzieher war schon bei ihr zu Besuch.

Der Einzelne steht bei uns über der Gemeinschaft. Der Steuerprüfer, ein Bursche Anfang zwanzig, strahlt: „Das trifft sich gut, dass Sie Arzt sind, ich will mich nämlich vor der Armee … verstehen Sie?" Was gibt's da zu verstehen? „Ausnahmsweise" ist bei uns eine probate Klausel, jeder hängt von jedem ab. Wenn Moskau nicht den Tränen glaubt, bei uns glaubt man sonst an nichts. Ausweglose Situation? Na klar, machen wir. Ausnahmsweise.

Ein Verstoß, der einen nicht rühren sollte, aber die fröhliche Beteiligung am allgegenwärtigen Betrug schweißt eine Nation nicht schlechter zusammen als gute Gesetze. Wie, Licht, Gas, Telefon nicht bezahlt? In der Hauptstadt ist Geldmangel eine Schande, hier ist er die Regel. „Diese Zähler machen, was sie wollen." „Das Gefühl habe ich auch." „Kommen Sie vorbei, wir kriegen das schon hin." Paten, Schwiegertöchter, Neffen, Wasser-, Elektrizitäts-, Gaswerke: überschaubar, anheimelnd, warm. Sicher, man muss ein paar Abstriche machen, aber die Lage ist recht stabil. Hier weiß jeder alles über jeden. Wie im Paradies.

Die Pflegerinnen und Babkas sind Tagesgespräch, am Abend aber stellt sich heraus, einiges hat heute bei weitem zu viel Kraft gekostet, und vieles hat gar nicht geklappt. Mit der Dämmerung kehren die bösen, quälenden Gedanken zurück. Besonders: Wo sind die tüchtigen Menschen hin? Als wir klein waren, waren es genug. Alle emigriert? Eins fügt sich ans andere und schaukelt sich hoch. In der Nacht mit ihren Schrecken ist die Seele empfänglicher für das Böse. Und noch eins: Immer wieder verirren sich Meisen oder Schwalben ins Haus, ein schlimmes Vorzeichen. Man kann die Fenster doch nicht ständig geschlossen halten. Geh weg, wenn du Angst hast, oder setz dich über die gespenstischen Vorstellungen hinweg. In diese Richtung gehen alle Gedanken bis zum Morgen, nur der Schlaf unterbricht sie.

Ob in Moskau, Petersburg oder der Provinz: Das Leben ist schrecklich. Zumindest auch. Es geschieht Unbeschreibliches: Opfer sind Unschuldige, noch junge Menschen und ganz kleine Kinder. Das schreckliche, unnötige Leid durch ihren Tod lässt uns nicht los, du schreist es dir nicht aus dem Leib, der Schrei vertreibt das Böse nicht.

Und dann bricht der Tag an, und sie sind wieder da: die Vögel unter dem Himmel, das Federvieh, wilde Vögel, alle miteinander. Was auch eintritt, die Welt bricht nicht entzwei, so ist sie eingerichtet.

September 2010

MOSKAU – PETROSAWODSK

Merck auff Hiob /
vnd höre mir zu /
vnd schweige das ich rede.

Hiob 33, 31

Den Menschen von seinem Nächsten befreien, ist das nicht der Sinn des Fortschritts? Was kümmern mich die Freuden und Nöte anderer? Richtig, nichts. Kann man nicht wenigstens auf Reisen mal alleine sein?

Es musste entschieden werden: Wer fährt nach Petrosawodsk? Eine Konferenz mit internationaler Beteiligung. Meine Herren Doctores, einer muss! Kenn ich, Konferenzen dieses Kalibers: eine Handvoll Emigranten, und fertig ist die Internationale. Kleiner Empfang, Hotel, Vortrag, großes Besäufnis und ab nach Hause. Nach dem Vortrag gibt's noch Fragen, doch kräftige Männer deuten hinter deinem Rücken mit hochrotem Gesicht auf die Uhr: Zeitlimit. Diese Männer sind lokale Größen. In der Provinz ist jetzt jeder ein Professor. Wie im amerikanischen Süden. Jeder Weiße ist Richter oder Oberst.

Also, wer fährt nach Petrosawodsk? Ich melde mich: der Ladogasee-See und so. „Nein, nicht der Ladoga-, sondern der Onega-See."

„Na und? Kennen Sie Petrosawodsk? Na eben, ich auch nicht."

Am Bahnhof wird mir mulmig. Um mich zu schützen, mime ich einen abgebrühten Reisenden. Schlendere betont lässig zu meinem Abteil und signalisiere: Kenn mich mit Bahnhöfen aus, Überfall zwecklos.

Moskau – Petrosawodsk: eine Zugfahrt von ganzen vierzehneinhalb Stunden. Fast immer nerven einen die Mitreisenden:

mit ihrem Bier, dem Dörrfisch, billigem Cognac „Bagration"
oder „Kutusow", anfangs mit Offenheit, dann mit Aggression.
Wir fahren los, alles in Ordnung, noch bin ich alleine im
Abteil.
„Bitte die Fahrkarten bereithalten."
„Fräulein, können wir einen Deal machen … Wissen Sie, ich
möchte … Ich würde gern alleine bleiben?"
Sie wirft einen Blick auf mich: „Das hängt davon ab, was
Sie vorhaben."
Was soll ich denn vorhaben? „Ich will ein Buch lesen."
„Ein Buch lesen macht fünfhundert."
Auf einmal erscheinen zwei Typen. Auf den letzten Drücker.
Belegen die unteren Plätze. Sitzen da und atmen. Verflucht.
Die Reise ist im Eimer. Schade. Macht es euch bequem, ich
will nicht stören. Ich auf die obere Liege geklettert und
ihnen den Rücken zugedreht, sie richten sich unten ein.
Der Erste ist ein einfacher, primitiver Kerl. Kopf, Hände,
Schuhe, alles groß und grob, offen stehender Mund, ein
Debiler. Ein verschwitzter Debiler. Holt das Handy raus
und spielt wie ein Wilder. Klingelingeling, wenn er ge-
winnt. Wenn er verliert: Plopp. Mit der freien Hand ruckelt
er an seinem Reißverschluss, was ebenfalls Krach macht,
und zieht auch noch die Nase hoch. Aber er scheint nüchtern
zu sein.
Der Zweite unter mir sagt gereizt: „Zieh die Jacke aus, du
Idiot." Aufgebracht: „Lass das Geschniefe!"
Das kann ja heiter werden. Räderrattern. Von unten kommt:
Klingelingeling. Dabei soll ich lesen können? Wird das die
ganze Fahrt so gehen?
Ich raus auf den Gang. Unterhaltung im Nachbarabteil:
„Russland gehört zu den länglichen Ländern", tönt eine an-
genehme junge Männerstimme, „im Unterschied beispiels-
weise zu den USA oder Deutschland, Ländern des runden
Typus. Übrigens habe ich in beiden Ländern lange gelebt."

Das Mädchen seufzt begeistert.

„Russland", fährt die Stimme fort, „ähnelt einer Kaulquappe. Man kann es nur von Osten nach Westen oder von Westen nach Osten durchqueren, mit Ausnahme des Körpers der Kaulquappe, der relativ dicht besiedelt ist und den man nur von Norden nach Süden und von Süden nach Norden durchqueren kann."

Das kommt links von der Tür meines Abteils. Rechts trinkt man, zerlegt ein Huhn, zerquetscht Tomaten, stößt miteinander an und wiehert vor Lachen.

Ich setze mich wieder auf meinen Platz. Wie langsam die Zeit vergeht! Wir sind gerade erst aus Moskau raus.

Dreißig Minuten, sechzig Minuten. Bald muss Twer kommen. Der Debile bimmelt. Der Zweite ist munter geworden.

„Schalt den Ton aus!"

„Tolja, das ist …"

Aha, Tolja. Groß, eins neunzig oder so, lange, weiße Finger mit runden Nägeln. Gesicht: unauffällig. Dünne Lippen. Quasi gesichtslos. Ich weiß nicht, wie ich das erklären soll. Irgendwas missfällt mir an Tolja. Er hat keinerlei Ausstrahlung. Anaesthesia dolorosa: schmerzhafte Unempfindlichkeit der Sinne. Du streichst mit der Hand über eine Fläche und hast kein Gefühl dafür, ob du etwas Glattes oder etwas Raues berührst. Ob ich voreingenommen bin? Er ist nüchtern, respektvoll, bemüht, nicht zu stören.

„Lass uns einen Blick in die Zeitung werfen, neueste Ausgabe."

Besten Dank. Die Zeitungen von euch kennen wir: Striptease einer Tennisspielerin vor Journalisten, Tragödie in der Familie einer Fernsehmoderatorin, Tochter eines Milliardärs entführt. Tipps für den perfekten Waschbrettbauch. Chronik der Verbrechen. Tote in Farbe. Pfui, Spinne.

Tolja hat sich die Zeitung genommen, raschel-raschel. Nach einer Weile zu dem Debilen: „Komm, gehn wir raus."

Ich bleibe kurz alleine. Eine feine Reise.

Bevor sich alle schlafen legen, passieren noch ein paar uninteressante Dinge.

Erstens: Aus dem Nachbarabteil, in dem getrunken wird, kommt ein Besoffener. Mit Kamera in der Hand. Öffnet die Tür und will ein Foto machen. Tolja zuckt zusammen, wendet sich schlagartig ab und verbirgt das Gesicht. Aha, einer vom KGB, Tschekist. Alles klar.

Der Betrunkene streckt die Hand nach mir aus, ich wollte gerade Zähneputzen gehen. Ich soll ihn mit seinen Freunden knipsen. Ich knipse. War's das? Nein. Ich muss mir seine Lebensgeschichte anhören. Er rückt mir auf die Pelle: Wodka, Schweiß, Zigarettenqualm, mir bleibt die Luft weg. Man kann doch wohl ein bisschen Distanz halten, oder? Wie in Amerika. Seine Mutter hat ihm seinerzeit hundert Rubel für eine Kamera geschenkt, sie ihm aber, als ihr das Geld ausging, wieder abgenommen. Und das, wo er seit frühster Kindheit hatte fotografieren wollen. Schrecklich, nicht wahr? Ich zeige Mitgefühl und will gehen.

„Halt!" Er deklamiert einen hippen Vers.

„Entschuldige", sag ich, „ich muss dringend aufs Klo. Bin gleich wieder da." Mit Mühe reiße ich mich los.

„Mit der Bahn durch die Tundra, tralalala …", grölt er, breitet die Arme aus und droht, alle zu umarmen, die es nicht schaffen, ihm vorher aus dem Weg zu gehen.

Es gibt also noch Schlimmere als meine Abteilnachbarn, muss ich schließen. Einer vom KGB, na und? Sagt nichts, stinkt nicht und hält Abstand. Darauf legt er ebenso viel Wert wie ich.

Zweitens: Wie sich herausstellt, ist das nächstliegende Klo unbenutzbar. Jemand hat die Kloschüssel bis zum Rand mit Zeitungen vollgestopft. Durchnässte bunte Bildchen – was das soll?

Drittens: Das Wasser für den Tee ist lauwarm, ob es wenigstens abgekocht ist?

„Diese Sowjetratte", stößt Tolja hervor.

Nein, der ist nicht vom KGB.

Das Deckenlicht geht aus, ich sollte versuchen zu schlafen. Was die beiden verbinden mag? Etwas Gutes kaum. Nicht verwandt und keine Kollegen. Ob sie schwul sind? Wer weiß? Na, und wenn! Möglich, ja. Unter einfachen Leuten ist das weiter verbreitet, als man denkt.

Dieselben Geräusche: ratter-ratter, schnief-schnief. Selbstmitleid. Ich schlafe ein.

Ich bin eingeschlafen und habe unerwartet fest und lang geschlummert. Als ich aufwache, erwartet mich draußen die Morgensonne, Schnee und – dem Aussehen der Fichten nach zu schließen – starker Frost.

Ohne meine Mitreisenden anzusehen, verlasse ich das Abteil. Der Zug hält. „Snytj" oder so ähnlich, schwer zu erkennen. Achtung, beim Halt auf dem Bahnhof darf das WC nicht ... Geduld. In ein paar Stunden müssen wir das heißersehnte Petrosawodsk erreichen: Hotel, Warmwasser, Mittagessen, Wein. Ich fühle mich schon viel besser. Warum muss ich auch alles immer so schwernehmen?

Mein Abteil ist vollzählig. Tolja hat sich offenbar überhaupt nicht hingelegt, sitzt am Fenster und schüttelt erregt den Kopf: „Was ist los? Wieso fahren wir nicht?"

„Snytj oder so", sage ich. „Halt in Snytj."

„Was? Wo sind wir eigentlich, Gelber?"

„In Swirj, halbe Stunde Aufenthalt." Der Gelbe macht jetzt einen viel besseren Eindruck. Spielt nicht, schnieft nicht.

Der Gelbe geht, der Zug fährt weiter. Ich wasche mich, trinke heißen Tee und werde fröhlicher. Meine Lebenskräfte sind zurückgekehrt, ich will frühstücken, gute Laune verbreiten, über die Moskauer Professoren herziehen, jungen Ärztinnen imponieren. Ob wir pünktlich eintreffen? Ich erkundige mich. Es sieht gut aus.

Aber was ist mit meinem Abteilnachbarn los? Tolja, der allein geblieben ist, macht beim Tageslicht einen geradezu mitleiderregenden Eindruck.

„Anatoli, ist Ihnen nicht gut?"

„Was?" Er wendet sich mir zu.

Um Gottes willen, er zittert ja wie Espenlaub! Kenn ich. Gegen Ende des ersten Krankenhaustages beginnt der Patient zu zittern, kämpft mit irgendwelchen Teufeln und springt womöglich aus dem Fenster. Delirium tremens! Klarer Fall. Aha, Tolja ist Alkoholiker.

„Schaffnerin", schreie ich, „Schaffnerin! Der Fahrgast hier ist im Delirium tremens, wirklich. Alkoholdelirium. Haben Sie einen Erste-Hilfe-Koffer?"

Fehlanzeige. Sowjetratte, genau! Ich soll mich an den Zugführer wenden. Und wo finde ich den? „Geben Sie ihm Alkohol, das bezahle ich, der schlägt sonst alles kurz und klein!"

„Beruhigen Sie sich", sagt die Schaffnerin, „wo ist denn sein Kumpel hin?"

„Ausgestiegen in diesem Swirj oder wie das Kaff heißt."

„Wieso ausgestiegen? Der hatte doch eine Fahrkarte bis Petrosawodsk." Sie schreit: „Wie der das Klo mit seinen Zeitungen versaut hat! Ein ganzer Stapel! Als ob das Klopapier nicht gereicht hätte!"

Was hat denn das Klo damit zu tun? Dem Fahrgast hier geht es schlecht. Er braucht Hilfe und kein Gezeter. Wer weiß, ob er nicht gleich mit dem Kopf gegen die Wand rennt!

Zu spät, sie explodiert: „Wir knöpfen uns Ihr Abteil gleich vor, junger Mann, und schmeißen Sie aus dem Zug." Und weg ist sie. Himmel, ich habe Angst, das Abteil zu betreten. Stehe vor der Tür und warte.

Halt in Pjazh Selga. Ein Milizionär kommt. Klar, der blickt durch. Ich, Doktor der Medizin, nicht, aber der, na klar! Genosse von Felix dem Eisernen, so eine Amtsperson, die hat per se einen Riecher für die Wahrheit.

„Die Ausweise, bitte!"

Meinen registriert er kaum. Mit Tolja geschieht währenddessen etwas Schreckliches: Er ist auf den Tisch geklettert, will das Fenster mit dem Schuh einschlagen. Beim ersten Mal schafft er's nicht, dann doch: Glassplitter, kalter Wind, Blut. Alles geht blitzschnell. Der Milizionär schlägt Tolja mit dem Gummiknüppel auf die Beine, Tolja hält sich an der oberen Liege fest und hängt in der Luft. Dann stürzt er zu Boden. Wie man ihn herausgezogen hat, konnte ich nicht sehen, die Schaffnerin brachte mich ins Nachbarabteil, zu einem sympathischen jungen Mann und einem Mädchen.

Ein auffallend leicht gekleideter Bursche im Trainingsanzug und weitere Milizionäre kommen angelaufen und bearbeiten Tolja minutenlang unter unserem Fenster. Sie schlagen ihn mit Fäusten und schwarzen Knüppeln. So sieht die Therapie von Delirium tremens bei uns aus, offen gesagt, nicht gerade eine Krankheit mit Seltenheitswert in unseren Breiten. Muss ich ins Detail gehen? Die von der Miliz nennen das „harte Nummer". An einem bestimmten Punkt meine ich ein Knacken der Knochen gehört zu haben, aber was für Geräusche lassen die Doppelfenster des Abteils schon durch?

Sie schlagen ihn, sagen etwas, stellen ihm wohl auch Fragen. Von der Seite schleppen sie den Gelben an und schlagen gleichfalls auf ihn ein. Der fällt sofort hin, dreht den Kopf weg, krümmt sich, sie strengen sich mit ihm weniger an. Die Hüter der Rechtsordnung sind anscheinend müde geworden.

Wir beobachten dieses entsetzliche Schauspiel durchs Fenster, bis der Zug losfährt.

„Entsetzlich, wie entsetzlich", jammert das Mädchen. Warum haben wir nicht verhindert, dass sie zuschaute? „Schrecklich, ich möchte, ich will in diesem Land nicht leben!"

„Das ist genau das, was ich gesagt habe", erklärt der junge Mann. „Aber darüber zu lamentieren und zu klagen, ist *kontraproduktiv.*"

Ich verstehe nicht auf Anhieb, was ich angerichtet habe. Wie wenn du nach einem folgenschweren ärztlichen Fehler noch eine Weile blöde den Patienten, die Monitore und deine Kollegen anstarrst.

„Sie passen hervorragend zusammen, die Geschlagenen und die Schläger", fährt der junge Mann fort. „Wenn ein Professor aus Berkeley so zusammengeschlagen wird, nimmt er sich aus Scham den Strick. Während die hier aufstehen, sich schütteln und finden: Bis zur Hochzeit ist's wieder gut."

„Und Sie?", frage ich. „Was würden Sie tun?"

„Ich?", entgegnet er lächelnd. „Ausreisen."

Wir wissen wohl alle drei nicht recht, was wir sagen.

„Warum nicht ausreisen", schaltet sich das Mädchen ein, „bevor man geschlagen wird? Normale Menschen halten es hier nicht aus."

Mein neuer Kamerad lächelt wieder: „Ich weiß nicht, wie ich diese Reise ohne meine reizende Weggefährtin hätte überstehen können. Der Zug hat noch nicht einmal richtige Schlafwagen."

Ich schaue mich um: Merkwürdig, ein Abteil genau wie meins, aber alles blitzt vor Ordnung und Wohlstand. Der junge Mann duftet nach einem wohlriechenden Parfum. Jawohl, auch ein Konferenzteilnehmer. Früher war er Arzt, jetzt Verleger, Herausgeber einer Zeitschrift („wie *Puschkin*"), Präsident einer Assoziation und vieles andere. Auf dem Tisch: eine halbe Flasche „Napoleon". Und das Mädchen: wirklich reizend.

„Sie müssen etwas trinken." Gläser hat er auch mit, aus Onyx oder Jaspis oder so. Steingläschen. In der Tat: ein exquisiter Cognac.

Der junge Mann erklärt, warum er nicht ausgereist ist. Die Kultur: „Für meine amerikanischen Freunde ist dreimal A zum Beispiel: American Automobile Association. Und was verbinden wir mit dreimal A?" Vielsagende Pause. „Die Dichterin Anna Andrejewna Achmatowa." Er mustert uns triumphierend und fügt hinzu: „Und die Businesse." Im Ernst: *Businesse.*

Es tut gut, sich mit Cognac aufzuwärmen, wenn man das Unglück zweier Menschen auf dem Gewissen hat!

„Sie haben vollkommen recht", fährt der junge Mann fort, „das ist nicht unser, sondern deren Land."

Habe ich so etwas gesagt?

„Die Auswahl dieser Leute liegt nicht in unseren Händen, es findet eine Art negativer Auslese statt. Das Ergebnis: Im Rahmen des herrschenden Systems ist ein humaner Milizionär ein Ding der Unmöglichkeit! Das System würde ihn rausschmeißen. Die Alternative? Das System ändern. Oder innere Emigration. Schlimmstenfalls", er breitet theatralisch die Arme aus, „*Downshifting.*"

Ich fange den Blick des Mädchens auf. Tja, Downshifting.

Jemand klopft mit etwas Eisernem an die Tür. „In fünfzehn Minuten sind wir da."

Ich muss meine Sachen holen, der Nachbar will mir dankenswerterweise helfen.

In dem verwüsteten Abteil mache ich eine höchst wichtige Entdeckung. Ich verstehe auf einmal, was für Typen Tolja und der Gelbe sind. Neben meinem Koffer unter der Bank stehen zwei riesige, karierte Taschen, mit denen nur ganz bestimmte Leute unterwegs sind: fliegende Händler. Auch die merkwürdige Freundschaft meiner Weggefährten klärt sich auf. Unter den fliegenden Händlern sind ganz unterschiedliche Leute. Und warum man sie brutal zusammengeschlagen hat, ist ebenfalls klar.

„Die Konkurrenz", stimmt der junge Mann mir zu. „Die Miliz handelt in deren Auftrag."

„Und warum mit solcher Verve, wenn es ein Auftrag war?"

„Aus Begeisterung. Ich sage ja, Milizionäre sind keine Menschen."

Fliegende Händler. Auch zu dieser Berufsgruppe hat mein Gesprächspartner einiges zu berichten: „Sie erfüllen eine wichtige gesellschaftliche Funktion", sagt er mit seiner schönen Stimme. „Unsere ganze Gesellschaft reißt sich momentan um ein und dasselbe: Designerklamotten, eine Rolex und so weiter; und diejenigen, die sich keine Schweizer Rolex leisten können." Er macht eine abwertende Geste mit der linken Hand, „die werden von fliegenden Händlern wie Ihren beiden da – wie hießen sie noch? – mit einer chinesischen oder anderen Rolex versorgt. Das ist schließlich auch eine Uhr, sie zeigt die Zeit an und sieht gut aus."

Wie schwer diese Taschen sind! Wohin damit? Der Schaffnerin geben? Nein, dieses Miststück kriegt nichts von mir. Der junge Mann zuckt mit den Achseln, ich schleppe die Taschen in den Flur und frage: „Könnten Sie mir beim Tragen helfen?"

„Wissen Sie was?" Er denkt nach. „Geben Sie mir Ihren Koffer. Was soll man von mir denken, wenn mich jemand mit diesen Riesentaschen sieht?"

Gut, danke. Ich möchte ihm ein Kompliment machen und sage: „Sie haben wirklich eine reizende Reisegefährtin!"

„Von wegen!", entgegnet er. „Eine Schreckschraube! Höchstens siebeneinhalb Punkte."

Nun will ich es aber ganz genau wissen: „Von höchstens zehn?"

„Nein, höchstens siebeneinhalb!", sagt er lachend. „Hat *topsy-turvy* im Kopf, verstehen Sie? Kraut und Rüben."

Das passt mir in den Kram. Er hat also nichts mit ihr gehabt. Merkwürdig, dass mich das unter diesen Umständen so interessiert. Aber es wäre doch zu ärgerlich, wenn wir die Zeit auf derart unterschiedliche Weise zugebracht hätten.

Ohne eine Miene zu verziehen, lässt uns die Schaffnerin aussteigen, das Mädchen wird abgeholt, wir verabschieden uns, warten auf einen Gepäckträger, hetzen mit Mühe hinter ihm her und sehen auf einmal ein Transparent: „Wir begrüßen die Teilnehmer …" Die Konferenz scheint wirklich hochkarätig zu sein.

Im Taxi sagt der junge Mann: „Wissen Sie, lassen Sie die Sache mit diesen *Unschuldigen Kindern* auf sich beruhen."

„Aber ich bin doch schuld an dem Ärger, den sie bekommen haben! Oder richtiger gesagt: an ihrem Unglück!"

„Ach." Er winkt ab. „Typischer Schuldkomplex eines Intellektuellen. Die Bullen prügeln jetzt die fliegenden Händler im ganzen Land grün und blau. Daran muss man sich gewöhnen, das Leben ist ungerecht. Lassen Sie das auf sich beruhen."

Nein, sage ich mir, *du miese Type. Das werde ich nicht auf sich beruhen lassen.*

Im Hotel bitte ich um ein Telefonbuch und rufe überall an. Innenministerium, Russische Eisenbahn, Amt für Private Sicherheit, ein Amt nach dem anderen. Wider Erwarten erreiche ich spielend mein Ziel. „Kommen Sie vorbei. Der Milizoberst empfängt Sie." Und eine oder anderthalb Stunden später stürme ich schon mit dem Taxi zu einem dieser dunklen, gesichtslosen Gebäude. Die karierten Taschen habe ich mitgenommen. Der Oberst erwartet mich.

Schwarz auf Gold prangt ein Schild an der Tür des Obersts: *Schatz*, darunter steht: *Semjon Isaakowitsch*, und noch weiter unten in Klammern: *Schlojme Izkowitsch*. So etwas habe ich noch nie gesehen. Ganz schön mutig.

Der Chef ist eben erst aufgewacht und wirkt noch etwas schläfrig. In Unterhemd und Trainingshose sitzt er auf einem Sofa ohne Kissen und Decke. Mit dem einen Fuß ist er schon ganz in den Schuh geschlüpft, mit dem anderen noch nicht. Semjon Isaakowitsch mag siebzig Jahre alt sein, ist klein, ganz kahl, ohne Backen- und Schnurrbart, aber mit jeder Menge Haare, die aus Ohren und Nase sprießen, aus allen Löchern, wo keine Haare hingehören. Arme, Schultern und Brust bedeckt schwarzgraue Wolle. Ich finde, er gleicht Esau.

Wie soll ich den Oberst anreden? Der Name Schlojme passt zu ihm und gefällt mir, aber mit Schlojme reden ihn sicher nur Leute an, die ihn kennen.

„Oberst Schatz", sagt er zum Tisch humpelnd, noch immer ist er nicht in den Schuh geschlüpft.

Also Genosse Oberst.

Er hat einen großen Bauch und dicke Arme wie ein Gewichtheber. Die breite, fleischige Nase ist von Furchen durchzogen, die Wangen noch mehr. Die Augen zu beschreiben, fällt mir schwer; ich habe kaum hineingeguckt. Der Oberst geht zum Tisch, zieht sich sein Dienstjackett über das Unterhemd und setzt sich.

Ich habe mich ein wenig vorbereitet: „Ich bin Besucher der internationalen Ärztekonferenz."

„Aha, Arzt", sagt er.

„Im Staatsdienst."

Schweigen.

„Setz dich."

Ich setze mich ihm gegenüber auf einen kleinen Stuhl. In dem Zimmer gibt es ohnehin nur einen großen polierten Tisch, ein Sofa und ein paar Stühle. Offenbar wurde der Raum vor kurzem renoviert.

„A Jid?"

Ich nicke. Komisch: a Jid in Staatsdiensten. Wie er. Kann ich zur Sache kommen? Ich erkläre: die fliegenden Händler im Zug, das, gelinde gesagt, inhumane Vorgehen, die von seinen Mitarbeitern zu verantwortende Abrechnung. Ich fordere eine objektive Untersuchung, Gerechtigkeit. Es wäre ja wohl das Mindeste, den Besitzern die Sachen zurückzugeben.

Mal nickt der Oberst, mal schüttelt er leicht den Kopf.

Das Telefon klingelt. Er nimmt den Hörer ab, antwortet in kurzen Sätzen, hauptsächlich mit unflätigen Flüchen. Ich mag keine Mutterflüche und Grobheiten, aber hier wirken sie organisch.

Kahle Wände ohne Porträts. Nur an einer Wand hängt eine mit Fähnchen bespickte Weltkarte. Riesige Dimensionen. Das System, nach dem die Fähnchen in der Karte stecken, ist undurchschaubar.

„Kommen Sie zum Ende", sagt er, hängt ein und spricht wieder mit mir. „Wir hatten einen Parteigruppenorganisator, Wassilij Dmitritsch, einen prima Kerl. Der hat jeden Morgen eine Flasche Cognac gekippt, Punkt acht war er schon besoffen."

Was geht mich dieser Wassilij Dmitrijewitsch an? Was soll das?

„Der hat so viel unterschlagen, dass er sich allmorgendlich eine Flasche Cognac leisten konnte. Verstanden?"

Ich höre erst einmal zu.

„Und hier", er nickt Richtung Telefon, „geht es um den Direktor einer staatlichen Institution, bei dem man dreizehn Millionen Dollar sichergestellt hat, in bar. Die Mitarbeiter bekamen ein halbes Jahr kein Gehalt. Kannst du mir vielleicht sagen, wofür dieser *Armleuchter* dreizehn Millionen Dollar braucht?"

Ja, wirklich, ein dicker Hund. Aber was hat das mit den armen fliegenden Händlern zu tun?

„Fliegende Händler? So kann man die auch nennen. Hier, lies."

Der Oberst holt die Zeitung heraus, die ich schon im Zug zu Gesicht bekommen habe.

„Gesucht wird ein gebürtiger Petrosawodsker," lese ich, „er steht im Verdacht, einen Doppelmord begangen zu haben …"

Ein Foto von Tolja, mit Schnurrbart, lachend, bei einem Zechgelage. Opfer des Mordes: ein Mann und ein minderjähriges Mädchen. Sie hatten Tolja bei sich wohnen lassen. Ein abgekartetes Spiel. Der Mann, der mit seiner Tochter zusammenlebte, hatte seine Wohnung verkauft, um in eine kleinere umzuziehen. Tolja rief seinen Kumpanen zu Hilfe ... Den Gelben, Gleb.

„Er heißt nicht Gleb", widerspricht der Oberst. „Der Spitzname Gelber ist von seinem Nachnamen abgeleitet, im Interesse der Untersuchung wird er vor der Öffentlichkeit geheim gehalten."

Ich falte die Zeitung zusammen und reiche sie dem Oberst. Mir zittern die Hände, meine Stimme bebt.

„Entschuldigen Sie, Genosse Oberst, dieses Käseblatt von der Klatschpresse kann doch wohl nicht als Beweis gelten", wende ich dennoch ein. „Das überzeugt mich nicht."

„Willst du dich als Schwurgericht aufspielen, das ich überzeugen muss?"

Sein Ton lässt keinen Zweifel daran: Die Zeitung sagt die Wahrheit.

Der Oberst holt ein paar Fotos heraus: „Arzt, hast du gesagt. Schau mal."

Wir haben auch Gerichtsmedizin im Studium gehabt, aber das hier ist etwas anderes. Mir wird schlecht, ich kann nichts dagegen tun.

„Komm", fordert er mich auf und schenkt ein. „Trink einen Schluck Wasser."

Wie Tolja und der Gelbe sie umbrachten, verrate ich nicht. Es gibt Dinge, die wirklich keiner zu wissen braucht.

Ich erkläre dem Oberst: Ich habe schlecht geschlafen, Cognac auf nüchternen Magen getrunken, überhaupt ...

„Farsteyn", antwortet der.

„Was sollen die Fotos?"

„Zur Absicherung. Um ihre hiesige Klientel zum Sprechen zu bringen."

Die Mörder wurden über ihre Anrufe aus der Wohnung gefunden. Das Fernmeldeamt speichert alle Telefonnummern, das wusste ich nicht. Einer von beiden oder beide hatten in

Petrosawodsk angerufen, und zwar vor der Tat und – was das Wichtigste war – danach. Um keine Roaminggebühren zahlen zu müssen.

Sie sind nicht sofort gegangen, sondern haben mit den in der Wohnung gebliebenen Leichen übernachtet. Das geht mir unter die Haut. Wenn ein Patient gestorben ist, hast du den Drang, sofort die Fenster aufzureißen und aus dem Zimmer zu rennen, und die beiden … Eine oder sogar zwei Nächte haben sie mit ihnen verbracht.

„O Gott", stammele ich außer mir vor Entsetzen, „ich habe zusammen mit Mördern in einem Abteil übernachtet! Und ruhig geschlafen! Nichts gemerkt. O Gott!"

Den Oberst lässt das kalt.

„Denk nicht darüber nach", sagt er. „Mörder sind durchschnittliche Menschen."

Wieder geht das Telefon, wieder redet er kaum, sondern hört zu, ich habe wieder eine Pause und bin froh darüber. Er legt auf.

„Was ist da drin? Hast du nachgesehen?" Er meint die Taschen. Nein, darauf bin ich nicht gekommen. Ohne sich anzustrengen, stellt er die schweren Taschen auf den Tisch. Er ist sehr stark. „Nichts anfassen. Sonst müssen wir Fingerabdrücke abnehmen."

Elektronik. Eine Spielekonsole, für den Gelben natürlich. Er öffnet ein Etui.

„Was ist das denn?"

„Eine Flöte."

Hat das Mädchen Flöte gespielt? Verflixt, mir wird wieder übel.

„Nicht unbedingt. Das kann von verschiedenen Stellen stammen."

Klamotten. Selbst Klamotten haben sie nicht verschmäht! Ach so, die sind nur dazu da, um die Ikonen zu verdecken.

„Ikonen", sagt der Oberst. „Glaubst du an Gott?" Ohne die

Antwort abzuwarten, sagt er: „Bei uns glaubt ja jetzt jeder an Gott. Sogar Juden laufen rum mit einem Kreuz um den Hals." Ich fasse mir instinktiv an den Hals: Ist mein Kettchen zu sehen? Ich hoffe, der Oberst merkt es nicht. Ich will ihn jetzt ungern enttäuschen.

Bücher, nein, Briefmarken.

„Verstehst du was von Briefmarken?"

Nein. Ich weiß nur, dass Briefmarken sehr wertvoll sein können. Der Oberst legt die Sachen zurück in die Tasche. „Das kann man alles zu Geld machen."

„Diese Mörder, ob die ein Kreuz um den Hals tragen?"

„Nein. Ich sage dir doch: Das sind ganz durchschnittliche Menschen."

Ich stehe auf und gehe im Zimmer umher. Wie kann das sein? Wie kommt das? Warum kenne ich mich so schlecht mit den Menschen aus? Warum durchschaue ich die Dinge nicht? Ich trinke wieder einen Schluck Wasser, ich fühle mich hier schon fast wie zu Hause.

Der Oberst räumt die Taschen weg. „Setz dich. Du hast alles richtig gemacht und der Ermittlung auf die Sprünge geholfen. Sonst hätten wir sie in der Stadt schnappen müssen."

Ich erkenne: Es war einfach ein glückliches Zusammentreffen. Wie sich herausstellt, hatte schon ein Fahnder aus Moskau in dem Zug gesessen, um die beiden zu verhaften. Genau, der Mann im Trainingsanzug. So ein glückliches Zusammentreffen. Möglicherweise hätten sie die beiden sonst nicht gefunden. Die Aufklärungsquote von Kapitalverbrechen ist minimal.

„Minimal? Wer hat das behauptet? Was für ein *Armleuchter*?" Der Oberst lächelt und sagt schmeichelnd: „Schlimmasl." Ein Wort, das ich nicht kenne. Was heißt das?

„Schlimmasl", wiederholt der Oberst mit Begeisterung: „Grünschnabel."

Bin ich vielleicht nach Petrosawodsk gekommen, um mich Grünschnabel nennen zu lassen! Unangenehm!

„In Amerika", sage ich, „muss man nicht jedem gleich eins mit dem Gummiknüppel überziehen. Da gibt es Regeln. Nicht, dass ich die Mörder in Schutz nehmen will, nein, das nicht …"

„In Amerika", entgegnet er, „da werd ich dir was erzählen."

Und der Oberst erzählt mir die Geschichte seines Vaters.

Schatz senior, ein beschnittener Jude, wurde zu Kriegsbeginn an die Front geschickt, brauchte aber nicht zu kämpfen. Schon im August einundvierzig wurde seine ganze Armee eingekesselt und musste sich ergeben. Schatz besorgte sich die Papiere eines toten ukrainischen Rotarmisten, sodass er nicht gleich erschossen wurde und nicht ins KZ, sondern anfangs in ein Arbeitslager und später in ein anderes Lager gesteckt wurde. Er landete schließlich in einem Bergwerk im Ruhrgebiet.

„Weißt du, was das deutsche Wort Schatz bedeutet?"

Der Oberst nickt. „Mein Vater konnte ein wenig Deutsch, vor dem Krieg konnten alle Deutsch. Er war also in dem Bergwerk gelandet und hatte nur einen Wunsch: zu überleben. Obwohl ihn die Ungewissheit quälte, wie und wann der Krieg zu Ende ginge, und obwohl er nicht wusste, was mit seiner Familie war. Ein Arbeitslager ist kein Vernichtungslager, aber von denen, die den ganzen Krieg dort eingesperrt waren, überlebte nur jeder Zehnte.

Sollte er sich als Übersetzer melden? Nein, ging nicht. Erstens war es riskant, sich zu exponieren, zweitens, die Leute im Lager waren alle prosowjetisch. Wer mit den Deutschen mehr Kontakt als nötig hatte, war ein Schwein. Schatz wählte einen anderen Weg: Er erfüllte nicht eine Norm, sondern zwei. Dafür gab es eine Prämie: Brot, Tabak. Er hörte auf zu rauchen, die einzige Freude, die er hatte. Aber er hörte auf, um mehr essen, mehr arbeiten und den Plan erfüllen zu können. Er tauschte bei den Kameraden Tabak gegen Essen und aß sich immer satt. Wenn er als Erster aus dem Stollen nach oben kam, klaute er bei der Wache Kartoffeln, Eier, Brot. Nur Essbares. Wenn er erwischt wurde, setzte es Schläge, und zwar nicht zu knapp, jedes Mal zwanzig Stockhiebe. Das nannte sich deutsche Ordnung. Sein Rücken war schwarz von den Stockhieben, von oben bis unten. Sie schlugen ihn, schlugen ihn aber nicht tot."

„Und die haben nicht rausgekriegt, dass Ihr Vater Jude ist?"

„Solange die Selektion andauerte, nicht. In der Dusche stellten sich die Kameraden vor ihn, für die eigenen Leute hatte er sich etwas einfallen lassen."

„Eine Phimose."

„Zum Beispiel. Dann bekamen sie Wind davon. Sie erfuhren es von unseren Leuten. Als bekannt wurde, dass Schatz Jude ist, wurde sein Leben sehr viel härter. Er galt als ‚nützlicher Jude‘, so nannten die Deutschen das. Die Norm, die er zu erfüllen hatte, war dreimal so hoch wie die übliche. Hinzu kam, er hatte unter den Deutschen *und* unter seinen eigenen Leuten zu leiden. Aber richtige Sadisten gab es wenige im Lager. Die Wachposten waren normale Menschen."

„Durchschnittliche", springe ich ihm bei.

„Ja, durchschnittliche." Der Oberst bemerkt die Ironie nicht. „Sadisten gab es wenige, nicht mehr als jetzt, aber eine hatte es in sich, die Frau des Lagerkommandanten. Ein schönes Weibsbild, meint mein Vater. Sie haute den Männern mit Wollust ihren Stöckelschuh in die Leistengegend. Zwang sie, in ihrer Gegenwart die Hose runterzulassen. Kurz, sie amüsierte sich bis zum Geht-nicht-mehr.

Sie wurden von den Amis befreit. Das lief so: Die Amerikaner umzingelten das Lager und warteten, bis die Wache kapitulierte und von den Häftlingen erschlagen wurde. Das dauerte so ein, zwei Tage. So lange hielten sie Abstand. Die typisch amerikanische Vorgehensweise. Die Deutschen wollten sich den Amis ergeben, aber die wollten keine deutschen Kriegsgefangenen."

„Was hat er mit ihr gemacht?", frage ich.

„Sie *gespachtelt*. Verstehst du? Als Erster."

„Und dann? Danach? Hat man sie erschlagen?"

„Klar", sagt er achselzuckend. „Die Deutschen wurden alle erschlagen. Unwahrscheinlich, dass jemand davonkam."

Wir schweigen eine Weile.

„Und was für eine Einstellung hatte Ihr Vater später den Deutschen gegenüber?"

„Eine ganz normale. Was heißt hier hatte? Mein Vater lebt noch. Er ist nur wütend, dass er von den Deutschen keine Wiedergutmachung bekommt. Er wurde in den Papieren nie unter dem Namen Schatz geführt."

Sein Vater lebt also. Und was macht er?

„Nichts, was sonst? Geht auf den Markt. Denkt an dieses deutsche Weibsbild. Früher, als meine Mutter noch lebte, hielt er den Mund, aber jetzt redet er öfter von ihr als von seiner Frau."

Im Büro ist es fast dunkel. Ich habe auf einmal das Bedürfnis, den Oberst zu trösten, ihm wenigstens in die Augen zu blicken, aber er sitzt mit dem Rücken zum Fenster, sodass ich seine Augen nicht sehen kann. Ich drucke herum: Affektstau, Alterssexualität. Als gäbe der Arztberuf mir das Recht, mit Worten um mich zu werfen, die nicht den geringsten Sinn haben.

„Während des ganzen Krieges", sagt der Oberst, „hat mein Vater keinen einzigen Menschen umgebracht. Und wenn deine Amerikaner ihn befreit hätten, wie es sich gehört, wie Menschen, würde ihm dieses deutsche Weibsbild nicht im Kopf herumspuken."

Die Geschichte ist zu Ende, der Oberst ist müde. Soll ich gehen? Ich habe noch eine Frage: „Was haben die Fähnchen auf der Karte zu bedeuten?"

Er lächelt auf einmal breit, die Zähne schimmern im Halbdunkel: „Gar nichts. Ich habe sie reingesteckt, wie es gerade kam. Einfach so."

Ich will aufbrechen.

„Bist du auch warm genug angezogen?", fragt der Oberst besorgt. „Hast du etwa keine Mütze?"

„Gleich zwei sogar. Eine Schirmmütze und eine Wollmütze, die wärmt."

„Setz die Wollmütze auf."

Petrosawodsk: Finsternis, Kälte, Eis, schlecht beleuchtete Straßen, du siehst die Hand nicht vor den Augen.

Auf dem Kongress treffe ich am Abend den jungen Mann aus dem Zug mit der schönen Stimme, er teilt mir seine Eindrücke von der Stadt mit: „Das ist der Arsch der Welt hier, wie überall sonst auch", und er äußert den Wunsch, unsere Bekanntschaft in Moskau fortzusetzen.

„Gehen wir zusammen essen? Ich lade Sie ein." Und er erkundigt sich ganz nebenbei: „Haben Sie etwas herausgekriegt über diese *Prügelknaben?*" Chapeau, was für ein Wort!

„Nein", antworte ich, „nichts."

Februar 2010

SCHERE, STEIN, PAPIER

Heute, Friedenszeit. Eine Kleinstadt in Mittelrussland, abseits von Eisenbahn und Landstraße. Am Fluss gelegen und mit Kirche.

Im Zentrum der Stadt das Haus der Xenia Nikolajewna Knysch. Einstöckig, aber groß. Der Pelmeni-Imbiss neben dem Haus gehört ebenfalls ihr. Knysch ist Vorsitzende der gesetzgebenden Versammlung des Kreises. Siebenundfünfzig Jahre alt.

Dienstagmorgen, siebter März. Auf der Vortreppe: Xenia Nikolajewna und Pachomowa, Direktorin der allgemeinbildenden Schule. Pachomowa hat eine Grußadresse und gelbe Blümchen in der Hand: „Alles Gute, Xenia Nikolajewna, Gesundheit, Glück und Wohlstand! Und ein langes Leben zum Wohle der Stadt!"

Xenia nickt, bittet sie aber nicht herein. Die Mappe enthält Papier. „Na, betteln wir mal wieder, Pachomowa?"

„I wo! Das sind Schreiben Ihres Nachbarn. Aus dem Computer, im Lehrerzimmer; heutzutage läuft ja alles über den Computer. Viel Spaß beim Lesen. Man muss ja schließlich nicht alles in der Gegend rumliegen lassen. Aber: pst!, Xenitschka Nikolajewna, Sie wissen ja, die Leute ..."

Xenia, barsch: „Wir werden uns damit befassen."

Und lächelt immerhin: „Herzlichen Glückwünsch zum Internationalen Frauentag, Ihnen allen, dem ganzen weiblichen Lehrkörper." Und ab ins Haus, um zu lesen. Der Nachbar ist ihr Feind. Betet für eure Feinde. Das tut sie, weiß Gott, jeden Tag, den Gott erschaffen hat ...

Ich bin vierzig Jahre alt und gesund, aber mit über vierzig zu sterben, gilt nicht mehr als verfrüht; da wird es Zeit, sich zu sammeln und Aufzeichnungen zu machen. Gedanken, die sich aufdrängen, nicht abgeschlossen sind ... Vierzig Jahre. Der Glaube an den Menschen nimmt ab, und damit auch der an Gott. Wozu das Ganze, wozu? Wie wenn ich gegen die Fahrtrichtung sitzend aus dem Fenster sähe. Vergangenheit, alles Vergangenheit. Vierzig Jahre, ein guter Anlass, sich die Vergangenheit vorzunehmen!

Ich bin Lehrer für russische Sprache und Literatur, unverheiratet, kinderlos. Mit Ausnahme meines Studiums an der Universität von Kalinin (ein unangenehmer, vergessener Albtraum), habe ich mein ganzes Leben in unserer Stadt verbracht. Nimmt man die triste Schönheit Mittelrusslands, so ist es hier schön. Beachtet man nicht, was der Mensch so macht, sogar sehr schön. Hier werde ich wohl für immer bleiben: Hier bin ich geboren, und hier sterbe ich. Früher, in meiner Jugend, hat mich dieser Gedanke bedrückt, jetzt nicht mehr. Ich fühle mich natürlich etwas einsam, besonders im Winter, wenn es um fünf schon stockfinster ist und alles fehlt, was das Leben ausmacht: der Fluss, die Bäume, die Nachbarhäuser. Mich totzusaufen, droht mir nicht, ich vertrage keinen Alkohol. Schreiben, das habe ich versucht, wie wahrscheinlich jeder in meiner Lage. Sollen sie das lesen und Mund und Nase aufsperren, das war Motiv für mein „Oeuvre". Aber wer eigentlich? Ein paar Lehrer, das ist unsere ganze Intelligenz. Die Ärzte und der Pope gehören nicht zur Intelligenz; die Frauen an unserer Schule sind farblos und überlastet, mit Männern, die meist kleine Amtspersonen sind. „Wie groß ist der Durchmesser der Erde?", fragt der Erdkundelehrer die Kinder. „Das weißt du nicht? Schlecht. Die Erde ist doch unsere Mutter." Diesen Spruch wiederholt er seit zwanzig Jahren, und keiner, die Lehrer eingeschlossen, hat es je für nötig gehalten, zu fragen, warum. Wir verreisen nicht; nein, die Erde ist nicht rund für uns. Und der Erdkundelehrer wird bald an Krebs sterben. Hier weiß man alles über alle, besonders das Schlechte.

„Ich geh zur Armee, sitz im Knast …", sagte ein Dorfknabe vor kurzem verträumt, als wir seine Zukunft erörterten. Sehen so Lehr- und Wanderjahre aus? Von den Jungen meiner ersten Abschlussklassen ist fast keiner mehr am Leben: Drogen, Geschäfte, Kampfhandlungen. Anfangs war ich betrübt, aber jetzt bin ich's schrecklicherweise leid geworden, sie zu bedauern, hab mich dran gewöhnt. Die Mädchen sind überwiegend am Leben, jedes Jahr immatrikulieren sich einige der Abgängerinnen an der Universität oder Akademie in Twer, Jaroslaw, ja sogar in Moskau. Die Mädchen haben auch mehr Interesse an Büchern, sie wollen gefallen. Ich bin kein alter Mann und habe keine Familie, wir veranstalten Literaturabende, ich habe ein großes Haus. Literaturdonnerstage nennen wir das, alles ganz gesittet: Tee, Verse, Prosa. Ich freue mich gern und erfreue gerne die anderen. Selbst die traurige, überaus traurige Geschichte von Verotschka Zhidkowa hat mich nicht davon abbringen können.

Wir haben einen Fluss, aber keine Eisenbahn, und das im Umkreis von mehreren Dutzend Kilometern. Man sagt, das verhindere die Ansiedlung von Industrie, aber eine Eisenbahn, ist Unfreiheit, ein Übel. Wie Tolstoj sie gehasst und wie die Bolschewiki sie geliebt haben! Unsere Lokomotive, die fliegt voran, und so weiter. Ein Bremsweg von anderthalb Kilometern, so ein Ding. Ein Auto, ja, das ist was anderes. Wenn ich eins hätte! Das Autofahren, das würde ich schon irgendwie hinkriegen. Ich würde mich ans Steuer setzen und in die Puschkin-Berge oder sogar nach Boldino fahren, an den heiligen Stätten wandeln und, hast du nicht gesehen, eine Lehrerin treffen, eine, die nicht vergeben ist, eine Alleinstehende. Wenn ich nicht einschlafen kann, lege ich mir manchmal Dialoge mit ihr zurecht. Kindisch? Na und? „Wie hat Ihnen die Exkursion gefallen?", frage ich, und sie antwortet mir nicht ganz passend, aber so, dass ich das Zitat erkenne: „Bizarr."

Bald gestehe ich: „Bei mir war's Liebe auf den ersten Blick." Vielleicht nicht ganz so direkt, aber so was in der Art.

Sie lacht, als glaube sie es nicht.

„Ich schwöre.“

Die Lehrerin macht ein finsteres Gesicht: „Sie sollten weder beim Himmel noch bei der Erde schwören.“

Und ich beende den Satz: „Und auch nicht beim lustigen Puschkin.“ Nachdem wir die Sehenswürdigkeiten angeschaut haben, fahren wir ohne große Worte zu mir. Im Auto spielen wir ein Spiel: Ich sage: „Gift und Galle“, sie antwortet: „Himmel und Hölle.“ Ich fahre fort: „Feuer und Flamme“, „Haut und Haar“, „Ross und Reiter“, „Kind und Kegel“, „Hof und Haus“, „Mann und Maus“, „Kopf und Kragen“. Sie denkt einen Moment nach und gibt sich geschlagen. Was für Spiele man nicht alles spielen kann, aber ein Auto besitze ich nun mal nicht. Wenn ich cleverer wäre, würde ich die Hälfte meines Grundstücks verkaufen (es ist groß, und außer Unkraut wächst da nichts), das Haus umbauen, mir ein Auto kaufen und sogar noch etwas übrigbehalten. Die Preise für Grund und Boden sind bei uns in den letzten Jahren auf das Fünfzigfache gestiegen. Sodass ich ein sehr wohlhabender Mann bin, ich kann nur nichts mit meinem Reichtum anfangen. Und sehne mich, ehrlich gesagt, auch nicht sonderlich danach. Zu einem Provinzlehrer passt die Armut doch, oder? Ich hab's warm. Zwar ist es gefährlich, dreckig und anrüchig, klar, ein bisschen anrüchig ist es schon, aber lassen wir das.

Ich habe wunderbare Eltern, der Dorfknabe (der findet: „Ich geh zur Armee, sitz im Knast …“) hat die nicht. Ein grobes Leben von Geburt an, er raubt einen Laden aus, nicht, weil er Hunger hat, sondern aus Übermut, oder trinkt und prügelt sich mit jemandem – wie soll man den verurteilen? Und wenn er eine Klassenkameradin vergewaltigt? Oder einen Menschen umbringt? Ab welchem Moment ist ein Kind für seine Taten verantwortlich, ist es das überhaupt? Vor Neujahr habe ich einen sehr leicht angezogenen Knaben von sechs Jahren am Busbahnhof aufgelesen. Er wollte betteln, offenbar zum ersten Mal, und wusste noch nicht, wie er das anstellen sollte. Ich habe ihn unter die Neujahrstanne zu den Datschniki mitgenommen, die wuschen ihn, bekleideten ihn, gaben ihm alle möglichen Sachen.

Ich bringe ihn nach Hause. „Da, unsere Wohnung", sagt er und deutet auf ein Zimmer, mit absolut nichts, bloß eine Glühbirne unter der Decke und ein Eisenbett, darin liegt ein nackter, dreckiger, betrunkener Typ auf einem Haufen Lumpen, es stinkt. Ich ziehe dem Typen etwas über, versuche, mit ihm zu reden: Hier sein Sohn, die Säcke mit den Sachen, es muss doch Ordnung herrschen, da fragt der mich doch: „Bist du orthodox?" Ich druckse herum, was soll die Frage?

Der Typ richtet sich auf, wackelt auf dem Bett hin und her und fragt: „Bist du Russe?"

„Ja", antworte ich, „ich bin Russe."

„Wozu kommst du mit den Sachen, mit Ordnung? Ich zum Beispiel brauche überhaupt nichts."

Warum denn das? Das wundert ihn dann eigentlich auch.

Den Sohn traf ich am nächsten Tag erneut am Busbahnhof. Er erkannte mich nicht und sprudelte nur so: „Ich war gestern vielleicht in einem tollen Haus! Die Moskauer, die leben wie die Made im Speck … Was die alles zusammengeklaut haben!"

So sind die Kinder. Und die Erwachsenen? Auf die kann man erst recht nichts geben. Fast keiner kennt die Vorwahl unserer Stadt, was soll jemand von außerhalb damit, wir fühlen uns nicht einem Ganzen zugehörig. Buddha, Sokrates, Tolstoj, ich komme aus der und der Stadt, Vorwahl soundso, so müsste es sein! An die Tiefen des Volksbewusstseins und ähnliche Ammenmärchen glauben jetzt nur noch die Datschniki, die Einheimischen sitzen vor der Glotze. Nicht aus Müdigkeit, nicht, weil das Leben schwer ist − nein, es ist leicht, es ist genug zu essen da −, sondern, um ein Loch zu stopfen, um sich mit irgendwas zu beschäftigen.

Zurück zu meiner Situation. Meine Eltern leben noch, beide pensioniert. Mein Vater war Englischlehrer, meine Mutter Grundschullehrerin, Enkel haben sie von mir nicht, und so zogen sie nach Moskau. Da gibt es Theater und Ausstellungen, und auch meine jüngere Schwester wohnt da. Meine Eltern lieben einander, lieben meine Schwester und mich. Ich habe nie gegen die Welt der

Erwachsenen rebelliert. Es gibt Leute, die meinen, zur Jugend gehöre unbedingt die Revolte, ich bin anderer Meinung.

Also: Meine Angehörigen sind am Leben, und Verotschka ist der größte, ja eigentlich der einzige zu verzeichnende Verlust für mich. Drei Jahre ist es nun her, dass sie nicht mehr da ist, und ich denke täglich, wenn nicht gar stündlich an sie. Immer, wenn ich auf aufgeweckte, intelligente Mädchen treffe, die es unter meinen Schülern durchaus gibt. Eine hat mich vor kurzem gefragt: „Wenn es Kommaregeln gibt, sind die Kommas dann nicht eigentlich überflüssig?" Warum bin ich selbst nicht auf diese Frage gekommen? „Lass mich überlegen", sagte ich ihr, „lass mich überlegen." Für solche hellen Köpfchen setze ich mich gerne ein.

Um die Sache mit den Datschniki zum Ende zu bringen: Kurz vor ihrer Abreise hocken Verotschka und ich auf der Veranda und diktieren meiner Schulabsolventin Polina den Aufsatz für die Aufnahmeprüfung irgendeiner sinnlosen Höheren Lehranstalt. Dienstleistungsakademie oder so was. Die nehmen alle durch die Bank, sammeln bei der Prüfung nicht die Handys ein, sodass wir gemütlich dasitzen, Tee trinken und Polina eine SMS nach der anderen senden. Thema: „Die geistige Welt der Provinzadeligen in dem Roman ‚Jewgenij Onegin'". Alles, was wir ihr schicken, soll Polina weiter ausführen.

Wir tippen: „Diese Welt wird in dem Roman vom zweiten bis Ende des siebten Kapitels entfaltet. Onegin ist aus der großen Welt, aus Petersburg geflohen. Die Einfalt der Dorfbewohner: Er nahm sich das Gemach zur Bleibe, / Wo vierzig Jahr der Edeling / Sich zankte mit dem Schaffnerweibe / Am Fenster saß und Fliegen fing … und lautes Schwätzen / In ihren nüchtern-klugen Sätzen / Von Branntwein, Hundezucht und Heu / Und von Familienstreiterei. Charakteristika der Provinzbewohner: Einfachheit, Natürlichkeit der Interessen, einförmige Lebensweise, weniger Liebe zueinander als Gewöhnung. Ein unstrukturierter Tag, viel Freizeit: Schweift sie im stillen Wald, allein / Des Buchs Gefahren überlassen … Sensible Menschen tendieren dazu, sich eine rosarote Welt zurecht-

zulegen: Ihr Seufzen scheint den Schmerz zu melden / Fremden Entzückens, fremden Leids / Auswendig flüstert sie bereits / Den Brief an den geliebten Helden ... Wichtigste Besonderheit der Provinz: Fehlen echter Lebenseindrücke, besonders bei den Frauen." So haben wir wirklich geschrieben: „Besonderheit", „besonders", wir mussten uns ja beeilen.

„Noch was?", fragten wir.

„Ja, ja, please."

„Ernste Einstellung zum Leben: Wäre Tatjana in Petersburg geboren, hätte sie weder bei der ersten Aussprache mit Onegin noch bei den folgenden diese Aufrichtigkeit besessen. Strenge und Einfachheit spielen hier eine andere Rolle als in den Städten. Onegin lebt nach städtischen Gesetzen, die weder Aufrichtigkeit noch Tiefgang kennen. Er tötet Lenskij aus Unachtsamkeit und macht Tatjana unglücklich. Natürlich gibt es in der Provinz ebenso wie in der Stadt auch Hochmut, Dummheit, Dandytum offener, grotesker Form, sie solle also" – raten wir Polina – „die Situation nicht idealisieren." Sie bedankte sich bei uns, es war schon an der Zeit, die Reinschrift anzufertigen, aber Verotschka und ich kamen ins Überlegen: Onegin im Dorf, das ist wie die Datschniki bei uns.

Die Einfacheren laufen in der Hitze halbnackt herum, in Moskau machen sie das nicht. Die kultivierteren Datschniki wollen keinen kränken, und es unterläuft ihnen doch. Die Petersburger tun sich hervor: Anrede mit Vor- und Vatersnamen, während sich die Moskauer mit dem Vornamen begnügen. In den Hauptstädten werden Doktorarbeiten verteidigt, es passiert was Essenzielles, die Schriftsteller polieren einander die Fresse, aber hier? Dieses liebe, warme, unreinliche Leben hier kann man doch nicht ernst nehmen. Unernste Verliebtheit, unernstes Verhalten. Wenn sie vom Fluss kommen, schauen sie bei mir herein, und dann nichts wie ab in den Pelmeni-Imbiss, rumsitzen, abhängen, wie man das heutzutage nennt. Und wenn der Sommer rum ist, heißt es: auf bessere Zeiten warten, melden Sie sich bei uns, wenn Sie zu uns nach Moskau kommen.

Mich selbst nimmt manchmal eine entsetzliche seelische, geistige und physische Trägheit gefangen, ich möchte nicht den Sittlichen spielen, sondern bin schon froh, wenn ich mit meinem Fach durchkomme, aber manche Erinnerungen verärgern mich schrecklich. So schwer es mir auch wurde, wie ein Mönch zu leben, und so wenig Liebe von Frauen ich auch in meinem Leben erfahren habe, aber als Verotschka aufgetaucht war, konnte ich auch auf das bisschen, das ich hatte, verzichten, nämlich als Zerstreuung für die weiblichen Datschniki zu dienen: ein Dorflehrer der Dichtung, ein Enthusiast, das ist was für uns, wieso ist er noch nicht vergeben? Es tat mir nicht leid, mich davon zu verabschieden.

Zu Verotschka. Verotschka war so schön, dass alle Männer außer wirklich hartgesottenen Säufern stehen blieben, sich nach ihr umdrehten oder ihr sogar folgten. In ihren Gesten, in der Bewegung ihrer Hände, ihres Kopfes, ihrer Schultern war nichts Eckiges, Ungeschicktes, nein, nie. Sie war meine Schülerin von vierzehn bis zum Abschluss, ich unterrichte nur die Älteren. „Warum wird das Wort ‚nicht‘ vom Verb getrennt geschrieben? Erklären Sie mir das mal!"
Das war das Erste, was ich von Verotschka zu hören bekam. „Es wäre doch viel bequemer, ich willnicht, ich liebenicht zu schreiben!" Da schaute ich sie aufmerksam an und dachte: Ein klassischer Fall von einem Opfer, oder kommt mir dieser Gedanke erst jetzt, da ich das Weitere kenne?

Verotschka fühlte sich stark zu mir hingezogen. Und auch ich liebte sie. Natürlich liebte ich sie, schnitt ihr aber das Wort ab, wenn sie zu einer Liebeserklärung ansetzte. Ich war nicht der richtige Mann für sie. Sie war meine Schülerin, der Altersunterschied, und vielleicht fühlte sie sich gar nicht zu mir hingezogen, sondern zur Poesie und Prosa. „Verotschka, das kommt von der Lektüre, und geheilt werden kann es ebenfalls nur durch Lektüre", das war alles, was ich ihr sagen konnte. Aber sie kam weiter zum Tee — ungezwungen, wir waren Nachbarn, sie hatte einen unstrukturierten Tag.

Xenia, die Mutter, war eifersüchtig auf Verotschka und schickte ihren Vater, den Kommunisten Zhidkow, wie wir ihn nannten, zur

Elternversammlung vor. Er wohnte schon nicht mehr mit ihnen zusammen. Früher war er Sekretär des Stadtbezirks-Komitees gewesen, nach hiesigen Maßstäben ein hohes Tier. Dann verließ Xenia ihn, er wurde krank, begann zu trinken, wurde grau, aschfahl, man konnte gar nicht mehr mit ihm reden. Er ist wohl schon tot.

Und was für Aufsätze Verotschka über Dostojewskij geschrieben hat! Ein wenig überdreht, aber äußerst talentiert. Ich weiß es noch fast auswendig: über Porfirij, den Untersuchungsbeamten mit den fett glänzenden Augen, darüber, wie wir uns wundern, wenn welche von denen menschlich sind, dass Porfirij als Einziger keinen Nachnamen hat, aber Raskolnikows Retter ist, ihm und Sonja verdankt sich seine Rettung, Gerechtigkeit und Barmherzigkeit: zwei göttliche Akte! Und ihr Aufsatz über das „Gewitter" ist das Interessanteste, was ich zu diesem Stück gelesen habe: über Katja Kabanowa und Anna Karenina. Und über haltlose, schwache Männer.

Jeder Literaturlehrer träumt davon, sein Schüler möge ein echter Philologe werden, und so riet auch ich Verotschka: Geh an die Philologische Fakultät. Ich dachte an die in Moskau, aber sie wählte Petersburg, so sehr ich sie auch bat, Puschkins Warnung zu beherzigen – „Ekel, Eis, Granit und Hass" – und sich auch Tolstoj noch einmal anzusehen. Als Tochter und einziges Kind von hohen Tieren war sie es nicht gewohnt, dass man ihr etwas abschlug. Früher wurden solche wie Verotschka Sozialrevolutionärinnen, Frauen, die ins Volk gingen ... Sie lachte mich nur aus und konterte mit Achmatowa: Doch gäben nie wir her die prunkvoll-schlimme / Granitne Stadt mit ihrem Ruhm und Leid ... Petersburg sollte Verotschka nichts als Leid bringen.

Xenia war gegen die Philologie, sie wollte eine Juristin aus Verotschka machen: ordentliches Gehalt, Arbeit bei einer Firma, Heirat mit einem Ausländer. „Il n'est de bonheur que dans les voies communes", ja, kennen wir, haben wir gehört. Verotschka widersprach ihrer Mutter natürlich nicht, wiederholte nur immer, dass sie anders sei. Sie ging nicht sofort an die Universität (um keine Ablehnung zu riskieren), sondern bereitete sich ein ganzes Jahr auf die Aufnahmeprüfung vor: im Fach Literatur natürlich mit meiner Hilfe.

Die Details ihres Todes weiß ich nicht und will sie auch nicht wissen. Studentenheim, verschiedene Wohnungen, heruntergekommene, grausame, gewitzte Leningrader Jungen, vom einen trennt sie sich, mit dem anderen zieht sie zusammen. Kultureller Underground von Piter: schlimme Typen! Bald kamen Briefe von ihr, die von jemand anderem zu stammen schienen. Verotschka hatte in Petersburg die hohe Kultur gesucht, gab stattdessen die Universität auf und beschloss, den Erniedrigten und Beleidigten zu helfen. Sie hatte die Idee, diesen armen Teufeln den Weg zu den Gipfeln von Musik, Malerei und Schönheit zu weisen. Ausgerechnet denen, die an den äußersten Rand gedrängt sind. Wie hätte das zu schaffen sein können? Es gibt zwar unterschiedliche Typen unter ihnen, aber hauptsächlich negative. Es muss auch Gewalt im Spiel gewesen sein. Vonseiten eines ihrer Schützlinge. Verschiedene Versionen sind im Umlauf: Sie hätte Tabletten genommen, Gift. Woher soll Verotschka Gift gehabt haben?

Ich war auch nicht beim Begräbnis. Die Direktorin Pachomowa hat es so eingefädelt, dass ich zu spät von einem Fortbildungskurs zurückkehrte, zu dem sie mich geschickt hatte. Das war wohl ihre Form des Mitleids mit mir. Vater Alexander wollte Verotschka nicht beerdigen, aber Xenia hat sich ihn vorgeknöpft. Keiner wollte Verotschkas Tod, keiner. Aber was mich betrifft: Ich hätte etwas unternehmen müssen, statt nur gut dastehen zu wollen. Ich hätte sie heiraten müssen und sie erst danach nach Petersburg oder wohin auch immer ziehen lassen dürfen.

„Du und sie heiraten ...", platzt Xenia der Kragen, „du, mit deinem Schlappschwanz! Igitt!" Sie bricht die Lektüre ab und kratzt sich an der Hand.

Sie hat einen dunklen Fleck an der Hand, an dem Haare wachsen. Von der Aufregung pulsiert der Fleck, er juckt. Sie versteckt ihn unter dem Ärmel.

„Was regst du dich auf?", sagt Issajkin, ihr Mann, er ist groß und etwas vornübergebeugt. „Geh, mach auf. Die Kunden warten."

Dieser Armleuchter. Das Autogeschäft ist auch ihres. „Hochwertiges Gummi für hochwertige Menschen", das ist auf Issajkins Mist gewachsen. Hochwertige Zündkerzen, Öle. Zum Teufel sollte sie ihn jagen. Aber sie haben vorm Traualtar gestanden. Was Gott verbunden hat ... Gott steht auch so schon in ihrer Schuld. Wegen ihrer Tochter und überhaupt. Den Scheißkerl zu Ende lesen.

Da die Rede auf Xenia gekommen ist, muss ich auch auf die Macht im Allgemeinen eingehen. Sie liegt in unserer Stadt in den Händen von unansehnlichen kleinen Leuten. Sie sind nervös, nicht, weil sie unansehnlich sind, sondern weil ihre Macht auf Diebstahl beruht. Aber sie sind anerkannt, voll anerkannt, wer wäre denn schon in unserer Stadt nicht anerkannt worden? Was früher der Kommunist Zhidkow war, ist jetzt Pascha Zyzyn von der örtlichen Selbstverwaltung, und jedes Jahr hoffen wir: Vielleicht bringt der die Straßen endlich in Ordnung ... Pascha, Xenia und der Richter haben alles in ihrer Hand. Xenia ist der geistige Anführer, der Ajatollah, sie ist sehr fromm. Pascha, ein Einfaltspinsel, der mal gewählt worden ist, aber die Wahlen sind inzwischen abgeschafft, jetzt vergeben die Volksvertreter diesen Posten. Und der Richter ist einfach der Reichste hier, er hat einen lustigen Nachnamen: Rukossujew, Handlanger, die Hälfte der Grundstücke um die Stadt herum gehören ihm, so ist das. Aber der Richter, heißt es, ist kein bösartiger Mensch. Im Gegensatz zu Xenia, von der man sich erzählt, wie sie ihre Tadschiken rausgeschmissen hat. Ihr scheint es Spaß zu machen, böse zu sein, wie Jugendliche, die Katzen quälen.

Die Putzfrau in der Schule hat Geld aus unseren Mänteln gestohlen, wir haben sie entlassen, mit Bedauern: Sie ist eine von uns, aber heruntergekommen, sie klaut. Wenn Pascha sich etwas aus den Taschen nähme, würde ich dem keine Bedeutung zumessen, Pascha ist anders. *Ob Diebstahl oder Wahlen, das kommt doch aufs selbe raus, die Macht haben immer die* anderen. *Nur, dass diese* anderen *sich immer dafür interessieren, was wir denken. Von ihnen und überhaupt. Unser Pope, fünf Jahre jünger als ich, heißt Alexander der Dritte. Vor ihm hat es zwei andere Alexander gegeben, er ist ordentlich geweiht und macht wohl alles richtig, obwohl man kein einziges Wort versteht. Alexander ist kein Usurpator, vor dem braucht man keine Angst zu haben. Auch ich gebe mir ja als Lehrer Mühe, alles richtig zu machen. Natürlich wünsche ich mir Respekt, aber ich bleibe nicht an der Klassenzimmertür stehen, um zu lauschen, was man über mich redet. Aber wenn ich meine Stellung durch Diebstahl bekommen hätte, täte ich das bestimmt. Auch unsere Leute werden das tun, wenn sie es nicht schon jetzt tun.*

Aber eigentlich können die da oben mir egal sein. Wir haben Licht, wir haben Wasser. Nicht immer, mit Unterbrechungen, aber im Prinzip schon. Und was die da oben machen … Das sage ich alles nur, um mich abzulenken, um nicht an Verotschka denken zu müssen … Wovor bin ich damals zurückgeschreckt? Hatte ich Angst, mich eines Diebstahls schuldig zu machen, wenn ich sie heirate? Faule Ausreden. Natürlich, wir hätten nicht hierbleiben können … Wenn ich ehrlich bin: Ich hatte Angst vor der Liebe und den mit ihr einhergehenden Leiden. Im Klartext: Angst vor Sorgen. Wenn ich wirklich ehrlich bin.

Xenia dreht die letzte Seite um: Verreck, du Hund! Ogott-ogott, verzeih. Die Tochter habt ihr mir genommen, das Land kaputtgemacht, das ist alles, was ihr Schlaumeier geschafft habt.

Im Sozialismus hat sie gearbeitet wie alle, halb geglaubt, halb nicht. Hatte ihr Land, hatte ihre Tochter. Es gab Ideale, man hatte Angst vor etwas. Als der Sozialismus vorüber und das Land auseinandergefallen war, kamen andere Werte in Mode – sie verstand alles richtig –, ließ sich taufen, taufte ihre Tochter, half, die Kirche wiederaufzubauen. An ihren

Taten werdet ihr sie erkennen. Und? Die Tochter kommt ums Leben. Tochter weg, Land weg. War das die Belohnung? Versteh das, wer will!

Der Herrgott ist ihr etwas schuldig, und zwar nicht zu knapp! Sie persönlich kommt ihrer Schuldigkeit nach, macht, was sie kann, und wird das weiter tun. Und erwartet keine Garantien. Sie hat gesagt, sie baut die Kirche wieder auf, und hat es getan. Sie hat eine Kapelle versprochen und wird ihr Versprechen halten. Wem sie das versprochen hat? Unwichtig. Der Stadt, allen, wie sie da sind, sich selbst. Wie ein richtiger Ajatollah!

Über den Plan mit der Kapelle hat sie mit Alexander dem Dritten gesprochen. Der zuckte mit den Achseln: „Die Kirche ist eh nie voll. Lass uns lieber Glocken kaufen." Sie ließ nicht von ihm ab, bis sie ihn bei folgender Szene ertappte: Väterchen sitzt da, isst Kohl und führt sich einen Film zu Gemüte, in dem wüst geflucht, geschrien und rumgeschossen wird. Er versucht zu scherzen: „Den Gottlosen wird das Unglück töten!" Sie schnappt seinen schuldbewussten Blick auf. So friedlich vertreiben wir uns also freitags die Zeit! Und rennt, mit Geschenken bewaffnet, zum Propst, zum Bischof. Jetzt ist der Pope vollständig in ihrer Hand. Schon wieder juckt der Fleck. Das machen die ewigen Sorgen.

Der Pope ist ein Schlappschwanz. Auf keine Frage weiß er eine Antwort. „Meine Kraft ist in den Schwachen mächtig." Heißt das, lehn dich zurück und amüsier dich? Die Schwachen, wo sollen die denn Kraft herhaben? Reden, ja, reden kann er! Solche wie der und dieser Lehrer, ihr Nachbar, die kriegen doch nichts auf die Reihe, alles bleibt an ihr hängen, an Xenia.

Die Kapelle, die kommt dahin, hinters Haus. Aha, jetzt weiß sie endlich ganz genau, wo die Kapelle hinkommt. Der Nachbar muss Platz machen. Er ist ein Fremdkörper in der

Stadt. Gedichte, Prosa. Wir kommen schon dahinter, wer die Prosa bestellt hat, und knöpfen uns die Auftraggeber vor. Ob die Pachomowa das gelesen hat? Bestimmt. Verflucht, Vorsicht! Man muss mit allen möglichen Idioten rechnen. Dieser Pascha, der Wicht. Ein Meter klein mit Hut, aber gibt an wie ein Sack Seife! „Das verspricht Ihnen der Chef der Administration höchstpersönlich!" Alles hängt an ihr, an Xenia: die Stadt, das Haus, das Business. Zu schwer? Nichts zu machen. Deine Pflicht. Dein Kreuz.

Der Pelmeni-Imbiss arbeitet so: Mai bis September, die Datschniki, großer Ansturm, die Terrasse ist geöffnet; Oktober bis April, da kommen einfachere Leute, die von hier. Orientalische Küche: Schurpa, Manty, Plow. Es gibt auch fleischlose Gerichte. Jetzt zum Beispiel vor Ostern, in der Großen Fastenzeit, da gibt es Fastengerichte. Aber die Basis von allem sind die Pelmeni vom Großhandelsmarkt. Wenn das Haltbarkeitsdatum der Teigtaschen ausläuft, sind sie spottbillig.
Es gibt zwei ständige Mitarbeiter: eine Kassiererin und eine Köchin, Verwandte von Issajkin, Russinnen. Alles andere machen die Tadschiken. Die haben auch ein begrenztes Haltbarkeitsdatum, wie Einwegflaschen. Drei Monate Probezeit, und wenn Klagen kommen: Pack die Sachen, verpiss dich, *doswidanija*. Während der Probezeit gibt's nichts auf die Hand, die haben ja Kost und Logis, und als sich eine mal den Arm verbrüht hat, hat sie sogar den Notarzt gerufen. Im Sommer braucht man mehr Tadschiken, im Winter reichen ein bis zwei. Übrigens sind die Tadschiken auch nicht alle gleich. Eine von ihnen hat sich sogar hier eingelebt.
Roxana Ibragimowa, fünfunddreißig Jahre. Mit tiefer Stimme sagt sie: „Für euch heiße ich Roxana", sonst ist sie stumm. Was ist denn das für ein Name? „Roxana", „Oxana", „Xana", dann sind sie ja fast Namensvettern. Dünn, groß,

ordentlich, nein, nicht wie die anderen, absolut nicht. Lange, schwarze Haare. Eine Schönheit. „Leg dich ins Zeug, dann findest du einen Mann. Der Weg zum Herzen eines Mannes geht durch seinen Magen", hatte sie ihr lachend geraten, aber das Lachen verging ihr sofort, als Roxana sie mit großen Augen ansah. Einen Moment lang blitzte ein Funke in ihren Augen, erlosch aber gleich wieder.

Was dieser Funke bedeutete, sollte sie erst später verstehen.

Kommt ein Bursche, Nicht-Russe wie sie, von der Tankstelle, trinkt sein Bierchen auf der Terrasse, Roxana bedient ihn. Er streckt die Hand aus, versucht, sie zu berühren: „Määädchen …" Roxana zuckt zusammen, ein Funke schießt aus ihren Augen wie ein Blitz. Und irgendwelche Kehllaute gurgeln in ihrem Hals. Der Bursche zieht den Schwanz ein, lässt das Bier stehen und geht.

Sie hat an der Tür gestanden, alles gesehen und daraufhin beschlossen: Gut, meinetwegen, soll sie bleiben und weiterarbeiten, ich bezahle sie. Sodass Roxana seit August hier in der Besenkammer hinter der Küche wohnt, wo es warm ist. Vier Meter freie Fläche, sie hat ja kaum was.

Sie bringt Roxana neue Sichthüllen, die Speisekarten haben Fettflecken, sie müssen ausgetauscht werden.

„Schaffst du es, die Blätter auszutauschen?" Roxana schaut auf, die Wimpern bewegen sich, sie schweigt.

Bei ihr läuft alles schweigend. Schon damals im August kam einer und fragte nach ihr. Ein Moskauer. Er behauptete, sie bringt seinen Kindern Russisch bei. Etwas Schlaueres hätte er sich nicht ausdenken können. Roxana ging nicht zu ihm raus, zu Recht.

Und mit den Blättern, das kriegt sie schon hin. Sie kriegt alles hin. Man müsste ihr den Lohn erhöhen. Sie hat ein Faible für Roxana. Schade, dass man mit ihr nicht reden kann.

„Herzlichen Glückwunsch zum Frauentag, Roxanotschka!" Aber die: wundert sich nicht, nickt nicht, null Reaktion.

Krankenhaus – Administration – Gericht. Alles einen Katzensprung voneinander entfernt.

Im Krankenhaus liegt Zhidkow, ihr Ex. Bereits ein halbes Jahr. Bei ihm zu Hause ist es kalt, niemand kümmert sich um ihn. Wohin sonst: ins Pflegeheim? Er hat ja nur noch … Wenn er's bis zum Sommer schafft, kann er nach Hause.

Zhidkow hat wieder was angestellt. In der Nacht hat er sich ins Stationszimmer geschleppt und die Rettungsstelle angerufen: Ich kann nicht mehr, ich kriege keine Luft! Die Rettungsstelle ist im selben Gebäude, unten.

Der Chefarzt kommt raus, wischt sich den Mund ab, sie feiern schon.

„Xenia Nikolajewna, wollen Sie mal hören?" Alle Anrufe in der Rettungsstelle werden aufgezeichnet. Warum soll sie sich das anhören? Gehen wir zu Zhidkow. Alles ist hier in so einem miesen Zustand, wann renovieren wir endlich?

Der Chefarzt bleibt zurück: „Ich bin in meinem Zimmer, wenn was ist."

Zhidkow sitzt im Flur, ganz gelb und abgemagert. Sie hat ihn lange nicht gesehen.

„Du lebst? Wie viel wiegst du?"

Fünfzig Kilo, nicht mehr. Sie hat ihm was zu essen mitgebracht.

„Und du, Xjucha, immer noch achtzig?"

Fünfundsiebzig, siebensiebzig, alles wie gehabt.

Zhidkow schaut bittend, er hat etwas auf dem Herzen. Er kann einem schon leidtun. Andererseits – wir müssen alle eines Tages sterben.

„Holst du mich nach Hause?"

„Zum Sommer. Hab ich doch gesagt."

„Im Sommer … Im Sommer, da bin ich schon bei unserer Verotschka. Obwohl, Kommunisten dürfen solche Sachen nicht …"

Doch, dürfen sie. Alle dürfen jetzt. Ein Kommunist bist du? Wie die unser Land verarscht haben! Aber Verotschka, lass mal für heute, es reicht. Verotschka, die hat ihn noch besucht, hat ihm Bücher vorgelesen. Schöne Bücher, sagt Zhidkow, aber welche, das weiß er nicht mehr.

„Die behandeln mich überhaupt nicht. Andere kriegen Infusionen ..."

Eine Schwester geht durch den Flur. Xenia bedeutet ihr: „Rufen Sie den behandelnden Arzt!"

Ein junger, neuer, für unsere Verhältnisse sehr reinlicher: „Ich habe Ihrem Mann schon alles erklärt. Pardon, Ihrem Exmann. Nein, nur eine Operation. In Moskau, ja. Herzoperationen werden hier nicht gemacht. Im Kreiskrankenhaus auch nicht. Sicherheit? Wer soll die Ihnen geben können? Natürlich ist das nicht ohne Risiko. So ungefähr zehn Prozent. Die Wahrscheinlichkeit, an der Krankheit zu sterben, liegt bei hundert Prozent. Verstehen Sie?"

Ganz schön forsch, dieser Arzt. Ruhig:

„Die Ärzte im Kreiskrankenhaus sind da anderer Meinung. Eine Operation in seinem Alter?" Zu Zhidkow: „Hol den Arztbericht."

Zhidkow kann kaum gehen, nach zwei Schritten ringt er nach Luft. Xenia überholt ihn, geht ins Krankenzimmer, zwei Betten, in dem anderen ein elender Alter. Hätten die ihm nicht ein Einzelzimmer geben können? Immerhin ist er der Zweite Sekretär und nicht irgendein abgerissenes Kolchosmitglied, man hat doch die Vergangenheit zu respektieren. Sie wühlt im Nachttisch, ein unheimlicher Gestank, nicht von dem Alten, sondern: Pelmeni-Reste, Reste von dem, was sie geschickt hat. Zhidkow kommt endlich angeschlurft:

„Xjucha, kannst du nicht meine Bienenzucht kaufen, ja?"

„Bleib mir vom Hals mit deiner Bienenzucht! Hier: Behandlung am Wohnort." Der Arzt verzieht das Gesicht: wer hat denn das geschrieben? Die haben keine Ahnung ... Und du hast welche? Er fängt wieder an, etwas zu erklären. Sie schaltet ab, hört nicht zu. Plötzlich legt er los:

„… Wenn er die OP macht, kann er leben, so lange er will. Wir haben ihn fast rumgekriegt. Sie sollten keine Probleme machen, sondern zu einer Lösung beitragen."
Das geht entschieden zu weit! Sie rast zum Chefarzt: jeden Tag Infusionen, zwei pro Tag. Von ihm persönlich anzuordnen und persönlich zu kontrollieren. Den Scheißkerl nicht an Zhidkow heranlassen. „Und den Frauen in Ihrem Krankenhaus bitte ich meinen herzlichen Glückwunsch auszurichten!"
„Ihnen auch, Xenia Nikolajewna!"

„Ist Pawel Andrejewitsch an seinem Arbeitsplatz?
„Ja, ja, für Sie, Xenia Nikolajewna, ist er immer da!"
Was für ein dummes Lächeln? Tja, die weiß Bescheid.
Vor fünf Jahren, als Pascha gerade sein Amt hier antrat, hat sie ihn aufgesucht. Sie hatte ihm die Stelle ja besorgt: ein einfacher Bursche, aber – Hauptsache! – einer von den Örtlichen (einheimisch, plus: sein Großvater war im Krieg an der Front, Pascha war der Enkel eines Soldaten, darin bestanden seine einzigen Meriten). Sie wollte ihm gratulieren, ihm viele Jahre zum Wohle der Stadt wünschen. Sie redeten über dies und das. Plötzlich schubste er sie in das Hinterzimmer. „Sehen wir uns den Film über mich an?"
„Was für einen Film denn?"
„Na, du wirst schon sehen, Xenia Nikolajewna, das lohnt sich."
Im Zimmer ein Sofa. Die Vorhänge vor dem Fenster waren zugezogen. Pascha warf sich von hinten auf sie, das hatten ihm die Kameraden geraten: Frauen lieben Stärke.
„Was machst du denn, Pascha?"
„Ich mache dir den Hof."
„Bist du vor Freude übergeschnappt? Ich bin fast Oma, laufen in der Stadt keine Mädchen mehr rum?"
Pascha ging etwas auf Abstand und drehte den Kopf: „Ich brauche jetzt einen Status." Und machte sich wieder an sie

ran. Okay, du kriegst deinen Status, mein Falke. Moment, schau mal weg. Pascha ist ein Absolvent der Fliegerschule, klein ohne Hals, mit großem Kopf, alles andere ist bei ihm klitzeklein geraten. Gekicher und Gerangel.

Die Liebe dauerte vierzig Sekunden und wurde seither nicht wiederaufgefrischt, aber die Stadt wusste nun: Xenia und Pascha sind ein Paar.

Pascha ist gerade dabei, Glückwunschkarten zum achten März zu unterschreiben, er ist sich nicht zu schade dazu, obwohl er ein Kopiergerät hat. Aber nein, er macht das selbst. Er ist ein Workaholic.

„Du schonst dich aber auch gar nicht, Palandreitsch."

„Was willst du von mir?"

„Es gibt Probleme."

Pascha nimmt ein staatsmännisches Aussehen an: „Xenia Nikolajewna, Probleme sind zum Lösen da."

Sie holt aus. Es geht um die Kapelle, hier die Pläne, nur eine Kleinigkeit fehlt noch: das Grundstück. Mit der Geistlichkeit ist alles abgesprochen: Die Kapelle ist ein Muss. Nun hat sie da doch einen Nachbarn, der schwimmt im Fett mit seinen fünfzehn Hektar, und das praktisch im Stadtzentrum.

„Der ist nett", meint Pascha.

„Meine Christinka ist bei ihm. Wie ein Vögelchen lebt der", sagt sie.

Eben. Wie ein Vögelchen. Wie ein Vögelchen unter dem Himmel. Kerngesund.

Pascha strengt sich auf einmal schrecklich an: „Wie war noch das Programm: geistige Wiedergeburt, slawisches Schrifttum …"

Seit wann interessieren wir uns für das Schrifttum, Pawel? Wir geben deinem Vögelchen Wohnraum von der Munizipalität, umso mehr, wenn es ein Programm hat. Pascha kapiert so viel wie eine Giraffe.

Die Häuser brennen, du hast doch als Feuerwehrmann gearbeitet!, möchte Xenia Nikolajewna schreien, aber das ist nichts für

Pascha. „Ich dachte, du bist ein Mann. Du hast es mir letzte Woche versprochen!"

„Entschuldigung, Xenia Nikolajewna, letzte Woche war letzte Woche, *diese* Woche ist *diese* Woche."

„Wo hast du das denn her?"

Vom Kreischef. Bei den Vorgesetzten auf Kreisebene geht Pascha jetzt ständig ein und aus. Da kann sie nicht gegen anstinken. Weiß Pascha überhaupt, was eine Kapelle ist? Er brummelt: „Ich sehe die Logistik nicht."

„Bowling fänd ich besser", meint Pascha. „Da gibt es mehr Fans."

„Wieso denn Bowling? Du bist schließlich ein Vertreter des Staates, Pascha!"

„Staat, das ist ein relativer Begriff, Xenia Nikolajewna."

Er sitzt da und schmollt. Ist der eingeschnappt wegen der Giraffe? Mann, du kannst doch froh sein, wenn man dich mit einer Giraffe vergleicht ... Da, eine Eingebung:

„Weißt du denn, was bei dem Lehrer los ist?", erzählt sie, in Fahrt gekommen. „Tja, das Vögelchen, das zwitschert, zwitschert und kladderadatsch. Dicht hinter ihrem Haus, da hat es ein Nest der Unzucht gebaut. Hast du keine Angst um deine Tochter?" Sie redet und redet, holt ein Tuch hervor und führt es an die Augen: „Möchtest du, dass auch sie, ja, auch sie ..."

Pascha denkt nach. „Wir werden schon fertig mit diesem Mistkerl."

„Das wird auch höchste Zeit!"

„Das kriegen wir in den Griff. Die Kapelle wird gebaut, leite die Entscheidung ein! Komm, lass uns auf den Feiertag anstoßen. Gesundheit, Stärke und Liebe wünsche ich dir, Xenia Nikolajewna!"

Offiziere trinken im Stehen. Ogottogott, er geht ihr verdammt auf die Nerven.

Das Gericht ist für ihn eher eine Freude als Arbeit. Jegor Sawwitsch, der Richter, ist lustig, singt gern und arbeitet gut, führt den Prozess beschwingt: flüssig, ohne Pausen. In der letzten Zeit hat er ein wenig abgebaut, hat eine Glatze gekriegt, er fährt in die Kreisstadt, um sich untersuchen zu lassen. „Atrophische Hirnveränderungen", steht im Arztbericht der letzten Konsultation.

Sie lacht: „Bloß nicht weitersagen. Vor allen Dingen nicht den Rechtsanwälten."

Wenn sie etwas bereut, dann die Tatsache, dass sie nicht Richterin geworden ist. Sie kriegt jedes Mal eine Gänsehaut, wenn das Urteil gesprochen wird: Alle erheben sich, der Richter verkündet das Urteil, toll. Gerade erst hat er es getippt, schon heißt es – Zack! – drei, fünf, zehn Jahre.

Heute sind zwei Tadschiken dran, die früher bei ihr gearbeitet haben. Sie hat sie schon im September entlassen, jetzt arbeiten sie irgendwo auf dem Bau, genauer: haben da gearbeitet. Eine kriminelle Nation, Ausnahmen bestätigen nur die Regel.

In der Frühe war es düster, jetzt kommt die Sonne durch. Auf dem Weg zum Gericht ist sie richtig fröhlich geworden, Paschas Cognac zeigt Wirkung. Da sind ja die beiden, in Handschellen, am Hintereingang. Na, unbequem, die Zigarette mit beiden Händen zu halten? Und abgenommen habt ihr auch ohne Xenia Nikolajewna, seid mager geworden. Na, macht nichts, von der Staatskost werdet ihr schon zulegen.

Jegor kommt heraus, er hat schon den Talar an: „Wir fangen an."

„Das läuft hier ganz gemütlich."

„Los, Kinder, Marsch in den Saal." Alle heißen bei ihm „Kinder". Aber diese hier verstehen, scheint's, kein Russisch. „Xenia Nikolajewna, geh auch in den Saal."

Sie geht wie immer in das Hinterzimmer, die Tür steht einen Spalt weit offen, von hier aus kann man alles hören und sehen. Die Rechtsanwälte, beide Pflichtverteidiger nach Paragraph einundfünfzig, Staatsanwalt, Schriftführer, alle sind da.

„Erheben Sie sich, das Urteil wird verkündet. Setzen bitte", keiner rührt sich. Daran sollte sich Vater Alexander mal ein Beispiel nehmen, der schafft es, jeden Gottesdienst auf zwei Stunden auszudehnen. Aktenzeichen, Paragraph, die völlig unaussprechbaren Namen der Angeklagten, die staatliche Anklage unterstützt der Soundso, keine Einsprüche, keine Anträge. Der Paragraph der Verfassung ist den Angeklagten erläutert worden. Beschluss der Anklage. Zum Staatsanwalt: Komm, wir bleiben sitzen.

Die beiden haben am Busbahnhof einem Knaben, einem Einheimischen, das Handy abgenommen. Sie haben mehrere Jungen beklaut und mehrere Handys an sich genommen, aber nur einer hat sie bei der Miliz angezeigt; die Tadschiken wiederum waren nicht zu zweit, sondern zu dritt, einer hat sich aus dem Staub gemacht. Im Leben ist alles anders als vor Gericht, weniger ordentlich, das gefällt ihr am Gericht. Wer braucht schon diese ganzen Tadschiken, diese ganzen Handys, diese Opfer, die nicht zum Prozess erscheinen.

Jegor nickt leicht, als höre er einer Musik zu. Von den Rechtsanwälten kommt immer nur: „Steh auf!", „Antworte dem Gericht!" Der erste Tadschike stimmt der Anklage vollumfänglich zu, der zweite teilweise. Der Erste: Ja, er brachte dem Opfer Schläge bei, ja, er durchwühlte seine Taschen.

„Womit hast du sie durchwühlt, mit den Händen?", fragt der Staatsanwalt.

Womit denn sonst? Versteht der Angeklagte überhaupt, wonach man ihn fragt? Xenia schätzt sein Alter. Na, hättest eben nicht die Schule schwänzen sollen. Was für ein Land das früher war!

Der zweite Tadschike ist im Russischen sicherer. „Vitalik und ich haben zusammengesessen, wir haben unsere ‚Rollton'-Suppe gegessen."

„Fertigsuppen von ‚Rollton'", unterbricht Jegor. „Werbepause!" Er dreht sich zu der Tür, hinter der Xenia sitzt, wie er weiß.

„Das ist nicht Gegenstand der Anklage", mischt sich der Anwalt ein. „Hast du das Opfer geschlagen? Hast ihm gedroht? Wer hat das Handy aus der Tasche gezogen?"

„Zum Handy kann ich nichts sagen. Ich war betrunken."

Der Anwalt winkt ab, hol dich der Teufel, dann kriegst du eben Knast.

Die Befragung des Zeugen dauert noch anderthalb Minuten, die Plädoyers zwei. Das Gericht zieht sich zur Beratung zurück. Lass uns mal raten:

„Ein Jahr und drei Monate? Beziehungsweise umgekehrt: drei Monate und ein Jahr?"

Jegor nickt: Genau, sie rät immer richtig.

Xenia betritt den Saal. Ein zentraler Augenblick:

„Im Namen des ..." Bumm! Hammerschlag, aus! „Abführen!"

Jegor ist ein guter Richter: Berufungen gibt es bei ihm nicht. Den Talar zurück in den Schrank, Gitarre, Cognac und Gläschen raus aus dem Schrank.

„Sieh zu, dass du nicht vertrocknest, Xjuscha! Schneid dir was von der Zitrone ab, hier hast du Gurken, Oliven und Dörrfisch."

Zweiter Tag der Fastenzeit, sie wird das beichten müssen!

„Alles Gute zu deinem Festtag, zum Frauentag! Der, auf den getrunken wird, muss ex trinken."

In seinen Augen stehen Tränen, der Alkohol ist ihm schnell zu Kopfe gestiegen. Früher, noch zur Sowjetzeit, *sind sie miteinander gegangen*, wie es heißt. Xenia kam nach der Arbeit bei ihm vorbei, sie verriegelten die Tür, Jegor umarmte sie und fragte zärtlich: „Rate mal, Xjuscha, wen werden wir jetzt *vergewaltigen*?" Als wir noch jung waren ... Er versucht auch jetzt, Xenia zu umarmen, aber sie befreit sich sanft.

„Vielleicht habe ich ja gerade eine sexuelle Anwandlung?"

Von wegen Anwandlung. In Wirklichkeit hat Jegor sein ganzes Leben nur eine Frau geliebt: die Sängerin Pugatschowa,

Alla Borissowna. „Für dieses Frauenzimmer", pflegte er zu sagen, „wäre ich glatt imstande, einen unschuldigen Menschen umzubringen." Xjuscha schätzt er ebenfalls wegen ihrer Stimme.

„Singen wir was zusammen?"

„Warte", bittet Xenia. „Nachher."

Jegor lehnt sich auf dem Sofa zurück, zieht die Augenbrauen zusammen: „Dann lass uns über Göttliches sprechen ... Ich mag das ... Was haben wir für ein Jahr?"

Es dauert, bis Neuigkeiten unsere Stadt erreichen. Sie erklärt: „Strichcode, 666, wie auf dieser Flasche hier, verstanden? Und das auf jedem Produkt."

„Und was sollen diese drei Sechsen? Versteh ich nicht." Jegor nimmt die Flasche, will eingießen.

Sie weiß es nicht genau.

„Vielleicht zur Synchronisierung ..."

„Hahaha", lacht der Richter. „Zur Synchronisierung haben wir dreimal die Sieben. Unseren Portwein. Verstehst du?"

Jegor ist fröhlich, er verbreitet Wärme und Fröhlichkeit. Warum auch nicht? Er hat Geld und eine notwendige, interessante Aufgabe. Schade, dass sie nicht Juristin geworden ist. Sie hat Verotschka zu einer machen wollen ... Sie erinnert sich an den Morgen, ihr Gesicht verfinstert sich. Sie sollte Jegor von dem Lehrer erzählen: In der Stadt, die Jegor und ihr gehört, in dieser Stadt, da lebt ein Fremder.

„Jegor, erinnerst du dich an meine Verotschka? Hast du eine Ahnung, wer sie auf die schiefe Bahn gebracht haben könnte?"

Aber der hängt noch seinem gelungenen Witz mit dem Portwein nach.

„Der Lehrer vielleicht? Aber was für eine schiefe Bahn meinst du? Sie hat doch selbst gesagt: Es war nichts zwischen ihnen."

„Eben, Lehrer ist er! Dann soll er auch lehren! Statt Literaturdonnerstagen, Lyrik, Prosa ..."

„Xjusch, was hat das denn damit zu tun? Deine Verotschka, entschuldige, die war doch immer etwas wunderlich. Wenn sie nur mit ihrem blöden Vater Mitleid gehabt hätte. Aber nein! Sie hatte Mitleid mit allen Unglücklichen. Weißt du noch, wie sie einen Penner von der Straße aufgelesen hat?"

„Da war Verotschka doch noch ein kleines Kind."

„Lass den Lehrer in Frieden. Du hast nichts zu tun, deshalb kommst du auf abwegige Gedanken. Beruhige dich, Xjusch. Die Zeit heilt alle Wunden."

„Jetzt hör mal, Jegor. Wir haben einen Fremden in der Stadt. Feind oder nicht – aber es sieht ganz danach aus. Oder es steht jemand dahinter. Papiere schreibt dein Lehrer, die haben es in sich. Willst du mal sehen?"

Jegor winkt ab. Papiere hat er selbst genug.

„Auf deine Erde haben die's abgesehen", deutet Xenia so ganz nebenbei an, auch eine Kunst, die nicht jeder beherrscht.

Jegor kann auch ernst werden: „Auf meine Erde? Wer?"

„Na, wer schon … Fremde Leute sind in unserem Haus, Jegoruschka. Fremde Leute!"

„Jeder, der unseren … diesen … na, du verstehst schon, unseren Staat angreift, der kann was erleben!" Er haut auf den Tisch: „Rums! Du und ich, unsere Väter, Großväter und so, wir haben diese Erde verteidigt. Gegen die Deutschen! Gegen die Franzosen!" Mehr für sich: gegen die Polacken!

Jegor ist feuerrot geworden, insbesondere seine Glatze.

„Du lässt mich doch nicht im Stich, Jegoruschka?"

Da hätte sie sich nicht zu erkundigen brauchen.

Uff, sie hat sich ausgesprochen, ihr ist schon leichter. Sie bedeutet ihm: Nimm die Gitarre, lass uns singen. Und sie hebt die Hand und löst den Knoten. Ihr kastanienbraunes, langes Haar fällt herunter. Noch ein Gläschen.

„Komm, sing: ‚Wohin sind sie denn alle weggegangen …'"

Xenia lächelt, sie kennt Jegorows Faible. Wenn ihm etwas nicht gelungen ist, kommt: *„Wie viele sind gefallen in den*

Abgrund, der in der Ferne gähnt!" Sie hat eine hohe, klare Stimme: richtig schön!

Das Lied ist zu Ende, der Richter streicht über die Saiten, traurig. Auch er muss an den Tod denken. Er ist verstört: Zwei gelbe Vögelchen haben sich heute in sein Haus verirrt. Ein schlechtes Vorzeichen, es kündigt den Tod eines Menschen im Haus an.

Xenia beruhigt ihn: „Die waren gelb? Das ist nicht schlimm, das bringt Geld."

Xenia ist gläubig, das ist leichter. Aber er kann mit der Kirche nichts anfangen, nein: „Was hat man uns beigebracht? Dass mit dem Tod alles zu Ende ist. Und jetzt? Selbst die höchsten Staatsmänner stehen da mit Kerzen, lassen sich taufen. Die fallen zwar nicht auf die Knie, das hätte ja gerade noch gefehlt … Aber worum würdest du selbst denn Gott bitten?"

Nicht gerade die idealen Gespräche zum Cognac. Na, was sich gehört, darum bittet sie. Das, worum die heiligen Mönche baten …

„Angenommen, es wäre sicher, dass es einen Gott gibt. Worum würdest du ihn bitten?"

Sie denkt nach. „Verotschka krieg ich nicht zurück, das Land auch nicht … Dass ich zwanzig, dreißig Jährchen jünger wäre, wahrscheinlich." Sie kichert, das wär was … „Komm, Prost, auf alles Gute."

Sie können sich nicht trennen. Draußen ist es bestimmt schon ganz dunkel.

„Schau mal." Rukossujew sucht in seiner Aktentasche nach einem Zettel. „Ein Gedicht. Richtig toll: *Wir müssen alle sterben, / Eine Wahrheit, die mir gar nicht schmeckt / Doch werd auch ich, wenn mir die Stunde schlägt / Den andern gleich verderben …* So ein Tiefgang. Da geht es um das, was letztlich zählt." Er hat keine Lust, die Brille zu suchen, kennt die Zeilen ja auswendig. „*Das Leben währt nur einen Augenblick, / die Ewigkeit, sie ist von Dauer / Pampámpampámpam eine Mauer, / Die Menschen aber leben und sind weg.* Das trifft einfach den Nagel auf den Kopf."

Ihr schwirrt der Kopf. Wessen Gedicht das wohl ist? Sein eigenes vielleicht?

„Nein, da kommst du nicht drauf. Das ist von Andropow. Von unserm Jurij Wladimirowitsch. Da staunst du, was? Besser als all diese komischen ... *Das Wesen, das im Dunkeln wächst, / Bricht sich den Weg zum Tageslicht / Und Generationen kommen, gebend / stets weiter die Stafette Leben.*"

Kommende Generationen, verflixt.

„Du hast gut reden, Jegor, mit deinen Kindern und Kindeskindern." Sie weint, mittlerweile ganz schön blau geworden und völlig in Tränen aufgelöst. So ist das immer, wenn sie in der Fastenzeit zur Flasche greift.

Es klopft. Xenia wischt sich die Tränen ab. Was ist das denn für ein Geist? Issajkin! Der Schweiß tropft ihm von der Stirn, er ringt nach Luft.

„Weißt du's schon?"

„Was? Wieso kommst du hier so einfach reingeschneit? Was soll das!"

Notfall. Mord. PASCHA ZYZYN IST ERMORDET WORDEN. Gerade eben. Zu allem Übel auch noch ausgerechnet in ihrem Pelmeni-Imbiss!

„EIN TERRORANSCHLAG. Warum erfahren wir das erst jetzt?"

Er hat es selbst eben erst erfahren.

„Du Idiot! Warst du vor Ort? Bist du auch nicht besoffen, Issajkin? Lauf vor, wir holen dich ein – oder nein, warte!" Rukossujew ruft schon jemand an. Schnell, schnell! Der Weg zieht sich endlos hin: Jegor ist nicht nur außerstande zu rennen, auch schnell gehen kann er nicht. Er schnauft.

„Hast du nicht behauptet, die Vögelchen verheißen Geld?"

Terroranschlag, das kennen sie aus dem Fernsehen: Explosionen, abgetrennte Körperteile. Aber in der Gegend des Imbisses ist's ruhig. Die Leute da sind zahm, hocken abends zu Hause. Die Feuerwehr zieht gerade ab. Im Imbiss machen sich Milizionäre und der Staatsanwalt zu schaffen, sie beachten Xenia nicht. Wo geschah der Mord? In der Küche? Was hatte Pascha in der Küche zu suchen? Aha, Blutflecken. Schrecklich! Tatwaffe? Ah, mit einem Messer. Wie die mir hier die Bude vollqualmen! An die Männer gewandt: Gehen Sie zum Rauchen nach draußen! Sie muss die Situation in den Griff kriegen. Und wo ist Roxana? Wo? Der Chef der Miliz, ein dicker Oberst: „Die Ibragimowa, die? Na, in Untersuchungshaft, wo denn sonst? Morgen geht's ab ins Kreisgefängnis."

„WIE? DANN WAR SIE DAS? Du ahnst es nicht!" Xenia will ein Klagelied anstimmen, verstummt aber gleich. Alles klar. Pascha hat dem Mädchen DEN HOF GEMACHT. Und Roxana! Die hat nicht lange gefackelt: „WOW, DAS MACHT IHR SO SCHNELL KEINER NACH!"

„Jegoruschka, wieso denn ins Kreisgefängnis, wieso? Paragraph 105, Absatz 1, das fällt doch in deine Befugnis."

„Xjusch, deine Tschutschmeken haben heute ganze Sache gemacht", hält der Richter fest. „Ein Oberhaupt der örtlichen Selbstverwaltung, das ist kein kleiner Fisch. Vergiss nicht: Presserummel, Riesenwirbel. Willst du dir die Finger verbrennen, dann mach's, ich will's nicht!" Fehlt nur noch, dass er gähnt! „Das ist ein Fall für Paragraph 105, Absatz 2." Er rekapituliert den Gesetzestext: „Besondere Grausamkeit, Punkt eins. Möglicherweise auch Ausländer- und Rassenhass, Punkt zwei. Da sind die jetzt scharf."

„Jetzt behaupte nur noch: in Ausübung seines Amtes", protestiert Xenia.

„Absatz 2, Instanz: Kreisgericht. Acht bis zwanzig Jahre … Oder vielleicht nicht gleich ganze zwanzig, aber zehn Jahre allemal."

Xenia Nikolajewnas Nerven halten ja einiges aus, sind aber auch nicht aus Stahl.

„Entschuldige mal, Jegoruschka, für Pascha, ist das dein Ernst? Für Pascha Zyzyn, diesen, Verzeihung, Armleuchter: ZEHN JAHRE?! Versündige dich nicht, Jegoruschka! Ich schlepp dir morgen hundert solche Paschas an. Ihr seid befreundet, gut, aber entschuldige, wo bei anderen das Gewissen sitzt, da saß bei unserem Pascha der Pimmel, wie man so sagt." Zu dem Bullen: „Zeig mal, was hast du notiert, du Scheißermittler! Halt dich raus, Jegor! Was für ein STREIT AUFGRUND EINER SPONTANEN ... Was für ein Blödsinn! SPONTANE FEINDSELIGE ANWANDLUNG?! Schreib: BEIM VERSUCH, SIE ZU VERGEWALTIGEN ..." Sie reibt sich die Hand, es pulsiert darin, die Haut spannt, sie platzt jeden Moment. „Und Roxanas Unterschrift? Fehlanzeige! Alles erfunden! Steck's dir in den A..."

„Entschuldigung, Xenia Nikolajewna", mault der Milizionär. „Sie sind zwar eine Respektsperson ..."

Xenias hysterischer Anfall lässt Jegor Vernunft annehmen, er greift wieder zum Hörer: „Hier braucht jemand Hilfe!", brüllt er. „Nein, was hat das denn damit zu tun ... Schick deine Scheißmedizinmänner wieder her!"

Widerlich, Stress. Überall Paschas Blut. Xenia klappt zusammen. In gewisser Beziehung ist sie schwächer als die Männer. Sie wird zur Tür geschleppt, mit Wasser übergossen, jemand hält ihr einen Wattebausch unter die Nase.

„Gleich beim ersten Mal zum Messer greifen", räsoniert Jegor, „das passiert selten. Eher mit der Axt. Jemanden mit dem Messer umbringen, ist gar nicht so leicht. Das macht ihr so schnell keiner nach ... Hast du schon mal ein Schwein geschlachtet?"

Andere Stimmen: „Ist das Weibsbild eine Schönheit?" „Iwo, eine hundsgewöhnliche Tschutschmekin." „Und Palandreitsch,

der dachte, er hat Gott bei den Eiern gepackt, ist in die Kreisliga aufgestiegen." „Tja, auf der Bahre ..."
„Pascha hat sich ins Aus gebumst", bilanziert der Richter. „Sind die Angehörigen informiert?"

Sie ist wieder auf den Beinen. Die Untersuchungen im Pelmeni-Imbiss sind abgeschlossen, es kann geputzt werden. Das erledigen die Frauen. Jegor bringt sie nach Hause: noch ein Gläschen für die Seelenruhe des Verstorbenen? „Ja, aber lass mich danach alleine. Und du, Issajkin, brauchst dich auch nicht zu überschlagen."
Xenia schläft nicht ein, sondern fällt in ein Loch. Eine Dreiviertelstunde später wird sie auf einmal munter, springt auf, schnappt sich eine Riesentasche und wirft Äpfel, Joghurt und Wurst aus dem Eisschrank hinein. Öffnet die Tür zu Verotschkas Zimmer. Das betritt Xenia selten, sie öffnet den Schrank und packt Kleidung, Schuhe, ja sogar Unterwäsche zusammen, wird schon passen. Um Himmels willen, warum? Kaum hast du jemanden ins Herz geschlossen ...
Xenia geht zur Miliz. Ist der Oberst in seinem Zimmer? Na klar, Xenia Nikolajewna, bei dem, was passiert ist. Natürlich lässt er sie vor, wie könnte er das so einer Frau verweigern? „Schauen wir erst mal durchs Guckloch." Er lässt Xenia gucken. „Sie schläft, unsere Missetäterin, da kann man sich nur wundern."
Sie ist alleine in der Zelle. Und schläft doch tatsächlich. Auf dem Rücken liegend, atmet sie flach und gleichmäßig. Schlafend wirkt sie noch schöner.

Als *dieser Kerl* von ihr abgelassen hatte und endlich keinen Muckser mehr tat, hat sie abgewartet, bis ihre Wut verraucht war. Atmete auf und wusch sich alles am Waschbecken im Klo ab, wo sie sich immer wusch. Vielleicht hätte sie die Spuren der Gewaltanwendung besser nicht beseitigen sollen, auch dieser Gedanke war ihr gekommen, aber sie konnte den Wunsch, sich zu waschen, nicht unterdrücken. Sie packte die zerrissenen Strümpfe und den Kittel in eine Plastiktüte und legte das in Zeitung eingewickelte Messer dazu. Dann zog sie ihr einziges Kleid und den Mantel an, band sich das Tuch um, nahm ein paar Bücher aus der Kammer mit, ihre ganze Habe, versperrte die Tür und machte sich auf den Weg zum Revier. Ja, sie löschte, bevor sie ging, überall das Licht. Diese Kaltblütigkeit sollte später als Beweis dafür dienen, dass die Zeichen der Aufmerksamkeit, die das Opfer ihr entgegengebracht habe, entweder von ihr erfunden oder überbewertet worden seien.

Auf dem Revier teilt sie dem Diensthabenden mit, vor etwa einer Stunde sei ein Mann mittleren Alters bei einem Vergewaltigungsversuch von ihr getötet worden, zeigt die in die Plastiktüte gepackten Sachen vor und händigt den Schlüssel des Imbisses aus.

Sie registriert die Aufregung auf dem Revier, die Milizionäre rennen die Treppe runter, ein Auto startet Richtung Pelmeni-Imbiss. Sie selbst wird in den zweiten Stock gebracht und soll auf einem Stuhl Platz nehmen. An den Tisch ihr gegenüber setzt sich ein junger Milizionär. Er ist friedfertig gestimmt: „Sie können Ihren Anwalt holen lassen."

Sie hat noch keinen Anwalt. „Das war ein Scherz." Ach so, er hat gescherzt.

Ibragimowa Ruchschona Ibragimowna, geboren 1971, tadschikische Staatsangehörigkeit. Geburtsort: Leninabad, heute: Chudschand. Hochschulausbildung.

Der Milizionär sieht vom Protokoll auf. Jawohl, Hochschulausbildung, Philologische Fakultät der Universität Moskau. Der Milizionär ist sichtlich erstaunt: Er selbst hat kaum mehr als zwei Jahre Jura-Fernstudium hinter sich.

Paragraph 51 der Verfassung ist ihr bekannt: „Keiner kann gezwungen werden, gegen sich selbst auszusagen und so weiter."

„Vorbestraft?"

„Nein, erstmalig."

Woher weiß sie dann so was? Sie zuckt die Achseln: Hab ich gelesen. „Die Verfassung?" Genau.

Er fordert sie auf, die Tatumstände darzulegen. Sein Ton ist wohlwollend. Wenn sich alles so verhält, wie sie es darstellt, protokolliert er ihre Angaben, lässt sie unterschreiben, und sie ist frei.

Ob sie den Mann früher schon einmal gesehen hat? Ja, hat sie, er war kurz bei der Wirtin zu Besuch. Seinen Namen weiß sie nicht. Heute ist er gegen sechs Uhr abends gekommen, hat nach Xenia Nikolajewna gefragt. Da die nicht da war, bestellte er ein Glas Bier. Im Pelmeni-Imbiss war niemand außer ihnen. Er trank sein Bier und bot ihr an … intim zu werden, sie lehnte ab. Ja, scharf, aber nicht in beleidigender Form, ohne großen Wortwechsel.

„Es gibt manchmal so eine Ablehnung", erklärt der Milizionär, „die aussieht wie eine Ablehnung … und dann … Kurz … Frauen lieben Stärke."

Sie schaut ihn aufmerksam an. Sie liebt Stärke, aber das da war etwas anderes. Der Milizionär muss sie nicht richtig verstanden haben: „Keine Lyrik. Weiter, bitte."

Als der Mann aufstand und sich ihr nähern wollte, ging sie in die Küche. Warum? Eine instinktive, nicht mit dem Kopf getroffene Entscheidung. Wo das Messer gelegen hat, weiß sie noch, wie viele Male und wohin sie es gestoßen hat, nicht. Ob sie ihn umbringen wollte? Sie wollte, dass er aufhört, egal, wie.

Noch eine Frage: Warum arbeitet sie nicht in ihrem Beruf? Sie versteht nicht, was das zur Sache tut. Gut, und früher? In der Universität in Chudschand hat sie kurz russische Literatur unterrichtet.

„Wer braucht die denn da?", wundert sich der Milizionär. „Da sind doch nur diese …" Er wollte sagen: Schwarzen.

Ja, die braucht keiner, da stimmt sie ihm zu. Eigentlich nicht. Wo hat sie noch gearbeitet? In Moskau, mit Kindern aus reichen Familien, Russisch, Literatur, Englisch. Wenn man das Arbeit in ihrem Beruf nennen kann. Warum sie eine unqualifizierte Arbeit angenommen hat? Das hatte seine Gründe.

„Du wolltest leben wie deine Blutsbrüder?"

„Ja", antwortet die Untersuchungsgefangene. „Wie meine Brüder und Schwestern."

„Im Geiste. Amen!", fällt dem Milizionär dazu nur ein.

Der Diensthabende kommt stramm in den Raum marschiert und ruft den Milizionär in den Flur. Er kehrt sofort zurück. Die Angelegenheit hat einen Haken. Ob sie weiß, dass der getötete Pawel Andrejewitsch Zyzyn das Oberhaupt der örtlichen Selbstverwaltung ist? Nein, aber aus ihrer Sicht ändert das nichts, er ist ein ganz gewöhnlicher Triebtäter. Der Vorfall war kein Mord, sondern Selbstverteidigung.

„Ganz schön effektiv, die Selbstverteidigung", spöttelt der Milizionär. Sechs Schnittwunden: Bauch, Gesicht, Leistengegend, und sie hat keinen Kratzer.

Ob sie die Tat bereut? Eine sinnlose Frage, sie hatte keine Wahl. Die Ereignisse in der Küche hatten eine Eigendynamik.

„Hättest du dich denn nicht im Guten einigen können?", wechselt der Milizionär auf einmal den Ton und blickt der Untersuchungsgefangenen aufmerksam in die Augen. Das hat er sich bei den Verhören seiner älteren Kollegen abgeguckt. Ihre Augen sind schwarz – die haben alle solche –, und sie schaut damit irgendwie in sich hinein, da blickt man nicht durch. Auf einmal geht eine Klappe auf, eine Flamme schießt raus, wie bei einem Feuerzeug, das man voll aufdreht; und dann wieder Zack, Klappe zu, die Flamme erlischt. Der junge Milizionär bekommt einen Moment Angst. Bloß nicht nervös werden. Das Protokoll abschließen und im Laufschritt zum Pelmeni-Imbiss. Ihm raucht der Kopf, sollen die sich doch im Kreisgefängnis den Kopf zerbrechen. „Auf-grund

ei-ner spon-ta-nen feind-se-li-gen An-wand-lung …", krit-
zelt er und streckt vor Eifer die Zunge heraus. Er leiert herunter: „Selbst gelesen, genehmigt und unterschrieben."
Nein, das kann sie nicht unterschreiben.
„Hast du orthographische Fehler gefunden? Ich scherze."
Man bringt sie in die Zelle, schiebt den Riegel vor, sie
schaut sich um, denkt nach, wo Mekka liegt, und wartet, bis
in ihrem Inneren Ruhe einkehrt. Dann verneigt sie sich und
betet lautlos.
„Im Namen Allahs, des Gnädigen, Barmherzigen …"

Was bedeuten die heutigen Ereignisse? Das muss sie rutschen
lassen, abwarten, die Antwort wird wie immer auf einen
Schlag kommen. Oder auch nicht, das Schweigen in ihrem
Innern kann Jahre anhalten. Wie auch immer – ergeben
Seinen Willen annehmen, dankbar sein für alles. Vorläufig
spürt sie nur, wie müde und irritiert sie ist: Warum musste
ausgerechnet sie die Unverschämtheit in die Schranken weisen? Und gleichzeitig ist sie stolz, dass sie es geschafft, die
Oberhand gewonnen hat.
Der Allerhöchste hat ihr Zähigkeit, einen Willen, ein unge-
wöhnliches Gedächtnis geschenkt. Und noch eine Eigenschaft:
einer Gefahr nicht auszuweichen. Schon in ihrer Kindheit ist
aufgefallen: Wenn einer Ruchschona Angst macht, weicht
sie nicht zurück, im Gegenteil, sie geht auf dich los. Sie war
bedacht auf ihren eigenen Raum, und wenn jemand in ihn
eindrang, konnte sie tätlich werden. Deshalb gingen ihr die
Kinder und viele Erwachsene aus dem Weg. Und außerdem
hat der Allmächtige ihr Schönheit verliehen, wie der, deren
Namen sie trägt: Ruchschona – Roxana, die Frau Alexanders
des Großen. Fünfunddreißig Jahre, für eine Tadschikin kein
jugendliches Alter mehr, aber Ruchschona ist bildschön.
Russische Schule, Ruchschona schreibt wunderbare Aufsätze, sie bekommt die Goldmedaille. „Stawrogin ist ein

russischer Hamlet, dieselbe Wut und Langeweile und eine Menge angestauter Kräfte", das findet Anklang, sie wird zur Philologischen Fakultät der Universität Moskau zugelassen. Auch da sondert sie sich ab und entdeckt den Schriftsteller Andrej Platonow für sich: den Traum von einer schönen und grimmigen Welt, die freudige Rührung beim Anblick einer Lokomotive, die Überwindung des Todes mithilfe von Mechanismen. Ihre Diplomarbeit schreibt sie über Platonow, über Luftschlösser. An den russischen Menschen und der russischen Sprache schätzt sie besonders deren Fähigkeit, Konstruktionen aus dem Nichts zu bauen.

Große Änderungen: Leninabad wird Chudschand, alles andere wendet sich zum Schlechten. Ihr Vater kommt um: zufällig, er musste nach Duschanbe und kehrt nicht zurück, sie kann nicht zur Beerdigung kommen, ihr Bruder ruft in Moskau an und erzählt von anderen Todesfällen. Die hohe Zahl der Opfer versöhnt ihn gleichsam mit dem Tod des Vaters. „Bleib bloß in Moskau!", brüllt der Bruder, die Telefonverbindung mit Tadschikistan ist eine Katastrophe. Was soll sie in Moskau? Hier werden auch keine Philologen gebraucht. „Habe meinen Vater im Prozess des Lebens verloren", denkt Ruchschona und versteht, dass sie Platonow nicht mehr mag, dass die Überwindung des Todes mithilfe von Lokomotiven und anderer Technik nur ein verbaler Trick ist, denn die allgegenwärtige Präsenz des Todes ist kein Zufall, kein bedauerliches Missverständnis. Alle haben Angst davor, haben Angst vor einem Unglück, aber der Tod ist unausweichlich, das heißt, natürlich. Wir haben ihn nicht erfunden. Von diesem Augenblick an erlebt Ruchschona den Tod als das Wichtigste, was der Mensch in seinem Inneren hat. Menschen, die den Tod nicht in sich tragen, nicht durch ihn leben, sind für Ruchschona leer: Hüllen, Hülsen. Hohle Menschen, ohne Seele, die erkennt sie auf den ersten Blick. Die kurze Begeisterung für die Änderungen geht spurlos an ihr vorbei: Ruchschona sieht, diese Änderungen haben in spiritueller Hinsicht keinen Bestand, diejenigen, die alles in der Hand haben, sind Hülsen. Über der größten Bibliothek des Landes prangt neuerdings eine Riesenschokolade, reinbeißen – und alles ist gut. Schokolade und ihre Verpackungen sind die wichtigste Errungenschaft der Herrschaft der hohlen Menschen. *Wir alle sind Leckermäuler und wollen Süßigkeiten.* „Einen süßen Geschmack wirst du im Mund haben, Mutter, deine Kinder aber werden Lakaien sein", denkt Ruchschona und verlässt Moskau.

Auf Umwegen erreicht sie Chudschand, sie, eine Kennerin der russischen Literatur wie wohl keiner ihrer Landsleute. Sie könnte am Pädagogischen Institut, jetzt: Pädagogische Universität, unterkommen, aber da gibt's kein Gehalt, überhaupt gibt's das nirgends, und Privatunterricht wird nicht gebraucht – es herrscht Krieg. Im vergangenen Jahr, 1992: hunderttausend Tote, da steht einem der Sinn nicht nach schöngeistiger Literatur, die Gegner heißen *„Wowtschiki"* und *„Jurtschiki"*. Ihre Mutter erklärt ihr: „*Jurtschiki*, das sind die Kommunisten – stell dir vor, sie heißen so nach Jurij Andropow –, das sind die Kulober und wir im Norden, und gleichfalls auf unserer Seite stehen die Usbeken und die Russen. *Wowtschiki*, das sind die Garmer und die Pamirer unter dem Kommando der Demokraten."

„Der Demokraten? Und warum dann *Wowtschiki*? Wäre es nicht näherliegend, die Kommunisten nach Lenin *Wowtschiki* zu nennen?"

„Nein, die *Wowtschiki*, das ist das Kürzel für die Wahhabiten." Was für ein Kuddelmuddel in Mutters Kopf herrscht! „Dass wir dir keinen Mann gefunden haben", das ist ihre eigentliche Sorge. Ruchschona ist schon zweiundzwanzig.

Einen Bräutigam zu finden, ist Sache des Bruders oder Vaters, aber der Vater lebt nicht mehr, und der Bruder ist auf dem Sprung nach China, er hat selbst Familie. Und wie willst du einen Alexander den Großen finden, wenn du um dich herum nur Jurtschiki-Wowtschiki hast?

Wenig später bleibt von den Wowtschiki eigentlich nichts übrig, jedenfalls oberflächlich betrachtet. Hätte sie die Wahl, so wären Ruchschonas Sympathien auf der Seite der Wowtschiki, zum einen, weil sie aufgrund verräterischer Zerschlagung *selig im Kampf Gefallene* sind*,* zum anderen, weil es in Chudschand gar keine gibt. Ruchschona macht sich auf die Suche, um etwas für sich zu finden: und zwar in der Religion, über die sie, obgleich in sie hineingeboren, früher nicht nachdachte. Sie fährt nach Garm, nach Samarkand. Lernt Arabisch, was ihr leichtfällt, aber die Begegnungen mit lebenden Vertretern von Menschen, die sich Moslems nennen, enttäuschen sie: ihnen ist die Stammeszugehörigkeit wichtiger als das Spirituelle; Adat, das Gewohnheitsrecht, das Gesetz der Menschen, hat mehr Bedeutung als das Gesetz Gottes, die Scharia. Man muss nach der Vorschrift, den Regeln, die der Allerhöchste festgesetzt hat, leben und nicht nach der Tradition; Sünde und Verbrechen, das ist ein und dasselbe, so würde sie verkünden wollen, aber der Dschihad hat das Gesetz für die Wowtschiki außer Kraft gesetzt, und wer würde auch schon auf eine Frau hören?

Mutter und sie bekommen vom Bruder etwas geschickt, aber der Hunger hält an. Ruchschona verachtet die Wirtschaftsemigration, aber wenn deine Mutter nichts zu essen hat, ist das keine Wirtschaftsemigration mehr. Zurück nach Moskau, nun ohne Begeisterung und große Hoffnungen. Versteinerung, Müdigkeit, zehn, zugegeben: recht satte Jahre lang. Sie kommt bei Familien unter, unterrichtet dümmliche Kinder, zwei, drei, vier Jahre; dann zu neuen Leuten, die nicht gut und nicht schlecht sind, normale graue Mäuse. Allein ist sie nur, wenn die Kinder in der Schule sind, und auch dann: die Mütter arbeiten nicht, machen den ganzen Tag Wirbel und halten ihr liebes Roxanalein auf Trab. Sie hat sogar mit Arabisch aufgehört, apathische, träge Jahre, aber für irgendwas waren sie offenbar gut.

Die letzten Arbeitgeber: er, ein kleiner, gutgelaunter strammer Kerl, sie, eine zutiefst verängstigte Frau, die sogar bittet, ihr nicht von Krankheiten, Todesfällen und anderen Unannehmlichkeiten zu erzählen, aus Angst vor Ansteckung. Der Fernseher grölt ohne Unterlass: „Das potenteste Fitnessgerät für den russischen Mann ..." *Blieb mein Becher beim Gastmahl der Väter verwaist / Und der Frohsinn, die Ehre entrann,* liegt Ruchschona auf der Zunge, aber natürlich stößt sie bei niemandem auf Verständnis. Ruchschona weiß immer noch jede Menge russische Gedichtzeilen auswendig, aber wozu? Die Dichter, die sie verfasst haben, kommen ihr wie entfernte Verwandte vor, die sie schon lange, bevor sie starben, nicht mehr hatte leiden können. Arme Tröpfe, denkt Ruchschona, das Leben hat einen anderen Weg eingeschlagen, als euch vorschwebte.

Das Kind, um das sie sich kümmert, wird von seinen Eltern angelogen, in einer Tour, es stellt schon überhaupt keine Fragen mehr. „Der Sinn des Lebens", schwadroniert der stramme Kerl, „ist das Leben", und zitiert als Beweis etwas Französisches. Er ist stolz, dass er keine Komplexe mehr hat, weil er so klein ist. Seit wann? „Seit ich Geld habe."

Also hat er das eigentlich nicht verwunden, denkt Ruchschona ohne Mitleid. *Du meinst, du kannst das Leben zwingen, aber du hast es nicht in der Hand: du gierst nach seinen Almosen. Ein paar Zitate, das ist dein ganzer Kosmos.*

Und da ist sie letzten Sommer mit dieser Familie auf die Datscha gefahren, nicht in die Nähe von Moskau wie früher, sondern an einen abgelegenen Ort, wo sich Fuchs und Hase gute Nacht sagen. Sie erfährt hier, dass der Bruder Mutter zu sich geholt hat, ihre Wohnung ist verkauft, sie hat keinen Punkt und keinen Grund mehr zurückzukehren. Ruchschona sieht den kalten Himmel, den Fluss, die Sonnenuntergänge,

Tag für Tag, und versteht auf einmal: das Leben ist ganz einfach und strikt. Und alles, was man ihm aufpfropft: Literatur, Kunst, Musik, ist völlig überflüssig. Es liegt zwar vielleicht eine begrenzte Wahrheit in diesen Dingen, aber sie selbst sind nicht die Wahrheit. Die Wahrheit lässt sich auf eine kurze Formel bringen.

Es existiert einzig der Allerhöchste: der Erste ohne Beginn, der Ewige, Barmherzige, der Lebensspender und Tötende (Ruchschona kennt alle seine neunundneunzig Namen): der Transzendente, Unerkennbare, Allmächtige auf der einen Seite; und es gibt uns, die nichtigen Wesen, auf der anderen Seite. Wir sind viele, und wir sind fast nur zu Bösem fähig. Die Kluft zwischen Ihm und uns ist unüberwindlich: Wir sind aus Staub, Staub unter den Füßen, denn wir sind Seine Geschöpfe. Er dagegen ist *Der Eine, Einzige, Ewige, Der nicht zeugt und nicht gezeugt ist, Der, Dem keiner gleichkommt.*

Ruchschona geht zu dem strammen Kerl, packt ihre Sachen und zieht in den Pelmeni-Imbiss. Ihre Blutsbrüder haben nichts Besseres zu tun, als sofort all ihre Ersparnisse zu klauen, aber das merkt sie sehr viel später, da spielt das Geld schon keine Rolle mehr. Was ihr bevorsteht ist: körperliche Arbeit, Schweigen und täglich, stündlich das Erraten Seines Willens. Ruchschonas Glaube heißt auf Arabisch „Unterwerfung".

Die Tür öffnet sich, sie erwacht. Guten Tag, Xenia Nikolajewna. Sie wusste, sie wird kommen. Xenia ist anders: Im Unterschied zu den Datschniki, zu den Burschen von der Tankstelle, zu dem Schuft, den sie erstochen hat, ist sie innerlich nicht leer. Ein irregeleitetes Wesen, etwas wunderlich, aber sie ist gekommen.

Das Wiedersehen beginnt so: Xenia fällt zu Boden und streckt die Arme aus, sie möchte Ruchschona umarmen. „Dostojewskij können wir vergessen, Xenia Nikolajewna, erheben Sie sich. Aufstehen, Sie *haben doch nicht etwa einen sitzen?*"

Herr im Himmel, was für ein Wunder. Das Mädchen spricht! Das macht der Schock!

„Rede, rede nur, ich hab dir was zu essen mitgebracht. Ich wusste gar nicht, dass du so gut Russisch sprichst!"

„Danke. Russisch ist meine Muttersprache." Ruchschona inspiziert den Inhalt der Tasche. „Danke auch für die Kleider. Wurst esse ich nicht."

„Was soll ich dann damit machen?"

„Ich weiß nicht, sie Ihrem Mann geben."

Ob der ihr auch den Hof gemacht hat? Der gehört ebenfalls ..., denkt Xenia.

„Es ist doch Fastenzeit."

Ruchschona zuckt die Achseln: Na und? Sie kann sie ja ihren Angestellten geben.

„Die essen womöglich auch keine Wurst."

„Von wegen. Die kennen kein Gesetz. Die essen alles."

Was für ein Gesetz?

„Roxana, Roxanotschka, sag du zu mir, wir sind uns doch nicht fremd, oder?"

Sie möchte Roxana gleichen, auf derselben Ebene wie sie stehen. Ob das gelingt? Xenia fühlt sich dumm und alt neben diesem schlagartig erwachsen gewordenen Kind: die *Tat* hebt Roxana auf eine unerreichbare Stufe, sie hat Zugang zum Geheimsten! Sie selbst wieselt nur das ganze Leben rum, ist geschäftig, sucht etwas, macht kleine Schritte, trippel-trippel, beißt sich auf Schleichwegen nach oben durch ... und die, die fackelt nicht, hau ruck, basta. Und ganz alleine! Hält alle Fäden in der Hand: Gericht, Bestrafung.

„Ich bin nur ein Werkzeug, das Schwert. Das Gericht obliegt Ihm."

Xenia hatte es irgendwie nicht bemerkt, dass ER – Blick nach oben – eingreift oder auch nur Interesse für etwas zeigt. Aber gut, jeder hat eben seinen Glauben, lass uns lieber über die praktischen, ernsten Dinge reden.

„Jeder seinen? Und der wäre …"

Xenia versucht, ihr das zu erklären, sie verheddert sich, sie ist wirklich noch ein bisschen betütert: na, der orthodoxe Glaube, den das Volk hat. Wir verehren die Heiligen, die Gerechten, feiern bestimmte Feste …

In Ruchschonas Augen schießt ein Blitz: *den das Volk hat.* Das heißt? Sie glaubt an Nikolaj den Wundertätigen, an den Büßerzar, an den Frauentag? Oder an alles gleichzeitig?

„Das ist doch Götzendienst, *Schirk!"*

Dieser Blick: nicht auszuhalten. Schau bitte nicht *so!* Aber das ist doch nicht ihre eigene Erfindung … Sie tut nichts, wofür sie nicht den Segen erbittet hätte.

„Ja ja." Ruchschona fuchtelt mit den Fingern in der Luft herum: Kennen wir. „Kommt es denn vor, dass etwas nicht von oben abgesegnet wird? Götzentum ist Schirk! *Alles ist mir erlaubt, aber nicht alles dient zum Guten.* Wie soll man denn nach einer solchen Richtschnur entscheiden? Da läuft dann einer mit der Axt hinter einem Mütterchen her, nackt und mit einem Kreuz um den Hals, das habe ich mit eigenen Augen gesehen."

Xenia stellt sich die Szene vor und muss unwillkürlich lächeln. „Tja", gibt sie zerknirscht zu, „so was kommt vor."

Ruchschona setzt sich vorne auf die Pritsche. *„Die Wahrheit wird euch frei machen.* Frei, wovon? Was ist denn eigentlich Freiheit? Eigenmächtigkeit, Willkür? Oder eure sogenannte örtliche Selbstverwaltung? Es gibt keine Freiheit. Es gibt eine Mission, eine Vorherbestimmung. Und unsere Aufgabe ist es, herauszufinden, worin sie besteht. "

„Und du hast es herausgefunden?"

„Ja", antwortet Ruchschona, „ich weiß, wozu ich in die Welt gekommen bin und was mich nach dem Tod erwartet. *Gott hat viele Wohnungen,* das ist Unsinn. Es gibt nur eine Alternative: Paradies oder Hölle."

Das ist kein Popengewäsch von einem hergelaufenen Alexander III., sondern hier gibt es Antworten, klare Antworten!

Noch plänkeln wir herum, stellen Fragen, um die es nicht geht. Man muss die Kraft aufbringen, die Fragen zu stellen, auf die es ankommt.

Eine Tochter hat sie gehabt, Verotschka. Ein gutes Mädchen. Die hat sogar Mitgefühl mit ihren Angestellten gezeigt.

„Wir sind keine Hunde oder Kätzchen, dass wir zu bemitleiden wären. Wer arbeitet, muss anständig bezahlt werden. Was war deine Verotschka denn für eine? Sie mochte bestimmt Bücher?"

„Ja, sie mochte Bücher und hat nicht auf ihre Mutter gehört. Eine Schönheit. Hat elf Klassen absolviert. Ich wollte ihr einen Beruf geben. Aber sie hat den Büchern geglaubt, auf alle möglichen Klugscheißer gehört und ist weggegangen. Schriftstellerin wollte sie werden oder Wissenschaftlerin, was weiß ich, Philologin ... Sie ist weggegangen und umgekommen. Dabei hat sie niemandem was Böses getan. Weshalb, weshalb hat ER sie ... getötet?"

Das letzte Wort spricht Xenia ganz leise. Aber sie weint nicht, sie blickt gespannt. Ruchschona wendet die Augen ab und heftet sie dann wieder auf Xenia: „Wegen ihrer Eigenmächtigkeit. Jede Sünde wird verziehen, jede. Aber auf Ungehorsam, Eigenmächtigkeit steht Tod. Und Hölle."

Das ist die nackte Wahrheit über Verotschka. „Es gibt Dinge, die muss man tun."

„Gibt es denn auch Dinge, zu denen man keine Lust hat?", fragt sie und kichert, sie hört richtig, wie Verotschka kichert. Verotschkas Gekicher. Und trotzdem tut sie ihr leid, unendlich leid!

„Vom menschlichen Standpunkt aus gesehen, ja. Aber vom göttlichen aus gesehen hat Ungehorsam Vergeltung zur Folge. Sie trifft dich wie der Schlag, wenn du die Finger in die Steckdose steckst."

Und aus der Hölle kann man niemanden zurückholen. Jeder ist für sich alleine verantwortlich. Ruchschona spricht ganz offen und fest, so wie man jemandem die Wahrheit auf den Kopf zusagt. Auf Eigenmächtigkeit steht Tod. Da kannst du weinen oder nicht, nichts zu machen.

Die beiden Frauen sitzen auf der Pritsche, zwischen sich das Essen, wie Reisende im Zug.

„Und die Sowjetunion?"

Die Sowjetunion, tja, das ist ein großes Thema. Da kann Ruchschona ein Lied von singen. Die jüngste Geschichte hat ihr übel mitgespielt: Moskau, Tadschikistan, der Krieg.

„Eine gefährliche Situation", seufzt Xenia.

„Ich habe keine Angst. Nein, hatte ich nie."

Xenia hat noch nie einem Menschen so geglaubt, wie sie jetzt ihr glaubt. SO EIN Land, warum ist es dann auseinandergefallen?

„Die haben sich in den Westen verguckt. In den *heimtückischen Westen.* Ihre Vorherbestimmung verraten." Wie soll sie das ausdrücken, wie es Xenia erklären? *Doch jener, der / Da aller Länder Marionetten / bewegte ...* Sie kann ihr doch nicht Bloks Poem „Vergeltung" vorlesen?

„Warum denn nicht. Wir haben doch Zeit."

Ruchschona schüttelt den Kopf. „Dichtung und Wahrheit sind zweierlei."

Gut, das ist ja klar. Aber gibt es sie denn überhaupt, diese Wahrheit?

„Ja", antwortet Ruchschona, „die gibt es."

Es gibt sie, und ihr Name ist kurz und bündig.

„Dann sag's!"

Ruchschona neigt den Kopf ein wenig, blickt Xenia direkt in die Augen, dass sie nicht ausweichen kann, und flüstert ganz, ganz leise: „Der Islam."

„Der Islam ...", wiederholt Xenia begeistert. „Ist es schwer ... eine von denen zu sein?"

„Eine Muslimin?" Ruchschona steht von der Pritsche auf und wandert in der Zelle hin und her. „Schwer, ja, aber es geht. Ist nicht unmöglich. Fünfmal am Tag ein Gebet, ein kurzes, einmal im Monat Fasten, ein nicht besonders großes Almosen, der vierzigste Teil, und einmal im Leben, wenn es geht, Haddsch, eine Pilgerfahrt nach Mekka. Das sind die Säulen des Glaubens. Mehr wird von uns nicht verlangt, sagt der Prophet, alles andere ist *freiwillig*. Du brauchst deine Habe nicht herzugeben, musst nicht die Wange hinhalten. Nur dich vor dem Allerhöchsten verneigen."

„Und deinen Nachbarn, musst du den lieben?"

„Wenn du ihn liebst, bitteschön. Das ist freiwillig."

„Und wenn der Nachbar dein Feind ist?"

„Seine Feinde zu lieben, ist völlig unnötig. Das ist widernatürlich. Wer liebt denn seine Feinde? Niemand."

„Und wie wird man Muslimin?", fragt Xenia. Scheinbar spielerisch: wie man sich so erkundigt, wie wird denn einer ein Moslem? Aber der Fleck an ihrer Hand juckt und juckt. Mit dem Allerhöchsten kann man nicht kokettieren. Nur Ehrlichkeit, äußerste Ehrlichkeit zählt.

„Man braucht nur in Gegenwart von zwei Zeugen zu erklären: ‚Es gibt keinen Gott außer Gott, und Mohammed ist sein Prophet', basta. Das ist unser Glaubensbekenntnis, die *Schahada*."

Xenia hatte das Wort schon mal im Fernsehen gehört.

„Lā ilāha illā-'llah ...", singt Ruchschona. Eine ungewöhnliche, schöne Melodie. „Glaub dem Fernsehen nicht, Xenia. Besonders, was die Muslime betrifft."

Xenia geht zur Tür. Ob sie den zweiten Zeugen holen will? Wie schnell das bei denen geht! Mit einer solchen Schnelligkeit hat Ruchschona nicht gerechnet.

„Moment", befiehlt sie. „Du musst erst nüchtern sein. Und von da an: Keinen einzigen Tropfen mehr! Und kein Schweinefleisch essen, das ist unrein."

„Klar", antwortet Xenia, „ich esse selber keins mehr und streiche es von der Speisekarte."

„Bezahl die, die für dich arbeiten."

„Ja, ja, ich schäme mich ja. Was noch?"

Ja, was noch? Xenia hat Macht über die Menschen, das ist nicht zu vernachlässigen. Die Machtfrage ist eine zentrale Frage. Die Macht hat eine gewaltige mystische Komponente. Politik, Leben, Glaube, das muss ein und dasselbe sein.

„Wer die Macht ergreift und behält, ist von IHM erwählt, der ist ausgezeichnet. Du musst die Dinge allein in die Hand nehmen, sie nicht den Hüllen und Hülsen übertragen. Du musst die ganze Macht haben."

„Das habe ich auch schon gedacht", gibt Xenia zu. „Nur, das ist hier unüblich. Die Leute wählen jemanden …"

Schon wieder Selbstverwaltung, Jurtschiki? Und welcher Platz ist dann dem Allerhöchsten bestimmt? Nein, über alles regieren, das muss ER, und zwar durch sie, durch Xenia!

Die wird merklich munterer: Ja, wie viel Gutes sie den Menschen bringen wird! In der Stadt fehlt eine Moschee …

„Eine Moschee ist nicht die Hauptsache", unterbricht Ruchschona sie. „Ich würde nicht damit beginnen."

Und warum? „Lass mich mal machen. Davon versteh ich mehr als du, Roxanotschka. Wir errichten eine Moschee im Zentrum der Stadt. Das findet bestimmt Anklang, wir haben ja viele Schwarze."

Das Grundstück ist da, der Plan auch. Über den Bau philosophieren, ist kinderleicht. Es gibt zwar noch keinen Plan, aber das schaffen wir schon. Wir kriegen eine Moschee. Roxana wird einen Ort zum Beten haben, wenn sie rauskommt. Xenia hält auf einmal inne, sie hat über diesen Gesprächen ganz vergessen, in was für einer Lage sie sind:

„Du kommst doch zurück?" Ihr ganzes Leben hängt von der Antwort auf diese Frage ab. „Dann wirst du mein Haus übernehmen und es führen. Was soll ich im Alter alleine mit einem solchen Haus?"

Ruchschona zuckt die Achseln. Als ob sie nach dem heutigen

Vorfall zurückkommen könnte! Egal, wie die Ermittlungen und der Prozess ausgehen, man wird sie auf jeden Fall abschieben, rausschmeißen.

Dann wird sie Ruchschona eben adoptieren. Kindchen, mein Töchterchen.

„Jemanden, der volljährig ist. Und dessen Mutter am Leben ist. Unsinn."

Ein cleverer Anwalt muss her. Hauptsache, sie kommt zurück und nimmt alles in die Hand, wiederholt Xenia. Ein Spitzenanwalt, eine Superkoryphäe, das kriegen wir schon hin. Hauptsache, du kommst zurück!

Will Ruchschona eigentlich das, was Xenia „alles" nennt? Sie denkt nach, das erste Mal in dem ganzen Gespräch. Vielleicht ist es ihre Bestimmung, die armen Frauen da, wo sie bald sein wird, zum rechten Glauben zu bekehren, zu dem Einen Gott? Das also ist der Sinn der heutigen Ereignisse! Ruchschona sieht schon die Kolonnen verirrter sündiger Russinnen – oder auch nichtrussischer – unterschiedlicher Frauen, alle in den gleichen blauen Wattemänteln und grauen Kopftüchern. Sie, Ruchschona, wird ihnen die Wahrheit, den Weg weisen.

„Ich brauche keinen Spitzenanwalt, Xenia, lass. Es geht auch ohne. Das ist verschwendetes Geld."

„Warum denn nicht?"

„Das hat nichts mit mir zu tun. Später wirst du das verstehen. Aber ich bin jetzt müde. Geh."

Xenia schaut auf die Uhr. Ja, es ist Zeit … Was für ein Tag! Sie muss sich erholen, morgen geht's ins Kreisgefängnis. Wenn Ruchschona aufwacht, vielleicht denkt sie dann anders über den Anwalt? Wer weiß? Xenia würde gerne wenigstens noch etwas in ihrem Gesicht lesen, aber außer äußerster Erschöpfung zeichnet sich nichts mehr darin ab. Ja, es ist Zeit. Wer weiß, wann sie wieder …

Sie verabschieden sich.

„Allah ist gnädig." Ruchschona errät ihre Gedanken. „Wir sehen uns noch."

Xenia drückt sie an sich, sie reicht ihr nur bis zur Brust, sie schmiegt den Kopf an sie, umarmt sie und hält sie ganz, ganz fest …

„Sag was."

„Allah ist gnädig", wiederholt Ruchschona und haut mit der Hand gegen die Tür, sie sollen aufmachen. „Geh, geh."

„Nachträglich Glückwünsche zum heutigen Feiertag, Xenia Nikolajewna", sagt der Diensthabende, ihr zunickend, bevor er die Tür wieder verriegelt. Xenia guckt entgeistert, sie versteht nicht.

Sie geht an die Luft, atmet durch, durchquert die dunkle Stadt, es ist ihre Stadt. Die Leute schlafen, nur sie schläft nicht, das ist in Ordnung, die Leute hier sind ihr anvertraut. Jetzt weiß sie, von WEM und wozu. Sie erreicht ihr Haus und malt sich deutlich einen großen roten Turm dahinter aus, den höchsten im Umkreis von vielen Kilometern.

Mitten in der Nacht sitzt Xenia lächelnd im leeren, aufgeräumten Imbiss und verspeist kaltes Fleisch. Ihre Seele ist mit dem, was ansteht, beschäftigt: Anwaltssuche, Herstellung von Beziehungen zur Kreisebene, der künftige Bau, Übernahme der ganzen Macht. Xenia ist ruhig: Das kriegt sie hin. Der Rausch ist verflogen, die Müdigkeit ebenfalls, selbst wenn das sicher für eine nicht mehr junge Frau ein bisschen viel war an diesem einen Tag.

„Nein, keiner wird es wagen, dich rauszuschmeißen", flüstert sie, „Kindchen, mein Töchterchen. Du kommst zu mir, bestimmt. Die auf der Kreisebene sind auch nur Menschen, das lässt sich alles machen. Wir entledigen uns der Missgeburten hier und nehmen die Stadt in unsere Hand. Und leben nach Gesetz und Wahrheit. Und arbeiten, alle zusammen. Ab sechzehn … nein, ab dreizehn Jahren.

Intelligenzler, Popen, alle möglichen Schwächlinge und Jammerlappen schicken wir zum Teufel. Und der Alkohol?" Xenia hält inne, erforscht ihr Gewissen. Wie, so ein Zirkus, man soll sich noch nicht einmal einen genehmigen können? „Alkohol", beschließt sie, „nur an Feiertagen. An großen, richtigen, hohen Feiertagen."

Noch lange hängt sie diesen Gedanken nach: bis die ersten Hähne krähen, wie man so sagt, die von ihrem neuen, allumfassenden Wissen künden. Dann geht sie zu Bett.

An dem Lehrer sind die heutigen Ereignisse vorbeigegangen. Er hat vier Stunden unterrichtet, darunter eine Doppelstunde, und ist zum Tee mit Torte im Lehrerzimmer angetreten, eine leere, aber recht warme Veranstaltung. Dann ging er zum Fluss, um nachzusehen, ob das Eis sich bewegt hat.

Am Fluss trifft er Vater Alexander, der mit derselben Absicht gekommen ist und sich über die Sonne freut. Nein, der Fluss ist noch ganz mit Eis bedeckt. Vater Alexander kennt der Lehrer kaum, erst jetzt bemerkt er, wie erschlagen und schlecht der aussieht. Er tut ihm sicher unrecht.

„Sagen Sie", fragte der Priester auf einmal, „wie kommt es, dass der Fluss nicht ganz zufriert, dass unter dem Eis noch Wasser ist?"

Der Lehrer erklärt: Im Unterschied zu anderen Stoffen hat Wasser die größte Dichte nicht um den Gefrierpunkt, sondern bei vier Grad plus. Wenn es auf null Grad erkaltet, schwimmt es daher oben. An der Oberfläche bildet sich Eis, aber darunter steht noch Wasser. Hätte es diese wunderbare Eigenschaft nicht, würden die Flüsse ganz zufrieren, und es wäre mit dem Leben darin Schluss.

Der Priester wiegt den Kopf: Tja, ein Wunder, noch ein Beweis für die Existenz Gottes. Fluss, Himmel und Sonne sind von Dauer, alles andere aber vergeht, verschwindet, daran denkt er wohl jetzt.

An einem solchen Tag hat man keine Lust, zu Hause zu hocken, und so schlendert der Lehrer durch die Stadt. Auf einmal steht er vor einem neuen Friseurladen, sieht seine ehemalige Schülerin durchs Fenster, sie winkt ihm zu. Haareschneiden, warum nicht? Das hat er schon lange nicht mehr getan. Sie wäscht ihm den Kopf, die Berührungen ihrer warmen Finger sind sehr angenehm. Meine Güte, zwei Kinder! Die Lehre hat sie natürlich abgebrochen, aber man hat ihnen da auch nichts Vernünftiges beigebracht. Sie ist nicht schön, aber liebenswert, nach dem Mann fragt er besser nicht, wenn sie nicht selbst davon anfängt. Wie geschickt sie mit der Schere hantiert! Ob er sich noch an Dimka Tschubkin erinnert, ihren damaligen Klassenkameraden? Sie ist jetzt seine Frau. Hat er das denn alles vergessen?

„Wissen Sie, Sergej Sergejewitsch, Ihre Literaturabende, das war das Beste, was wir in unserem Leben hatten", sagt die Friseuse. „*Wenn du krank und wie bist ...* wie ging das noch mal weiter?" Der Lehrer greift ihr unter die Arme: „*Wenn von den Menschen du gequält / Und wie ein Tier gehetzt bist*", dann noch ein paar Zeilen, und schon murmelt er den ganzen Epilog der „Vergeltung" vor sich hin. Sie fegt die abgeschnittenen Haare auf dem Boden zusammen, er betrachtet die Haare, dann sie und denkt: Blok hielt es für ausgeschlossen, ein gebildeter Mensch könne Ibsens „Brand" nicht gelesen haben; da muss er sich selbst, einen Literaturlehrer, aber ausnehmen. Was kennt er denn von Ibsen? *Die Jugend, das ist Vergeltung.* Und wen trifft sie, die Eltern? Oder uns selbst?

Er kommt nach Hause, verspeist ohne Sinn und Verstand sein Mittagessen, mit Ibsen, sodass er eine halbe Stunde später schon nicht mehr weiß, ob er gegessen hat. Ein glücklicher, durch nichts getrübter, fast tatenloser Tag. Am Abend gibt es Lärm auf der Straße, aber der Lehrer misst dem keine Bedeutung bei. Er legt sich ins Bett und nimmt sich das Ende seiner Beichte vor.

Es wird Zeit, dass ich mir darüber klarwerde, worin mein Glaube besteht, warum ich mitunter trotz allem unerhört, über die Maßen glücklich bin. Warum ich manchmal wie in der Kindheit mit dem Gefühl aufwache: Alles um mich herum, das ist das Paradies. Unter mir die Erde, über mir der Himmel, und auf gleicher Höhe mit mir, auf Augenmaß: der Fluss, die Bäume, das Schnitzwerk an den Fensterläden, Matsch, Schlamm, der Schrei des Federviehs – und gleich anschließend: Lermontow, Blok. Glaube ich am Ende doch an Gott?

Die Hauptbarriere zwischen mir und IHM ist Verotschka. Ihr Tod war nicht notwendig, den Tod sollte es eigentlich gar nicht geben. Sich ihn als Ort des Wiedersehens vorstellen, ihn erwarten wie eine Braut, das haut nicht hin, nein. Frieden mit ihm schließen, so tun, als hättest du dich mit ihm arrangiert? Wie die Kinder sagen: reich deinen Finger, den kleinen, nimm meinen ... Die Bedingungen für den Friedensschluss sind zu hart: hier die Kapitulation, Ihre Unterschrift. Es heißt, nicht Gott habe den Tod geschaffen, sondern der Mensch: die verbotene Frucht und so weiter. Andere sagen, er ist Teil eines folgerichtigen Prozesses. Schrecklich, sich vorzustellen, wie wir lebten, gäbe es ihn nicht. Dann wäre Verotschka also einfach ein Opfer der Weltordnung, wäre in deren Namen gestorben? Fragen über Fragen ...

Es gibt auch Antworten. Ich glaube, dass meinen Kindern aus einem richtig gesetzten Komma viel Gutes erwächst: wie, fragt nicht, darauf kann ich nicht antworten, aber aus diesen Einzelheiten, getrennt oder zusammengeschrieben, Geometrie, Kontinenten und Meerengen, den Daten von Suworows Feldzügen, aus der Liebe zu Chopin und Blok erwächst ein aktives, harmonisches Leben.

Und endlich: Ich bin frei. „Freut euch in der Einfalt eures Herzens, vertrauensvoll und weise", das sage ich den Kindern, das sage ich mir selbst. Ich habe es mir nicht ausgedacht, wiederhole es aber so oft, dass es meins ist. Meins wie die schläfrigen Kinder in der Klasse, wie die russische Literatur, wie Gottes ganze Welt.

2009, 2012, 2015

EIN MANN DER RENAISSANCE

Backstein

Er steht mit seinen grauen Augen stramm und wohlwollend
da und fordert mich auf, ein bisschen von mir zu erzählen.
Was gibt es da zu erzählen? Ich trinke nicht und rauche
nicht. Führerschein Klasse 3.
Von einem persönlichen Assistenten erwarte er eine gute Auf-
fassungsgabe, sagt er. „Darf ich Ihnen eine kleine Rechen-
aufgabe stellen?"
Boss ist Boss. Obwohl, ich bin doch kein kleiner Junge, der
Rechenaufgaben lösen soll!
„Ein Backstein wiegt zwei Kilo plus einen halben Backstein.
Wie viel wiegt der Backstein? Ist die Aufgabenstellung klar?"
Was soll daran nicht klar sein? „Vier Kilo."
Ich bin der Erste, der darauf richtig antwortet. Der Grund:
Mein zweiter Beruf ist Maurer.
„Und der erste?"
Der erste: Rentner. Die Leute unserer Firma gehen früh in
Rente.
Viktor, wohl der Juniorchef – da steig ich noch nicht ganz
durch –, fragt: „Eine niedrige Rente?"
Höher als bei anderen, aber es reicht nicht.
Der Seniorchef schreitet ein: „Anatolij Michailowitsch, Sie
brauchen uns nicht zu erklären, weshalb Sie Geld brauchen."
Eigentlich heiße ich Anatolij Maximowitsch, aber trotzdem
danke. Er ist der Einzige, der mich mit Vor- und Vatersnamen

anredet, Viktor und das ganze Personal nennen mich „Backstein". Gut, es gibt Schlimmeres. Hauptsache, ich bin eingestellt.

Hochhaus, Stille. Das Office: sechzehnter Stock. Der ganze Stock gehört uns. Auf dem siebzehnten: er. Über ihm: niemand. Arbeits-, Schlaf-, Ess-, Wohnzimmer und der obligate Fitnessraum.
„Was Geld betrifft, ist der Chef ein Ass." Das habe ich von Viktor gehört. „Noch ist er mir haushoch überlegen", sagt er. Viktor: nicht besonders groß, cool, Bodybuilding-Typ. So einer war ich früher auch. Kommt praktisch jeden Tag rein, bleibt aber nicht lange. Sondiert das Terrain, sagen die, räumt Probleme aus dem Weg. Was für welche: keine Ahnung. Meine Aufgabe: Kaffee in der Kaffeemaschine nachfüllen, Glühbirnen auswechseln, festhalten, wer wann kommt und geht. Der Boss legt Wert auf Ordnung: nichts rumfliegen lassen, kein Zettel, kein Stäubchen, keine Duftnote. Ordnung schätzt er – und bei Menschen: Anstand.
„Unser Betrieb ist eine große Familie", sagt Viktor. „Wer das nicht versteht, fliegt. Klar, lieber Backstein?"
Klarer geht nicht.
Seit wann ich hier bin? Seit August. Empfangsfoyer, an den Seiten Verhandlungsräume, kleine Küche, Treppe zur siebzehnten Etage. Verdammt still hier, wie im Grab. Weltwirtschaftskrise.
Meine Hauptaufgabe: Rumsitzen und warten. Das kann ich. Augen auf, Ohren gespitzt, warten.

Reiche haben Marotten, heißt es. Unser Boss: spielt Klavier. Okay, in Amerika gehen die mit siebzig an die Uni, aber bei uns wirkt das abgefahren. Hieven die da ächzend ein Riesentrumm rein, die Wände mussten aufgebrochen werden. Aber was sein muss, muss sein. Sag ich doch: Reiche haben Marotten.

Zu uns in Haus kommen: Jewgenij Lwowitsch – der ist okay – und Raphael, ein Armenier, Musiklehrer. Viktor nennt die „Tellis". Von „Intelligenzija". Aber während man bei Jewgenij Lwowitsch gleich merkt, dass er wirklich ein kultivierter Mann ist, kann man das von Raphael nun wirklich nicht behaupten. Kommt aus dem Bad, schüttelt seine rosigen Patschhändchen und ab zu Jewgenij Lwowitsch. Ich bin Luft, existiere nicht für ihn.

„Haben Sie das Klo gesehen? Wahnsinn!" Ein kultivierter Mann – und spricht von so was? Mit dem Ersten, der ihm über den Weg läuft? „Darf ich fragen, wozu Sie zu dem Patron ins Haus kommen?"

„Ich bin Historiker ... Wir machen Geschichte." Jewgenij Lwowitsch schaut sich schuldbewusst um. Er sieht nicht besonders gesund aus, ein Pflaster hält seine Brille notdürftig zusammen. Und ständig verfällt er in Nachdenken und sagt: „Hm, alles äußerst traurig."

Den Boss haben sie Patron getauft. Patron, na gut, dann eben Patron.

„Sind Sie, Jewgenij Lwowitsch, schon lange mit ihm bekannt?"

Was will er eigentlich von dem? Hast Jewgenij Lwowitsch doch gerade eben erst kennengelernt. Deine Stunde ist um, was machst du hier?

„Seit Ende Oktober. Wir sind uns an der Lubjanka, beim Solowki-Mahnmal begegnet. Kennen Sie das?"

„Ja", sagt Raphael. „Und was hatte er da zu suchen?"

Wir sind aber ganz schön neugierig, tja, überall die Nase reinstecken! Dieser Raphael gefällt mir nicht. Obwohl ich eigentlich keine Vorurteile habe. Was haben wir nicht alles für bunte Hunde bei unserer Firma gehabt! Armenier, Juden, eine bunte Mischung!

„Er kam vorbei, Menschenansammlung, sprach mich an ...", antwortet Jewgenij Lwowitsch.

Danach habe der Patron ihn nach Hause gefahren, nach Butowo. Sieh mal einer an! Butowo, dann sind wir ja Nachbarn. „Ich habe noch nie in einem so komfortablen Auto gesessen." Na und? Alles kommt irgendwann zum ersten Mal vor. „Stellen Sie sich vor, wir haben uns über den Patriotismus unterhalten", sagt er.

Raphael zieht sofort ein langes Gesicht.

„Aber die Unterhaltung war sehr anregend, ich sehe ein bisschen klarer ... Wissen Sie, wenn man immer nur mit seinesgleichen verkehrt ... Dann versteht sich vieles von selbst ..." Was rechtfertigst du dich denn vor dem, denk ich.

Jewgenij Lwowitsch spricht von einer bestimmten Frau: „Stellen Sie sich vor. Der Mann erschossen. Beide Töchter gestorben. Im Gefängnis bringt sie ein totes Kind auf die Welt. Und trotzdem ist ihr Patriotismus ungebrochen, unerschütterlich. Was ist das Ihrer Ansicht nach?"

Raphael zuckt mit der Schulter: „Angst. Was weiß ich. Kollektiver Wahnsinn."

„Ja, und unser, wie nannten Sie ihn noch gleich? Unser Patron, der äußerte sich ähnlich. Aber ich finde, nein, das ist nicht Angst. Erinnern Sie sich an Hiob?"

Raphael nickt. Was die alles draufhaben! Und immer partout was Besonderes. „Hiob steht vor der Alternative, ob er die Welt, die Schöpfung bejaht oder ob er dem Rat seiner Frau folgt: ‚Sage dich los von Gott und stirb!'"

„Genau. Richtig. Aber für die, die da lebten, war die Sowjetunion eben die ganze Welt. Sodass ..."

„Das ist ein bisschen übertrieben. Viele hatten auch noch Erinnerungen an Europa."

„Der eine oder andere. So wie man Erinnerungen an die Kindheit hat. Aber die ist nun mal vorbei. Und jetzt ist da, was da ist. Die Sowjetunion war die Gegenwart, basta. Jetzt steht uns das Ausland offen. Aber damals hieß es: ja oder nein. ‚Sage dich los von Gott und stirb!'"

Raphael legt den Kopf auf die Seite. „Da ist was dran. Da könnte man glatt einen Essay drüber schreiben."

Jewgenij Lwowitsch guckt schon weniger schuldbewusst. „Wie praktisch Sie veranlagt sind, Raphael!"

„Tja, schön wär's …" Raphael nimmt das Zimmer in Augenschein. „Seit zehn Jahre sitze ich auf Umzugskisten. Welche Geschichte nehmen Sie denn mit ihm durch? Die sowjetische? Geschichte der KPdSU? Die hat der Patron doch fürs Institut büffeln müssen. Er ist doch, wie alt, um die vierzig?"

„Nein." Lwowitsch lächelt. Sieh mal einer an, der lächelt! „Wir haben ganz von vorne angefangen. Wir lesen die sogenannte Heilige Geschichte. *Am Anfang schuf Gott Himmel und Erde.*"

Warum spricht er auf einmal so leise?

„Oh …" Raphael wiegt den Kopf hin und her, in den Augen ein Lächeln. „Das ist ja wunderbar! Macht Hoffnung auf die Zukunft! Unser Schüler: toll! Mit Ihnen Geschichte, von Romulus bis heute, mit mir Musik! Dann noch irgendein Sport, irgendein exklusiver wahrscheinlich, und außerdem die Finanzen … Von denen wir, zumindest ich, nur Kofferklauen Bahnhof verstehen, dafür aber, ehrlich gesagt, umso stärker abhängen!" Bei Raphael versteht man nie, meint er das ernst oder macht er sich lustig? „Und wo die Finanzen sind, da ist auch die Mathematik nicht weit. Er hat mir heute irgendwas von der chromatischen Tonleiter erzählt, von der soundsovielten Wurzel aus irgendwas … Was für ein Horizont, was für Dimensionen! Ein Mann der Renaissance!"

Lwowitsch brummelt: Tja, in gewisser Beziehung … „Wissen Sie", setzt er auf einmal an, „was er mir am Schluss unseres ersten Treffens zum Abschied gesagt hat? ‚Das Gespräch mit Ihnen hat bei mir einen angenehmen Eindruck hinterlassen.' Tja, da sind Sie platt."

Wieder platzt Raphael vor Lachen, schaut aber plötzlich ein bisschen irritiert und fragt: „Entschuldigung, Jewgenij

Lwowitsch, hat er das Alte Testament wirklich kein einziges Mal vorher in der Hand gehabt?"

„Da kann ich Ihnen eine klare Antwort geben. Weder das Alte noch …"

„Moment mal, die rennen doch jetzt alle scharenweise in die Kirche! Gehen wer weiß wohin, zur Beichte, zur Kommunion!" Lwowitsch beißt sich auf die Zunge. Er hat ein bisschen zu viel ausgeplaudert. Verstehe. Aber er hat ja nicht davon angefangen, das war der Raphael.

„Ich weiß nicht, weiß nicht … Kommunion …" Lwowitsch nimmt die Brille ab und putzt sie. „Wie die kleinen Kinder …" Und ganz leise, aber ich habe es trotzdem hören können: „Ich weiß nicht, wie es bei Ihnen ist, aber für mich ist die Arbeit hier … In jeder Beziehung." Und mit einem Seufzer: „Hm, alles äußerst traurig."

Telefon. Raphael springt auf: „Sie müssen zu ihm. Schön, dass ich Sie kennengelernt habe. Sind Sie ebenfalls Montag bis Donnerstag dran? Wollen wir das Gespräch bei mir zu Hause fortsetzen? Allerdings nur", er zwinkert ihm zu, der dreiste Bock, „wenn das Gespräch einen angenehmen Eindruck bei Ihnen hinterlassen hat. Ich wohne hier in der Nähe, auf dem Kutusow-Prospekt. Meine Frau will zwar gerade renovieren …"

Mannomann, auf dem Kutusow-Prospekt. Da muss man schon klotzen! Klar, da brauchst du Nachhilfeschüler. Oder: Ehrlich gesagt, du wohnst da gar nicht, alles gestunken und gelogen?

Raphael kommt morgens, Lwowitsch nach dem Mittagessen. Wir machen zwar keinen Mittag, nennen das aber so. Kurz: gegen drei.

Was den Kutusow-Prospekt betrifft, da hat Raphael nicht gelogen. Das haben meine Nachforschungen bei der Meldestelle ergeben. Sieben Personen werden unter der Adresse

geführt: seine Schwester, die Schwester seiner Frau, Kinder
… Jewgenij Lwowitsch hat weder Frau noch Kinder. Er ist
allein mit seiner Mutter. Die Mutter: Jahrgang 1924, er: 1957.
Heute wird wohl Raphael auspacken.

„Stellen Sie sich vor, er ist höchstpersönlich an mich her-
angetreten …" Und wird rot, so zufrieden ist er. Hat schon
graue Haare und wird rot wie ein kleiner Junge. „Eine erstaunliche Geschichte, die erzähl ich allen. Der Patron schaut
sich gerne die Umgebung durchs Binokel an. In seiner vom
aufzubauenden Kapitalismus freien Zeit. Und sieht – und
wenn er vorbeikommt, hört er's auch –, dass Tag für Tag,
Jahr um Jahr irgendwelche Leute, junge und nicht mehr ganz
so junge, von morgens bis abends auf Instrumenten spielen.
Mädchen und Jungen schleppen Kästen, größer als sie selbst.
Da erkundigt sich unser Patron, wie viel ein Professor am
Konservatorium verdient, was für Honorare er für Philhar-
monieauftritte bekommt und welche *persönlichen* Ausgaben
die Musiker haben, um eine Aufnahme zu produzieren. Und
kommt zu dem Ergebnis, dass etwas mit dem finanziellen
Faktor dieser Beschäftigung nicht stimmen kann, verstehen
Sie? Als Mensch mit wachem Verstand, aber gewohnt, mit
ökonomischen Größen zu operieren, reizt ihn das. Und er
wendet sich an mich … Hintergrund ist: Im Frühling", er
wird schon wieder rot, „ist die ‚Neue musikalische Enzyklopädie' erschienen, herausgegeben von, äh, äh … dem erge-
benen Diener, der hier vor Ihnen zu sitzen geruht …"
Kurzum: Der Patron ging in ein Geschäft, wo es Bücher
gibt, um in Erfahrung zu bringen, wer sich mit Musik auskennt. Und da hat man ihm diesen Raphael empfohlen.

„Mich zu finden, ist einfach. Ich halte Vorlesungen zur Musik-
geschichte und …", er wird knallrot, „… und frage manchmal im Laden nach, wie sich die Enzyklopädie verkauft."

„Toll", sagt Jewgenij Lwowitsch. „Fangen Sie auch bei
Romulus an und gehen bis heute?"

„Im Moment sind wir noch bei ‚Alle meine Entchen‘ und ‚Hänschen klein‘.“

Wenn Jewgenij Lwowitsch lacht, sieht man das nur seinem Mund an. Die Augen blicken unverändert traurig. Raphael dagegen kriegt sich nicht mehr ein, bei dem wackeln die Locken. Zum Piepen. Und dreht sich dann plötzlich nach mir um. Was glotzt der denn so, der hat sie doch nicht mehr alle! Na, schieß schon los!

Endlich wendet er Jewgenij Lwowitsch wieder den Kopf zu und sagt: „Wissen Sie, wir sind so etwas wie der Teil eines grandiosen Experimentes. Ich weiß nicht, wie das bei Ihnen ist, aber ich mache das nicht einmal wegen des leidigen … Mal sehen, was dabei herauskommt. Stellen Sie sich vor, schlägt unser Patron doch vor, den Bassschlüssel abzuschaffen. Und da kommen Sie mir mit Beethoven … Den Bratschenschlüssel traue ich mich gar nicht zu erwähnen! Und doch sind diejenigen wie der – er zeigt mit dem Finger nach oben – unsere ganze Hoffnung. Sie und ich, Jewgenij Lwowitsch, wir gehören ja zu den aussterbenden Spezies, stimmt’s? Hat er Ihnen die Frage mit dem Backstein vorgelegt. Nein? Kommt noch. Aber lassen wir das, ich muss gehen.“

Ich fange allmählich an, mich an Raphael zu gewöhnen. Nur das mit dem Geld, das er nicht braucht … Als ob es jemand gäbe, der kein Geld braucht?

Er ist weg. Ich zu Jewgenij Lwowitsch: „Ein Backstein wiegt vier Kilogramm.“

„Was soll das denn?“

Das werden Sie noch bald genug erfahren, Jewgeni Lwowitsch, denke ich.

„Tasse Kaffee gefällig?“, frage ich, „Ja?“

Er schaut mich so kläglich an.

„Ja“, kommt die Antwort, „danke, da sage ich nicht nein.“

Gut. Dann kann ich meine Frage stellen: „Meine Nachbarin“,

erzähle ich, „die hat mir ein Buch gegeben. Die Tagebücher von Nikolai II."

Er zieht ein Gesicht, zum Weinen. „Nein, ich kann Ihnen die Lektüre nicht empfehlen. Ein himmelschreiendes Dokument. Mit dem Fahrrad unterwegs, zwei Krähen geschossen, eine Katze geschossen, Mittagsgottesdienst, Andacht, den Offizieren Orden ausgehändigt, Frühstück, Spaziergang. Mittag, Mamam. Danach: Wieder zwei Krähen geschossen ..."

„Krähen fressen Abfall. Wieso sollen die einem leidtun?"

„Egal", sagt er, „für einen Adeligen oder nur einen normalen Menschen sollte es einfach unter seiner Würde sein, Krähen zu schießen. Besonders in einem so historisch entscheidenden Moment."

„Verstanden. Nur da oben, Jewgenij Lwowitsch, fangen Sie da lieber nicht von den Krähen an."

Er schaut mich lange an. Was hat er denn? Ein normaler Mensch kann sich wegen einer Krähe doch nicht umbringen. Offenbar hat ihm unser lieber Raphael den Rest gegeben.

„Nehmen Sie's sich nicht so zu Herzen", sage ich. „Er ist doch kein Russe. Er ist doch – wie war noch das Wort – Emigrant."

Jewgenij Lwowitsch tritt ans Fenster und stellt die Tasse aufs Fensterbrett. Das verstößt eigentlich gegen die Regel, das macht einen Fleck. Gut, macht nichts, wisch ich weg.

„Was hat das damit zu tun", sagt er, „ob einer Emigrant ist oder nicht? Genau genommen, sind wir alle Emigranten. Ich, Sie und sogar Ihr Patron. Alle über dreißig. Ein anderes Land, andere Menschen. Und auch die Sprache. Der Junge da, wie heißt er noch, Ihr Viktor? Der ist von hier, ist hier zu Hause. Prozession, oder richtiger: Helikopterprozessionsflug zwecks Umrundung des Goldenen Rings. Mit Gouverneuren, Kirchenfahnen und allem, was dazugehört. Ich hab die Fotos in der Zeitung gesehen", sagt er. „Und wir ... Man muss das Weite suchen, dieser Stadt den Rücken kehren

und irgendwo aufs Land ziehen. Da fällt unsere Fremdheit weniger auf …"
Ich verstehe absolut nichts. Offenbar hab ich was Falsches gesagt. Dabei wollte ich gar nichts Schlechtes sagen. Was hat er nur? Manchmal blickt man bei ihm einfach nicht mehr durch. Vielleicht liegt seine Mutter im Sterben? Als meine Mutter gestorben ist, war ich völlig daneben.

So läuft das bei uns. An Raphael habe ich mich allmählich gewöhnt, mit Jewgenij Lwowitsch komme ich manchmal ins Gespräch. Der Patron hat etwa zehn Stunden bei ihnen hinter sich. Beim letzten – oder richtiger: vorletzten – Mal hatten wir leider ein nicht besonders erfreuliches Gespräch: Es begann wie immer. Raphael kommt vom Patron runter, streckt und reckt sich wie eine Katze. Er hat sich bei uns eingelebt. Lächelt Jewgenij Lwowitsch zu: „Was für einen tollen Flügel wir hier haben! Nur, unter uns gesagt: Hafer, zu fein für einen Klappergaul! Er kriegt das nicht hin. Nicht die schwarzen und nicht die weißen Tasten."
Mach doch besseren Unterricht, denk ich.
„Die Stunden", sagt er, „bringen nichts. Ich weiß nicht, wie es bei Ihnen steht, Zhenja", den Vatersnamen lassen sie schon weg, „aber bei mir ist nichts zu machen. Es kommt einfach nichts dabei raus. Ich würde aufhören, wäre nicht das leidige – Na ja, Sie wissen schon, was ich meine."
„Nur Geduld", antwortet Jewgenij Lwowitsch, „Klavierspielen ist gar nicht so einfach. Ich habe es auch nicht geschafft, obwohl meine Mutter Musiklehrerin ist. Sie bedankt sich übrigens sehr für Ihre Enzyklopädie. Dabei war ich, weiß Gott, nicht vierzig, als sie mit mir anfing."
„Gut, das Alter, das auch …", sagt Raphael. „Aber es liegt nicht allein am Alter. Heute hatten wir in der Stunde zum Beispiel die …" Er nennt einen Namen, Bandwurmlänge. „Wissen Sie, wie er reagiert hat? ‚Das kann doch niemand gut finden!'"

„Chaos statt Musik", nickt Jewgenij Lwowitsch wissend. „Ehrlich gesagt, auch ich habe deren Musik noch nicht für mich entdeckt."

„Chaos, Chaos ...", wiederholt Raphael. Was gefällt ihm daran denn nicht?

Sie kamen noch auf alle mögliche Musik zu sprechen, da erklärt Raphael: „Wissen Sie, zu welcher Überzeugung ich gelangt bin? Der Patron ist ein überdurchschnittlicher Mann, nicht wahr? Aber die höchste Art ästhetischen Genusses, die er goutieren kann, heißt: Ordnung."

Ja, auf Ordnung achten wir hier. Und was ist daran schlimm?

Der kriegt sich gar nicht mehr ein: „Alles was gerade, sauber, frisch gewienert ist, ein Klo von gleißendem Weiß. Die Frauen in meiner Familie wären entzückt." Er schaut auf die Uhr. „Ich bin schon wieder zu spät dran. Übrigens, apropos Ordnung, ich finde das eine Schweinerei, Sie warten zu lassen."

„Ich habe es nicht eilig, Raphael."

Der spinnt wohl, der Armenier. Verschwinde. Du kannst dich nun wirklich nicht beschweren. Na, den müssen wir uns vorknöpfen. Das geht zu weit.

„Junger Mann", setze ich an.

„Ich bin kein junger Mann! Für Sie bin ich Professor am Moskauer Konservatorium!"

Sieh mal einer an, wie böse wir werden können! Er rollt die Augen! Er hat mich zum ersten Mal zur Kenntnis genommen! Ich bin für ihn so was wie ein Möbelstück. Keine Angst, Professor, wir haben schon ganz andere kleingekriegt! Ich sage höflich:

„Jewgenij Lwowitsch wird vorgelassen, sobald die Videokonferenz zu Ende ist." Und füge, um die Wichtigkeit zu unterstreichen, hinzu: „Mit dem Direktor der Mosturbank."

Hab ich was Falsches gesagt? Selbst Jewgenij Lwowitsch hat sich abgewendet. Der andere, der platzt fast vor Lachen, kriegt sich gar nicht mehr ein: „Masturbank!", und klatscht sich auf die Schenkel. „Zhenja, haben Sie das gehört? Masturbank!"

Lwowitsch zu mir: „Nein", sagt er. „Das kann nicht sein. Das ist deren Art von Humor."

Weiß der Teufel! Ihr könnt mir beide mal am Abend begegnen! Aber stimmt: merkwürdiger Name. Halb vier. Ich mache einen Kaffee. Für Raphael auch einen. Als Friedenspfeife. Versteh das einer. Hast du nicht gesagt, du hast es eilig! Hockt auf dem Fensterbrett und baumelt mit den Beinen, unser Herr Professor.

„Schauen Sie mal", sagt er auf einmal. „Was ist denn da los? Vor einer Sekunde ist eine Krähe von dem Dach da drüben runtergefallen. Und noch eine. Da, sehen Sie? Und da, schon wieder eine, steigt auf, und zack, bums!"

Jewgenij guckt nicht aus dem Fenster, sondern auf mich.

„Schauen Sie, schauen Sie doch mal!" Raphael ist völlig aus dem Häuschen. Wie ein kleines Kind. „Die humpelt, springt wie eine Verrückte an den Dachrand, und wieder zack! Was ist das? Es ist doch gar nicht so kalt! Gab's da nicht so eine Infektion bei Vögeln? Vogelgrippe oder so?" Er will das Fenster schließen. Zwei linke Hände. Hände weg!

Telefon. Die Stunden für heute fallen aus. Das Honorar für die verlorene Zeit, Jewgenij Lwowitsch, wird Ihnen voll erstattet. Nein, er geht nicht mehr ran.

Zum Teufel. Sogar der Armenier, der außer sich niemanden sieht, scheint langsam Lunte zu riechen: „Aber er ist doch ein großer Mann?", sagt er.

Ja", antwortet Jewgeni Lwowitsch. „Ein Mann der Renaissance." Er verstummt und dann kommt sein geliebtes: „Hm, alles äußerst traurig."

Lora

Frauen waren in seinem Leben wie Zielscheiben auf dem Schießplatz aufgetaucht und hatten sofort seine Aufmerksamkeit in Anspruch genommen, nicht für lange, aber ganz. Wenn er sein Ziel erreicht hatte – was für eins, ist klar –, setzte er das Verhältnis noch eine Weile fort und brach dann mit ihnen. So lief alles wie geplant, er hatte in einem amerikanischen Buch gelesen, die Liebe sei ein *Power Game*, in dem es darauf ankomme, wer wen ... Englisch beherrscht er gut genug, um psychologische Ratgeber lesen zu können: Wie man es anstellt, Erfolg zu haben, wie man mit Leuten umgeht – am Anfang seiner Karriere hatten ihm diese Bücher gute Dienste geleistet, nun lagen sie auch auf Russisch vor. Zu Erinnerung geworden, wurden seine Freundinnen sympathischer, als sie tatsächlich waren. Das Wertvollste – ihre Windungen, Oberflächen, Linien, und dann natürlich die Überwindung des ersten Widerstands, der Angst voreinander – blieb haften, während die durch die Frauen angerichtete Unordnung mit der Zeit in den Hintergrund trat.

Mit Lora aber ist es nicht so wie mit den anderen gelaufen, und statt sich einzugestehen, dass er dieses Spiel, tja, verloren hatte, und nach vorne zu blicken oder, im Gegenteil, zu dem Schluss zu kommen, das Modell *wer wen* haut nicht immer hin und hat im Fall von Lora versagt, und ebenfalls wieder nach vorne zu blicken, Geld zu machen, sich weiterzubilden, endlich mit neuen Frauen Kontakt aufzunehmen – anstelle all dessen hockt er am Fenster und schießt Krähen. Für Dezember ist es eigentlich nicht kalt, das Thermometer zeigt plus fünf; ausgerüstet mit Gewehr und optischem Visier räumt er, auf dem Fensterbrett sitzend, die dreckschwarzen Vögel vom Nachbardach, einen nach dem anderen. Auf Krähen zu schießen, sieht einfacher aus, als es ist. Man muss nicht nur treffen, sondern darf auch keinen Lärm machen, geschweige denn, jemandem Schaden zufügen. Er steht hoch oben, unten die leise Straße, die auf die Bolschaja Nikitskaja ausläuft, hinten der Bürgersteig vor dem Konservatorium mit einem Zipfel des Tschaikowski-Denkmals. Er hat ein gutes Gewehr, ein leises. Das Schießen hat zwar nicht zur Folge, dass es ihm gut geht, aber besser als vorher.

Vor vierzig Minuten ist Raphael gegangen, wieder haben sie sich mehr Musik angehört, als selbst welche zu machen (in den letzten zwei Wochen hatte er weder Zeit noch Lust zu spielen), erst spielte ihm Raphael, singend und hin- und herschwingend, etwas Altes, recht Schönes vor und alles Mögliche andere, aber dann hat er darauf gedrungen, ihn mit zeitgenössischen Komponisten bekannt zu machen, sie hörten sich Aufnahmen an, und er spürte, das geht ihm langsam alles auf den Geist. Zweieinhalb Monate – so lange beschäftigt er sich jetzt mit Musik – gut, keine lange Zeitspanne, aber über eine gewisse Erfahrung verfügt er nun doch, hat die Wiener Klassiker gehört und Schostakowitsch, ist beispielsweise im Bilde, dass es zwei Sträuße gibt, dass Johann Strauß zu mögen *mauvais ton* ist und man Tschaikowski so oder so betrachten kann, das muss jeder für sich selbst herausfinden. Auch wusste er nun (Raphael liebt Klatsch): Poulenc ist homosexuell, Schostakowitsch, nein, der ist kein Jude; drei Viertel, das ist ein Dreiertakt, sechs Achtel aber – allem Anschein entgegen – ein Zweiertakt. Aber das, was er heute gehört hat – wie hieß die Frau noch? –, das kann doch niemand gut finden, das ist kein Genuss, keine Freude – und was wäre sonst der Sinn der Kunst? – nein, ausgeschlossen.

Mit der Heiligen Geschichte, diesem Lieblingsbuch der Welt, diesem Inbegriff menschlicher Weisheit, sieht es nicht besser aus. Eine Unmenge unmotivierter Gewalt (da soll ihm mal einer was wegen der Krähen sagen!), ein Bruder tötet den anderen, der Vater soll seinen Sohn abschlachten, alles ohne Erklärung: Geh und bring ihn um, ganze Völker

werden ausgerottet, was haben die denn getan? Und Seoul –
Jewgenij Lwowitsch korrigiert ihn: Saul – wofür wird der
bestraft? Für einen humanen Umgang mit Gefangenen? Die
Menschheit hat sich doch seit der Antike sehr weit fortent-
wickelt. *Das Recht und eine gute Sache beug ich nicht.* Und was
ist bitte mit der Sintflut? Nein, er ist ja höflich, will keinem
auf den Fuß treten, ist bereit, alles bis zur letzten Seite mit
höchster Konzentration zu studieren, auch wenn es natürlich schwer ist, einen dicken, mit Einzelheiten überfrachte-
ten Wälzer zu lesen, in dem es wirklich alles gibt, nur keinen Humor. Er hat dann doch beim letzten Mal geklagt, und
Jewgenij Lwowitsch hat ihm versprochen, ihm heute etwas
zu erzählen, aber offenbar sollte das nicht sein, und was versteht dieser gute traurige Mann, der offenbar stark dem Alkohol zuspricht, schon von Humor? Ihm jedenfalls geht der
Sinn für Humor heute ab, Lora hat angerufen.
Und die Krähen, um das Krähenkapitel abzuschließen, das
sind nun wirklich böse, dreckige Aasfresser, Abfallvögel,
die Infektionen übertragen. Sie fallen über Kinder her,
picken ihnen in den Kopf. In der Nähe des Konservatoriums
lebt eine Krähe, die raucht. Schnappt den Leuten brennende
Zigaretten aus dem Mund und raucht. Das ist kein Stuss, er
hat es selbst gesehen, an dem Tag, an dem er Lora kennen-
lernte. Zusammengebracht hat sie beide eine Krähe.
Er erinnert sich: ein warmer Samstagabend, er kommt aus
einem Café: eine Gruppe lachender Jugendlicher am Denkmal, die schauen auf die Krähe, die eine Zigarette im Schna-
bel hat, er geht Richtung Rachmaninow-Saal, wie er später
erfahren sollte, der Krähe hinterher, wird aber abgelenkt von
einem schlanken Mädchen mit langen Beinen und Haaren.
Das Mädchen ist brünett. Brünette sind sein Typ.
„Möchten Sie nicht Musik hören, junger Mann?“, fragt das
Mädchen, das mit überkreuzten Beinen an der Glastür steht
und raucht.

Nur, wenn sie ihm dabei Gesellschaft leistet. Nur dann.
Was … steht auf dem Programm, was spielen die, was sagt
man in so einem Fall? Er kann doch nicht zugeben, dass
er noch nie im Konservatorium war. Das Mädchen ver-
weist auf den Aushang. In Großbuchstaben: FRANCIS
POULENC: „Voix humaine". Und noch größer gedruckt:
LORA SCHER, Sopran. Also was nun, sie leistet ihm
Gesellschaft? Das Mädchen mustert ihn recht ungeniert.
„Klar." Wirft die Kippe weg und geht voraus.
Die Jacke muss er an der Garderobe abgeben. Das Mädchen
geht die Marmortreppe hoch. Er kann sie von hinten betrachten. Nicht zu verachten. Und schon ist auch er im Saal.
Und wo ist seine Begleiterin? Nicht zu sehen, obwohl wenig
Leute da sind und weit auseinander sitzen. Auf der Bühne:
eine junge anmutige Frau in einem roten Kleid, rothaarig,
äußerst weiße Haut. Lora.

Rotes Kleid, schwarzer Telefonhörer mit langer Schnur.
Hallo, hallo, Madame … „Lyrische Tragödie", so steht in
Raphaels Enzyklopädie, „ein Werk großer Humanität und
dramatischer Kraft". Neben der Fassung für Sopran und
Orchester existiert eine Klavierfassung. *Mon Dieu, mach,
dass er anruft!* … Zur Stimme kommen szenische Elemen-
te hinzu: Lora bewegt sich sicher über die Bühne, nimmt
den Stuhl, den Notenständer. Wickelt sich die Schnur des
Telefons um den Hals. *Hallo, Chéri, bist du's? Wie nett von dir,
dass du zurückgerufen hast!* Der Stuhl ist schwarz, der Notenständer rot, und Lora: weiß mit rotem Haar. Er ist beeindruckt, stark.
Verzeih mir diese kleine Schwäche! Lora wendet sich mal an den
Pianisten, mal ans Telefon, aber am häufigsten ans Publikum. Erzählt, wie sie sich vergiften wollte. *Ich weiß, ich bin
lächerlich!* Fleht ihn an, er möge nicht das Marseiller Hotel
nehmen, in dem sie immer zusammen mit ihm war.

Ich liebe dich! Ich liebe dich! Ich liebe dich! Das letzte „Ich liebe dich" haucht Lora ersterbend in den Saal und blickt ihm in die Augen. Oder meint er das nur?

Er geht schnell nach Hause, schnappt die erstbeste Vase samt dem Deckchen darunter und geht in den Blumenladen um die Ecke: „Weiße, rote! Aber bitte eine ungerade Zahl!" Wo kann die Sängerin sein? „Im Künstlerzimmer. Da, bis ans Ende und dann hoch." Er weiß nicht, was bei Künstlern, Musikern üblich ist. Wahrscheinlich wie bei jedem Unternehmen: Du willst was? Fackel nicht, greif zu! Hauptsache, du bist der Erste.

Mit den Blumen hat er wohl etwas übertrieben. Lora ist schon umgezogen, Jacke, Jeans, sie wirkt eher erstaunt als erfreut.

„Merci." Wenn Lora nicht singt, sondern spricht, hat sie eine tiefe, ein bisschen heisere Stimme. Und einen zu kleinen Mund für eine Sängerin, findet er.

„Na, Lorka!", ruft die Brünette mit brennender Zigarette aus einer Ecke des Künstlerzimmers. „Habe ich dir nicht einen tollen Oligarchen angeschleppt?"

Über Finanzen scherzt man in seinen Kreisen nicht. Aber das hier ist ein anderes Milieu.

„Sind Sie müde?", fragt er mitfühlend. Aus der Nähe sieht man in Loras Gesicht trotz ihrer Jugend schon Spuren des Alters. Fältchen um die Augen, winzige Strichelchen. An solchen Kleinigkeiten kann man das wirkliche Alter ablesen. Sie muss so um die achtundzwanzig, dreißig sein.

Die Brünette nimmt die Vase in Augenschein und brüllt trotz seiner Gegenwart ungeniert: „Lorka, das ist ja Hermes."

„Nur das Deckchen. ‚Hermes', die produzieren hauptsächlich Textilien, Blumenvasen haben die nicht", klärt er auf.

„Das heißt übrigens nicht Hermes, sondern ist französisch: Hermès, Endbetonung und ohne h und s."

„Man lernt doch nie aus", tut die Brünette beeindruckt. Und *seine* Firma, wie heißt die? Und ist tätig in welchem Bereich?

Sie muss doch wissen, wem sie die Sorge um Lora anvertraut.

Wie schnell die zur Sache kommen! Seine Firma heißt ‚Trinity‘.

„‚Trinity‘!“, staunt die Brünette. „Lorik, hast du gehört? ‚Trinity‘!“

„Ursprünglich waren wir nämlich zu dritt. Und sind tätig im Bereich …“

„Von Auftragsmorden, ja?“, hilft ihm die Brünette auf die Sprünge.

Lora: Er möge die Freundin bitte entschuldigen, die hat ein bisschen was intus. Es verstehe sich ja wohl von selbst, dass er auf solche Fragen nicht antworten müsse.

Ein Typ kommt rein, überhäuft sie mit Küssen und Geschenken.

„Na, hast du's überlebt? Nur mit Ach und Krach? Kann man den Reliquienschrein küssen?“ Und umarmt Lora ein bisschen zu wild.

Ein dummer, langer Lulatsch kommt rein: „Du wirst es nicht glauben“, sagt er heftig, „ich habe grade denselben Trouble: Trennung.“

Endlich, sie sind allein. Interessante Leute eigentlich, völlig neu für ihn. Darf er sie nach Hause bringen? Sein Auto steht um die Ecke.

Danke, ja, *wie nett von ihm.* Sie steckt noch ein bisschen in ihrer Rolle.

Sie steigt ein und schließt die Augen, die Haare ringeln sich auf der beigen Lederkopfstütze. Das Auto beeindruckt Lora nicht, sie geht darauf mit keinem Wort ein.

„Sind Sie müde?“, fragt er wieder.

Klar, die Aufregung, das Rampenlicht. Ein ganzer Soloabend für eine Doktorandin, eine Seltenheit.

„Musiker, sind die vor einem Konzert immer aufgeregt?“

„Klar. Was für eine Frage?“ Lora ist verwundert.

„Und warum? Ein Pilot oder, sagen wir, ein Chirurg, der

regt sich vor seiner Arbeit nicht *dermaßen* auf. Obwohl es da um Leben und Tod geht, während hier ..." (Er versucht zu verstehen:) „Hier, geht's da um Ruhm, darum?"

Lora lacht: „Nein."

„Nein", fährt Lora fort, „wenn ich heute schlecht gesungen hätte, wäre niemand gestorben ... Ich wäre dann nur keine Sängerin, klar? Sicher, da geht es um Leben und Tod, hier: um den Sinn des Lebens, seinen Inhalt, jetzt klar?"

Ehrlich gesagt, nicht besonders ...

„Wir sind da." Hier, hier wohnt sie? Was ist das?

„Ein Heim für Studenten des Konservatoriums."

Dann ist Lora also nicht verheiratet?

„Wie man heutzutage sagt: das ist kompliziert."

Er würde die Unterhaltung gerne fortsetzen ...

„Darüber, wie kompliziert alles ist?"

„Nein, über den Inhalt, den Sinn des Lebens." Er hat den Faden verloren, ist irritiert.

„Wie fanden Sie es eigentlich?" Er hat noch kein einziges Wort über das Konzert gesagt.

Ehrlich gesagt, er kann das schlecht beurteilen. Das war das erste Konzert, das er hört.

„Das Schicksal von keinem", verkündet Lora, „wird durch ehrliche Geständnisse gemildert."

Woher nimmt sie ihre Selbstsicherheit?

Lora hat sehr weiße Haut. Vermutlich muss sie deshalb die Sonne meiden. Er lädt sie also nicht ins Gelobte Land ein und auch nicht nach Griechenland oder Italien. Und wenn sie zusammen nach Norwegen führen?

„Das wäre schön", antwortet sie ausweichend.

Georgisches Restaurant, Spaziergang am Neujungfrauenkloster. Er macht ihr dauernd teure Geschenke, Hermes-Säckelchen, wie ihre brünette Freundin sich ausdrückt. Es ist ihm ein Herzensanliegen, er erwartet nichts von ihr dafür, warum soll er sich nicht von seiner großzügigen Seite zeigen? Sie unterhalten sich darüber, was denn eigentlich so kompliziert sei. Sie will nicht in die Details gehen. Er ist Pianist, Dirigent, Komponist, Verfasser philosophischer Bücher, Künstler, na der, mit dem sie den Poulenc aufgeführt hat – erinnert er sich nicht mehr an ihn? Na, das ist auch besser so. „Philosophische Bücher, toll!"

Ja, philosophische, musikwissenschaftliche, erotische, im höchsten Wortsinn, er versteht doch? Komponiert eine Oper aus dem Leben der Zarenfamilie. Lora soll die Partie der Mathilde Kschessinska singen. Zwei Akte sind fertig. Und hat der Künstler eine Familie? Mehr als eine. Wenn es einmal anfängt, kompliziert zu werden, hört es nicht mehr auf. Warum Fragen stellen? Es ist nicht ihr Geheimnis, nicht ihres allein.

Ich sollte mich erkundigen, was das für ein Typ ist, denkt er ohne Hass. Eifersucht: dumm. Dumm und beleidigend. Unser ewiges Streben, jemanden zu besitzen. „Der Mensch ist kein Mittel, sondern Zweck", würde Jewgenij Lwowitsch sagen. „Lassen Sie uns lieber über etwas anderes sprechen", bittet Lora. „Was macht ‚Trinity' eigentlich?" Sie ahnt, dass es sich dabei nicht um die Heilige Dreifaltigkeit handelt.

Doch heilig sind sie schon. Das heißt, alles ein bisschen grenzwertig, aber überwiegend im Rahmen der Regeln. Sie tätigen Investitionen. Suchen schwache Stellen und nutzen sie. Der Markt, alles entscheidet der Markt, und dem Markt muss man auf die Sprünge helfen, indem man die schwachen Stellen ausnutzt, er hofft, sie versteht das, weiß: die Wirtschaft hat absolute Priorität. Arm zu sein ist eine Schande. Der Arme ist entweder faul, oder sein Talent wird nicht gebraucht, dabei hat jeder Talent. Wenn du gut verdienst, kannst du Hunderten, Tausenden um dich herum helfen. Er hat viel von ihr gelernt, fände es aber schön, wenn sie die Dinge auch ein bisschen mit seinen Augen sehen könne.

„Kein Problem", erklärt Lora.

Er möchte ausholen: Robert, als Robert eingesperrt wurde …
Ihr Gesicht drückt Mitgefühl aus. Da haben wir die Dinge vorher nicht gut genug geregelt mit diesen „Musikwissenschaftlern in Zivil". Raphael hatte ihm diesen blumigen Ausdruck für die Geheimpolizei beigebracht, ein Spitzname für den KGB, der Kunst und Musik überwacht. Sie lacht nicht, also hat sie nicht verstanden. Aber sie hört eigentlich auch gar nicht zu. Oder richtiger: hört nichts, der Inhalt von Gesprochenem interessiert sie herzlich wenig.

Lora schnurrt etwas vor sich hin.

„Ist es angenehm, wenn man immerzu Musik im Ohr hat?"
Sie weiß die Antwort nicht. Wie sollte es denn sonst sein? Es stellt sich heraus, dass sie Volkslieder mag. Was soll denn daran schön sein? Primitiver Kram, findet er.

„Das ist wie ein Kind im Traum: du fällst und fällst und fliegst, unheimlich, du erstarrst vor Angst, du fliegst und erreichst den Boden nicht", erklärt Lora und zeichnet mit der Hand eine Fluglinie in die Luft. Das war wohl das letzte Mal, dass sie sich mitteilte, sich ihm wirklich öffnete.

Nun gehörte damals ja schon der Flügel samt Raphael zu seinem Leben. Meint sie, er schafft es, Klavier zu spielen?

„Das kann man doch nicht ausschließen", antwortete Lora.

Einfach, allzu einfach war sie in seinem Bett gelandet, auch wenn sich zwischen jungen, freien, attraktiven Leuten eigentlich alles einfach abspielen sollte.

Ach, er legt Wert darauf? Na, dann, ja klar.

Und sie?

Doch, sie auch. Doch.

Es erübrigt sich, nach den Motiven zu fragen, in gewisser Hinsicht sind Frauen komplizierter als Männer, das weiß er nicht nur aus seinen psychologischen Ratgebern.

„Fahren wir nach Norwegen?"

„Vielleicht ..." Sie fährt mit dem Finger von seinem Kinn nach unten, weiter bis zum Sonnengeflecht, „vielleicht auch nicht." Und ist mit den Gedanken woanders.

Lora steht auf, hüllt sich in das Laken und geht an den Flügel im Wohnzimmer, berührt die Tasten, probiert ihre Stimme aus. Unten ist das Office, kein Mensch da, oben der Himmel: Spiel, so viel du willst. Spiel und sing.

„Woher ist der Flügel?"

Er nimmt doch Unterricht. Hat sie das vergessen?

„Kein Wort, mein Freund, kein Seu-eu-eufzer, wir schweigen uns beide an ..."

Warum so was Abgrundtrauriges, Lorotschka, Lora?

Ihr Gesang richtet sich jetzt nur an ihn. Lora hält inne. *Kein Seu-eu-eufzer*, singt sie etwas anders und dann noch eine dritte Version. Ein ausgefallener Zeitpunkt zum Üben.

Sollen sie nicht nach Norwegen fahren?

„Die Fjorde, die glatte Wasseroberfläche ..." Er streicht über den Flügel. Ein weißer wäre vielleicht schöner. Weiß wie Loras Haut. Oder rot wie ihr Haar? Er streicht über den Flügel, streichelt Lora. Glattes liebt er.

Ein guter Flügel, sagt Lora, toll. Der Künstler muss sich mit einem weniger guten Instrument begnügen.

Wie soll er darauf antworten? Allenfalls mit einem Achselzucken. Lora hält es offenbar für ungerecht, dass der Künstler etwas nicht besitzt, was er besitzt. Ein Flügel ist nur ein Ding und hat keine Seele. Sie braucht ja zum Glück kein Instrument. Sie ist ihr eigenes wunderschönes Instrument.

Also Norwegen ... Und was möchte er noch?

„Vieles, ganz unterschiedliche Dinge! Möglichst schnell Klavierspielen lernen, das Alte Testament möglichst bald abhaken. Das gehört zum Wissensfundus eines jeden kultivierten Menschen."

Jetzt ist sie dran. Er erwartet eine elegante, ausweichende Antwort, aber nein, ganz einfach: Sie will singen können.

„Gut, klar." Und außerdem … Außerdem möchte sie eine richtige … Was soll das heißen? Richtige Beziehung, ganz … Zum wahren Leben vorstoßen. Genauer kann sie das nicht erklären. Was macht denn sein Leben aus?

Antwort: „Arbeit und Erholung, wie bei allen anderen auch." Er arbeitet sehr, sehr viel.

Sie, das versteht er natürlich, braucht einen Mann, Kinder, aber da muss er vorwarnen: Kinder interessieren ihn nicht sonderlich. Vielleicht ändert sich das mal, aber bisher …

Bei der Erwähnung von Kindern gähnt in seinen Augen ein Schreck, der Lora offensichtlich nicht entgangen ist.

„Da brauche er keine Sorge zu haben, jetzt, zum jetzigen Zeitpunkt kann nichts Irreparables passieren."

Warum so verklemmt? Sie sind doch freie Menschen.

Am Morgen kleidet sich Lora an und schaut zu, wie er das Bett macht. Keine Falte, alles glatt, glitzeglatt.

Wo hat er das gelernt, beim Militär?

„Wieso Militär, er hatte schon immer ein Faible dafür …"

Er steht unter der Dusche: wie schön, wenn er rauskäme und keiner wäre da. Lora kostet ihn doch eine Menge Kraft. Er wüsste, was er tun würde: sich auf das frischgemachte Bett legen und in Erinnerungen an die Nacht schwelgen.

Sein Wunsch geht überraschend in Erfüllung, als er aus der Dusche kommt, ist Lora weg. *„Kein Wort, mein Freund …"*

Keine Angst, die kommt schon zurück. Er ist ein unübertrefflicher Liebhaber, ganz objektiv. Die kommt bestimmt. Aber diese Nacht sollte in der Geschichte ihres Verhältnisses vorläufig die einzige bleiben.

Und jetzt, Anfang Dezember, steht er am Fenster – die Krähen sind alle – und geht seine Misserfolge durch.

Einmal wollte er klären, ob ihr kleiner Mund sie nicht beim Singen beeinträchtigt. Er hat immer gedacht, ein großer Mund ist für Sängerinnen dasselbe, was große Hände für einen Pianisten sind. Was hat sie denn? Er hat doch nichts Schlechtes gesagt?

Er hat ihr die Aufgabe mit dem Backstein vorgelegt.

„Hältst du Sängerinnen für komplette Idioten?", war alles, was er darauf zu hören kriegte.

Na, wie schwer ist der Backstein denn? Sein Assistent hat die Antwort gewusst.

„Dann gib ihm einen dicken Kuss!" Aber wie viel der Backstein nun wiegt, sagte sie nicht.

Wie ärgerlich, richtig ärgerlich. Er fragte sie unablässig nach dem Künstlertyp aus. Ist der gut im Bett?

Woraufhin Lora ihm einmal im Zorn beschied: „Passend zu mir."

Ab Ende November suchte er, sich Loras zu entwöhnen, wie man sich das Rauchen abgewöhnt. Außer ein paar Ausbrüchen im Stil sehnsüchtiger Seufzer: *Mach, dass er anruft,* nur mit umgekehrtem Vorzeichen, lief alles glatt, schon zwei Wochen hatten sie nicht mehr miteinander gesprochen. Die Wunde war vorsichtig verheilt, aber heute, als Raphael nach unten ging und er um ein Haar mit der Bank handelseinig geworden wäre – Viktor nannte diese Bank wegen ihrer Sturheit Masturbank –, als er gerade Jewgenij Lwowitsch rufen lassen wollte, da hat Lora angerufen, und alles ist wieder kompliziert. Sie muss sich mit ihm treffen. Intonation: khakifarben. Diese Schauspielerin. Und statt zu sagen, er wünsche nicht mehr, sich mit ihr treffen, er wolle sie weder sehen noch mit ihr reden, hört er sich betont cool sagen: „Samstag, um elf, an unserer Stelle, Neujungfrauenkloster."

Trotzdem klingt es, als laufe er ihr nach. Soll er sie abholen? „Was? Nein." Wird sie im Wohnheim sein? ... *Kein Wort, mein Freund* ... Sie hat aufgelegt.

Eine halbe Stunde später fällt ihm der Lehrer ein, peinlich. Jewgenij Lwowitsch muss für seine verlorene Zeit entschädigt werden. Er ruft Backstein zu sich hoch.

„Ist er nicht beleidigt?"

„Wie sollte er? Jewgenij Lwowitsch hält große Stücke auf Sie."

Woher Backstein das hat? Er persönlich traut niemandem mehr.

„Wissen Sie, was für einen Spitznamen die für Sie haben?"

„Na und? Was für einen?" Er tut, als könne ihn das nicht kratzen.

„Mann der Renaissance. Oder auch: Patron."

Das ist nicht tragisch. Allerdings auch nicht gerade ein Kompliment. Die reden also da unten über ihn.

Er erinnert sich an Raphaels Gesicht, als der den Flügel entdeckte. „Klistier, zu groß für einen Affenarsch", stand in seinem Gesicht geschrieben, oder kennt Raphael solche Ausdrücke nicht? Doch, bestimmt, er weiß doch alles, ist ja Wissenschaftler. Enzyklopädist.

„Noch was?"

„Das über die Musik kapiere ich nicht", gibt Backstein zu, „aber Jewgenij Lwowitsch, der erzählt interessante Sachen." Wovon denn, wovon? Backstein kann nicht lügen. Na raus mit der Sprache, Maurer! „Von Nikolaj II., dass er ebenfalls ..." Alles klar. Der ebenfalls. Dass er ebenfalls Krähen schoss? Ihro Majestät der Kaiser haben nicht nur Krähen, sondern auch Katzen und Hähne geschossen. Backstein steht mit offenem Mund da. Aber das mit den Lehrern, das hätte er nicht gedacht. Schließlich bezahlt er sie.

Samstagmorgen. Der über Nacht gefallene Schnee hat sich schon vollständig in eine dreckige Brühe verwandelt. In Moskau ist noch Spätherbst. Wie nachlässig, wie chaotisch die doch Auto fahren! Warum beachten sie die weiße Linie nicht, können an der Ampel nicht warten?

Warum hat sie ihn gerufen? Sie will etwas von ihm. Einen Saal mieten. Geld, das ist ihr nicht so wichtig. Es gibt kein cooles, unbeteiligtes Verhältnis zum Geld. Verschwendungssucht,

Geiz oder wie bei ihr demonstrativ zur Schau getragene Verachtung. Wir werden schon erfahren, warum sie ihn gerufen hat. Gleich.

Er fährt zum Neujungfrauenkloster. Es ist elf. Lora kam nicht nur nie zu früh, sie war auch nie wenigstens pünktlich. Er geht an den Teich, schaut sich um.

Die Klostermauer ist mit Inschriften gespickt, er hat sie früher schon bemerkt, aber nicht gelesen. Worum bitten die Leute? Unwahrscheinlich, dass ihnen was Originelles einfällt. Sie wenden sich an eine Sofja, Sophia, manchmal sogar zärtlich schlicht: Sofjuschka.

Heilige Sophia, hilf mir, gesund zu werden, und gib Kraft, diese Prüfungen zu bestehen. Man müsste rauskriegen, was das für eine Sofja ist. Er glaubt natürlich nicht an diesen Kram. Aber plötzlich kommt ihm die Idee: Das könnte ich ja auch mal ausprobieren. Doch nein, natürlich nicht.

Lora kommt zu spät. Noch ein paar Inschriften derselben Art: Gib mir gute Augen, Gesundheit, Glück im Leben. *Mütterchen-Sofjuschka, hilf mir, eine möglichst billige Wohnung zu finden, schon renoviert. Und mit Vertrag.*

Wenn er an Gott glaubte, würde er sich für den Protestantismus entscheiden. In protestantischen Ländern ist das Leben besser organisiert und humaner. Und ohne diese ganzen Heiligen, soviel er weiß.

Offenbar steht er irgendeiner Frau im Weg. Er schießt schnell ein paar Fotos mit dem Handy. Und nimmt auf der Bank Platz, der Bank von Lora und ihm, und sieht sich von da aus um.

Hilf mir, meinen Sohn Serjozha zu finden, schreibt eine Frau. Die Arme, tut einem richtig leid. Und gleich wieder etwas Lustiges: *Mögen meine Einkünfte mir erlauben, dass ich mir mein Traumauto kaufen kann. Rostik.* Das wird Lora gefallen. Wenn sie kommt.

Er schaut sich die Fotos an, die er geschossen hat. *Hilf Anna, ihre Gesundheit zu heilen, und mir, sie für immer zurückzukriegen.*

Klar, was willst du mit einer Kranken? Und er selbst: Würde er eine kranke Lora wollen? Sieht beinah so aus. Allerdings abhängig davon, was sie hat.

Sie ist schon eine halbe Stunde überfällig. Er muss sie anrufen. Komm, geh an dein Handy!

Heilige Sophia, gebt Verstand und Ruhe. Das ist mal was anderes. Nicht wie diese ewigen Bitten um Kinder. Also ob die Kinder vom Bitten kämen.

Heilige Sophia, ich möchte ein gesuchter hochbezahlter Professioneller im Bereich von Design und Fotografie werden. Ganz konkret. Und darunter: *Ich möchte glücklich sein. Hilf mir, Wlad zu vergessen.*

Gute Idee: Zack, Lora ist weg, ein für alle Mal vergessen.

Er schaut auf die Klostermauer, an die immer wieder irgendwelche Frauen herantreten, geht im Geist die Länder durch, in denen er war, und denkt: Protestanten, Katholiken, aber das Schlusslicht in puncto Lebensstandard sind wir. Lora ist übrigens getauft, obwohl sie mit Nachnamen Scher heißt. Sie hat ein Kreuz um den Hals, etwas heller als ihr Haar.

Elf Uhr fünfzig. An ihr Handy, übrigens ein Geschenk von ihm, geht sie nicht, und anrufen tut sie erst recht nicht. Es ist bestimmt nichts passiert, da kann er sicher sein, sie ist okay. Ganz im Gegensatz zu ihm. Er steht von der Bank auf, wie hat er das nur übersehen können, als er sich hinsetzte? Völlig fasziniert von diesem Blödsinn: An seinem Hosenbein klebt ein zerkautes, dreckrosa Kaugummi. Wie eklig. Fremde Spucke, fremder Dreck, das kriegst du nie wieder ab! Zum Kotzen!

Er setzt sich jetzt ins Auto – über eine Stunde hat er auf sie gewartet – und fährt weg, so schnell er kann.

Als er wieder denken kann, zwanzig Kilometer hinter Moskau, kommt er zu folgendem Ergebnis.

Lora hat Hilfe gebraucht, um einen Saal, ein Orchester zu mieten oder den Künstler zu unterstützen. Er hätte ihr das

Geld gegeben. Aber sie hat sich anders entschieden. Vielleicht hat sie woanders was gefunden. Und dann fallen ihm auf einmal die heutigen Maschas, Oljas und Katjas ein, und er kriegt ein puterrotes Gesicht: Was, wenn Lora schwanger ist? Höchst unwahrscheinlich. Warum hatte sie ihn dann gerufen? Wollte sie, dass er ihr ein Kind macht? Bei dem Künstler – was ist da schon zu holen? Aber bei ihm, da hätte sie ein für alle Mal ausgesorgt, sie selbst und auch ihr Kind. Er hat schon wieder ein wenig Abstand. Was hat er sich nur so runterziehen lassen! Am Neujungfrauenkloster hätte er glatt losheulen können. Er atmet auf.

Kinder

Warum ist er aus Moskau rausgefahren, wo will er eigentlich hin? Wäre es nicht vernünftig, sich für Fahrten aufs Land einen Chauffeur anzuschaffen? Vernünftig vielleicht – das Leben außerhalb Moskaus ist schrecklich und unvorhersehbar – aber er sitzt lieber selbst am Steuer. Er ist ein ausgezeichneter Fahrer. Außerdem, Dienstpersonal ist immer Zeuge des Lebens, dem es dient, ein Zeuge, der daran teilnehmen will, wir leben eben noch zu kurz in der modernen Welt der Marktwirtschaft und lernen langsam.

Er denkt an Raphael, an Jewgenij Lwowitsch. Nicht böse, eher erstaunt. Sie haben doch nichts Beleidigendes gesagt: Na, über Ihre Majestät den Kaiser, die Krähen … *Renaissance Man,* er sagt das laut, auf Englisch, das ist doch eher ein Kompliment. Aber der Ton, das Gefühl der Überlegenheit, wie kommen sie dazu? Sie persönlich, diese beiden, was haben sie denn an Werten geschaffen, wessen Leben verbessert? Er spürt auf einmal, dass er diese Lehrer leid ist: Raphaels Dünkel, Jewgenij Lwowitschs Alkoholtristesse, ihre Allwissenheit, diese unausrottbare Rechthaberei.

Und Lora, die hat das heutige Rendezvous bestimmt schlicht vergessen. Hat außer Haus übernachtet, sonst hätte sie zugestimmt, dass er sie abholt. Hat irgendwas von ihm gewollt – na, was schon? Geld natürlich – wusste sich dann aber anders zu behelfen, na, und hatte die Verabredung schlicht vergessen. Genauso wird man ihn nach seinem Tod vergessen. Raphael, dieser Hansdampf in allen Gassen, wird sich liebevoll hochnäsig über ihn äußern – ein reizender Mann, ein Sucher –, wird eine Rede schwingen: über die Kunst, die heutigen Zeiten, aber vor allem über sich selbst. Lora wird seine Spontaneität loben: die Vase mit den Blumen und dem Deckchen (Lachen bei diesem traurigen Anlass, nein, das verbietet sich), wird ausdrucksvoll *Kein Wort, mein Freund …* vortragen und (das kann sie ja) mit der Hand eine elegante Fluglinie in die Luft zeichnen. Und Raphael wird sie, hin- und herschwingend, begleiten. Viktor wird die Zähne zusammenbeißen, Trauer tragen, wird zur Begräbnisfeier einen Archimandriten oder einen (wie heißt der doch gleich?) Erzbischof bestellen, einen Platz auf dem Neujungfrauenfriedhof und höchst eindrucksvolle Grabaccessoires kaufen. Jewgenij Lwowitsch wird die Nase über die Geschmacklosigkeit rümpfen: insgeheim, Raphael: offen. Schade, dass Robert nicht dabei sein wird.

Was für seltsame Gedanken einem manchmal am Steuer kommen. Sterben, lieber nicht, wie kommt er darauf? Das hat doch Zeit.

Er fährt zu Roberts Datscha. Nachdem dieser verhaftet worden war, Frau und Kinder sich nach England abgesetzt hatten, wo Robert wieder zu ihnen stieß, hat es ihm einen Haufen Arbeit gemacht, die wenig kooperativen und gierigen Musikwissenschaftler in Zivil rumzukriegen, bis die Datscha endlich in seine Obhut kam. Robert wollte sie nicht verkaufen. Auch jetzt hat er die Hoffnung auf Rückkehr noch nicht aufgegeben und darum gebeten, vorläufig alles beim Alten zu lassen, inklusive Alexandra Grigorjewna, Baba Sascha, eine Person, die, wie sich Robert ausdrückt, das Haus am Leben hält; sie schaut einmal in der Woche vorbei, sonntags.

Diese Baba Sascha, nach Roberts Worten nahezu eine Heilige, versorgt nicht nur die stark trinkende Tochter ihrer verstorbenen Schwester, sondern kümmert sich auch noch um deren zahlreiche Kinder. Wer weiß, ob besagte Nichte nicht ohne diese Hilfe weniger tränke und arbeiten ginge. Sodass es dahingestellt sei, ob Baba Saschas hehrer Einsatz überhaupt von Nutzen ist. Wer weiß, ob diese Großneffen und Großnichten, fünf Stück schon, nicht später Parasiten werden? Außerdem hat sie noch die Angewohnheit, Vögel zu füttern, Meisen, und fährt dafür zu einem besonderen Markt, wo die Körner billiger sind. Robert war immer ganz gerührt davon. Jedenfalls entspricht ihre Gegenwart Roberts Willen. Er selbst hätte es vorgezogen, personell ein bisschen auszumisten.

Auf dem Land ist schon der Winter angebrochen, den er den anderen Jahreszeiten im Moskauer Umland vorzieht: wegen des Schnees, der Decke, die alles Unschöne und Dreckige unter sich begräbt. Links ein vom Schnee zugewehtes Feld, rechts und vor ihm hat der Wind den Schnee zum Teil weggepustet: dreckige, nackte Pflanzen schauen darunter hervor. Die Balten nennen solche brachliegenden Felder „Russen". Verrostete Maschinen stehen herum. Dummheit und Schlamperei allüberall. Ehrlich gesagt: ein Land der Dummköpfe. Jewgenij Lwowitsch sagt: „und der Heiligen." Ich weiß nicht, ich weiß nicht, denkt er, Heilige haben eher Seltenheitswert. Mit Ausnahme von Baba Sascha, die übrigens flucht wie ein Kesselflicker und pafft wie eine Lokomotive. Leute wie er, Robert und – trotz aller Vorbehalte – auch Viktor, Leute, die arbeiten, gibt es entschieden zu wenig.

Zur Datscha führen zwei Wege: ein kurzer, durchs Dorf hindurch, wo die Einheimischen wie zum Beispiel Baba Sascha wohnen und das man besser meidet, zwar kürzer, aber schlechter, und der lange Weg, an den „Russen" vorbei. Ein paar Kilometer weiter, aber freie Strecke. Er möchte den Wagen auf dem schadhaften, rutschigen Bodenbelag testen und wählt die kürzere Variante. Der Wagen kommt spielend durch. Am Dorfeingang: eine Tankstelle. Daneben spielende Jungen, richtige Kinder noch. Er steigt aus dem Auto, vertritt sich die Beine, reckt die Arme, streckt den Rücken, seine Niedergeschlagenheit ist fast weg: Sonne, Schnee, gleich steigt er in sein Schneemobil ... Ein frohes Gefühl der Befreiung, ja Genesung von den sogenannten „Tellis" (er hat diesen dummen Ausdruck inzwischen übernommen), inklusive Lora, hat sich eingestellt. Nur ein kleines Stückchen ist er entfernt, und schon: eine ganz andere Welt, andere Eindrücke.

Benzinlieferung, zehn Minuten warten. Es wird nicht mehr lange hell sein, er muss sich beeilen, aber die zehn Minuten, das macht nichts.

Ja, dieses Gefühl der Befreiung ist angenehm. Robert hat einmal, als sie mit Leuten beisammensaßen, vom glücklichsten Tag seines Leben erzählt. Er hatte damals gerade den Doktor gemacht, war jung, hatte Ideen und wollte sie mit einem illustren Mathematiker besprechen. Und eines Tages, am Strand in Pärnu, da sieht Robert eben jenen Mathematiker in der Badehose. Der willigt ein. „Aber Sie müssen sich vorher ein wenig sachkundig machen. Das kann einer meiner Studenten übernehmen, er ist ebenfalls hier. Sie brauchen ihn dafür nur mit einem Mittagsessen zu bewirten."

Robert stimmt zu, der Student ist kompetent, sie essen zusammen, unterhalten sich, Tag für Tag. Aber einmal steckt sich der Student nach dem zweiten Gang einen Zahnstocher in den Mund und sagt, ohne ihn aus dem Mund zu nehmen: „Was sollen wir uns heute vornehmen?"

„Und wisst ihr, was ich ihm geantwortet habe?" Robert schaut mit großen Augen in die Runde. „‚Raus!' Und der Student ist gegangen. Das war der glücklichste Tag meines Lebens." Weder den Studenten noch den großen Mathematiker sah Robert je wieder, und bald änderten sich die Zeiten: Börse, Aktien, als Mathematiker war Robert in der ersten Zeit sehr gefragt, obwohl sich später herausstellte, das sicherste Rezept lautet: Du willst was? Fackel nicht, greif zu!

„Onkel, soll ich Ihnen die Scheiben putzen?", brüllt ein Junge, und ohne die Antwort abzuwarten, verteilt er handstreichartig den Dreck auf der Frontscheibe. Ein anderer hat sich schon die Scheinwerfer vorgeknöpft.

Klassejungs, denkt er, die können arbeiten. Ein angenehmes Gefühl, wenn man von jemandem was hält. Er füllt den Tank – Hände weg, das mach ich selbst – gibt den Kindern Kleingeld, geht um das Auto rum und sieht, dass da hinten noch ein Junge steht. Etwas älter als die anderen, aber auch noch klein.

„Und du, was drehst du Däumchen?"

Der Junge kann sich nicht losreißen und starrt gebannt auf die Heckscheibe. Er folgt den Augen des Jungen: Ölschlieren in allen Farben des Regenbogens, bunte Flecken, die Spuren des chemischen Waschmittels, und mittendrin: die Spiegelung von Himmel, Sonne und Wolken. Wirklich wunderschön. Diffraktion, Refraktion, Interferenz, verflixt, alles vergessen. Der Junge ist rothaarig, nicht so auffällig wie Lora, aber er denkt auf einmal: wenn er und Lora …

„Wie alt bist du?"

„Elf."

Der Junge heißt Kostja

„Hast du Lust, mit dem Auto zu fahren?"

Na, und wie!

Die einzigen Inschriften am Neujungfrauenkloster, die ihm zu Herzen gegangen sind, stammten übrigens von Kindern.

Ich möchte gut lernen und gelobt werden. Und: *Mach, dass meine Mama nie Unglück oder Misserfolg hat.*
Wie heißt Kostjas Mama? Die Frage hätte er besser nicht gestellt. Der Junge hat offenbar keine Mutter.
„Kostja, bist du mal von Krähen angegriffen worden?" Am Straßenrand hat sich eine Vogelschar eingefunden. Wenn er jetzt ein Gewehr hätte!
„Nein", antwortet Kostja. „Bei den Nachbarn haben sie Korn gepickt, und sie beleidigen denen ihre Küken."
Quod erat demonstrandum.
Die Nachbarn haben sich eine Vogelscheuche zulegen müssen. Kostja spielt Vogelscheuche. Aber da sind sie schon bei ihm zu Hause angekommen, schade!
Auf der Straße sind Menschen. Missmutige Gesichter. In Moskau übrigens auch. In Moskau tritt man sich allerdings auch auf die Füße, aber hier? Wirtschaftliche Probleme. Er war in italienischen Dörfern, in Holland: kein Vergleich.
Tja, schwer, ein Patriot zu sein, Jewgenij Lwowitsch, nahezu ausgeschlossen.
Er geht mit dem Jungen ins Haus. Das Haus: ärmlich, einstöckig, kein ganzes Haus, nur die Hälfte. Eine ätzende Mischung aus verfaultem Fleisch, Fusel und Urin nimmt ihm den Atem. Im Halbdunkel sitzt ein in Lumpen gehüllter Mann. Der Vater? Nackte, monströs dicke Fußsohlen, blau angelaufene Fußnägel, unrasiertes, aufgedunsenes Gesicht. Er denkt: Wenn der nicht aufhört zu trinken, ist er in zehn Jahren so ein Wrack wie Jewgenij Lwowitsch.
Der Mann krächzt: „Kostja, ist das der Arzt?"
Nein. Wenn er einen braucht … Nix wie an die Luft! Ja, sie kommen, bringen ihn weg, bringen ihn hin, alles, was irgend geht. Das Gespräch zieht sich hin. Warum macht er das? Weil er Geld hat. Und nicht nur das, er hat Verantwortung. Wenn du gut verdienst, kannst du Hunderten, Tausenden um dich herum helfen.

Wie soll der Junge alleine zurechtkommen, wenn sie *den da* abholen? Und wie kommt er *mit ihm* zurecht? Was wird Kostja essen, wer wird ihm die Wäsche waschen, wer die Sachen bügeln? Er geht wieder rein und kündigt an: Der Arzt kommt gleich. Und er, er macht derweil mit Kostja eine kleine Tour mit dem Schneemobil. Das wird Kostja später noch brauchen können …

Der Mann antwortet mit einer unbestimmten Handbewegung.

Roberts leeres Haus, das schon bessere Zeiten gesehen hat. Nicht so schlimm, dank Baba Sascha wenigstens sauber. Morgen ist übrigens ihr Tag.

Sie gehen durchs Haus. Siehst du, das ist das Haus. Das Haus seines Freundes. Hier ein Foto von ihm, schwarz-weiß, mit Bart und Brille, Robert sieht da aus wie Freud, nur mit Jacke. Wir haben später noch Zeit um uns umzusehen, komm.

„Der Schnee ist überhaupt nicht weich", erklärt er dem Jungen. „Streich mal mit den Händen darüber."

Kostja hockt sich anstellig hin und inspiziert den Schnee, als täte er das zum ersten Mal.

„Du kannst dir auf einer Schneedecke genauso das Genick brechen wie auf Asphalt. Merk dir: Wenn das Schneemobil umkippt, fällt es anders als ein Motorrad. Ein Motorrad fällt nach innen, in die Kurve rein …"

Kostja, sieht er, strengt sich an zu verstehen.

„Schau mal", er zeichnet mit dem Schuh Linien in den Schnee, „wenn das Schneemobil ins Schleudern kommt, fällt es dir nach. Du fällst, das Schneemobil überschlägt sich und erwischt dich von hinten. Besonders auf einem Berg. Gut, los."

Er erinnert sich, wie er mit elf war. Merkwürdig, dass Jungens das Erwachsenenalter erreichen. Jedenfalls die meisten.

„Kostja, die Hauptsache ist: Wenn's brenzlig wird, raushechten."

Angenehm, dass Kostja zuhört. Anders als Lora: Er hört nicht auf das Timbre, die Intonation, er hört auf die Worte.

„Im letzten Jahr sind zwei Datschniki ins Eis eingebrochen", sagt Kostja mit riesengroßen Augen, „und abgesoffen." Aber Kostja macht das – unübersehbar! – nicht die mindeste Angst. Er legt sich auf den Schnee, breitet die Arme aus und schwingt sie hoch und runter. Springt auf, deutet auf den Abdruck und fragt: „Na, ein Engel?"

„Wie im Himmel. Los geht's?"

Er setzt Kostja nach vorne, stützt das Steuer von hinten, aber Kostja hält das Lenkrad wie der Teufel! Was für eine armselige Mütze er hat. Und darunter: eine Haarsträhne und ein ganz, ganz dünner Hals. Wie gerne er jetzt sein Gesicht sähe! Er richtet den Spiegel auf ihn.

„Na, übernimm. Hier ist die Bremse, hier das Gas."

Kostja konzentriert sich. Er ist glücklich. Was für kleine Dinge Kinder glücklich machen können!

Sie kommen zum Fluss, mehr Bach als Fluss – wie haben die Datschniki da nur ertrinken können? –, biegen nach links zum Feld ab. Auf dem Rückweg müssen sie die Scheinwerfer anmachen. Eine tolle Fahrt.

Kostjas Sachen müssen trocknen. Sie entdecken irgendwelche Kleidungsstücke, alles zu groß, für Erwachsene. Lang herunterbaumelnde Ärmel – wie eine Zwangsjacke.

„Komm, ich kremple sie dir um. Sag mal, magst du Pizza, Kostja?"

Blöde Frage, Kostja mag alles. Alles und alle. „Komm, wir suchen die Telefonnummer und lassen uns eine bringen." Über den Bildschirm kriecht ein Streifen, warte, der Computer muss erst starten. Er ruft inzwischen Backstein an: Kleidung für den Jungen, von Kopf bis Fuß, Mütze bis Socken. Kaufen, bringen, fertig.

„Heute, geht nicht." Backstein stöhnt. „Entschuldigung, ausgeschlossen."

Morgen früh, Backstein wird alles daransetzen.

Na, das will er aber hoffen.

Der Junge hängt bäuchlings auf dem Treppengeländer und rutscht ganz langsam vom ersten Stock ins Erdgeschoss.

„Was soll das, Kostja?" Das Haus ist doch nicht seins.

„Ich starte doch nur", ist die Antwort. Der Junge startet wie ein Computer.

Was für ein Talent, denkt er. Phänomenal. Wenn Kostja eine Ausbildung bekäme ...

Das Essen kommt. Ein dickes, weißes Weib in einem kleinen Klapperkasten. Pizza, Fleisch mit Erbsen, Suppe.

„Futtert schön, meine Kleinen."

Er freute sich über das „meine Kleinen".

Kostja isst gesittet, gibt sich Mühe.

„Hör mal, ein Backstein wiegt ein halbes Kilo plus einen halben Backstein ..."

Mit Aufgaben dieses Niveaus ist Kostja offenbar nicht vertraut. „Es gibt doch unterschiedliche Backsteine ..."

„Nein, hier geht es um ein und denselben Backstein. Zwei Hälften: die eine ein halbes Kilo, die andere folglich ebenfalls. Macht zusammen ein Kilo. Hast du verstanden?"

„Ich glaub, ja." Und sofort setzt Kostja an und sagt etwas Nettes und dermaßen Unpassendes, dass klar ist, nein, er hat nicht verstanden. Verwahrlost. Da ist manches nachzuholen. Die Aufgabe mit dem Backstein hat er von Robert übernommen. Der hat sie allen vorgelegt, die bei ihnen arbeiten wollten. Die nicht die richtige Antwort gaben – und das waren ein ganze Menge, und mit den Jahren wurden es mehr und mehr – nannte Robert „Außerirdische". Die nahmen sie nicht.

Was jetzt?, sinnt er nach, während er die Teller in die Geschirrspülmaschine tut. Die nächsten fünf Minuten und überhaupt? Und was für einen, na, Status hat sein Verhältnis zu Kostja eigentlich? Den Jungen einfach in das nun leere Haus zurückbringen, geht nicht. Was für ein Verhältnis haben sie zueinander?

Die nächsten Punkte des Zeitplans erledigen sich von selbst. Als er ins Wohnzimmer kommt, ist Kostja eingeschlafen. Er trägt den Jungen aufs Bett, deckt ihn zu und erlaubt sich sogar eine etwas gefühlige Geste, streicht ihm über den Kopf – Kinder haben einen erstaunlich festen Schlaf. Wie schön Kostja ist! Anmut und Einfachheit. Ein kleiner Gentleman. Draußen ist es zappenduster. Er will Lora noch mal anrufen. Oder besser: ihr eine SMS schicken. „Habe einen wunderbaren rothaarigen Jungen gefunden, einen kleinen Gentleman." Oder besser erst überlegen und abwarten? Er ruft Viktor an. Der entschuldigt sich: Die Verbindung ist schlecht. Oleg Chrissanfowitsch und er sind auf Wildschweinjagd. Lass uns heute Abend reden. Es ist doch schon Abend. Mit wem ist er auf Jagd? Er hat es akustisch nicht verstanden. „Na, mit dem Guber, dem Gouverneur." Ach, mit dem Gouverneur, der ist wichtig. Er selbst beteiligt sich neuerdings nicht mehr an den Gouverneursjagden. Vielleicht hat Viktor recht, sein Fernbleiben schadet der Sache, ja, vielleicht. Aber erstens geht ihm ihr Gejaule auf die Nerven: Vor der Jagd Chor mit Andacht. Wie die ihn anstarren: Wieso bekreuzt du dich nicht? Und dann: Er war immer gegen eine Verhöhnung der Tiere, die sie erlegten. Beim letzten Mal sind Viktor und er lange einem Fuchs hinterhergejagt. Der Fuchs war schon müde und konnte nicht mehr laufen. Viktor hat ihn aus Spaß am Schwanz gepackt, der Fuchs biss Viktor in die Hand, sie mussten eine Tetanusimpfung machen. Er erinnert sich noch, wie der Fuchs sie angeschaut hat. Viktor tat ihm noch nicht mal besonders leid. Er dachte: Zeit, sich von ihm zu trennen. Der Junge schläft immer noch. Wieder ruft er Viktor an, mitten in der Nacht.

„Und", fragt er, „wie geht es dem Liebling der Götter und Guber?" Und zählt auf, was zu tun ist. Schnell. Einem Alkoholiker das Fürsorgerecht entziehen. Punkt eins. Er bemüht sich, den Anschein zu erwecken, als handele es sich um eine belanglose Kleinigkeit. Er darf sich vor Viktor keine Blöße geben, der hat ein feines Näschen für seine Schwächen.

„Lass uns deinen Alkoholiker doch einfach abknallen", schlägt Viktor auf einmal vor. „Kostet weniger und ist der Gesellschaft dienlich."

Ist Viktor betrunken, oder was?

„Schon gut, das war doch nur ein Witz. Erstens: der Alkoholiker. Und was ist der zweite Punkt?"

Zweitens, kommt seufzend, er hat vor, einen Jungen zu adoptieren. Er, na, und eine Freundin von ihm. Was die Freundin angeht, das ist noch nicht spruchreif, das bedarf noch der Klärung.

Aber was ihn betrifft, fragt Viktor, seine Entscheidung ist endgültig?

„Ja", wieder Seufzen, „endgültig."

„Name des Kindes? Alter?"

Er antwortet.

„Tolle Idee!", ruft Viktor aus. „Ich erledige die ganze Druckarbeit." (Er meint: Dreckarbeit.) „Und dann kommt dieser Kostik, Kostjan …"

Das müsse ja wohl besprochen werden, meint Viktor. Alle Facetten. Natürlich hat jeder ganz allein über sein Privatleben zu entscheiden, aber die Interessen der Geschäftspartner, id est: Viktors, müssten ebenfalls bedacht werden. Sie sind doch eine große Familie, oder? Findet er nicht? So klein ist Kostik nun auch wieder nicht, er kommt als Teilhaber in Betracht. Potenziell. Das darf man nicht außer Acht lassen. Im Fall, dass … Er wolle nichts Negatives an die Wand malen, aber erinnert er sich nicht mehr (wenn nein, kann Viktor ihm da auf die Sprünge helfen), wie viele Probleme es mit Roberts Familie gegeben hat?

Nein, Viktor ist nicht betrunken.

„Der Patron bist natürlich du, aber …"

Hm, und wenn man das als – wie heißt das noch – Vormundschaft einfädelt? Viktor sieht sich mal die Bestimmungen an. Vormundschaft, ja, das klingt schon besser. Nur, auch die kann man nicht so leicht zurückziehen. Wie wäre es denn – nur als Vorschlag – wenn er Kostja Knete gäbe? Ist der verrückt geworden, dieser Viktor? Der Junge ist doch viel zu klein, was soll er denn mit Geld anfangen? „Nichts leichter als das", antwortet Viktor. „Das wusste ich mit elf schon sehr genau. Nach damaligen Begriffen hatte ich da schon eine stattliche Summe beisammen. Wenn du's genau wissen willst, mit dreizehn hab ich mir ein Frau gekauft."

Morgen. Im Haus sind schon alle auf den Beinen. Kostja hat seine Sachen angezogen, er hängt wieder bäuchlings auf dem Treppengeländer. Hm. Zweimal derselbe Witz … Gut, das Treppengeländer ist robust, es kracht schon nicht zusammen. In dem Zimmer, wo der Junge geschlafen hat, fuhrwerkt Baba Sascha rum. Sie hat die Matratze nach draußen auf den Schnee geschleppt, ein Wäscheberg türmt sich auf dem Boden. „Guten Tag, Alexandra Grigorjewna. Was ist los?" „Der Junge hat alles vollgepinkelt. Galka, meine Älteste", brummelt Baba Sascha, „die hat sich einen Mann ausgesucht, der hat sich in der ersten Nacht in die Hose gemacht, wie willst du nur, hab ich ihr gesagt, mit so einem Hosenscheißer zusammenleben?" Pst, nicht so laut, er hört das doch. Er hat's doch nicht mit Absicht gemacht, er kann doch nichts dafür. Und er bittet sie, wenigstens in den Wohnräumen das Rauchen zu lassen. Der Haussegen hängt schief. Und gestern, da war's so schön … Bevor der junge Gentleman ins Bett gepullert hat. Er streicht ihm übers Haar. „Okay, kommt vor. Wann hast du dir zum letzten Mal den Kopf gewaschen?" Er möchte jetzt mal was nur für sich alleine tun. Bis dann, er ist weg, er geht duschen.

Wenn er Pfeifenraucher wäre, hätte er vielleicht nicht das Bedürfnis, täglich eine halbe Stunde unter der Dusche zu verbringen. So aber: Längst hätte er das Wasser abstellen, sich abtrocknen, anziehen und mit Kostja sprechen können – er hat doch eine klare Entscheidung getroffen – aber er steht da und wäscht und wäscht sich. Verschiedene Gedanken, die er lieber verscheucht, gehen ihm im Kopf rum. Es ist doch entschieden: Vormundschaft, ein guter Kompromiss.

„Der Kleine ist mit dem Schlitten losgedüst", erfährt er von Baba Sascha.

Ohne zu fragen. Hat sich das Schneemobil geschnappt und ab damit. So ein Ding!

„Schön geduscht?"

Na, und wie, danke, Alexandra Grigorjewna … Mit dem Schneemobil auf und davon, was für ein Schwachsinn!

Backstein müsste eigentlich längst da sein. Noch eine halbe Stunde wartet er, dann geht er den Jungen suchen.

Viel Neuschnee. Ist das eine Spur von gestern? Nein, die ist von heute. Mit dem Schneemobil haben sie zehn Minuten bis zum Flüsschen gebraucht, aber zu Fuß ist es weit. Die Spur reißt ab. Ihm fallen die ertrunkenen Datschniki ein. Er geht links den Fluss runter, nein, hier kommt man nicht rüber. Anrufe, in der Datscha: Ist der Junge zurück? Backstein: Ist unterwegs, muss bald da sein, wie nervig das alles ist! Sein Schuhwerk taugt nichts. Obwohl der Schnee nicht sehr hoch ist: widerlich; kalt ist es auch nicht, eher heiß, er ist ganz nassgeschwitzt.

„Es gibt da ein Brückchen", sagt Baba Sascha.

Er hätte offenbar am Fluss rechts abbiegen müssen. Da, das Brückchen. Die Metallseile, an denen es hängt, sind rostig, der Holzbelag stellenweise vermodert. Hier muss Kostja den Fluss überquert haben. Hätte er das gewusst, hätte er das Auto genommen und im Dorf auf den Jungen gewartet. Aber was hilft das jetzt?

Vier Stunden, bis er im Dorf ankommt. Der Tag geht zur Neige, es dämmert schon.

Kostjas Straße, das Schneemobil, das Haus. Der Junge liegt auf dem Bett, mit dem Gesicht zur Wand. Ein Zettel mit großen Buchstaben: MAN HAT MICH INS KRANKEN-HAUS GEBRACHT. WIR SEHEN UNS NOCH, SOHN. Er fängt den Blick des Jungen auf. Guck nicht so, Kostja, guck nicht so. Ihm fällt der Gouverneursfuchs ein. Obwohl, was hat das mit Kostja zu tun? Niemand anders als er selbst ist der Leidtragende.

Den stinkenden Typen haben sie abgeschleppt, aber der Gestank ist noch da. Er hätte den Jungen über den Abtransport seines Vaters informieren müssen. Ein Fehler, seiner.

Es zieht ihn auf einmal schrecklich nach Hause, nach Moskau, vielleicht nicht das Reich der reinen Vernunft, aber zumindest das des gesunden Menschenverstands. Und was ist mit seinem Assistenten? Eingetroffen. Trinkt Tee mit Alexandra Grigorjewna.

„Wieso so spät, darf man das erfahren?"

„Familienumstände. Bis ich ein Auto gefunden hatte ..."

Man spürt durchs Handy, wie Backstein bei diesen Worten schwitzt.

Er wird sich einen effizienteren Assistenten ohne andere Umstände nehmen müssen.

Dann soll Backstein sich ins Auto setzen und ins Dorf kommen, hier die Adresse. Backstein kann nicht Auto fahren. Und was ist mit dem Führerschein Klasse 3? Hat er bei dem Einstellungsgespräch gelogen? Nein, er hat wirklich einen, ist nur schon lange nicht mehr Auto gefahren.

Backstein soll sich was einfallen lassen, wie er ihn hier aus dem Dorf rausholt, er ist es leid, sich den Kopf zu zerbrechen. Schluss, ab Montag sucht er sich einen neuen Mitarbeiter.

Endlich sind alle vereint: er, das Auto, Backstein, die Sachen. Sie legen die Sachen in den dunklen Flur. Kleidung, Schuhe, ein bisschen Geld. Und das Schneemobil? Das Schneemobil dazulassen, ist fast so riskant wie, Viktors Rat folgend, dem Jungen Knete zu geben. Das Schneemobil ist mit einer Hundekette an die Eingangstreppe angeschlossen. Sei's drum: Er kann es ja zurückbringen, wenn er will. Nichts wie weg hier.

Sie fahren zurück, nach Moskau, in den Spätherbst.
„Ziehen Sie Mütze und Mantel aus, Anatolij Michailowitsch, im Auto ist es warm. Hier: Papiertaschentücher zum Abwischen."
Was murmelt Backstein da? Er hat auch einen Sohn. Was heißt: *auch?* Egal, soll er doch denken, was er will.
„Der Junge ist zwölf und spricht nicht."
„Und wie kommt das?"
„Wir haben Professoren, Wunderheilern und Extrasensen die Tür eingerannt."
Nicht zum Aushalten! Er denkt: Scheiße! Jetzt auch noch Mitleid haben mit dir? Aber er platzt nicht. Zu nachtschlafender Zeit bringt er Backstein in sein Butowo: „Wie wollen Sie denn sonst nach Hause kommen? Dafür ist's zu spät."
Er versucht vor dem Einschlafen zu lesen. *Abraham zeugte Isaak, Isaak zeugte Jakob.* Dieser ganze Kram, wozu? Wozu?

Schwarzer Donnerstag

Er steht am Fenster und schießt Krähen. Jeder Schuss ein Treffer: Der Flaum stiebt in alle Himmelsrichtungen. Jede Art von Wild erfordert ein bestimmtes Gewehr und bestimmte Munition, er ist für heute gewappnet. Man kann in Moskau schon vor Autos und Leuten nicht einen Fuß vor den anderen setzen, und dann noch diese schrecklich zähen Biester all überall.
Gleich muss der nichtsahnende Raphael eintreffen. Aber zuvor muss er noch auf Viktors Nachricht reagieren: Wieder

stehen Verhandlungen mit der Bank an; heute muss was dabei rauskommen, meint Viktor. Und ein Anruf bei der Personalagentur steht an: Ersatz für Backstein.

Den Abschied von den Lehrern hätte er per Telefon abwickeln können, aber er zieht es vor, sich von den Leuten im Guten zu trennen. Zwei Briefumschläge: für Raphael, für den Historiker – Honorar über zehn abgesagte Stunden. Für jeden. Äußerst nobel. Er überwacht selten, was im Office vor sich geht, aber heute verspürt er ein natürliches menschliches Interesse. Schaltet die Kamera ein. Mit was für einem Gesicht der Enzyklopädist wohl das Geld entgegennimmt? Da! Backstein unterrichtet Raphael von der Entscheidung des Bosses und streckt ihm den Umschlag hin. Das kann doch wohl nicht wahr sein, der will den nicht! Einerseits. Andererseits kann er sich's nicht verkneifen, mit Interesse nach dem Umschlag zu linsen; wüsste er, wie viel drin ist, er griffe zu. Aber er hat seinen Stolz. Der ist mehr wert als Geld, ist die stehende Wendung von Viktor in solchen Fällen. Jetzt wird er sich damit brüsten. Vor allen. Verflixt.

Hoffen wir, Jewgenij Lwowitsch nimmt die Abfindung an. Und warten bis drei. Raphael ist weg, Kamera aus. Stopp, Moment mal. Was macht denn Backstein da? Legt das Geld der beiden Umschläge in einen. Will den Edlen spielen, auf Kosten fremder Leute. Umerziehung: zu spät.

Während er verfolgt, was unten vor sich geht, setzen sich wieder Krähen aufs Nachbardach. Gleich, gleich, ihr kommt schon dran. Neue Schachtel mit Patronen. Eins, zwei, drei, die Krähen, die sind Brei. Er blickt Richtung Konservatorium. Rote Haare, der Mantel kommt ihm bekannt vor. Lora? Er legt das Gewehr an und sieht durchs Visier. Ja, Lora. Lora mit der Brünetten. Krächzende Krähe, Brünette, du fette. Der würde er mit Vergnügen den Schädel zerschmettern.

Gefährliche Gedanken, wenn du ein Gewehr in der Hand hast. Keine Angst, keine Angst, er hat sich in der Gewalt. Ein Opernglas wäre weniger unpassend und gefährlich, aber das liegt im Schlafzimmer, dann ist Lora über alle Berge. Und das Telefon? Gute Idee! Lora holt ihr Handy aus der Tasche, sie kommt blendend damit zurecht. Guckt und schüttelt den Kopf, traurig, wie ihm scheint. Vorbei, hat's weggesteckt und wendet sich der Brünetten zu. Die lacht. Er richtet das Visier von der Brünetten wieder auf Lora. Na so was. Lora ist weg, noch mal gut gegangen. Für ihn und für Lora. Tu doch endlich das Gewehr aus der Hand. Nichts da, er kann sich nicht davon losreißen: diese paradiesische Parade der Parasiten. Samt und sonders Leute vom Konservatorium, Jungs wie Kostik samt Papa, Typen, die die Klosterwände vollschmieren: alles Parasiten, die tanzen Leuten vor der Nase herum, die alle Hände voll zu tun haben. Das Fest da unten geht weiter. Anstelle der Brünetten taucht ein Mädchen auf, dicker und kleiner, aber ebenfalls dunkel. Brünette Nummer zwei. Und ein Junge mit Zotteln wie Raphael. Er hat seinen Cellokasten auf den Bürgersteig gestellt. Fuchtelt mit den Armen, erzählt offenbar etwas Lustiges, das Mädchen lacht sich krumm, richtet sich wieder auf und schlägt dem Cellisten mit der Hand gegen die Brust. Was freuen die sich denn alle so? Was ist daran lustig? Die amüsieren sich. Alle wollen fröhlich sein. Wollen Fröhlichkeit und leicht verdientes Geld. Durch die Bank: mit Cello, Flügel oder Stimme.
Zeit, mit der Beobachtung dieses sinnlosen Lebens aufzuhören und da anzurufen, wo man auf ihn wartet, bei der Bank. Aber da geschieht etwas Entsetzliches. Aus dem Mund der Brünetten steigt eine Blase auf: hellrosa. Der Cellist will sie mit der Hand erwischen, das Mädchen dreht sich weg. Die Blase wächst und wächst. Was ist denn daran lustig? Widerlich, ein Kaugummi, wie das widerliche Ding, das vorgestern

an seiner Hose klebte. Gleich wird sich dieser Kaugummi über das ganze Visier ausbreiten. Platz gefälligst, du Biest! Und ohne jede böse Absicht drückt er auf den Abzug.

Er ist weit von den Ereignissen entfernt und hört nicht, was da vor sich geht, da unten. Statt sich schnellstens in Sicherheit zu bringen – wer weiß, was der Schütze noch vorhat – laufen die ahnungslosen Trottel zusammen, bilden ein Knäuel, beugen sich über das Opfer, verdecken es, sodass er nicht sehen kann, ob es lebt oder nicht, fuchteln mit den Armen, rennen auf die Fahrbahn und deuten auf seine Gasse. Blöde Schafe, Hammelherde. Langsam wird ihm klar, was passiert ist. Sein Gewehr war nicht gesichert. Und im Patronenfach steckte eine Patrone. Was für eine Taste macht den letzten Schritt rückgängig? Es gibt keine, Rückgängigmachen: nicht vorgesehen. Sie werden ihn bald holen kommen. Der Abschnitt wird von der Miliz abgesperrt. Lassen Sie die Feuerwehr durch! Das ganze Konservatorium ist auf der Straße. Was stehen die da rum? Machen Sie Platz, gehen Sie auseinander, leiten Sie die Autos um. Wie dämlich die sich anstellen! Aber sie müssen ihn bald holen kommen. Er hat nicht vor, sich zu verstecken. Fremde Hände werden ihn anfassen, fremde Leute ihn mit du anreden. Er wird ihnen antworten müssen. Nein, nur das nicht. Es ist etwas Schändliches geschehen, nicht wieder rückgängig zu machen, nicht zu beseitigen. Pech. Dann muss er sich jetzt eben selbst beseitigen.

Das Herz? Wo? Nein, nicht in der Brust, etwas höher, fast in der Kehle. Er zieht Schuh und Strumpf aus. So hat sich ein berühmter Schriftsteller umgebracht, mit dem dicken Zeh. Sein Gewehr hat einen kurzen Lauf, da kommt er auch mit der Hand dran. Oder er bindet eine Schlaufe um den Abzug.

Jetzt oder noch warten? Keiner kommt. Er schlüpft mit dem Fuß in den Schuh. Das Fenster steht sperrangelweit auf, er zittert. Papier, Kuli. ENTSCHÄDIGUNG DES OPFERS. Er weiß weder Vor- noch Nachnamen. Auch ob es tot ist, weiß er nicht. GROSSZÜGIGE ENTSCHÄDIGUNG. Das Business geht an Viktor. Keine Sorge, da kümmert der sich schon selbst drum. Was noch? Er schreibt: EIN UNFALL. Keiner kommt. Er hat es satt, er muss sich ein Herz fassen, er hat alles satt. Jetzt? Ein Knall, fertig. Telefon. Wer ist denn das? Einerlei. Jetzt.

Er hat niemandem etwas antun wollen.

Erstaunlich: die Fähigkeit zu denken hält sich bis zum letzten Augenblick.

Backstein

Jetzt ist Viktor hier, oben wie unten. Mit dem komm ich einfacher klar.

„Schluss, mein Lieber, jetzt bin ich hier der Patron." Per du, ohne diese Sperenzchen. „Was mein Name bedeutet, weißt du?"

Woher denn? Aha, Sieger.

„Okay, Intelligenztest. Ein Backstein wiegt ein Kilo plus einen halben Backstein. Wie viel wiegt der Backstein?"

„Ein normaler Vollbackstein?", frag ich.

„Normaler geht nicht."

„Vier Kilo."

Viktor lacht, er lacht jetzt übrigens viel: „Wie kommst du denn auf vier?"

Für wen halten die mich denn? Ein Vollbackstein wiegt vier Kilo, basta. Ich bin Maurer.

Januar 2011

DER IN DEN WOGENSCHWALL DES MEERES EINST BEGRUB

Es war einmal ein Geistlicher, der hatte einen Hund: fuchsrot, gehorsam, geduldig. Genauer: eine Hündin. Da das Wort „Hündin" der Frau des Geistlichen zu grob klang, nannte sie ihn „Mädchen" oder „unsere Kleine". Dem Geistlichen gefiel das nicht besonders, er war ein Gegner der Vermenschlichung von Tieren und verstand auch nicht viel von ihnen. Aber eigentlich gehört der Hund gar nicht ihm, Vater Sérgij, sondern Marina, seiner Frau. Jedenfalls ursprünglich. In ihrer Verzweiflung, dass sie keine Kinder bekam, war Marina vor langer Zeit (vierzehn Jahre war es her) zu einem erstaunlich jungen Klosterältesten gefahren, um zu fragen, ob sie ein Kind adoptieren solle; die Antwort lautete: nein. Der Älteste war sich da so sicher, dass Marina sich an die unerwartete Antwort hielt. So legte sie sich ohne den Segen der Kirche einen Hund zu. Merkwürdig, dass der Älteste ihr abriet – in den Neunzigerjahren wimmelte es von elternlosen Kindern, und das Adoptionsverfahren war recht einfach – aber warum einen Ältesten fragen, wenn du dann nicht auf ihn hörst? Das war die Meinung ihres Mannes. Sind Kinder denn nicht der Sinn des Ehelebens?, fragte Marina. Vater Sérgij hatte nichts gegen eine Adoption einzuwenden, war zu diesem Zeitpunkt aber auch noch gar kein Vater und Geistlicher mit dem ehrwürdigen kirchenslawischen Namen *Sérgij*, sondern ein ganz gewöhnlicher russischer *Sergéj*. Den Hund nannten sie Mona. Ein komischer Name, aus irgendeinem Westfilm, aber man kann ja nicht alle Hunde Kaschtanka nennen.

Einst gleichmäßig fuchsrot (so färben manche Frauen ihre Haare), hatte Mona nun ihr stattliches Aussehen verloren und war ganz grauscheckig geworden. Besonders die Schnauze, die war fast weiß. Aber obwohl mit dem Alter grau und traurig geworden, war sie dennoch schlank geblieben. „Wie vernünftig ihr sie füttert!", lobten Bekannte Marina. Aber die fütterte den Hund gar nicht, das hatte Sergéj übernommen. Der Geistliche hatte Mona liebgewonnen, so etwas passierte bei ihm immer schwer und auf eine eigene Weise. Manchmal sah es aus, als sei der Hund das Einzige, was ihn mit Marina verband. Allenfalls noch der Umstand, dass Vater Sérgij bei einer Scheidung seine Priesterwürde verlieren könnte, kam hinzu. Es gibt ja traurige Beispiele genug, wie solche Scheidungen enden können.

Zur Kirche hatte ihn ebenfalls seine Frau gebracht. Vor zwanzig Jahren. Alle fingen damals an, in die Kirche zu rennen, ihr ganzer Bekanntenkreis. Aber keiner wäre auf die Idee gekommen, dass Serjozha, dieser ruhige Geologe und zuverlässige (eine Eigenschaft, die zu den am meisten geschätzten gehörte) Kerl mit leiser Stimme, auf einmal Geistlicher wird. Er hatte noch nicht mal einen schönen Rauschebart. Geologen ohne Bart gibt es nicht, und Popen erst recht nicht. Aber das hing natürlich nicht mit seinem Bart zusammen. Damals wurden manche holterdiepolter Geistliche, sogar ohne Besuch eines Priesterseminars. Und doch: Merkwürdig, sich einfach so zum Priester weihen zu lassen. Viele missbilligten diesen Schritt. Hinter vorgehaltener Hand, was noch unangenehmer ist.

Der Bekanntenkreis, von dem die Rede ist, war gemischt, frühere Kommilitonen, mit denen sie Ausflüge unternahmen. Sergéj, ein Geistlicher? Wie das? Der kann doch noch nicht einmal vernünftig singen! Und das muss er können, ein Geistlicher muss ein gewisses theatralisches Temperament haben, so dachte leider auch Marina. Aber wenn

Vater Sérgij sich einmal etwas in den Kopf gesetzt hatte, blieb er dabei. So gab es eine Zeit, da schworen alle darauf, man müsse das Essen möglichst lange kauen. Doch wie es aufgekommen war, so legte sich das bei allen auch wieder, nur Vater Sérgij kaute und kaute. Eine Strafe für die Tischgenossen, die sitzen bleiben und warten mussten, bis er mit dem Essen fertig war. Irgendwann hatte Marina das Warten satt, und Vater Sérgij musste oft alleine am Tisch zu Ende kauen.

Die Frauen in ihrem Bekanntenkreis waren nicht sehr schön, zu männlich, Marina hob sich positiv von ihnen ab. Sie war Theaterkritikerin. Nicht, dass sie das Theater sonderlich geliebt hätte, aber sie verstand natürlich etwas davon. In ihrer Jugend hatte sie von den verschiedensten Sachen leidenschaftlich geschwärmt und war wieder erkaltet, aber jetzt, da sie beide auf die fünfzig zugingen, schwankte ihr Urteil weniger zwischen den Extremen. Sie verbrachte ihre Tage im Bett, genauer: auf ihrem eigenen Bett sitzend, denn die beiden hatten längst getrennte Betten, suchte etwas im Computer, und wenn kein Computer in der Nähe war, las sie alle möglichen Sachen auf dem Handy, verschickte Nachrichten, lachte und schaute sich Bildchen an. Ihr Beziehung zur Kirche hatte sie eingestellt. Oder auf eine Weise reduziert, dass Vater Sérgij davon nichts sah.

Dafür konnte er nichts mit dem Theater anfangen. Marina hatte ihn einmal zu einer Aufführung mitgenommen, wo die Schauspieler hinfielen und weiterredend auf dem Boden rumkullerten, und dann zu einer anderen, wo alle brüllten außer einem Schauspieler, der seine Rolle glänzend spielte, er hatte offenbar nicht auf den Regisseur gehört und machte seine Sache, wie er es mochte und gewohnt war. Aber auch diese Aufführung musste Vater Sérgij verlassen und im Foyer auf Marina warten.

So viel zur traurigen Vorgeschichte.

Die eigentliche Geschichte fängt so an. Frühlingsende in Moskau. Vater Sérgij sitzt in der Küche und liest ein Buch. Er liest viel: Philosophie, Theologie, Belletristik, Altes, Neues, wie es gerade kommt. Lesen ist das, was ihm am meisten Spaß macht. Eine Angewohnheit aus seiner Jugend. Vater Sérgij sitzt gemütlich mit seinem Buch da und erkennt auf einmal – nicht direkt, sondern irgendwie auf Umwegen – dass Mona in den letzten Zügen liegt. „Sterben" ist für einen Hund zu feierlich.

„Was macht es für einen Unterschied, wie man das nennt? Seit drei Tagen hat sie nichts gefressen."

Vater Sérgij führt Marina in die Küche, wo Mona, den Kopf auf die Vorderpfoten gelegt, traurig neben der Schale mit dem Fressen und Wasser liegt und aufschaut.

Der Geistliche geht zum Fenster und knöpft sich den Hemdsärmel auf. Sofort erscheint ein Lichtreflex von seiner Uhr an der Wand. Früher hat sich Mona für diese Sonnenflecken immer begeistert, ist hinterher gesprungen, hat sie wütend angebellt, versucht, sie zu fangen. Jetzt schaut sie ihnen nur nach, ohne den Kopf zu wenden, und blickt wieder die beiden an. Sie versucht noch nicht einmal aufzustehen.

„Lass den Hund in Ruhe!"

Warum so böse? Als habe Vater Sérgij Monas Zustand verursacht.

Sie rufen an, ein Tierarzt kommt. „Ein gottbegnadeter Veterinär", so eine Freundin von Marina. Vater Sérgij kann sich seinen Namen nicht merken, so farblos ist der Kerl. Er strahlt nur Gleichgültigkeit aus. Und Geldgier, das muss selbst Marina zugeben. Er legt einen Katheter an, jetzt stirbt Mona wenigstens nicht an Dehydration.

Sie unternehmen noch etwas in medizinischer Hinsicht, hektisch und unkoordiniert, machen Analysen: Im Urin sind Leukozyten, Eiweiß, na und? Der gottbegnadete Veterinär fragt: „Was wollen Sie denn?" Und gibt selbst die Antwort:

„Bei dem Alter." Sie müssen Mona zur Datscha bringen, da können sie den Hund problemlos beerdigen.

Trotz allem verhalten sich Vater Sérgij und seine Frau in diesem Punkt ähnlich: „Beerdigen" – das spricht keiner von den beiden aus, in den langen Jahren ihres zwar nicht harmonischen Zusammenlebens hat sich doch so etwas wie Verständnis zwischen ihnen eingestellt. Für eine Ehe, so wird ihm später der Schriftsteller, sein Bettnachbar im Krankenhaus, erläutern, braucht es nur zwei Voraussetzungen von dreien: Heiratsurkunde, Zusammenleben, Bett. Die ersten beiden Punkte erfüllen sie.

Im Taxi ist das Radio an. Mona liegt ruhig da, früher hat sie immer reagiert, besonders auf Frauenstimmen, sie winselte und stimmte verschiedene hohe Töne an. Dass Monas Musikalität verschwunden ist, macht auf Marina mehr Eindruck als das Eiweiß im Urin, auf dem ganzen Weg schluchzt sie und streichelt Monas Kopf.

„Das ist doch nur ein Hund", sagt Vater Sérgij, der vorne sitzt. Ein schwacher Trost, auch wenn es stimmt. Er hätte besser den Mund gehalten.

Herzzerreißend. Sie holen die Sachen und Mona aus dem Auto, legen den Hund auf den Boden, decken ihn mit einer Decke zu und versuchen, ihn zu füttern. Sie müssen sich damit abfinden, dass nichts mehr zu machen ist.

„Tiere sind in gewisser Weise besser dran als wir. Sie wissen nichts vom Tod."

„Was philosophierst du rum", sagt Marina, „lauf zur Apotheke, kauf Medikamente, mach eine Infusion." Klar, tut er das, woraufhin sich im Haus ein charakteristischer Geruch verbreitet, den Vater Sérgij aus den Wohnungen bettlägeriger Kranken kennt, denen er das Abendmahl bringt.

Mona erhebt sich sogar auf einmal und macht ein paar Schritte durchs Zimmer, aber dann knicken ihre Hinterläufe ein, und sie plumpst mit großem Lärm auf den Dielenboden.

Vater Sérgij schaut seine Frau an, sie denkt wohl ebenfalls: wenn es nur schnell vorbei wäre.

Entweder – oder, lange kann ein Hund nicht krank sein. Aber wieder kommt ein Veterinär, einer aus der Gegend, etwa dreißig, mit einer leisen Stimme, tastet Monas Bauch ab, sodass sie wie ein Mensch vor Schmerz aufheult. Der Veterinär sagt, man müsse ein Röntgenbild, Ultraschall und weitere Untersuchungen machen. Am nächsten Morgen lässt Vater Sérgij ein Auto kommen, das Mona und ihn in eine Tierklinik bringt. Marina bleibt zu Hause: Sie kann nicht mehr.

Mona liegt auf einem glänzenden Tisch, im Fenster steht die Sonne, überall Lichtreflexe, von denen sie jetzt keine Notiz nimmt.

„Hier", zeigt der Veterinär ihre Bilder, „hier und hier."

Die weißen Flecken sind Metastasen.

„Und hier auch", lässt sich der Veterinär nicht nehmen zu sagen. Er rät, den Hund einzuschläfern, ihn von seinem Leiden zu erlösen.

„Aber er quält sich doch gar nicht so schrecklich."

„Hunde haben große Ausdauer", erklärt der Veterinär. „Und sie fühlen sich auch noch schuldig, wenn sie ihrem Herrchen nicht zu Diensten sein können. Greifen Sie zur Euthanasie."

Ja, das würde er übernehmen. Gleich hier.

„Moment", bittet der Geistliche.

Was hat das mit Euthanasie zu tun? Den Garaus machen wollen die dem Hund.

Er muss anrufen und sich mit seiner Frau beraten.

„Natürlich" sagt der Veterinär verständnisvoll. „Nur beeilen Sie sich." Andere Hundebesitzer warten schon auf ihn.

Vater Sérgij blickt Mona an: „Ich bin gleich zurück." Das hat er ihr auch früher oft gesagt und war dann für den ganzen Tag verschwunden. Mona dachte wahrscheinlich: „Ich bin gleich zurück" heißt „Ich bin lange weg", sie wird kaum auf die Idee gekommen sein, ihr Herrchen betrüge sie.

„Mach, was du für richtig hältst." Marina weint.

Und dann liegt Mona in einer Pappschachtel: tot. Die haben in dieser Hundeheilanstalt sogar spezielle Schachteln dafür. Einfache, weiße, ohne Aufschrift.

„Werden die Hunde in den Schachteln beerdigt?", fragt der Geistliche.

Der Veterinär zuckt mit den Achseln: „Das können sie hierlassen. Wir haben einen Abholdienst."

Er braucht keinen Abholdienst.

Alles geht schnell. Zwanzig Minuten später hebt Vater Sérgij ein Grab auf seinem Grundstück aus. Als Geologe versteht er etwas von Ausgrabungen. Er fühlt nichts. Mona hat ein gutes Hundeleben gehabt. Zwar ohne Welpen, aber was soll man machen, sie haben keinen Rüden für sie finden können. Marina beobachtet ihn vom Fenster aus. Natürlich begräbt er Mona ohne die Schachtel. Während er die Erde auf sie wirft, singt er geistesabwesend „Der in den Wogenschwall des Meeres einst begrub". Dieses Lied hat einst den Ausschlag dafür gegeben, dass er die Geologie an den Nagel hängte und sich zum Priester weihen ließ.

Mitte der Neunzigerjahre ging Vater Sérgij in spe so oft in die Kirche, dass er seine eigentliche Arbeit nahezu aufgegeben hatte, umso mehr, als man sie nicht auf Expeditionen schickte und ihnen auch kein Gehalt zahlte: Ihre Geologie oder zumindest das Gebiet, mit dem er sich beschäftigte, wurde nicht mehr gebraucht.

Als er mit Marina in die Kirche gekommen war, nahm er sich vor, ein ganzes Kirchenjahr die Liturgie der Gottesdienste zu verfolgen. Nach einem oder zwei Jahren freundete er sich mit dem Vorsteher an, Oberpriester Lew, einem kranken Witwer, der gleich im Kirchenhäuschen wohnte. Er saß mit ihm bis in die späte Nacht zusammen – Marina war abends im Theater, Mona hatten sie noch nicht – und genoss die spontane Religiosität der Anwesenden, an der es ihm fehlte. Spontaneität war ein Zug, um den er die anderen seit seiner Kindheit beneidete.

Bei Vater Lew versammelten sich oft Verwandte. Söhne und Neffen, junge Priester und Diakone, die bei Moskau, Rjasan und Tambow wohnten, kamen zu Besuch, und Vater Sérgij in spe sah nicht nur ihren spontanen Glauben, sondern auch ihre spontane Trunksucht, auf die er nicht gefasst gewesen war. Einige Geistliche waren deswegen suspendiert, manche mehrere Jahre lang, arbeiteten aber heimlich in anderen Gemeinden. Sergéj mochte ihre Gesellschaft, ihre Sanftheit und ihren Humor, ihm schmeichelte, dass ihn niemand wegjagte, obwohl er selbst, wie ihm klar war, nicht besonders interessant für sie sein konnte.

„Gott und das Weib", wiederholte Vater Lew, während die Verwandten um ihn herum tranken, „Gott und das Weib, das gehört zum Leben, aber der Wodka …", und er schüttelte missbilligend den Kopf. Was er vom Weib sagte, klang damals unerhört kühn.

An einem dieser Abende erzählte Vater Lew, wie er zu einem alten Mann gefahren war. Der Alte hatte einen schwierigen Charakter, war früher ein hohes Tier, fast so was wie ein General gewesen, lag nun am Rand von Moskau im Sterben und wollte das Abendmahl empfangen. Vater Lew musste einen weiten Weg zurücklegen, nahm ihm lange die Beichte ab, aber als er ihm das Abendmahl geben wollte, stellte er fest, dass er die geweihten Gaben vergessen hatte. Da nahm der Oberpriester sich nach seinen eigenen Worten die Kühnheit heraus, dem General einfach Brot und Wein zu geben. Er betrog ihn also. Er befahl dem Alten, drei Tage hintereinander zum Abendmahl zu gehen, und fuhr am nächsten und übernächsten Tag, diesmal mit den Gaben, wieder den weiten Weg zu ihm zurück. Für so etwas konnte man nicht nur suspendiert, sondern aus dem Priesterstand ausgestoßen werden.

„Wenn sie mich suspendieren, sei's drum", sagte Vater Lew.
„Hauptsache, sie singen bei meiner Beerdigung das Lied
‚Der in den Wogenschwall des Meeres einst begrub'." Womit er sagen wollte, das Einzige, worauf es ihm ankomme,
sei, nicht als Laie, sondern als Priester beerdigt zu werden.
„Der in den Wogenschwall des Meeres einst begrub den verfolgenden Gewaltherrscher, den begruben unter die Erde der
Geretteten Söhne; aber wir wollen wie die Jünglinge dem
Herrn singen, denn herrlich wird er verherrlicht", stimmte
Vater Lew leise an; und so merkwürdig es klingt, das entschied die Frage, vor der Sergej stand: Geistlicher werden,
ja oder nein.
„Manchmal rührt die Seele etwas von einer ganz unerwarteten Seite", erklärte er Marina. Die sah ihn zweifelnd an:
Früher hatte er sich weniger feierlich ausgedrückt. Sie selbst
hatte noch nicht einmal das Credo auswendig gelernt.
Vater Sérgij in spe wusste, dass er sich nicht zu viel vornehmen
durfte, er musste sich beschränken. Folglich mied er nichtkirchliche Menschen in dieser Zeit. Vielleicht fiel auch Marina darunter, und er hatte sie deshalb für eine Weile ausgeklammert.

„Merkwürdig, dass wir einem hergelaufenen Schinder geglaubt haben." Sie meint den Veterinär der örtlichen Klinik.
„Es sah so aus, als verstehe er etwas von der Sache. Auch die
Röntgenaufnahmen wirkten überzeugend."
Marina schluchzt auf: „Die Röntgenaufnahmen! O Gott!"
Natürlich ist es nicht seine Schuld, sagt sie, was heißt: Natürlich ist er schuld. An Monas Tod und noch an vielem anderen.
Er möchte sich am liebsten waschen, in sein Zimmer gehen,
sich ins Bett legen. Trotzdem versucht er, seine Hand auf
Marinas Schulter zu legen.
„Was macht es denn, dass es nur ein Hund ist?", fragt sie
empört. „Wir weinen doch auch über Madame Bovary. Die
es überhaupt nicht gegeben hat!"

Wer weint denn schon über Madame Bovary? Eben, er hat überhaupt kein Gefühl, für nichts und niemanden. Das stimmt nicht, Mona tut ihm leid. Gefühle hat man alle möglichen, was soll man darüber sagen.

Vater Sérgij ist Misserfolg gewohnt, so meint er. Aber warum soll er sich für einen Versager halten? Er wollte Geistlicher werden und hat es geschafft. Gibt es etwas Höheres? Seine Frau ... An Dingen, die er nur mit ihr teilen kann, gibt es immer weniger, ja fast gar keine. Merkwürdig, dass sie seine – wie heißt das noch? – körperliche Nähe nicht sucht. Von seiner Tätigkeit als Beichtvater weiß er, dass die Wichtigkeit physischer Nähe für Frauen in dem Alter, in dem sie beide sind, noch zunimmt, während sie für die Männer abnimmt. Für Marina hat das immer eine Rolle gespielt. Ob sie einen Freund hat? Dann stünde es schlecht mit seinen Aussichten auf „Der in den Wogenschwall des Meeres einst begrub". Obwohl die Menschen sich ändern. Aber in der Tiefe seiner Seele weiß Vater Sérgij, dass sie sich nicht ändern. Die Menschen verzeihen einander, Gott verzeiht ihnen, aber sich ändern, nein, das tun sie nicht.

Er liegt in seinem Zimmer und denkt: Was dir fehlt, ist Spontaneität. Die hat dir immer gefehlt. Jetzt zum Beispiel: Er müsste zu Marina gehen, sie trösten, irgendetwas machen, wenigstens mit ihr weinen. Die Reaktion auf jedes Unglück stellt sich bei ihm mit Verzug ein, das ist bei fremdem Unglück so, doch auch bei seinem eigenem. Wie soll er das anderen erklären?

Er erinnert sich auf einmal. In der neunten Klasse fuhren sie aufs Land zu Schießübungen mit Maschinenpistolen. Die Schießerei hat er vergessen, aber Folgendes ist ihm im Gedächtnis geblieben: Auf dem Rückweg haben seine Klassenkameraden auf einer leeren Landstraße angefangen, eine leere, gläserne Telefonzelle mit Schneebällen zu bombardieren.

Auch er hat sich daran beteiligt, getroffen und die Scheibe eingeworfen. Seine Klassenkameraden liefen weg, aber er blieb zurück, und ein älterer Mann kam vorbei, blieb stehen und schaute ihn lange vorwurfsvoll an. Er weiß nicht mehr, wie alt der Mann war, fünfzig oder siebzig, und ist sich auch nicht sicher, ob es ein Mann war. Aber an den Blick kann er sich erinnern. Dafür ist er immerhin nicht in den Kommunistischen Jugendverband eingetreten. Die ganze Klasse trat ein, obwohl schon längst keiner mehr daran glaubte.
Der Gedanke verbessert seine Laune ein bisschen. Aber ihm geht es trotzdem nicht gut, körperlich.
Doch: ein Versager. Seine erste Gemeinde: eine in ganz Moskau bekannte Kirche, wohin er als Ersatz für einen Geistlichen geschickt wurde, der für seine kühnen Ansichten bekannt war. Dort gab es Frauen, die zueinander sagten: „Rücken Sie ein bisschen, Sie versperren mir den Blick auf die Bühne!" Vater Sérgij akzeptierten sie nicht. Er erinnert sich an das erste und einzige Weihnachten in dieser Kirche: Drei Priester stehen da mit ihren Kelchen, er ist einer von den dreien, aber auf das Abendmahl bei den zwei anderen wartet eine Schlange, und zu ihm kommt kein Einziger. Die Gläubigen der Gemeinde zieht es zu den anderen Priestern. Sie hatten auch einen sehr guten Chor. Da kam auch noch Vater Sérgijs Unfähigkeit zu singen ans Licht. Nur aus Mitleid ging jemand zu ihm beichten. „Ich habe mich in einer Ikone wie in einem Spiegel betrachtet", sagte die Dame, die den Platz vor dem Altar Bühne nannte.
Andererseits gab es in dieser Gemeinde viele Kinder. Vater Sérgij unterhielt sich gern mit ihnen. Sie zerrissen, verbrannten oder vernichteten oft Geldscheine und testeten so, wie weit sie gehen konnten. Er erzählte einem Mädchen die Geschichte mit der Telefonzelle. Sie bekam einen Schreck.
Einmal hörte er beim Betreten des Speisesaals: „Betrachten Sie ihn als Fall eines nicht ganz überwundenen Autismus." Das

sagte einer seiner geistlichen Mitbrüder, und zwar über ihn. „Man sollte keinen zum Außenseiter stempeln", antwortete ein anderer. „Die Letzten werden die Ersten sein." Vater Sérgij betrat schwankend den Saal und versuchte zu lächeln. „Wir haben über das neue Staatsoberhaupt diskutiert", überbrückte ein Mitbruder die Situation und versuchte ebenfalls zu lächeln. Das Gespräch fand im Jahr 2000 statt.

Danach war er an eine andere Kirche gekommen, eine ganz neue, deren Vorsteher er wurde. Es gab dort kaum Gemeindemitglieder, aber die Kirche galt als reich, weil sie neben dem Gerichtsgebäude lag. Sie wurde von vielen der Kirche fernstehenden Leuten besucht, jeden Tag von anderen. Während sie auf das Urteil in ihren Zivil- und Strafsachen warteten, stifteten sie großzügig Geld für die Kirche, und Vater Sérgij lieferte dem Erzpriester beträchtliche Summen ab. Es war ihm jedes Mal unangenehm, wenn er ihn sah, aber er hatte keinen mehr, mit dem er sich beraten konnte. Sein geliebter Vater Lew war gestorben, und Vater Sérgij hatte zusammen mit der Versammlung der Geistlichen, unter ihnen viele Angehörige des Gestorbenen, auf der Beerdigung das Evangelium gelesen und „Der in den Wogenschwall des Meeres einst begrub" gesungen, wobei er sich nach Marina umsah und bedauerte, dass sie nicht gemeinsam trauern konnten. Diese Geldangelegenheiten irritierten Marina damals sehr. Aber der Erzbischof war eigentlich kein schlechter Mensch, er kümmerte sich nur ein bisschen zu viel um den Kirchenbau, und Bischöfe sind ja auch mehr Versuchungen ausgesetzt als einfache Priester oder Laien. Nein, nicht die Bischöfe hinderten Vater Sérgij, ein guter Geistlicher zu sein, es lag an ihm selbst. Zweimal im Jahr offenbarte Vater Sérgij dem offiziellen Beichtvater seine Zweifel, ob er sich nicht ein zu schweres Kreuz aufgeladen habe. Von Marina sagte er nichts, obwohl er keinerlei Angst hatte, der Beichtvater könne jemand etwas von seiner Ehemisere ausplaudern.

Jetzt arbeitet er in einer kleinen Kirche im Zentrum Moskaus mit einer Gemeinde „von anderthalb alten Mütterchen", alleine, mit einem Laienchor, und fühlt sich da wohl. Man fragte ihn natürlich nach seiner Frau. Von wegen: Warum kommt sie nicht in die Kirche? „Sie fühlt sich nicht gut." Mit der Zeit hörten die Fragen auf, und es kam auch kein Klatsch auf. Die Gemeinde ist in zehn Jahren nicht gewachsen, aber die immer gleichen „anderthalb alten Mütterchen" verehren Vater Sérgij. Wenn nur das Verhältnis zu Marina nicht so schlecht wäre ... Er weiß, was sie jetzt tut: Fotos von Mona auf dem Handy oder Computer anschauen.

Er hat den ganzen Tag nichts gegessen, und es ist auch nichts im Haus, aber er spürt keinen Hunger. Im Inneren, tief unten tut etwas weh, in der Brust oder im Bauch oder irgendwo dazwischen, in der Herzgrube. Vater Sérgij weiß irgendwie, erstes Anzeichen für einen Infarkt ist Angst. Aber Angst hat er nicht.

Vater Sérgij kommt ständig mit dem Tod anderer in Berührung, aber an seinen eigenen denkt er selten, denn über sich selbst denkt er überhaupt wenig nach. Aber wenn er daran denkt, dann recht heiter, nicht als Ende der Lebenslast, sondern eher als Befreiung von Angst und Unwissenheit über das, was nach dem Tod kommt.

Doch der Schmerz wird stärker und stärker. Sich einzureden, der Schmerz sei das eine und er, Vater Sérgij, etwas anderes, gelingt ihm nicht. Er trinkt Tee, alleine, es dämmert schon. Der Schmerz verschwindet nicht. Und es kommt auch noch Übelkeit hinzu.

Wie alle Geistlichen hat Vater Sérgij Angst zu erbrechen. Und beschließt deshalb zu handeln. Er wählt 03, erklärt, wo es wehtut, und hört sich die Ratschläge an. Schließlich erfährt er, dass der einzige Rettungswagen des Krankenhauses im Einsatz ist, und ruft ein Taxi. Vater Sérgij will leise verschwinden, er schämt sich, dass er krank ist, aber Marina hat es gehört, ist aufgesprungen und packt hektisch seine Sachen.

Nein, den Leibrock will er nicht, er möchte kein Aufsehen erregen.

Vater Sérgij hat irgendwie gewusst, dass es so kommt: Marina bringt ihn ins Krankenhaus, sie verabschieden sich. Ein bisschen früh, er ist noch keine fünfzig ... Etwas in ihm hat doch einen Schrecken gekriegt. Ein Gefühl wie, bevor du ins kalte Wasser springst. Man muss hoffen, einen neuen Körper zu bekommen, wenn die Seele sich von dem trennt, den man hat. Der Herrgott wird ihm eine neue Existenzform geben. Vielleicht heute noch.

Krankenhaus, sie sind da. Nur die Fenster der oberen, zweiten Etage sind beleuchtet, der leere Hof wäre sonst ganz dunkel. Am Eingang stehen ein paar finstere Typen.

Als ob er nicht auf eigenen Füßen zu ihnen gekommen sei, wird er in einen Rollstuhl gesetzt, und eine dicke Frau bringt ihn ohne ersichtlichen Sinn im Halbdunkel von einem Zimmer ins andere. Vater Sérgij ist nicht mehr ganz Herr seines Schicksals.

Nur ein einziges Mal ist er bislang im Krankenhaus gewesen, mit siebzehn, auf Einweisung des Kommissariats, zur Überprüfung seiner Armeetauglichkeit. Er lag mit zwei Männern im Zimmer, die ihn als Deserteur beschimpften und Wodka holen schickten. Nachts schnarchten sie so laut, dass es schien, als schnarchten sie nicht, sondern brüllten wie irgendwelche Säbelzahntiger. Etwas Medizinisches hat er nicht in Erinnerung behalten.

Alles läuft, wie es soll. Marina ruft eine Freundin an, die sich hier auskennt. Hauptsache, sagt sie, so schnell wie möglich in den zweiten Stock zu gelangen, wo die medizinische Behandlung durchgeführt wird. Maja Pawlowna kommt gleich herunter. Maja Pawlowna ist die Stationsärztin, die heute Dienst hat, die Freundin sagt, da hätten sie Glück.

Wieder Warten: Maja Pawlowna ist beschäftigt, gehen Sie selbst zu ihr. Auf dem Weg nach oben ins Reich des Lichts gibt es einen kleinen Vorfall.

„Bringen Sie ihn hoch! Worauf warten Sie denn?", schreit Marina die Frauen an.

Der Aufzug funktioniert nicht. Wieso? Vor einer Minute hat er doch noch funktioniert!

Marina weiß, wie man Leute auf Trab bringt. Die Schwestern oder Helferinnen sind erschreckt. Und rufen Männer, die helfen sollen, ihn hochzubringen. Der Kranke darf nicht aufstehen, Maja Pawlowna bringt sie sonst um. Jeder Schmerz oberhalb des Bauchnabels muss durch ein EKG überprüft werden.

„Dann macht doch eins!"

Wenn Marina doch den Mund hielte, denkt Vater Sérgij, am besten führe sie nach Hause. Sie ist natürlich beunruhigt, wie das ihre Art ist, aber es ist doch klar: Bei denen hier funktioniert nichts.

Er sagt: „Ich bin durchaus imstande, die Treppe hochzugehen. So schlecht, dass ich das nicht könnte, geht es mir nicht."

„So schlecht, so schlecht." Marina lässt ihn nicht zu Wort kommen. „Er hat früher nie über irgendetwas geklagt", hält Marina den Umstehenden vor.

Was ist mit diesem verdammten Lift los? Eine Tote, so stellt sich heraus. Früher als zwei Stunden nach dem Tod dürfen die Verstorbenen nicht in die Leichenhalle gebracht werden. Sie schieben jemanden in den Aufzug.

Das wäre ja gelacht, wenn er Angst vor Toten hätte. Vater Sérgij steht auf, nimmt Marina seine Tasche weg und öffnet die Eisentür: „Du darfst hier nicht durch!" Er küsst sie noch nicht einmal zum Abschied.

Er schlägt die Tür zu und drückt auf den zweiten Knopf. In dem Aufzug liegt wirklich ein Körper, der in ein Laken eingeschlagen ist.

Was es mit der Verstorbenen auf sich hat, erfährt Vater Sérgij wenig später. Kinder und Kindeskinder haben im Verein mit ihren Ehefrauen und Ehemännern die neunundneunzig Jahre alte Frau buchstäblich tiefgefroren. Das bevorstehende runde Datum sagte ihnen nichts, sie wollten nicht warten, bis ihre Verwandte die Hundert erlebt. Sie legten sie auf ein Wachstuch, entkleideten sie, die Alte war in den letzten Jahren völlig hilflos gewesen, öffneten das Fenster – im Mai sind die Nächte kalt –, warteten, bis sie aufhörte zu atmen, riefen die Rettungsstelle an und forderten: „Kommen Sie und stellen Sie die Bescheinigung aus."

„Warum sind die Fenster geöffnet?"

„Um durchzulüften natürlich."

Auch die Heizkörper im Zimmer waren ausgeschaltet. Kurz, das Rettungsteam, das eintraf, stellte nicht den Tod, sondern eine starke Unterkühlung fest. Auf achtundzwanzig Grad. Der Puls war noch zu fühlen. Sie meldeten den Fall der Miliz, auf die Verwandten der Alten kommen nun eine Untersuchung und ein Prozess zu. Dank der humanen Medizin hatte sie noch ein paar Stunden zu leben, wird sein Bettnachbar, der Schriftsteller, Vater Sérgij erzählen. Maja Pawlowna hatte alles unternommen, was in ihrer Macht stand, um sie aufzuwärmen.

Diese Details wird er später erfahren, denn noch steht er im Flur an der Aufzugstür, gegenüber der winzigen Intensivstation (ein kleiner Raum für zwei Betten) und wartet, bis die Pflegerin das Bett bezogen hat. Wer hinter der Schirmwand ist, sieht man nicht, aber in dem anderen Bett bewegt sich etwas. Ein paar Schritte von Vater Sérgij ist das Ärztezimmer. Daneben Maja Pawlowna mit den drei Männern, die am Eingang gestanden haben, als er mit dem Taxi eintraf. Maja Pawlowna hat dunkle Haare und ist ungefähr so alt wie er selbst. „Erzählen Sie das alles dem Ermittlungsbeamten", wehrt Maja Pawlowna ab. „Es ist nicht unsere Sache, die Gründe für die Unterkühlung zu klären. Wir können nur bestätigen, dass sie die Ursache für den Tod Ihrer Verwandten war." Maja Pawlowna geht zur Treppentür und will sie aufstoßen. Die Tür ist zugesperrt.

„Wie sind Sie hierhergekommen?"

Einer der Männer zeigt Richtung Flurende: durch den Küchentrakt. Er ist der Älteste von den Männern und sieht niedergeschlagen aus. Ein Sohn oder Schwiegersohn. Als er den Arm hebt, sieht man den Spruch „Es gibt kein Glück im Leben", den er sich auf der Innenseite hat eintätowieren lassen. Vater Sérgij denkt: *Die Treppe ist also abgeschlossen, Marina kommt hier nicht rein. Hoffen wir, dass sie schon auf dem Nachhauseweg ist.*

„Sie war neunundneunzig", explodiert der Jüngste, dreht der Ärztin den Rücken zu und macht irgendwelche abstrusen Gesten. „Warum hat man sie überhaupt hierhergebracht?"

„In normalen Ländern gibt es so etwas wie Euthanasie", sagt der Mann mittleren Alters, offensichtlich der gebildetste der drei Männer.

Maja Pawlowna schaut ihn verzweifelt an. „Bitte klären Sie sämtliche Fragen mit dem Ermittlungsbeamten."

„Hören Sie mal, meine Liebe", der Junge schlägt sich empört auf die Flanken, „neunundneunzig! Haben Sie das kapiert?" Das sind keine Worte mehr, sondern ein animalisches Geheul. Das wohl die ganze Zeit seiner Strafe für die Ermordung seiner Großmutter nicht verstummen wird.

„Verschwinden Sie. Oder ich rufe die Miliz." Maja Pawlowna schließt das Ärztezimmer hinter sich und dreht den Schlüssel um. Warum ist er nicht imstande, denkt Vater Sérgij, denen, die sich eindeutig und wiederholt schwer versündigt haben, mit derselben Festigkeit ins Gewissen zu reden?

„Leg dich hin, mein Lieber", fordert ihn eine ältere Frau auf, die hier alle zärtlich Baba Mascha nennen.

Ein EKG wird gemacht. Während er die Handbewegungen der Schwester verfolgt, betrachtet Vater Sérgij seine nackte Brust mit den wenigen hellen Härchen, als sei es nicht seine, sondern die eines Fremden. So betrachtet man sein Haus, wenn es Gäste betreten, die man kaum kennt. Macht euren Leib zum Tempel des Heiligen Geistes ... Die Schwester reibt ihn mit dem kalten Gel ein und befestigt die Gummisaugnäpfe. Alles ist hier fremd, auch dein Köper gehört dir nicht. Es ist hell und sauber, die blauen Saugnäpfe, das rhythmische Fiepen der Monitore – du verstehst nicht, wo das Herz deines Nachbarn und wo dein eigenes ist, die Brust ist kalt, außen wie innen. Er spürt keinen Schmerz mehr, sondern nur noch eine Leere, und auch das nur, wenn er sich darauf konzentriert. In diesem Zustand hätte er keine Hilfe geholt.

„Habe ich einen Infarkt?"

Die Antwort ist klar: Das muss Maja Pawlowna sagen.

Und was legt die Schwester ihm da für eine Infusion an? Sie legt keine Infusion an, sondern nimmt ihm Blut ab.

Hinter der Schirmwand hört man etwas.

„O Gott, o Gott", stöhnt der Bettnachbar.

Etwas kippt um, fällt hin, auf dem Boden bildet sich eine gelbe Lache.

„Baba Mascha, geh zu ihm!", schreit die Schwester.

„Was machst du denn?", fragt die Pflegerin und legt den Nachbarn wieder richtig ins Bett. „Was zitterst du so?"

„Ich habe ein Zucken in den Knien", antwortet der.

So so!

„Ich werd dir schon das Randalieren austreiben", droht Baba Mascha mit einer Stimme, der jeder drohende Unterton fehlt.

Hinter der Schirmwand ist Ruhe eingekehrt, die Lache ist weggewischt, wieder fiepen die beiden Monitore. Die Krankenschwester und Baba Mascha sind gegangen. Vater Sérgij fällt ein, dass er kein Buch mitgenommen hat, nur sein Notizheft hat er bei sich. Gut, dann wird er eben hier liegen und nachdenken. Aber hinter der Schirmwand ist wieder Stöhnen zu hören: „O Gott, o Gott!"

„Geht es Ihnen schlecht?", fragt Vater Sérgij.

„Schon ein bisschen besser", antwortet der Nachbar. „Wie leer, unbedeutend und seicht doch die Wirklichkeit ist."

Darum stöhnt er also. Der gehört bestimmt zur Intelligenz. „Sind Sie schon lange hier?"

Seit gestern Abend, meint er. Er erinnert sich nicht genau, es ist ihm sehr schlecht gegangen, er wäre beinahe gestorben oder hätte ihnen um ein Haar ihre Statistik verdorben ... Tja, wenn das kein gelungener Euphemismus für sterben ist, oder? Sie behaupten: Lungenödem. So ein Blödsinn! Die haben keine Ahnung. Er hat schwache Bronchien, das haben sie in Moskau gesagt, in der Poliklinik des Literaturfonds.

Wohnt er hier auf seiner Datscha?

Nein, er ist zufällig hier. Seine Tochter wohnt hier in der Stadt. Mit ihrer Mutter. Und einem jungen Mann. Sie ist schon erwachsen, zweiundzwanzig. Und jetzt ist seine Frau auch noch hierhergeeilt. Die jünger als die Tochter ist. Eine Studentin seines Seminars. Wenn er sie verliert, ist sein Leben aus. Wer nicht in seiner Situation war ...

„In Ihrem Leben hat es so etwas wohl nie gegeben?", fragt der Bettnachbar.

Nein, antwortet Vater Sérgij, sein Leben lang hat er nur die eine Liebe gehabt, und versteht gleich, dass er zwar nicht gerade lügt, aber die Situation unvollständig wiedergibt.

Und was für ein Seminar leitet der Nachbar?

Der ist Schriftsteller, stellt sich heraus.

„Und Sie, was machen Sie beruflich?"

„Ich bin ein schlechter Geistlicher", möchte Vater Sérgij sagen. Aber er sagt: „Ich bin Geologe."

„Ach so", reagiert der Nachbar ohne jedes Interesse.

Ein Schriftsteller also.

„Aber mein Name wird Ihnen nichts sagen. Puryzhenskij."

Er macht eine Pause.

Wenn wir hier rauskommen, verspricht der Nachbar, schenkt er ihm sein Buch, sein letztes. Er muss es suchen. Belegexemplare hat er keine mehr.

„Wissen Sie, wie schwer es ist, in einem Laden nach den eigenen Werken zu suchen? ‚Haben Sie vielleicht etwas von Puryzhenskij?' Als ob man Präservative kaufen will. Erinnern Sie sich?" Der Nachbar ist aufgeheitert. „‚Gummiartikel Nummer zwei', erinnern Sie sich?"

Vater Sérgij würde lieber die Antwort schuldig bleiben.

Puryzhenskij dagegen drängt es, weiter sein Herz auszuschütten. Noch nicht einmal signieren kann er sein Buch, so eine Klaue hat er. Und schon seit ein paar Jahren hat er nichts Neues mehr geschrieben, er verwertet nur das bereits Geschriebene: redigiert, dramatisiert, formt es um zu einem Drehbuch.

„Wissen Sie, was über meinen letzten Roman gesagt worden ist? Er sei ein Dokument des ungleichen Kampfes des Autors mit dem Alkohol. Können Sie sich das vorstellen?"

Das größte Lob, das er von den Kritikern bekommen hat, lautete: Puryzhenskij ist ein kleiner, aber angenehmer Schriftsteller.

Tja. Aber Vater Sérgij würde sein Urteil lieber auf eigene Lektüre stützen können.

Letzten Winter kam ein Verrückter zu ihm in die Kirche: Er behauptete, er könne Tote auferwecken. Als Vater Sérgij ihn auf die Straße jagte, dachte er: Wenn dieser Typ wirklich jemanden von den Toten auferwecken könnte, machte er sich womöglich einer Schmähung des Heiligen Geistes schuldig, wenn er ihm diese Möglichkeit verwehrte. Wie im Fall Puryzhenskij tendierte das Risiko natürlich gegen Null, aber er durfte ihm doch nicht einfach das Talent absprechen, ohne ihn gelesen zu haben.

Der Schriftsteller kommt wieder auf seine verfahrene Lebenssituation zu sprechen. Olja ist schwanger. „Olja ist Ihre Tochter?" Nein, seine Frau. Das heißt, er ist von seiner ersten Frau noch nicht geschieden. Aber das Einzige, was ihn mit ihr verbindet, ist die Heiratsurkunde. Wenn Olja ihn verlässt ... „Warum sollte sie?"

Na, mit einem Kind und einem Wrack wie ihm ... Er hat weder gesundheitlich noch finanziell etwas zu bieten. „Und Olja ist doch selbst noch fast ein Kind." Der Schriftsteller schluchzt.

„Ach was. Die kriegen Ihre Bronchien schon wieder hin."

Das Licht wird greller. Die Ärztin Maja Pawlowna betritt das Zimmer. Sie wendet sich an Vater Sérgij: „Ich kann Sie beruhigen. Sie haben keinen Infarkt. Sergéj ..."

„Petrowitsch", hilft der Geistliche.

„Sagen Sie, wann ist der Schmerz aufgetreten?"

Ihm wird warm ums Herz. Man fragt immer: Wann hat das angefangen? Jesus fragte den Vater: „Wie lange hat er das schon?" Nach all den heutigen Ereignissen bringt Maja Pawlowna, diese überaus sympathische Person, ihm nun die Nachricht, dass er leben wird, keinen Infarkt hat. Alles ist auf einmal einfach und gut.

„Gefällt Ihnen das nicht?" Sie hatte seine Stimmung nicht verstanden. „Also, wann ist der Schmerz aufgetreten?"

„Heute, tagsüber. Ich habe mich mit meiner Frau gezankt." Er versucht, sich zu erinnern, um wie viel Uhr das war. „Ich ... habe ihr unrecht getan."

„Sergéj Petrowitsch, gibt es etwas, was ich als Ärztin wissen muss?" Recht hat sie, er ist hier schließlich nicht zur Beichte. „Was machen Sie beruflich?"

Er belügt sie ungern, hat aber keine Wahl. „Ich bin Geologe." Sie untersucht ihn, hört ihn ab. Nichts Auffälliges. Seine rechte Hand zittert, das kommt bei Geistlichen häufig vor, weil sie damit den Kelch halten. Aber wie soll er das nun erklären?

„Sergéj Petrowitsch, hören Sie mich?" Sie lächelt ihm zu, ganz fein, nur mit den Augen.

Der Plan sieht so aus: Er bleibt bis zum nächsten Morgen, es wird noch eine Untersuchung gemacht und dann entschieden. Die Apparate können angeschlossen bleiben, wenn er aufs Klo muss, entfernt die Schwester die Drähte. Er muss ein paar Tabletten einnehmen. Und bekommt eine Spritze in den Bauch.

„Nein, keine gegen die Tobsucht", antwortet sie lachend. Vorläufig gilt sein Zustand als instabil, obwohl höchstwahrscheinlich alles in Ordnung ist. Auch ein gesunder Mensch kann sich mal schlecht fühlen.

Sie geht zu seinem Bettnachbarn. Alles ist zu hören. Wie kann es auf einer Intensivstation Geheimnisse geben?

„Die Kanülen für die Luftzufuhr müssen in der Nase bleiben!"

„Da kommt doch nichts raus!"

„Doch, da kommt Sauerstoff raus. Und lassen Sie bitte Ihren weinerlichen Ton."

Das Gespräch geht in diesem Sinne weiter: Wenn Puryzhenskij die Behandlung abbricht, steht es schlecht um ihn, und sogar, wenn nicht, sieht es nicht gut aus. Die Pumpe, durch die ihm die Medikamente zugeführt werden, funktioniert, und selbst wenn der Schriftsteller nicht sieht, dass der Kolben sich bewegt, heißt das nicht, dass er stillsteht, wir sehen ja auch nicht, wie die Minuten- und Stundenzeiger vorrücken.

Als Antwort auf Puryzhenskijs Erwähnung der Poliklinik des Literaturfonds erklärt Maja Pawlowna, sie kenne Susanna Jurjewna und auch Zhanna Jurjewna nicht, und es sei ja sehr nett, dass diese Zhanna-Susanna seine Lunge abgehört habe, aber wenn sie manchmal auch das Herz abhören würde, hätte sie wahrscheinlich nicht die Insuffizienz übersehen, wegen der er jetzt hier ist. Schon morgen will sie einen Termin mit den Chirurgen – nein, nicht mit denen von hier, sondern in Moskau – abmachen, aber Puryzhenskij komme bis zu einer Operation nur durch, wenn er sich vorher behandeln lasse.

Eine Weile scheint es, als sei der Widerstand des Patienten gebrochen, aber dann erklärt er, ein Krankenhaus sei ja schließlich kein Gefängnis, er, Puryzhenskij, fordere die sofortige Entlassung. Und Maja Pawlowna wiederholt alle Argumente, warum er die Behandlung fortsetzen solle, und sie kommen überein, dass Puryzhenskij es sich noch einmal überlegt, aber als sie das Zimmer verlassen hat, sagt er sofort, er will gehen.

„Entschuldigen Sie, dass ich mich einmische", wendet sich Vater Sérgij an ihn. „Sie machen einen Fehler."

„Sie haben gut reden", antwortet Puryzhenskij, „bei Ihnen liegen die Dinge anders als bei mir."

Du hast keinen Infarkt, will der Bettnachbar damit sagen. Und wir sind einander alle fremd. Das stimmt. Besonders er, der Geistliche, bleibt immer allen ein Fremder.

„Der Mensch braucht die ganze Bandbreite der Gefühle", fährt Puryzhenskij fort. „Ich kann mich nicht nur der traurigen Notwendigkeit beugen."

Vater Sérgij hat endlich seine Gedanken gesammelt: „Maja Pawlowna ist offensichtlich eine ganz hervorragende Ärztin."

„Das glaube ich nicht. Dafür ist sie zu schön."

Puryzhenskij drückt auf den Knopf. Die Schwester hat offenbar geschlafen, aber sie kommt schnell und nimmt sich der Sache zielstrebig an: Alle sind diesen Patienten hier leid. Puryzhenskijs Monitor gibt keinen Ton mehr von sich, der Schriftsteller ist von den Schläuchen befreit, die auf dem Boden liegen, Baba Mascha komm und räum sie weg! Wir halten hier keinen mit Gewalt, schreib deine Weigerung und fertig, auf Wiedersehen, Weiterbehandlung am Wohnort.

„Was soll ich schreiben? Und die Tinte ist alle!" Puryzhenskij ist völlig verzweifelt.

Vater Sérgij steht auf, um dem Schriftsteller seinen Stift zu reichen, rückt die Schirmwand beiseite und sieht ihn.

Ein halbnackter, früh gealterter Mann: kurzer dicker Hals, verfilzte Zotteln, dicke Lippen, Brüste, Bauch, viel graues Haar am Körper. An beiden Händen Binden. Bartstoppeln. Vor Anstrengung hat er die Zunge herausgestreckt.

„Ich, der und der", diktiert die Schwester, „lehne die weitere stationäre Behandlung ab, bin über die möglichen Folgen aufgeklärt worden, habe keine Beanstandungen gegenüber dem Personal. Oder wenn Sie welche haben, benennen Sie diese. Unterschrift, Datum."

Puryzhenskij hat Mühe mitzukommen.

„Was für Beanstandungen …" Er winkt ab.

Der Geistliche betrachtet diesen hässlichen, verwirrten Mann und denkt auf einmal: Das bin ich selbst. Das ist nicht mein Bruder, nicht mein Nächster, kein Alter Ego der Philosophen und Schriftsteller, das bin ich. Andere Umstände, eine andere Biografie, und trotzdem: Ich, das bin ich. Barfuß, fast nackt sitzt er auf dem Bett und wartet auf etwas. Und stiert ziellos in den Raum.

„Ziehen Sie sich an", sagt die Schwester, „und gehen Sie zum Ausgang. Entlassungspapiere, Krankschreibung, das machen wir morgen. Na, worauf warten wir noch?"

„Wohin soll ich eigentlich gehen?", fragt Puryzhenskij auf einmal, ohne jemanden anzublicken.

„Gehen Sie nirgends hin, bleiben Sie", sagt Vater Sérgij, der nicht sieht, wie ihn die Krankenschwester davon abhalten will, den Schriftsteller umzustimmen. „Bleiben Sie. Maja Pawlowna wird Ihnen verzeihen."

Wieder Schummerlicht, die Monitore arbeiten nicht im Gleichtakt: Auf zwei Herzschläge des Geistlichen kommen drei bis vier des Schriftstellers. Beide horchen auf die Töne und registrieren es, wenn sie zusammenfallen.

„Über all das müsste man schreiben." Puryzhenskijs Atmen klingt wirklich nicht gut.

„Das werden Sie schon noch machen."

„Das schaffe ich nicht mehr. Meinen Sie, ich verstehe nicht?" Er schweigt, atmet.

„Wenn Sie gesehen hätten, wie sie sich bemüht hat, die Alte aufzuwärmen!" Es steht schlecht um ihn, es gibt keine Hoffnung. Nein, er wird nichts mehr schreiben. „Und was nicht aufgeschrieben ist, existiert nicht. Ist nicht vorhanden. Klar?"

Vater Sérgij ist der Letzte, der das nicht versteht: Lesen ist seine Lieblingsbeschäftigung.

„Ach so", reagiert der Schriftsteller gleichgültig. „Und ich habe gedacht: Sie machen Ausflüge, singen Lieder ... Schreiben Sie etwa auch Gedichte?"

„Mit meinem Nachnamen hätte das gerade noch gefehlt!"

„Und wie ist Ihr Name?"

„Tjuttschew."

Beide lachen leise, zum ersten Mal in dieser Nacht.

„Wissen Sie, ich habe vor langer Zeit so etwas wie ein Gedicht geschrieben ... Als ich mich von meinen Bekannten trennte, mit denen ich Ausflüge unternahm. Oder richtiger: Als diese Bekannten sich von mir trennten." Vater Sérgij holt sein Heft aus dem Nachttisch und wartet, dass Puryzhenskij ihn auffordert vorzulesen. „Ich habe es noch nie jemandem gezeigt." Er wartet wieder.

„Warum lesen Sie nicht?"

„Ich warte."

Jetzt kann er nicht mehr zurück und muss lesen.

Wir gingen barfuß durchs Haus,
Kinder unserer Zeit,
Waren wir sentimental,
Liebten Lieder von Sonne und Wald,

Hatten einseitig Mitgefühl,
Verstanden uns aufs Unglück, aber nicht auf die Freude,
Wir beherrschten viele praktische Dinge,
Reparierten elektrische Leitungen,
Flickten das Paddelboot und bauten das Zelt auf.
An Gott glaubten wir anfangs nicht,
Manches irritierte uns:
Abraham, der Isaak opfert,
Das Gold in der Kirche,
Aber dann glaubten wir auf einmal,
Lebten fast wie Gerechte
Oder ließen uns weniger von Emotionen leiten.

Wozu erzähle ich das?
Die Rucksäcke hatten noch einen Aluminium-,
Duraluminium- oder vielleicht Titanrahmen,
Leicht, sehr bequem
Zum Umziehen und für Lasten,
Wir konnten Sachen, Kästen, Lasten schleppen,
Halfen beim Umzug, bei Begräbnissen,
Besorgten Bescheinigungen, standen Schlange,
Halfen bei allem bis zu einem Punkt,
In einem Maß, das wir guthießen.

Ihre Güte war kategorisch,
Verstand sich von selbst,
Aber über die Menschen redeten sie schlecht.
Kinder ihrer Zeit,
liebten sie Alexander Grin,
Den Film „Stalker", die Lieder Wyssozkijs,
„Die Kinder des Arbat", die Fernsehsatire „Puppen",
„Gespräche mit Joseph Brodsky".
Jetzt gefällt ihnen nichts so richtig.

Was folgt daraus?
Lass dich nicht von anerkannten Werten hinreißen,
Fürchte Sentimentalität,
Glaube deinem allerersten Eindruck.

„Alles?", fragt Puryzhenskij nach einer Pause. „Am Schluss
fehlt etwas."
Der Geistliche nimmt den Füller und fügt hinzu:

Bedenke: Niemand hat ein Recht darauf,
Von seinem Nächsten geliebt zu werden.

Die beiden letzten Zeilen las er nicht laut vor.

Er hat nicht lange, aber tief geschlafen. Als er aufwacht und
versteht, wo er sich befindet, fallen ihm große Veränderun-
gen auf, sowohl was die Ausstattung des Raumes als auch
was die Beleuchtung betrifft. Der Morgen ist angebrochen
und die Deckenbeleuchtung gelöscht. Außerdem ist die
Schirmwand dicht an sein Bett gerückt, und dahinter sieht er
ein Gerät, das mit Lärm Sauerstoff pumpt. Das Schlimmste
aber ist, dass im Mund seines Nachbarn Schläuche stecken
und er ohne Bewusstsein ist.
Maja Pawlowna tritt ein.
„Sind die Schmerzen nicht wieder aufgetreten? Nehmen Sie
Ihre Sachen und gehen Sie in Kabine zwei."
„Maja Pawlowna …" Er will nach Puryzhenskij fragen.
„Nachher."
Sie befestigt an Vater Sérgijs Brust Drähte mit klebrigen
Gummis an den Enden, drückt auf die Knöpfe einer riesi-
gen Maschine, die über einem Laufband steht, auf dem er
sich bewegen soll. Sie haben nicht genug Krankenschwes-
tern, und noch etwas sagt sie, worauf er nicht zu antwor-
ten braucht. Am Morgen gleicht Maja Pawlowna mehr den

erschöpften Ärztinnen, die Vater Sérgij von früher kennt. Es geht los. Am Anfang fällt es leicht, dann schwer und schwerer. Mit seinem Nachbarn steht es nicht sehr gut, sagt Maja Pawlowna. Sergéj Petrowitsch soll sich auf das Laufen konzentrieren und nicht ablenken lassen, sonst kommt er außer Atem. Das Laufband unter ihm wird schneller, er läuft weiter. Noch kommt er mit.

„Maja Pawlowna, schnell auf die Intensivstation!"

Sie stürzt los. Offensichtlich rechnet sie damit, schnell zurückzukommen, oder vergisst, das Laufband abzuschalten. Vater Sérgij setzt seinen Weg jetzt alleine fort. Die Steigung wird steiler, das Laufband schneller. Alle paar Minuten bläht sich die Manschette an seinem Arm auf, und die Luft entweicht wieder, das Kardiogramm schiebt sich aus dem Apparat, er geht weiter.

Vater Sérgij ist ins Schwitzen gekommen, besonders am Nacken, er kann nicht mehr gehen, sondern muss rennen. Die Beine tun weh, macht nichts, die erholen sich schon wieder, er schnappt nach Luft, das Herz klopft mit großer Kraft und Geschwindigkeit. Der Schweiß tropft auf das Laufband, eine Hitze wie im glühenden Ofen, aber vorwärts, arbeiten, arbeiten, weiter! Er könnte vielleicht einen Draht herausziehen, um das Gerät anzuhalten, aber er hält durch, solange es geht. Das muss jetzt sein, für irgendetwas ist das gut.

„Stopp!" Sie ist da.

Puls hundertsiebzig.

„Mehr als genug", sagt Maja Pawlowna.

Tolle Nachrichten: Sergéj Petrowitsch ist gesund, kerngesund. Er kann sich waschen und fertig machen. Ein Tausendsassa: Achtzehn Minuten hat er durchgehalten, fast Kabinenrekord. Und Puryzhenskij? „Schlecht. Nicht reingehen!"

Sie streckt ihm zum Abschied die Hand hin. Er hat es immer gemocht, wenn ihm Frauen zur Begrüßung oder zum Abschied die Hand reichten, das hat heutzutage Seltenheitswert.

Er ist draußen und wieder sich selbst überlassen. Er müsste Marina Bescheid sagen, dass alles in Ordnung ist, aber sie schläft wahrscheinlich noch. Er möchte sich rühren, hat den Drang, sich zu bewegen, und beschließt zu Fuß zu gehen. Wie schön, wenn sich der Boden nicht unter dir bewegt und es dir freisteht, langsamer oder schneller auszuschreiten. Er muss oft früh aufstehen, und wenn er durch die schlafende Stadt geht, liebt er das Gefühl, für die ganze Welt, die da ist, verantwortlich zu sein. Aber jetzt ist er mit den Gedanken noch im Krankenhaus und merkt nicht, dass er schon am Haus angelangt ist. Vor ihm der Zaun: alt, an manchen Stellen vermodert, aber dafür versperrt er nicht den Raum, erlaubt einen weiten Rundblick. Die Gartenpforte ist mit einem Strick festgebunden. Marina achtet darauf, dass sie verschlossen ist.

Der Frühling hat in diesem Jahr spät eingesetzt, alle Bäume, die eigentlich gar nicht gleichzeitig blühen sollen, blühen durcheinander. Den Namen der meisten kennt er nicht. Die kleinen weißen Blüten, was ist das? Ein Baum oder ein Strauch? Da: die Sauerkirsche, da: der verwilderte Apfelbaum, der jeden August kleine, grüne Äpfel trägt, die ungenießbar sind. Der Flieder vor der Freitreppe, schade, es ist schon bald mit ihm vorbei. Und selbst an der Fichte, unter der er gestern Mona begraben hat, ist etwas Blütenähnliches zu sehen. Etwas Gelbes auf grünem Hintergrund, das sieht er jetzt zum ersten Mal. Auch Fichten blühen.

Er schaut sich noch ein bisschen um und öffnet dann die Tür. Auf dem Tisch: eine angefangene Weinflasche und ein Aschenbecher mit vielen Kippen – Marina raucht jetzt kaum mehr, aber gestern, an so einem Tag, das kann er verstehen.

Um sie nicht aufzuschrecken, geht er leise in Marinas Zimmer, setzt sich zu ihr aufs Bett und kitzelt ihre Schulter mit dem Bart.

„O Gott." Marina sieht ihn verwundert an. Sie scheint sich über ihn zu freuen. „Warte, ich ziehe mich an."

„Nein", sagt er, „wofür?"

„Fühlst du dich gut? Haben sie sich auch nicht geirrt?", fragt Marina, als er einen Laut von sich gibt und sie nicht weiß, ob er lacht oder stöhnt.

Nein, Irrtum ausgeschlossen. Er ist kerngesund.

„Und warum zitterst du so?"

Jetzt lacht er, diesmal ist sie sich sicher: „Ich habe ein Zucken in den Knien."

Wunderbar, sagt Marina, er riecht kein bisschen nach Krankenhaus. Er wird sich jetzt wohl erst einmal schlafen legen? Und er geht zu sich, betrachtet sein Zimmer und denkt: Wäre es doch immer so herrlich, bis ins hohe Alter. Diese Bücher auf den schmalen Regalen, dieses dunkelorange Plaid mit den durchgescheuerten Stellen, das er als Decke nutzt. Die griechische Ikone am Kopfende, in denselben gelbroten Farbtönen. Wenn es so bis ins Alter bliebe. Gut, dass er noch Zeit hat. „Gott und das Weib", erinnert er sich an Vater Lew. Wie herrlich es ist zu leben. Er schließt die Augen und denkt an seinen Bettnachbarn, den Schriftsteller: Was nicht aufgeschrieben ist, existiert nicht.

Womit beginnen? Es war einmal ein Geistlicher, der hatte einen Hund.

Oktober 2012

CAPE COD

1.

Was unternimmt man mit einem Mädchen, wenn man kein Geld hat? Klar, einen Ausflug an den Ozean. Sie sammeln Steine und schleudern sie ins Wasser. Aljoschas prallen ab und hüpfen übers Wasser, aber Schurotschka kann machen, was sie will, sie schafft es nicht, die Steine tauchen sofort unter. Sie ärgert sich – nicht im Ernst natürlich. Beide sind vierundzwanzig, beide erstmalig in Amerika, ja überhaupt das erste Mal im Ausland. Wir haben 1989, erste Ausreisevisa, Umtausch: etwas mehr als sechshundert Dollar. Aljoscha und Schurotschka kommen aus Moskau, was in ihrer Heimat vor sich geht, sehen sie ähnlich. Schurotschka ist eine junge Genetikerin, gute Schule mit biologischem Schwerpunkt, anschließend biologische Fakultät, Aljoschas Aussichten sind weniger rosig. Seine Schule war zwar auch sehr gut, aber danach musste er auf die „Petroleumküche" ausweichen: das Institut für Öl und Gas, denn Anfang der Achtzigerjahre ließ die Fakultät für Mechanik und Mathematik der Moskauer Universität grundsätzlich keine Halbjuden zu, selbst wenn sie einen russischen Vor- und Nachnamen hatten. Schurotschka ist gleichmäßig gehobener Stimmung und lächelt meist. Aljoschas steil hochgeschnellte Augenbrauen dagegen lassen ihn weinerlich wirken. Aber macht nichts, sie findet das rührend.

Kennengelernt haben sie sich vorgestern, an keinem geringeren Ort als in Harvard, neben der Bibliothek. Und heute hat er sich das Auto eines Freundes geliehen, um Schurotschka Cape Cod zu zeigen. „Kap Kabeljau" nennen es nur ein paar Sonderlinge wie Aljoschas Vater. Doch woher kennt der überhaupt Cape Cod? In dem vorsintflutlichen „Brockhaus", den er hat, ist unter diesem Stichwort nichts zu finden.

Ein klarer Fall: Zwei gerade den Kinderschuhen entwachsene gebildete, nette junge Leute treffen sich im Ausland an einem wunderschönen Ort. Sie ist Genetikerin, er gehört genetisch zu den Auserwählten: Aljoscha ist über die Mutter verwandt mit einem bekannten jüdischen Komponisten. Schurotschka hat eine große Familie mit Onkeln und Tanten, ihre Eltern leben noch, und sie ist auch hier in einer besseren Situation als er (in Harvard ist man ein wenig auf sie aufmerksam geworden, sie ist zu einer Konferenz eingeladen). Aljoscha wohnt bei einem Freund. Reisende seines Schlags nennt man hier Staubsauger: Sie nehmen alles nach Hause mit, was sie kriegen können.

Aljoscha begehrt Schurotschka, ist verliebt, sie ist sich ihrer Sache noch nicht sicher. Schurotschka hat übrigens mehr Erfahrung, sie war kurz mit einem Kommilitonen verheiratet. Auch Aljoscha hat natürlich etwas Erfahrung in der Liebe. Obwohl man hier kaum von Liebe sprechen kann.

Sie stehen am Wasser, bis sich Schurotschka eine Beschäftigung ausdenkt: Wie wäre es, wenn sie bestimmten Steinen die Namen der Gestalten aus Lermontows „Ein Held unserer Zeit" gäben? Der schwarze, lange, dünne: Bela. Der prätentiöse, bunte: Gruschnizkij. Ein paar helle, halbdurchsichtige: Gräfin Mary – und ihre Mutter, wie hieß sie noch?

„Und dieser Pflasterstein?", fragt sie.

„Der ossetische Kutscher."

Schurotschka kennt ihn auch noch aus der Schule.

Maxim Maximytsch: rund, ein bisschen gesprenkelt; da sind sie sich schnell einig. Die namenlose Nixe aus Taman fischen sie aus dem Wasser. Für jeden finden sie einen Stein: für Werner, Vera, Lieutenant Vulić, nur mit Petschorin haben sie Probleme. Und wirklich. Petschorin, der „Held unserer Zeit", wodurch zeichnet sich der eigentlich aus? Viele Steine landen im Wasser, sie können sich auf keinen einigen. Ob Schurotschka mal in Petschorin verliebt war? „Klar, mit dreizehn, vierzehn." Na, da hat er jemanden gefunden, auf den er eifersüchtig sein kann.

Öffentlich zugängliche Küstenstreifen wechseln ab mit privaten Grundstücken, die ebenfalls mit Sand und Kieselsteinen ausgelegt sind, es ist fast menschenleer, aber manchmal trifft man jemanden: nette Leute mit einem Hund oder einem Buch. Ein wunderbarer Ort ist Cape Cod. Links: adrette, nicht zu prachtvolle Häuschen, vorne, soweit das Auge reicht: eine Reihe von Stränden, rechts: der kalte, ruhige Atlantik. Wenn man hier leben könnte! Das wagen sie noch nicht einmal laut zu sagen.

Die Luft ist warm, das Wasser kühl, keiner schwimmt. Aber wann kommen sie hier noch einmal hin, denken sie, und zack, sind beide im Wasser. Aljoscha ist ein guter Schwimmer, doch weder die Bewegung noch die Kälte schmälern sein Verlangen, er nähert sich Schurotschka, die auf einer Sandbank steht, und schmiegt sich an sie, und Schurotschka gibt nach: anfangs verwundert darüber, wie stürmisch er ist, und über die Möglichkeiten, die sich auf einmal auftun, und dann: schließlich mag sie ihn auch. Amerika ist ein prüdes Land, aber ein Junge und ein Mädchen, die sich an der Küste umarmen, gehören durchaus zum Üblichen, und auch das Wasser ist nicht so durchsichtig, als dass man genau sähe, was darin geschieht.

Dann schwimmen sie an die Küste zurück. Es wird dunkel, aber Schurotschka sieht Aljoschas zufriedenes Gesicht. Sie selbst ist ein wenig verwundert über das, was geschehen ist. In ihrer Heimat haben sich die Sitten noch nicht gelockert, jedenfalls in ihrem Milieu. Aber sie sind ja nicht in ihrer Heimat. Umkleiden, Maxim Maximytsch und die anderen einsammeln und zurück, nach Brookline. Als sie am Auto ankommen, ist der Himmel dunkel und niedrig.

Sie wohnt bei ihrer Tante, er bei seinem Freund Lawrik, nach Moskauer Maßstäben keine nennenswerte Entfernung. Brookline ist ein Vorort, praktisch ein Stadtteil von Boston. Aljoscha erzählt von seinem Flug nach New York. Obwohl man kein Ticket hatte kriegen können, war das Flugzeug leer, ein typischer Fall für den idiotischen Staat, in dem sie leben, verflucht! In New York, da hat er zwischen einer der Vierziger Straßen und dem Busbahnhof ein paar unheimliche Viertel passiert: Prostituierte, Drogenhändler, Pornographie, hast du das gesehen? Nein, ihre Tante hat sie am Flughafen abgeholt. Er hat sogar an den großmäuligen Typen denken müssen, der mal bei ihnen zu Hause im Fernsehen die schrecklichen Zustände hier beschrieben hatte. Politik interessiert sie nicht. Aber stell dir vor, als sie kein Geld für ihn hatte, wollte ein stattlicher Neger doch tatsächlich an ihrem Eis lecken. Tja, zu Lebzeiten seiner Mutter, da hatte Aljoscha noch gar keinen Fernseher gehabt.
Das Gespräch nimmt eine andere Wendung. Ach, er hat keine Mutter mehr. Wie traurig. Ja, er hat nur noch seinen Vater, aber der geht schon auf die siebzig zu. Sein Großvater, stell dir vor!, ist sogar noch tief im neunzehnten Jahrhundert geboren, hat noch die letzten Tage des Zaren Nikolaj I. erlebt. Ja, sie haben in ihrer Familie immer eine Generation übersprungen und erst spät Kinder gekriegt. Warum auch nicht? Aber jetzt mal im Ernst, Schurotschka, hättest du Lust zu emigrieren und hier zu leben? Er selbst braucht da nicht nachzudenken.

Sie: Was für eine Frage, na klar möchte sie das!
Sie sitzen im Auto vor dem Haus der Tante. Vom Jetlag fallen ihm die Augen zu. „Es ist hier so schön ..." Keine Frage! Was gibt es da noch zu überlegen?

„In was für einem Sumpf ihr doch lebt!", so reagiert Lawrik an Aljoschas erstem amerikanischen Tag auf die Neuigkeiten seines Freundes.
Drei Freunde sind sie gewesen: Aljoscha, Lawrik und Rodion. Lawrik hat sich zum frühestmöglichen Termin aufgemacht und ist emigriert und kann nun bereits Besuch empfangen. Er rief die beiden Zurückgebliebenen, aber Rodion wollte nicht. Aljoscha fühlt sich unwohl bei Lawrik: Der weiß immer alles besser und fühlt sich bemüßigt, alte Rechnungen zu begleichen, aus Moskauer Tagen und der Schulzeit. Aljoscha hat etwas über sechshundert Dollar eingetauscht, aber dafür muss er hier Elektronik einkaufen, um sie in Russland weiterzuverkaufen. Vor kurzem ist ja auch noch seine Mutter gestorben. Vor kurzem, nein, vor einem Jahr schon, aber das kommt einem nur lange vor, wenn es sich nicht um die eigene Mutter handelt. Und nun muss er Lawrik für alles dankbar sein: für Kost und Logis, für das Auto, das der ihm zur Verfügung stellte, um das Mädchen nach Cape Cod auszuführen. Das Gefühl der Abhängigkeit von einem Freund ist natürlich unangenehm. Andererseits spielte ihm die Reise wirklich einen Haufen Geld ein: Er kann nach der Rückkehr etliche Monate mit seinem Vater und später auch noch mit Schurotschka vom Verkauf dessen leben, was er mitgebracht hat.
Alle Beteiligten waren damals in großen Geldnöten. Außer Aljoschas Vater.
Lawrik zum Beispiel hielt sich mit Programmierkursen über Wasser, lebte aber hauptsächlich von seinen Gewinnen im Casino. Er trug die teure Uhr (natürlich ein Imitat) und fuhr zusammen mit anderen Russen irgendwohin. Ein

Kinderspiel: Wenn du die Karten zählst, die rausgekommen sind, hast du einen kleinen Vorteil. Du musst einfache Regeln beachten: wann zukaufen, wann nicht, wann den Einsatz erhöhen oder im Gegenteil aus dem Spiel scheiden. Nichts erraten oder erfühlen wollen. Es gibt ganze Bücher zu diesem Thema. Aber das ist natürlich kein sicherer Verdienst, solche Spieler werden häufig aus den Casinos verjagt.

Lawriks Zimmer und Büro. Sie sitzen am Tisch, der zugleich als Küchen- und als Schreibtisch dient, und löffeln chinesische Tütennudeln. Lawrik sitzt mit seinen großen Ohren und dem kleinen Kopf gebeugt über den Nudeln und erklärt Börsen- und Aktiengeschäfte. Wertpapiermarkt, kein Gebiet ist jetzt perspektivenreicher. Alle haben sich auf die Suche nach einer Strategie gemacht, die sicheren Erfolg verheißt.

Aljoscha spottet: „Der Stein der Weisen, ja? Verwandelt alles in Gold?"

Lawrik verbittet sich seine Arroganz und Spottlust. Es handelt sich dabei um ernstzunehmende Dinge: Statistik, Wahrscheinlichkeitstheorie, lineare Algebra. Mit Alchemie hat das nichts zu tun. Die lineare Algebra bringt Lawrik mit etwas Vorsicht ins Spiel. Mit der Mathematik verhält es sich wie mit Sport und Musik, da wissen alle aus frühester Schulzeit, was wer kann.

Schurotschka fliegt einen Tag vor ihm nach Moskau. Unter der Anleitung ihrer Tante packt sie ihr Gepäck, Aljoscha hilft beim Abwiegen: Jedes Pfund zählt. Hinter dem Rücken der Tante versteckt sie die Steinchen in den Winkeln des Koffers: Bela und Kasbitsch, Werner und Vera, die Fürstin und ihre Tochter, die ganze Gesellschaft.

Aljoscha bittet: „Lass mir auch was."

„Nimm dir den ossetischen Kutscher."

Schurotschka lächelt: weiße Zähne, schwarzes Haar. Sie bringt alles Mögliche aus Amerika mit: Geschenke, den Antrag für ein Genetik-Stipendium, eine Videokamera. Und in Form einer Blastula oder Gastrula (frühe Embryonalstadien) den künftigen Sohn Leo, gezeugt im kalten Wasser des Atlantischen Ozeans. Vielleicht ist er auch ein paar Tage danach in Brookline entstanden, als Lawrik aushäusig war, aber Schurotschka glaubt lieber der romantischen Meeresversion. Sie muss es ja wissen.

In Moskau ist die gesellschaftliche Situation angespannt, 1989, vieles, was geheim war, wird aufgedeckt. Die Aufmerksamkeit verschiebt sich von Einzelfällen aufs Ganze. Sie müssen sich beeilen, Schurotschka und Aljoscha gründen einen gemeinsamen Hausstand. Sogar die Frage, wo sie sich niederlassen sollen, bei ihren Eltern oder bei Aljoschas Vater, spielt keine große Rolle, das Ziel sind die Vereinigten Staaten. Bis dahin wäre es wohl sinnvoll, zu Aljoscha zu ziehen. Eine große Wohnung, und das Zimmer seiner Mutter ist frei – allerdings ist es mit Sachen vollgestellt, die Hälfte des Zimmers nimmt der Flügel ein, auf dem Skrjabin gespielt haben soll, aber erstens stinkt es fürchterlich im Treppenhaus (riecht Aljoscha das denn nicht?), und zweitens lebt sein Vater da, der nicht das geringste Interesse hat, mit jemandem zusammenzuwohnen. Der Tod der Mutter hat Vater und Sohn einander nicht nähergebracht. Es hatte sich lange hingezogen, bis sie starb: fast fünf Jahre, seit die Diagnose klar war. Das Zimmer war mit Büchern und Platten vollgestellt, deren Menge mit dem Fortschreiten der Krankheit ins Unermessliche wuchs. Er hätte wegwerfen müssen, was nun niemand mehr hören oder lesen würde. Aber wer tut das schon? Wertvolle Bücher hätte er aufheben müssen, so den vorsintflutlichen „Brockhaus", von dem nur wenige sämtliche Bände besaßen, alles Restliche aber verkaufen oder wegschmeißen. Doch der Vater hatte das Anwachsen der Gegenstände um sich herum gar nicht mehr bemerkt, die Gegenstände vermehrten sich in demselben Tempo, in dem die Menschen verschwanden. Er hatte sich von allen

Arbeiten zurückgezogen, gab keinen Privatunterricht mehr und beschäftigte sich nur noch mit seinem Harmonie-Lehrbuch, an dem er saß, solange Aljoscha ihn kannte. Tag und Nacht war das Radio an, eingestellt auf die früher vom Staat gestörten Westsender Deutsche Welle und BBC, aber entweder der Vater hörte nichts, oder er achtete nicht darauf. Er war mit seinem Lehrbuch beschäftigt.

„All diese strengen Regeln von Verdopplung und Vorschlag haben eine gewisse Schönheit", erklärt Aljoscha Schurotschka, die nickt und nicht genauer nachfragt. Das ist auch besser so. Er hätte ihr diese Regeln kaum erläutern können, er war nur bis zu den musikalischen Grundlagen vorgedrungen, und auch die hat er inzwischen vergessen. Mit der Musik hat Aljoscha aufgehört, als er vierzehn war. Da fragten ihn die Eltern, ob er einen Herzenswunsch habe, und er hat es ehrlich gesagt. Er war wohl nicht besonders begabt, sonst hätten sie das kaum erlaubt. Aber wunschlos glücklich ist er dadurch nicht geworden.

„Das wird ein ganz anderes Lehrbuch als die, die es bisher gibt", fährt Aljoscha fort. Er möchte, dass Schurotschka seinen Vater achtet. „Die Studenten sollen keine Aufgaben lösen, die nichts mit Musik zu tun haben." Der Vater hat es so ausgedrückt: „Man muss sich eine Melodie vornehmen, sehen, was der eine Komponist mit ihr gemacht hätte, und vergleichen, was der andere Komponist damit gemacht hätte. Also eine Melodie im Stil verschiedener Epochen und Richtungen harmonisieren. Verstehst du?"

Ja, das versteht Schurotschka. Aber leben mit seinem Vater, das geht nicht. Schurotschka hält etwas von Häuslichkeit, sie möchte es gemütlich haben. Sich in einer Wohnung aufzuhalten, wo es nach Schimmel, Abfall und dem Essen vom Vortag riecht, ist unangenehm und schädlich für das Kind, das sie erwartet, für Aljoscha und sie selbst.

„Wenn du mit ihm reden könntest …"

Worüber? Darüber, dass er einem neuen Leben Platz machen sollte? Man kann einen alten Menschen nicht ändern. Und schon gar nicht einen so ungewöhnlichen. Aljoscha versuchte sich zu erinnern, wann sie das letzte Mal richtig miteinander gesprochen haben. Vor Aljoschas Studium wahrscheinlich. Schon damals war es so unerträglich zu Hause, dass er drauf und dran war, zum Militär zu gehen.

Es kursierten Gerüchte (die sich später als wahr erweisen sollten), alle Jungen würden nach dem ersten Studienjahr eingezogen und nach Afghanistan geschickt. Der Vater fand eine alte Nephrologin, die Aljoscha eine Bescheinigung ausstellte und ihm beibrachte, wie er die Kommission bei der Musterung an der Nase herumführen könne.

„Hast du Angst, ich werde dort getötet?"

„Nicht nur", antwortete der Vater.

Er wollte nicht, dass Aljoscha auf Menschen schoss. In Afghanistan wurden für jeden getöteten Soldaten und Offizier hundert Zivilisten getötet, das wusste Vater von den Westsendern, die er damals noch aufmerksam hörte.

„Das ist kein Krieg, sondern ein Genozid, ein Gemetzel, ein Strafkommando. Wie im Leben eines jeden sowjetischen Menschen hat es auch in meinem Leben viel Trauriges und Beschämendes gegeben. Aber bei so etwas machen wir nicht mit."

Das war das Gespräch.

Aber jetzt leben Aljoscha und sein Vater wortlos nebeneinander her. Der eine hat eine junge Frau und will nach Amerika, der andere ist ein unordentlicher alter Mann, der nur an sein Harmonielehrbuch denkt.

Am ersten Abend nach Aljoschas Rückkehr haben sie zu dritt in der Küche gesessen: er, sein Vater und Rodion. Aljoscha, der zu viel getrunken und zu wenig geschlafen hatte, ließ sich dazu hinreißen zu sagen: „Wenn ihr wüsstet, in was für einem Sumpf wir leben …".

„Wir haben nur auf dich gewartet, damit uns einer darüber aufklärt", sagte Rodion lachend und zeigte seinen halb zahnlosen Mund.

Schon immer hatte Rodion es geliebt, den moralisch Überlegenen herauszukehren, das war schon in der Schule so. Nach der Rückkehr aus Boston und der Begegnung mit Schurotschka durchschaute Aljoscha auf einmal, worauf das beruhte: Rodion fühlte sich zu kurz gekommen. Er hatte nicht zu Ende studiert, er gehörte zu denen, die eingezogen worden waren.

„Bekommt Lawrik viele Anrufe von Amerikanern?", fragt Rodion. „Als ich ihn an Neujahr anrief, hat er mir auf einmal mit ‚Hi‘ geantwortet."

Nein, Lawrik wird nur von Russen angerufen.

„Da geht es einem einfach so gut, dass man dazugehören möchte."

Sein Vater sagt: „Emigrieren ist eine Katastrophe, eine psychische Krankheit."

Woher weiß er das? Er war doch nie im Ausland.

„Und hierbleiben, ist das keine psychische Krankheit?"

„Doch, aber eine andere." Wenn Rodion wenigstens seine Zähne nicht zeigte! „Man braucht doch eine Heimat."

Ja, nur wofür?

So sah die Zeit vor der Ausreise aus: sinnlose Gespräche, Ausfüllen von Formularen, intensives Englischstudium, Aufregungen im Zusammenhang mit Schurotschkas Schwangerschaft, Ausleihen von Dingen wie Waage, Badewanne und anderen Babysachen.

Schließlich kommt das Kind zur Welt und wird ins Geburtenregister eingetragen. Über den Namen herrscht zwischen den Eltern Einigkeit. Leo, warum nicht? Ein schöner, kurzer, internationaler Name.

2.

In zehn Jahren passiert eine ganze Menge: Leo kriegt seinen ersten Zahn, der später auch als erster ausfällt, er spricht die ersten Worte, wird kurz vor der Abreise in Moskau getauft, auf Drängen einer Großtante, die Patentante wird. Pate wird natürlich Rodion. Aber das ist alles das Übliche, eher Uninteressante. Interessant ist ja das Einmalige, Besondere, wie die Steine an der Küste, während die Taufe in Moskau damals an der Tagesordnung war. Nach der Ankunft in Amerika wird er auch noch beschnitten. In Amerika waren alle Jungen beschnitten, man hielt das damals für medizinisch sinnvoll. Aljoscha und Schurotschka dachten sich: Hauptsache, er ist genauso wie alle anderen.

Maxim Maximytsch und seine Gesellschaft, die liegen nun auf dem Bücherregal, direkt neben Lermontow, im Eigenheim. Erst ein paar Jahre sind sie da, aber haben schon ein eigenes Haus. Aljoscha heißt jetzt nicht mehr Aljoscha, sondern wie hier üblich Alex, Schurotschka heißt Alexandra, also ebenfalls Alex, was sollen diese Bandwurmnamen? Zu Hause ist sie natürlich Schurotschka.

Es gibt viele Möglichkeiten, ein Haus zu erwerben. Man kann es kaufen, ohne es loszukaufen: indem man nur die Zinsen bezahlt. Wenn die Zeit kommt und Leo erwachsen ist, ist das Haus im Preis gestiegen – also verkauft man es und sucht sich in Cape Cod etwas Kleineres, am Wasser gelegen, so planen sie.

Alex alias Schurotschka findet ein kleines genetisches Labor, fast ihr ganzes Gehalt geht an Leos Kindermädchen, natürlich eine Russin. Leo hatte in den letzten Jahren verschiedene Kindermädchen gehabt, aber keine von ihnen wirklich ins Herz geschlossen. Alex alias Aljoscha arbeitet bei einem Unternehmen mittlerer Größe, entwickelt Programme für das Spiel an der Wertpapierbörse. Die finanzielle

Bilanz des Unternehmens ist hervorragend, die Programme bewähren sich: Theorie zufälliger Prozesse, lineare Algebra, keinerlei Wunder.

Das Familienleben besteht aus dem gemeinsamen Mittagessen (nach unseren Vorstellungen eher: Abendessen), daraus, dass Alex und Schurotschka jede Nacht gemeinsam ins Bett gehen, Leo zur Schule und zu zusätzlichen Unterrichtsstunden gebracht wird, in einem angenehmen Ambiente ohne schlechte Gerüche, aus dem Feiern von Familienfesten und Staatsfeiertagen ohne das Pathos, das manche vor kurzem Eingereiste dabei an den Tag legen. Sie waren in Italien (zweimal), in Spanien, Frankreich, etwas, woran Schurotschka mehr liegt und das für den Jungen nützlich ist. Alex hat kein Bedürfnis zu verreisen, er fühlt sich auch zu Hause gut.

„Nach Amerika zieht es viele, ins Himmelreich zu kommen, drängt sich niemand", wird Rodion sagen, wenn er sie betrachtet. „Aber ihr braucht es wohl auch nicht, so gut ist euer Zusammenleben." Rodion besucht sie einmal, bleibt aber nicht lange. Er hat ganz spezielle Interessen: irgendwelche Klöster, Alex und Schurotschka hätten gar nicht gedacht, dass es in Amerika noch Klöster gibt. Rodion ist sehr fromm geworden. Soll er doch. Vor der Abreise redet er etwas von Kinderscharen, sprich: sie müssten eigentlich mehr Kinder haben. Er bedankt sich, lobt sie, aber sie haben das Gefühl, er verurteilt sie.

„Dieser Rodion ist ein Heuchler", sagt Schurotschka. „Leo hat er auch nicht gefallen."

Leo war damals sechs. Zwei Tage zuvor hatte Rodion ihm aus Versehen die Beine mit heißer Suppe verbrüht.

„Ein tapferer Junge, hat nicht geweint. Dieser Rodion ist ein mieser Typ. Kann einem noch nicht mal anständig die Hand geben."

Das stimmt: Rodion hat immer schon Probleme gehabt, jemandem die Hand zu geben. Er drückt sie verdruckst und kichert dabei, als mache er etwas Unanständiges.

„Pfui, aalglatt."

Einer mit solchen Händen kann nicht das Recht auf seiner Seite haben, findet Schurotschka.

„Ereifre dich bitte nicht zu sehr", wehrt Alex mit steil hochgeschnellten Augenbrauen ab, „Rodion hat versprochen, sich um Vater zu kümmern."

„Das ist doch nichts Besonderes unter Freunden." Sie kann sich nicht beruhigen: „Und was für einen blöden Namen er hat."

„Bis du vielleicht zufällig schwanger?"

„Nein, zufällig nicht."

Und der Name.

Alex lacht: „Es können doch nicht alle Alex heißen."

Rodion hat wirklich versprochen, sich um den Vater zu kümmern und eine Haushaltshilfe für ihn zu suchen. Keine leichte Aufgabe, der Vater mag keine fremden Leute, und wo willst du so eine Frau finden? Es geht nicht ums Geld beziehungsweise nicht nur, es will einfach keiner arbeiten. Merkwürdig, so etwas aus Rodions Mund zu hören.

Samstags ruft Alex immer um dieselbe Zeit in Moskau an, und es kommt zu einer Unterhaltung zwischen Vater und Sohn, nicht lange und immer über dasselbe. Der Vater lebt. Das Geld, das Alex schickt, ist ausreichend. Dass bei Alex alles in Ordnung ist, freut ihn.

„Du hast keinen Grund, Schuldgefühle zu haben", sagt Schurotschka.

Das hilft ihm. Zumal er wirklich keine Schuld hat. Der Vater will ihn noch nicht einmal besuchen. Er kann den Alten doch nicht mit Gewalt hierherbringen.

Im Moment hat der nichts im Kopf außer seinem Lehrbuch. Wenn er das fertig hat, dann … Dann muss es noch herausgegeben werden. Merkwürdig: So etwas Wichtiges wie die Harmonielehre braucht jetzt keiner. Er will nicht klagen, aber ob Alex nicht auch aufgefallen ist, dass die Wahrheit die

Menschen jetzt überhaupt weniger interessiert? Der Vater möchte Alex keine Schwierigkeiten machen, aber er wird das Lehrbuch wohl auf eigene Kosten drucken müssen.
Kein Grund zur Sorge also. Schurotschka hat recht: Schuldgefühle sind fehl am Platze.
Woche für Woche, jahraus, jahrein dieselben Gespräche. Er müsste nach Moskau fliegen, ihn besuchen, ihm Leo zeigen, denn ewig so weitergehen kann das nicht.

Leo wird bald zehn und besucht eine teure Privatschule. Er gewinnt gerne, ist einer der Besten in der Klasse, aber nicht der Beste, sondern in der Regel Zweiter oder Dritter, es gibt auch noch andere, die gerne gewinnen.
Wichtigster Teil des Programms sind Fremdsprachen und Sport. Die besten Universitäten des Landes achten zuallererst auf die sportlichen Leistungen. Leo ist klein wie Schurotschka (sie war in Sport immer das Schlusslicht), Sportarten wie Tennis, Schwimmen, Basketball kommen also nicht in Frage. Für die Gesundheit schon, ja, aber nicht, um wirklich Erfolg zu haben, zu Leos Ausdauer und Ehrgeiz passt eher der Zweikampf. Boxen ist nichts für Weiße, also Ringkampf.
Schlank und mit weißen Zähnen wie die Mutter, braunäugig und mit langen Fingern wie der Vater ähnelt er äußerlich Schurotschka und Aljoscha, aber charakterlich: schwer zu sagen.
Alex fragt Schurotschka: „Du bist doch Genetikerin und weißt, was wichtiger ist: Erziehung oder Erbanlage?"
„Was ist für die Fläche eines Rechtecks wichtiger: die Länge oder die Breite?"
Seine Frau ist nicht auf den Kopf gefallen.
Manchmal erschreckt Leo seine Eltern. Vor kurzem wollte er Eindruck auf die Mädchen machen, und auf die Jungen gleich mit, öffnete das Fenster im zweiten Stock, machte einen Handstand und blieb so lange stehen, bis die Lehrer

herbeigelaufen kamen. Die Kinder hatten sie gerufen, das ist in der Schule üblich.

„Selbst, wenn du ihn ausschimpfst oder anschreist, weicht er nicht von der Stelle, gibt nicht nach", sagt Schurotschka nicht ohne Stolz von ihm.

„Er wird es weit bringen", sagen ihre Tanten. „Wenn er in Amerika geboren wäre, könnte er Präsident werden."

Was man nicht alles über Kinder sagt ... Noch besteht Leos Leben aus der Schule und zusätzlichem Unterricht: Russisch, Französisch, Ringkampf. Und Gesprächen mit seinen Eltern.

Mit den Gesprächen wird es schwieriger. Obwohl Leo Russisch kann, antwortet er den Eltern immer öfter auf Englisch. Das ist typisch für Emigrantenfamilien, sie stellen deshalb häufig Hauslehrer ein.

„Er hat doch so gut gesprochen, als er klein war!", staunt Schurotschka traurig.

Sie erinnern sich noch an die lustigen Wörter, die Leo erfand. So nannte er einen, der bunt angezogen war, Bunterkunter ... Oder sagte: „Die Nase nässt", als er Schnupfen hatte. Alle Eltern kennen so etwas von ihren Kindern.

Leo hat bald Geburtstag, da kommen Jungen zu Besuch und erstmalig auch Mädchen. Eins von ihnen – eine Julia mit dem merkwürdigen Nachnamen Karawajew-Schulz – gefällt ihm offensichtlich. Ihr Vater: Karawajew und ihre Mutter: Schulz sind russische Geiger, Julia ist in Spanien geboren. Inzwischen lebt die Familie hier, die Eltern haben in einem mäßigen Orchester eine Anstellung gefunden.

Julia ist Klassenbeste, ihre Eltern haben nicht viel Geld und bekommen eine Ermäßigung, weil sie so talentiert ist. Eben für diese Julia, die Beste und wohl auch Schönste der Klasse, hat Leo seinen Handstand auf dem Fensterbrett hingelegt. Dazu wurden Einzelheiten bekannt. Die Kinder, die damals in der Nähe gestanden hatten, waren vor Schreck erstarrt, die etwas weiter entfernt stehenden Schüler holten den Lehrer, Julia aber trat dicht an ihn heran, und Leo sagte ihr auf Französisch: *Tais-toi et ne bouge pas.* Warum hat er nicht auf Russisch gesagt: Schweig und beweg dich nicht?

Alex fragt Schurotschka, ob ihr jemals ein Verehrer auf diese Weise den Hof gemacht hat. Ach, sie haben es auf verschiedenste Weisen versucht, auch auf die idiotischste. Nun lernt sie die Idiotie kleiner Jungen eben von der anderen Seite kennen.

Was für ein Geschenk sollen sie Leo zu seinem ersten runden Geburtstag machen? Und was möchte er selbst?

Leo möchte kein Russisch mehr lernen, wozu braucht er das? Erklärt er und geht in sein Zimmer. Alex bittet ihn, ins Wohnzimmer zu kommen.

Leo fragt: Wie wäre es denn, wenn sie aus einem anderen Land der zweiten oder dritten Welt stammten?

„Weißt du … Die Kultur hat dort einen hohen Rang." Alex zeigt auf die Bücher in den Regalen. „Auch die Wissenschaft konnte sich früher sehen lassen. Für die Wissenschaft braucht man Russisch natürlich nicht unbedingt …"

Er will dem Sohn erklären, wofür man Russisch braucht.

„Doch lieb ich es – warum? Ich weiß es nicht! – / Ich liebe deine Wälder … Steppen", setzt Alex an. Verflixt, wie ging das nur weiter? „Den Fluss …" Nein, er kann sich nicht erinnern. „Na, seine Wälder, Felder, Flüsse eben", sagt er und lächelt verlegen.

Und erinnert sich, wie er mit der Musik aufgehört hat. Gegen die Gene ist nicht anzukommen. Leos Zähne sind schneeweiß, er lächelt Alex an. Nicht böse, einfach so.

An einem der Samstage geht der Vater nicht ans Telefon. Auch am nächsten Tag reagiert er nicht. Rodion ist erst am Abend nach Moskauer Zeit aufzutreiben. Er ist jetzt irgend so ein Pilger oder Psalmodist, davon versteht Aljoscha nichts. Er sagt: „Ich habe Sünde auf mein Haupt geladen, war lange nicht bei ihm und habe ihn nicht angerufen, letzte Woche war ich auf Wallfahrt ...“ Von wegen eine Woche, Rodion hat den Alten schon drei Wochen nicht mehr angerufen.

Am nächsten Tag: Rodion fährt hin, aber keiner macht auf. Der Schlüssel ist da, liegt unter der Matte, doch die Tür lässt sich nicht öffnen. Vielleicht ist das Schloss kaputt. Oder der Vater hat den Riegel vorgeschoben.

„Wieso den Riegel vorgeschoben? Das haben wir nie gemacht.“ „In Amerika nicht, da braucht ihr die Tür nicht zu verriegeln, bei uns ist so was gefährlich.“

Dieser dämliche Kerl, da hat Schurotschka recht gehabt. Dann soll er die Miliz rufen, die schlagen die Tür ein.

„Das braucht man gar nicht erst zu versuchen.“ Rodion ist sich auf einmal sicher. „Die Miliz kommt nur, wenn Verwandte sie rufen.“

„Brennt das Licht in der Wohnung?“

Rodion erinnert sich nicht. Ändert das denn etwas? Wieder hinfahren hat keinen Sinn. Rodion lässt durchblicken, er sei schließlich auch nur ein Mensch.

„Und die Nachbarn?“

„Wie?“

Alex kennt die Antwort. Wegen der Musik haben die Nachbarn immer ein schlechtes Verhältnis zu ihnen gehabt.

Das Telefon ist in Ordnung. Das hat Rodion nachprüfen lassen. Dazu hat sein Verstand immerhin gereicht. Alex bittet: „Komm, lass uns jetzt nicht streiten.“

„Beten muss man, beten“, wiederholt Rodion.

Er muss nach Moskau fliegen, und zwar dringend. Aber dringend, das klappt nicht, er braucht ein Visum. Es heißt, alle Emigranten hätten die Staatsbürgerschaft zurückbekommen, denn sie seien ja aus einem anderen Land ausgereist. Alex versucht, das im Konsulat zu klären, er schreibt ihnen auf Russisch und bekommt die Antwort auf Englisch: Er braucht ein Visum.

Die einzige Hoffnung ist, dass der Vater im Krankenhaus liegt.

„Oder er ist in einem Künstlerhaus für Komponisten", beruhigt ihn Schurotschka.

Von wegen: Haus für Komponisten ...

Acht schreckliche Tage später landet Alex in Scheremetjewo.

Er geht durch den Zoll, wechselt Geld, setzt sich in ein Taxi. Ein kleiner stämmiger Chauffeur – das ist jetzt der Typ Mann, dem man hier am häufigsten begegnet – bringt ihn zum Haus. Rodion hat wegen eines Infekts nicht nach Scheremetjewo kommen können. Auf der Straße ist es kalt und dunkel, im Oktober wird es hier früher dunkel als in Boston. Obwohl er in dem Haus seit seiner Geburt 1965 gewohnt hat, erkennt er es kaum. Bei seinem Vater brennt Licht, das verheißt nichts Gutes. Wenn der Vater im Krankenhaus wäre, hätte er es gelöscht.

Der Schlüssel ist da, wo er immer war, unter der Matte, Alex steckt ihn ins Schloss. Seine Hand zittert, sein Herz klopft. Er dreht das Schloss um, aber die Tür lässt sich nicht öffnen.

Der Taxichauffeur kommt von unten und hilft, kann aber auch nichts ausrichten.

„Sie ist verriegelt. Meine Oma ...", murmelt der Taxichauffeur.

Er hört ihn nicht. Die Tür ist von innen verriegelt. Ein Zittern überkommt ihn; es wird ihn, mal stärker, mal schwächer werdend, die ganze Moskaureise begleiten.

Er sitzt auf dem Revier und schreibt einen Antrag. Es geht entsetzlich langsam, er hat schon mehrere Jahre nichts mehr auf Russisch geschrieben, erst recht nicht von Hand.

Der Milizionär sieht, wie er sich quält, und rät: „Ruf das MTschS an, die haben nicht solche Hämorrhoiden ..." Er meint, die machen nicht so ein Theater.

Alex wartet auf den Stufen des Hauses auf das MTschS, eine

ihm unbekannte neue Institution. Bei der Miliz hat er sich nicht getraut und beim Taxichauffeur hat er vergessen nachzufragen. Er fühlt sich richtig schlecht alleine. Das amerikanische Handy funktioniert nicht. Und dann dieses Zittern: innen, außen, überall.

Da kommen sie. Zwei Burschen im Alter von Mitte zwanzig. Wladimir und Stas.
Sie fragen ihn nicht nach dem Ausweis, sondern folgen ihm.
„Sie haben doch gesagt: zweiter Stock."
Er versteht. So war es in Amerika, nach russischer Zählung hätte er sagen müssen: dritter Stock.
„Entschuldigung, da habe ich mich falsch ausgedrückt." Er gibt ihnen den Schlüssel.
„Gut", sagt Waldimir. „Gut. Haben Sie einen Geldschein?"
Alex reicht ihm den erstbesten Schein: hundert Rubel.
Wladimir steckt ihn in den Türspalt und versucht, das Schloss zu öffnen. Ohne Erfolg.
Alex meint zu verstehen: „Vielleicht geht es mit einem Hundertdollarschein?"
Stas lächelt und verneint.
Alex dachte, das robuste Papier eines Dollarscheins eigne sich vielleicht besser.
Die Burschen haben schon verstanden. Kein Problem.
„Ich bin Ihnen doch etwas schuldig, oder?"
„Da sagen wir nicht nein", antwortet Stas.
Wladimir legt das Ohr an die Tür: „Man hört Stimmen."
Alex stürzt sich auf die Tür und lauscht. Das ist das Radio. Sein Vater hört immer Radio.
Sie gehen zu dritt auf die Straße und sehen sich die Lage des Fensters an.
„Wir müssen die Zentrale anrufen." Stas klopft seine Hosentaschen ab. „Keine Zigaretten mehr, hast du welche, Wolodja?"
Um sich Zutritt zum Zimmer zu verschaffen, muss eine

Spezialleiter angefordert werden. Hoffentlich findet sich eine. Hauptsache, sie lassen ihn hier nicht alleine.

„Was sollen wir rumstehen und frieren?", sagt Wladimir. „Gehen wir ins Haus."

Das Zittern ist ein wenig schwächer geworden. Er schaut sich um. Hat es hier immer so ausgesehen? Was steht da für eine Schale in der Ecke rum? Alles sieht erbärmlich aus. Stas kommt zurück: Der Wagen muss bald eintreffen. Er hört zu, wie sie sich unterhalten. Stas oder beide wollen zur Armee. Sich für eine bestimmte Zeit verpflichten. Ihren Wehrdienst haben sie bereits vor langer Zeit geleistet. Sie wollen in den Kaukasus. Was sollen sie hier? Hier ist nichts zu holen.

„Wie, nichts zu holen?"

„Na, nichts, tote Hose."

Schließlich kommt das Argument: Da gehören wir wenigstens zu einem Kollektiv. Jawohl. Hier nicht. Hier muss jeder selbst sehen, wie er durchkommt. Das ist zu viel für Alex. Er fragt nur noch: „Und wer ist euer Feind?"

„Jeder, der auf mich schießt. Am nächsten Morgen gehe ich vielleicht Hammelfleisch für mein Schaschlik bei ihm kaufen."

Ob er lange nicht mehr in Moskau war.

„Ja, lange."

„Und wenn ihr getötet werdet?", sagt Alex.

In neunzig Prozent der Fälle töten sie die, die Nachschub holen, wenn sie einen intus haben. Klar?

„Und der Fähnrich schreibt dann der Mutter: ‚Ihr Sohn ist den Heldentod gestorben‘."

„Ja, soll er etwa schreiben: ‚Besoffen Wodka besorgen gegangen‘?", sagt Stas wiehernd.

Wladimir sieht seinen Kameraden streng an. Sie wissen, was sie vorfinden werden, wenn sie in die Wohnung kommen.

Der Wagen ist da. Los!

Alex und Stas gehen in den zweiten Stock. Kaum sind sie angekommen, da wird die Wohnung auf einmal lebendig. Klirrende Glasscheiben, Schritte. Die Tür öffnet sich. Wladimir steht auf der Schwelle und versperrt mit seinem Körper die Türöffnung:

„Stassik, ruf die Miliz. Alexej, bleiben Sie draußen."

Es kamen noch sehr viele Leute in jener Nacht. Jemand half ihm später, ein Hotel zu finden.

So wurde Alex Familienältester.

3.

Ein paar Jahre verstreichen ohne besondere Vorkommnisse. Alex ist schon zweiundvierzig, Schurotschka auch. Natürlich haben sie etwas zu erzählen, wenn Besuch kommt: Wie sie ein Flugzeug verpassten, wie er mit einem berühmten Geiger verwechselt wurde, was Schurotschkas Verwandtschaft, nachdem er sich den Knöchel beim Skifahren gebrochen hatte, alles auf den Gips malte, als sie ihn im Krankenhaus besuchte. Und wie sie bei Schneefall (der hier selten vorkommt und immer eine Katastrophe ist) von Cape Cod nach Boston fuhren und die halbe Nacht zwischen Lastwagen eingepfercht im Stau standen, Schurotschka mit fast vierzig Grad Fieber, dann ging ihnen auch noch das Benzin aus, Alex bekam eine Panikattacke, Schurotschka aber bewahrte trotz Fieber die Fassung und ließ Alex in eine Tüte blasen.

Von der Arbeit könnte er viel erzählen: Wie er das Unternehmen verließ, ein paar Mitarbeiter mitnahm und sein eigenes gründete, wie er prozessierte und gewann, man könnte auch den Inhalt seiner Tätigkeit berühren, die Suche nach dem Stein der Weisen, eine Metapher, der sich Alex gerne bediente – aber alles darf man nicht davon erzählen. Über die Arbeit sollte man gar nicht reden: Geheimhaltung ist

Bedingung für den Erfolg im Spiel. Und wenn doch einmal die Rede darauf kommt, keine Einzelheiten verraten, nicht die Karten offenlegen. Sondern sich mit Metaphern witzelnd aus der Affäre ziehen.

Auf dem Aktienmarkt – dem größten Weltcasino – sind Tausende Unternehmen vertreten. Was sie produzieren, spielt keine Rolle. Wichtig ist nur eins: Mal fallen ihre Aktien, mal steigen sie. Der Markt schlägt Wellen wie der Ozean. Die Regeln, nach denen diese Schwankungen verlaufen, sind geheimnisvoll, man muss sie erforschen. Gefischt wird in diesem Ozean bei Wellenschlag und bei Windstille, und immer in kleinen Partien, um nicht auf sich aufmerksam zu machen und den Fisch nicht in die Flucht zu schlagen.

Immer häufiger trifft man Gentlemen um die sechzig, die ihr ganzes Leben an der Börse verbracht haben: mit sonoren Stimmen, elegant gekleidet (der kleine Leo würde sie bunterkunt nennen), früher verkauften sie Futures-Kontrakte für Orangensaft, Mais, Kupfer. Aber ihre Kunst, andere zu überschreien, Anzüge zu tragen, das Nötige aus den Zahlenkolonnen herauszugreifen, ist nicht mehr gefragt. Was soll man ihnen antworten, wenn sie sich bewerben? In ihrem Alter kann man die lineare Algebra nicht mehr erlernen.

Alex hat jetzt ein eigenes Unternehmen. Täglich werden Geschäfte über zweihundert, dreihundert, vierhundert Millionen Dollar abgeschlossen. Dieses Geld ist längst kein Äquivalent mehr für Dinge oder Serviceleistungen. Jemandem, der nie mit solchen Beträgen zu tun hatte, kann man das nicht erklären. Mit dem gewöhnlichen Geld, das er in der Tasche oder auf dem Konto hat, geht Alex sorgsam um, wie in seiner Jugend, als er wenig Geld hatte. Aber das große Geld, das er jeden Tag einnimmt und anlegt, ist eine Abstraktion, das freie Glied einer mathematischen Gleichung. Deshalb betrüben Alex vorübergehende Verluste von ein paar Millionen nicht mehr als ein überraschend teures Eis auf dem Flughafen. Er liebt seine Arbeit: Man kann keine Algorithmen für alle Fälle aufstellen, man muss sie reinigen, vervollkommnen. Das kann man jetzt sogar machen, ohne sich anziehen zu müssen: im eigenen Haus, genauer: in den eigenen Häusern, denn Alex und Schura haben nun zwei Häuser.

Eins, das sie das alte nennen, in der Nähe von Boston, in Newton, das andere natürlich in Cape Cod, die Erfüllung ihres Traumes. Es liegt am Ozean, von außen klein, innen geräumig. Mit zweistöckigem Wohnzimmer. Oben umlaufend: Leos Schlafzimmer, Alex' und Schurotschkas Schlafzimmer, Gästezimmer, Alex' Arbeitszimmer. Sie hätten sich eine Wohnung in Rom, Mailand oder Venedig oder sogar in all diesen drei Städten auf einmal erlauben können, aber Alex hat überall Heimweh nach Neuengland mit seinen zweistöckigen Häuschen, den grünen rechteckigen Hinweisschildern mit den Straßennummern und den freundlichen Menschen, die Abstand zu wahren wissen.

Noch wohnen Alex und Schurotschka nur ab und zu in diesem neuen Haus. Wenn Leo die Schule abgeschlossen hat und zur Universität geht, wollen sie sich endgültiger einrichten. Aber die Steinesammlung, die hat Schurotschka schon nach Cape Cod geschafft: Maxim Maximytsch, Bela, Gruschnizkij, Schurotschka weiß noch ganz genau, wer wie heißt. Auch Familienfeste und Dinner mit ihren Verwandten ziehen allmählich dahin um. Cape Cod gefällt allen.

Angesichts der Erfolge ihres Mannes war Schurotschkas Berufstätigkeit nicht mehr vonnöten, und sie gab sie auf. Sie hatte genug mit der Familie zu tun. Sie dachte auch daran, sich mit ihren großen organisatorischen Fähigkeiten in Wohltätigkeitsorganisationen nützlich zu machen, aber dazu ist die Zeit noch nicht gekommen. Jetzt, wo Leo nicht mehr klein ist, liegt ihr am meisten an Reisen.

Schurotschka liebt Europa, besonders Italien. Einmal nimmt sie eine ihrer Tanten mit, die, bei der sie 1989 gewohnt hat, die war noch nie in Italien. Das konnte man doch nicht zulassen! Schurotschka ist attraktiv wie früher, alle schätzen sie jünger als vierzig; wenn sie reist, machen ihr die Männer den Hof, darunter einige durchaus nicht auf idiotische Weise, aber sie ist Alex treu. Denn der liebt den Jungen und sie. Vielleicht nicht besonders kreativ, wenn man so sagen kann, ohne die Spontaneität, die, wie sie meint, alleine zur Zeugung von Leo hat führen können, aber tut Alex denn nicht wirklich alles, damit sie glücklich sind?

Schurotschka fährt nach Italien, nach ihrer Rückkehr zeigt sie Alex Fotos. Der russische Teil eines Friedhofs. Gepflegte Gräber, Tafeln mit der Inschrift Golitsyn und Troubezkoy, lateinische Buchstaben, und dann etwas weiter weg ein verwitterter, schiefer Stein mit der Inschrift Vera Golubewa in kyrillischen Buchstaben. Ein Foto kann nicht alles wiedergeben. Schurotschka war diese Vera Golubewa sehr nahegegangen. Die kyrillische Schrift, sie vermisst sie richtig. Alex hat damit weniger Probleme.

In Schurotschkas Abwesenheit hatte ihn Lawrik wieder einmal aufgesucht. Jeder Besuch von ihm ist eine Qual, aber wenn man viel Geld hat, muss man das aushalten.

„Hätten wir einfache Moskauer Jungen", beginnt er und stopft sich dabei das Essen in den Mund. Er ist schon beduselt. Hat vergessen, was er sagen wollte. „Zum Wohl!" Lawrik trinkt bedeutend mehr, als hier am Steuer erlaubt ist. „Mensch, weißt du noch, wie ich dich mit chinesischen Nudeln bewirtet habe?"

Alex weiß das noch. Lawriks Ohren laufen rot an, entweder weil er zu viel getrunken hat oder weil er mal wieder einen Rat braucht. Gleich wird er sagen: „Ich brauche einen Rat von dir."

„Und dann Geld", möchte Alex antworten, aber das tut er nicht, er gibt ihm was.

„Ich habe jetzt sehr linke Anschauungen", erklärt Lawrik. Worin bestehen die? In der Missachtung fremden Eigentums? In der Weigerung, Schulden zurückzuzahlen? Alex hat nur wenig Zeit für Lawrik, er muss weiterarbeiten, aber sie kommen vom Hölzchen aufs Stöckchen, und zu allem Übel ist Lawrik auch noch ständig beleidigt:

„Die Tatsache, dass du Geld hast, verleiht deinen Argumenten mehr Gewicht …"

Auch das lässt er über sich ergehen. Obwohl Lawriks Bemerkungen unangenehm sind. Die Hauptsache ist schließlich, dass Alex Mathematiker ist und etwas von angewandter Mathematik versteht.

Lawrik kommt zur Sache. Er ist da in eine Geschichte hineingeraten … Eine dumme Sache, über die er ungern spricht. Kurz: Er muss womöglich ins Gefängnis. Lawrik hofft, dass er krankheitshalber Haftverschonung bekommt. Übrigens ist er sehr enttäuscht von Amerika.

Was für eine Krankheit hat er? „Schuppenflechte."

„Es gibt russische Ärzte, die stellen einem eine Bescheinigung aus, mit der man durchkommt."

Er verspricht, Alex in Zukunft in Ruhe zu lassen, ihn nicht mehr zu besuchen.

Nachdem er einen Scheck erhalten hat, verbessert sich Lawriks Laune beträchtlich: „Ich bin dir dankbar bis ans Grab."

Alex hält ihm die Tür auf und entgegnet: „Ich hoffe, wir sehen uns vorher noch."

Er sieht zu, wie Lawrik losfährt – beim letzten Mal hat er die Mülltonne umgeworfen. Solche Freunde wie Lawrik und Rodion wird er wohl nicht mehr finden, denkt er. Obwohl mit beiden wirklich nichts anzufangen war.

Ein Vorfall, der sich ein paar Tage nach dem Begräbnis des Vaters zugetragen hat, kommt ihm in den Sinn.

Er hatte sich mit Rodion im Zentrum von Moskau verabredet, natürlich in der Nähe einer Kirche. Sie wollten in die Wohnung gehen, die Sachen durchsehen, es war ihm unheimlich, das alleine zu tun. So schwer es ihm auch fiel, auf Rodion zu zählen, er hatte sonst niemanden. Alex kam zu früh und ging, um nicht zu frieren, in ein Geschäft für Paramente. Rodion stand vor dem Spiegel und probierte eine hohe violette Mütze an. Er war so bei der Sache, dass er nichts bemerkte.

„Zeigen Sie mir bitte die Kopfbedeckung da", bat Rodion. Die Mütze, die er in der Hand hatte, war offensichtlich nicht die erste, die er anprobierte. Es hingen noch eine ganze Menge anderer da, darunter auch runde mit reicher Verzierung.

Die Verkäuferin wurde böse auf Rodion und stellte ihm eine Frage.

„Ich suche ein Geschenk für einen Popen", unterbrach Rodion. „Der hat genauso einen Kopf wie ich! Dieselbe Größe!"

In Rodions Gesicht stand derselbe eigentümliche Ausdruck, den Alex seit seiner frühen Schulzeit kannte: So sah sein Gesicht immer aus, wenn er die Lehrerin anlog. Die schlechten Zähne, die moralische Überlegenheit, das war später gekommen. Alex verließ das Geschäft und ging auf die Straße. Damals hat er solche Eindrücke nicht behalten, aber jetzt – wie lange war das her, sechs Jahre – erinnert er sich auf einmal daran.

Leo ist von seinen Eltern enttäuscht.

Erstens ist ihr Englisch nicht besonders gut, beide haben einen Akzent. Na und, sagt Alex, ein Akzent verleiht den Worten doch eine persönliche Note. Leo stört die Verunstaltung der Sprache aber. Er ist von der Schule auf die britische Aussprache getrimmt, was dazu führt, dass selbst die Eltern bei manchen Worten Mühe haben, ihn überhaupt zu verstehen.

Zweitens: Alex und Schurotschka sind unsportlich. Als Alex sich den Knöchel gebrochen hatte, erwartete Leo nach Schurotschkas Worten von seinen Eltern, sie müssten schnellstens wieder auf die Skier steigen und die Piste runterrasen, um schneidig auszusehen. Leo war damals vierzehn.

„Auf diese Weise beweist man allenfalls, wie dumm man ist", antwortete Alex.

Es gelingt wenigen Eltern, kein Missfallen bei ihren Kindern zu erregen.

Auch Alex und Schurotschka haben an Leo etwas auszusetzen. Schurotschka missfallen besonders seine Ausfälle gegenüber Julia. Obwohl sie sehr wohl weiß, wie aussichtslos Verkuppelungsversuche sind, möchte sie niemanden außer Julia an Leos Seite sehen.

Gleich bei dem historischen Geburtstag, vor dem Leo sich geweigert hatte, weiter Russisch zu lernen, hat ihr Julia gefallen. „Du lachst wie mein Pferdchen", hat Julia, Klassenbeste und wirklich ein schönes Mädchen, da zu ihr gesagt. Das war bei dem Monopolyspiel mit den Kindern. Schurotschka hatte gegen ihren Willen Glück und stellte alles Mögliche an, um nicht zu gewinnen. Alex und sie haben Wein getrunken, und Schurotschka hat wirklich viel gelacht.

Und was die Kuppelei betrifft, so waren die Aussichten so schlecht auch wieder nicht. Wenn die Kinder in das Alter kommen (zwischen fünfzehn und sechzehn), zum Rendezvous zu gehen, bringen die Eltern sie mit dem Auto ins Kino oder zum Park. Ohne Auto kommt man in den Vorstädten nicht weit, und für den Führerschein muss man sechzehn sein. Die Eltern fahren irgendwohin, und am Ende des Rendezvous sammeln sie die Kinder wieder ein. Manche Erwachsenen setzen sich sogar zusammen ins Nachbarcafé, aber weder Alex und Schurotschka noch Karawajew und Schulz stand der Sinn nach solchen Treffen.

Eines Abends will Julia, diese verwandte Seele, mit Leo in einen italienischen Film gehen. Schurotschka bringt Leo zum Kino. Das einzige Auto der Familie, mit dem Julia von einem ihrer Eltern gebracht worden ist, leicht zu erkennen an dem kaputten rechten Rücklicht, ist gerade weggefahren. Julia steht am Eingang des Kinos, setzt die schmale Brille auf und hält Ausschau nach ihrem Freund. Da rutscht Leo auf einmal vom Vordersitz nach unten und kommandiert: Halt, rauslassen. Er steigt aus und versteckt sich im Schatten, während er Schurotschka wenden und wegfahren lässt. Juletschka soll auf ihn warten und sich die Augen nach ihm ausgucken, offenbar war das der Plan, der dahintersteckte.

„Du hast doch selbst gesagt: Idiotie kleiner Jungen." Wenn Alex sich Sorgen um etwas macht, dann ist das Leos Universitätskarriere.

Er muss einen guten Abschluss machen und den Sport sein lassen. Sie haben seine Bedeutung überschätzt.

Er zeigt gute Ergebnisse im Ringkampf, aber wiederum auch nicht so gute, um blendende Aussichten zu haben. Leo ist gewachsen und schwerer geworden, er musste in die mittlere Gewichtsklasse wechseln, gleich zwei Kategorien höher, und hat da große Konkurrenz. Es wäre vernünftiger, sich aufs Lernen zu konzentrieren und mit dem Sport, der nicht den Weg an eine Universität eröffnet, aufzuhören, aber Leo will weitermachen.

„Was findet er nur so toll an diesem Ringkampf?" Alex hat mal bei einem Wettkampf zugesehen: verschwitzte Burschen, die sich umarmen, aufeinander losgehen, den anderen umwerfen wollen und dann auf dem Boden mit dem Gerangel weitermachen.

Schurotschka mag den Ringkampf auch nicht. Warum macht er weiter? Sie versteht Leo so: Der tollste Augenblick ist, wenn du aushältst, aushältst, vielleicht sogar ein wenig ins Hintertreffen gerätst und dann spürst: Aus, er kann nicht mehr, kommt ins Schleudern, du hast ihn gleich so weit. Ein merkwürdiges Vergnügen.

„Gut, meinetwegen", sagt Alex, als hätte ihn jemand nach seiner Meinung gefragt.

Ihr Kind ist groß geworden: eigenes Auto, selbstverdientes Geld. Mal ein Job als Parkaufseher, mal als sonst wer. Das ist eine Stärke Amerikas, die Kinder reicher Leute fangen auch bei null an.

Und schon ist Leo in der zwölften und letzten Klasse. Viele Gleichaltrige arbeiten als Ober, Bibliothekar, Tennislehrer. Leo sorgt abends in einem Café für Ordnung, zwanzig Dollar die Stunde. Merkwürdig, dass man ihn genommen hat, er wird erst im Mai achtzehn. Die Besucher sind recht friedlich. Das Maximum an Gewalt, das man anwenden muss, besteht darin, jemandem die Hand zu drücken und ihm in die Augen zu sehen. Schurotschka stellt sich die Szene vor: Nacht, Mond, ein Bierlokal, Leo setzt einen Ruhestörer auf die schlecht beleuchtete Straße.

Gut, dass die Schule bald zu Ende ist, Leo geht an die Universität, dann fängt ein anderes Leben an. Es wäre gut, wenn er Julia nicht zu schlecht behandelte. Sie hat übrigens eine Empfehlung für Harvard bekommen, im Gegensatz zu Leo. Wie wird er damit fertigwerden?

In ein paar Monaten ist die Schule zu Ende. Leo ist zu keiner Entscheidung gekommen, was er machen will. Vielleicht sieht er sich ja erst einmal um. Schurotschka sagt: „Gut, dass du hier nicht gleich zur Armee musst."

Leo hat weder Lust noch Begabung für Naturwissenschaften, für Geisteswissenschaften auch nicht. Er wird wohl etwas Technisches wählen. Vielleicht auch Jura. Schlimmstenfalls: Business-School. Seine Ergebnisse im Eignungstest für Studenten sind nicht gerade umwerfend.

Alex schätzt die Situation nüchtern ein: „Für Harvard reicht es bei ihm nicht, eher für eine der ‚Petroleumküchen‘. Die sind hier übrigens auch gar nicht zu verachten." Es gibt Hunderte von Universitäten, die ihn nehmen würden. Aber er, was macht er? Leo schließt sich in seinem Zimmer ein und verschickt Bewerbungen. Nach Harvard und noch an fünf oder sechs weitere Orte mit großem Namen. Alles alleine.

„Sagt ihm denn niemand, dass das eine Dummheit ist? Hat er denn keine Freunde?" Alex weiß nicht weiter, er ist betrübt. „Doch, er hat welche. Vom Ringkampf oder von da, wo er gearbeitet hat." Schurotschka ist auch betrübt.

Julia ist übrigens in Harvard angenommen worden, das ist schon seit Februar bekannt. Und noch an vielen anderen Orten, fast überall, wo sie sich beworben hat. Schurotschka freut sich sehr für Julia, ehrlich. Leo muss jetzt lernen zu verlieren.

Wohin wird er gehen? Wenn es so weit ist, sagt er Bescheid. Punkt.

„Komm, lass ihn in Ruhe", schlägt Alex vor. „Er muss alleine klarkommen. Er lässt sich ja nicht helfen."

Und ohne Leos Antwort abzuwarten, ziehen sie nach Cape Cod um. Es ist Mai, da blüht schon was bei ihnen, Magnolien und alle möglichen anderen Bäume, Alex kann sich ihre Namen immer so schlecht merken.

4.

Es gibt Dinge, die man nicht vergessen kann: das Bad im Meer mit Schurotschka 1989, die Suche nach dem Vater 2000. Leos Überfall in Cape Cod vom Juni 2008 gehört für Alex auch dazu. Aber zwei oder drei Wochen davor taucht Julia überraschend bei ihnen auf.

Die Auffahrt zum Haus ist gekiest. Die Steine knirschen unter den Autoreifen, Schurotschka schaut aus dem Fenster. Julia, was für eine Überraschung! Sie hat gedacht, das sei Leo. „Kommt er denn auch?" Julia gibt sich redliche Mühe, um ihre Aufregung zu überspielen.

Julia redet mit ihnen Russisch. Sie will sich verabschieden: Übermorgen ist der Abschlussball in der Schule, und die Woche drauf fliegt sie nach Spanien, zu ihrer Großmutter und Urgroßmutter, die sehr alt ist und kaum noch jemanden erkennt. Danach beginnt Harvard und damit ein anderes Leben. Schule und Kindheit sind vorbei.

Wie rührend: Ihretwegen hat Julia einen so weiten Weg auf sich genommen, anderthalb Stunden. Leo muss bald kommen, dann essen sie zusammen.

In Julias Augen meldet sich ein jämmerlicher, bittender Funke. Sicher, die Annahme, sie sei wegen Schurotschka und Alex gekommen, war naiv gewesen. Ja, Leo will heute den Anzug für den Abschlussball abholen, Schurotschka hat die Hose für ihn ändern lassen. Apropos: In was für einem Aufzug wird Julia denn erscheinen? Gibt es ein Foto davon? Moment, hat Schurotschka etwa schon wieder etwas Falsches gesagt? Wie sich herausstellt, wird Leo gar nicht mit Julia tanzen, er hat Joan eingeladen.

Joan, ein Mädchen, das hinkt, deren eines Bein sehr viel kürzer ist als das andere.

„Keiner wollte sie einladen", Julias Stimme zittert und droht auszusetzen. „Ist das nicht ein edler Zug von seiner Seite?" Schurotschka spürt, sie sollte sie lieber in Ruhe lassen. Ob Julia sich hinsetzen und Saft oder Wasser trinken möchte? Nein, danke, sie wartet, sie braucht nichts.

Julia geht ins Nebenzimmer, wo die Bücher stehen. Bisher hat sie sich nie getraut zu fragen, was das für Steine sind. Das sind nicht einfach Steine, das ist eine Erinnerung, die Schurotschka viel bedeutet. Und Alex auch.

„Guck mal, das ist Fürstin Mary, das Doktor Werner, das der Schmuggler Janko ..."

Julia versteht nicht, wer das ist. Ja, hat sie Lermontows „Held unserer Zeit" denn nicht gelesen? Ist das die Möglichkeit? Da kann sie helfen. Und Schurotschka zieht das Buch aus dem Regal. Such dir einen gemütlichen Platz und richte dich auf ein Riesenvergnügen ein. Ideal, um die Wartezeit zu überbrücken ... Sie selbst macht derweil das Essen. Risotto mit Rindfleisch und Champignons, ja?

Es vergeht noch eine halbe und eine ganze Stunde. Die Dämmerung kündigt sich an. Alex kommt nach unten, es ist Essenszeit. Leo müsste längst da sein.

„Pst, stör das Mädchen nicht." Sie geht Leo anrufen. Dass sie sich dazu nach oben zurückzieht: eine gute Idee. Julia wartet auf ihn? Schurotschka hört die Bremsen kreischen. Nein, Leo kommt heute nicht. Der Anzug kann warten.

„Hat sich mit der Universität etwas geklärt?", schreit Schurotschka.

Er wird es ihnen bald, sehr bald sagen. Zack, Gespräch beendet. Und wie soll sie das jetzt Julia sagen? Als ob sie die Wahl hätte!

Julia schlägt das Buch zu und springt auf. Auf der Stirn: rote Flecken.

Alex fragt: „Na, wie gefällt dir das Buch?" Er bietet ihr an, es mitzunehmen und zu Ende lesen. Etwas Schöneres als Lermontow könnten sie sich als Geschenk für sie nicht vorstellen. Und sie selbst würden sich auch sehr freuen.

Nein, nein, Julia will es nicht geschenkt haben.

Sie hat nur eine Frage: „Ist das Buch teuer?"

Alex versteht nicht, was vorgefallen ist. Warum weint Julia? Schurotschka klärt ihn auf: „Wegen ihrer Großmutter. Oder Urgroßmutter. Julia, Juletschka, alles wird wieder gut."

Julia sitzt schon im Auto und ist weg.

Ob das Buch teuer ist? Merkwürdige Frage.

Die Hitze hat dieses Jahr früh angefangen, und das Erste, was Leo und sein Kamerad brauchen, als sie das Haus betreten haben, ist etwas zu trinken. Wasser mit Eis. Einfaches Wasser. Leo stellt seinen Kameraden vor, aber Alex und Schurotschka vergessen den Namen sofort wieder. Und nachzufragen, wäre peinlich. John oder George. Ein Kahlkopf mit beeindruckenden Ohren.

Sie trinken Wasser. Und dann: Achtung, alle setzen. „Trommelwirbel", witzelt John alias George. Leo wirkt nervös. Nein, kein bisschen. Das ist vorbei. Sie wollen wissen, was er machen wird? Bitteschön: Seit heute ist er Student der Militärakademie, die unter dem Namen West Point bekannt ist.

Alex und Schurotschka senken den Kopf nach dieser Nachricht und vermeiden es, sich anzusehen.

Das Segelohr durchbricht als Erster die Stille: „Es hat ihnen vor Freude die Sprache verschlagen."

Und was macht der hier? Wer ist auf diese Idee gekommen? Wieso West Point?

Als ob das etwas ändert. Leo hat sich entschieden. Alex und Schurotschka blicken ihren Sohn und seinen Kameraden an: Wenn hier einer etwas zu bestimmen hat, dann Leo.

Übrigens ist das Studium kostenlos. Nur wenn Leo die Armee verlässt, muss er das Geld zurückzahlen.

Was hat das denn mit Geld zu tun? Ist die Entscheidung mit der Akademie heute gefallen? „Endgültig, ja."

Leo wendet ihnen sein Profil zu und guckt aus dem Fenster. Sein Gesicht leuchtet auf, hat einen klaren Ausdruck angenommen. Die Entscheidung ist gefallen. Das Geld hat wirklich keine Rolle gespielt. Leo hat alle Aufnahmeübungen bestanden.

Übungen?

Das Segelohr reißt wieder das Wort an sich: „Klimmzug: achtzehn Mal, Liegestütze: siebzig, Hocke: siebzig …"

„Siebzig", wiederholt Alex. Er weiß nicht, wo er einhaken, was er fragen soll. „In welcher Zeit?"

Leo nickt: eine berechtigte Frage. Er unterstützt den Vater.

„In der Minute."

Sein Freund lässt sich nicht aus dem Konzept bringen.

„Geländelauf …"

Alex hustet: „Und Sie? Kann man Ihnen auch gratulieren?" Nein, das Segelohr ist nicht an der Akademie angenommen worden, aber gratulieren, doch, das kann man ihm. Sein Schicksal hat sich entschieden. Klarheit ist das Wichtigste. Und für die Begegnung, die er heute erlebt hat, lohnt es sich, einiges auszuhalten. Die Begegnung mit dem, der das Gespräch geführt hat. „Dreißig Jahre in der Armee! Fünfundsiebzig Explosionen hat er miterlebt. Verstehen Sie? Fünfundsiebzig! Alle, mit denen er bei der Armee angefangen hat, sind umgekommen." Das Segelohr ist wirklich tief beeindruckt: „Aber die Hauptsache ist, wie er sich auf dich konzentriert. Solange du neben ihm bist, widmet er sich dir. Ganz! Du kannst dich unmöglich in seiner Gegenwart herauswinden, täuschen. Du spürst einen Stich in der Brust, hier, und verstehst, dass er alles durchschaut, was du auf dem Herzen hast. Selbst das, was du selbst nicht weißt."

„Ist er denn ein General?", fragt Alex.

Was für einen tötenden Blick Leo Richtung Alex schickt.

Aber sein Freund ist nicht zu bremsen: „Das ist es ja gerade. Er ist noch nicht einmal Offizier. Nur Sergeant Major."

Leo wendet sich seinem Kameraden zu, um ihm zu bedeuten, so genau interessiere das seine Eltern nun auch wieder nicht. Aber der sprudelt weiter: „Er hat als einfacher Rekrut bei der Armee angefangen. Verstehen Sie, was für ein langer Weg? Private, Private First Class, Corporal …"

Alex schließt die Augen.

„Alles in Ordnung?", fragt Schurotschka leise auf Russisch.

Ja, nur das Licht stört. Die Sonne blendet.

„Sergeant, Staff Sergeant, Master Sergeant …"
Schurotschka steht auf und lässt die Jalousien herunter.
„First Sergeant, Command Sergeant …" Und triumphie-
rend: „Sergeant-Major der Landstreitkräfte!"
Alex zittert. Er hat den Eindruck, der Sergeant platzt gleich
zur Tür herein. Samt Medaillen und Prothesen.
Schurotschka fragt das Segelohr: „Und wie hat sich Ihr
Schicksal entschieden?"
Der Sergeant Major hat gesagt, er könne als Soldat anfangen.
Ach so. Und Leo? Was hat er von Leo gesagt?
Leo hat er einen Riesenerfolg vorhergesagt. Und zwar nicht
nur in der Armee. Leo kann Oberbefehlshaber werden,
meint er.
„Nein!" Alex wird auf einmal lebendig. „Nur nicht das, Leo
ist in einem anderen Land geboren! Da seid ihr jemandem
auf den Leim gegangen, Kinder!" Alex kriegt sich nicht
mehr ein. Er lacht, aber keiner stimmt in sein Lachen ein.
Nein, er hat keinen hysterischen Anfall. Das mit dem Oberbefehlshaber war nur ein guter Witz. In dem heutigen
Gespräch allerdings auch der letzte.

Die Spannung nimmt ab.
Was es in der Akademie nicht alles gibt. Übrigens sind unter
den Studierenden auch Mädchen. Nicht viele, aber immerhin. Die haben da einfach alles: Film, Philosophie. Wasser-
polo. Einen jüdischen Chor.
Alex strengt sein Gedächtnis an: Wie war das noch mal mit
der Vielstimmigkeit in der jüdischen Musik? Hm, aber selbst
wenn sie nur unisono singen, das tut ja nichts zur Sache.
„Na schön, Leo, aber der Chor ist ja nicht der Sinn der Sache. Die können dich doch irgendwohin schicken. Nach
Afghanistan, zum Beispiel."
Wieder drängt sich Segelohr vor. Wer hat ihn eigentlich
gefragt?

Na klar, können die das. Das ist ja sein größter Traum. Nichts wünscht er sich sehnlicher, als noch dahin zu kommen, bevor die Operation zu Ende ist.

„Aber dann müsst ihr doch ..." Schurotschka hat nie über solche Themen gesprochen. „Dann müsst ihr doch schießen, Menschen umbringen."

Will sie etwa behaupten, man brauche die Armee gar nicht? Segelohr blickt sich ungeniert im Haus um. „Ziehen Sie es vor, dass die Ihnen hier auf den Leib rücken und alle abknallen?"

Ist sie denn überhaupt politisch auf dem Laufenden?

Schurotschka erhebt sich: Nein, das ist sie nicht.

Leo berührt die Hand seines Kameraden. Das heißt: Geh eine rauchen.

Sie müssen entschuldigen, sein Freund habe sehr rechte Ansichten.

Als Segelohr nach draußen und Schurotschka ins Nebenzimmer geht, schlägt Alex vor: „Du weißt ja ... Du kannst immer noch für ein, zwei oder mehr Jahre zahlen und an eine normale Universität gehen. Um selbständig, unabhängig zu sein ..." Alex meint, er muss sich nur konzentrieren, dann findet er die nötigen Worte.

Alex hatte sich etwas anderes vorgestellt ... Leo fühlt sich noch nicht einmal bemüßigt nachzufragen, was denn eigentlich. Na, etwas anderes eben. Er müsste ihm von dem Gespräch mit seinem eigenen Vater erzählen. In welchem Jahr war das eigentlich? 1983? Aber hier ist alles so unangreifbar, denkt er. Da braucht es ein anderes Temperament als seins, um jemanden von seiner Überzeugung abzubringen, selbst wenn dieser jemand der eigene Sohn ist.

Schurotschka steht neben dem Regal mit den Steinen und holt Luft. Was für eine haltlose Alternative! Reine Demagogie, denkt sie, gedankenlose Männer-Demagogie. Argumente, die Unvergleichbares auf eine Ebene stellen, ohne Bezug zu ihrem Leben oder sonst irgendetwas.

Sie hat sich ein bisschen beruhigt. Vor dem Abschied würde sie ihm so gerne etwas zur Erinnerung schenken. Zum Beispiel Maxim Maximytsch hier, den gesprenkelten, schartigen. Wenn man ein kleines Loch in den Stein bohrt, könnte man sich ihn um den Hals hängen. Schurotschka weiß, was Leo mit Maxim Maximytsch anfangen würde: Er würde verständnislos lachen und ihn, sobald er aus der Tür träte, in hohem Bogen von sich wegschleudern, in den Ozean.

Schurotschka zögert und geht dann zu den Männern ins Wohnzimmer.

„Hast du es geschafft?", fragt sie Alex mit den Augen.

Leo fängt ihren Blick ab, lächelt seine Mutter an und bedeutet ihr: Nein.

Nach Leos Abfahrt schweigen sie eine Weile. Dann sagt Schurotschka: „Wir haben wenig Kinder."

„Wenn wir mehr hätten", antwortet Alex, „die würden ebenfalls nach Afghanistan wollen."

Außer Schurotschka hat er nun niemanden mehr. Alex weiß: Daran wird sich nichts ändern, ob bis zu seinem oder ihrem Ende, bleibt sich gleich.

Wenn sie ihn doch zum Reisen bewegen könnte, denkt Schurotschka. Sie hätten ein Leben vor sich, nicht nur ein Nachwort.

5.

Gut zwei Jahre vergehen. Leo ruft kaum an. Und möchte nicht von ihnen angerufen werden. Für jede Bestnote gibt es bei ihnen Punkte, für die sie sich vom Haareschneiden, Zimmeraufräumen befreien lassen oder in Urlaub gehen können. Leo hat kurze Haare und war schon immer für Ordnung, sodass er die Punkte wahrscheinlich für Urlaub benutzt. Vielleicht kommt er an Thanksgiving. Voriges Jahr war er nicht bei ihnen. Saß eine Strafe ab, war krank oder ist woanders hingefahren. Details wissen sie nicht. Das ist Leos Leben. Dabei haben sie sich noch nicht einmal gestritten.

Alex hört jetzt oft Musik. Er hat sich einen Flügel angeschafft. „Nicht das schlechteste Mittel gegen die Midlife Crisis", so lautet sein Kommentar. „Hättest besser mit einem Mädchen anbändeln sollen." Ist sein Spiel denn so schlecht? Nein, so schlecht nicht, aber Schurotschka kann es sich erlauben, Witze zu machen, sie braucht nichts zu befürchten. In Wirklichkeit spielt er selbst für einen Laien nicht besonders. Beklagt sich, dass die Finger nicht richtig wollen. Die Stücke, die er früher konnte, kriegt er jetzt natürlich nicht mehr hin. Er braucht lange, um sie einzustudieren, sie auswendig zu lernen, aber vielleicht schlummerten damals doch Fähigkeiten in ihm? Irgendwelche schon, irgendwelche hat jeder. Aber zu bereuen braucht er nichts. Was hätte er denn für Aussichten gehabt? Solche wie Julias Eltern? Deren Fähigkeiten übertrafen seine bestimmt. Den Flügel hat er so hingestellt, dass er dahinter das Wasser sehen kann. Auf die Noten und die Hände muss man schauen, statt sich vom Ozean ablenken zu lassen. Macht nichts, Alex ist kein Berufsmusiker. Das Maximum, was er erreichen kann, ist, die Bach-Kantate „Schafe können sicher weiden" so hinzukriegen, dass sie für sich und Schurotschka spielen kann. Es ist eines seiner Lieblingsstücke. Er sieht sich erst die eine, dann die andere Stimme an. Die Polyphonie ist eine diffizile Sache. Alex erinnert sich, wie seine Mutter diesen Choral gespielt und sein Vater ihr zugehört hat, beide uralt, sie sind Alex immer alt vorgekommen. Einmal, als er Papierberge umräumte, entdeckte er ein Foto: die Mutter am Flügel sitzend, der Vater hinter ihr stehend. Wahrscheinlich sogar eine Aufnahme, die von ihm selbst stammte. Hier wirkten die Eltern gar nicht so alt.

Jetzt, da Alex viel Geld und Zeit hat und ihm der Körper noch keinen Strich durch die Rechnung macht, denkt er immer häufiger über allgemeine Fragen nach. Wofür ist einer selbst verantwortlich, wofür die Eltern? Ist man überhaupt verantwortlich? Und wenn ja, wem gegenüber? Aber er kommt zu keiner Lösung, sodass diese Gedanken Alex nur die Laune verderben. Wenn ihn etwas betrübt oder erzürnt, runzelt Alex jetzt entsetzlich die Stirn. Die Haut legt sich in Falten: um die Augen, die Nase, den Mund. Alle Gesichtsmuskeln haben daran Anteil.

„Es tut weh, das zu sehen", sagt Schurotschka, wenn er in ihrer Gegenwart ins Nachdenken kommt.

Einmal gehen sie Ende September (warme Luft, kaltes Wasser) an den Ozean.

Alex fragt: „Weißt du eigentlich, wen wir beide geboren haben?"

Petschorin. Na klar. Ist ihm das erst jetzt aufgegangen?

„Als kleines Mädchen warst du ja in ihn verliebt."

Schurotschka zieht die Schuhe aus, tritt auf die warmen Steine und verschiebt sie mit dem Fuß.

März 2013

DER POLNISCHE FREUND

Eine Geschichte kann nicht mit einem Witz beginnen. Ein Witz zerstört, vernichtet sie. „Was macht die Oká? Die Oká ist k. o." Aus, Gelächter. Eine Geschichte muss ausholen, sich entwickeln können.

Ein russisches Mädchen ist auf dem Flughafen einer großen westeuropäischen Stadt gelandet, in der einen Hand hat sie eine Tasche, in der anderen einen Geigenkasten. Der junge Grenzpolizist erkundigt sich nach dem Zweck der Reise. Eine lange Geschichte, sie muss jemandem vorspielen, ein Instrument ausprobieren … Das Mädchen hat schlechte Sprachkenntnisse, sie fasst sich kurz: „Ich habe hier einen Freund."

Der Grenzpolizist studiert ihren Pass: Na so was, sie sind fast gleichaltrig, er hätte sie auf fünfzehn geschätzt. Wieso kommt sie mit einem polnischen Visum? Er muss sie reinlassen: EU, Schengener Abkommen, aber er will eine Erklärung.

Ein Visum für Polen zu bekommen, ist am leichtesten. Nach einer kurzen Pause sagt das Mädchen: „In Polen habe ich auch einen Freund."

Der Grenzpolizist grinst. Macht nichts, Hauptsache, er hat sie reingelassen.

Das ist der Beginn einer Geschichte.

Seit sie sechs ist, hat das Mädchen Geigenunterricht; seit dem Vorschulalter, wie alle. Jetzt studiert sie am Konservatorium, das vierte Jahr. Ihre Lehrerin ist weit über achtzig, das ganze Leben hat sie sich für ein intonationssicheres, ausdrucksvolles Geigenspiel eingesetzt. Eine tollere Pädagogin gibt es nicht.

„Hör auf dich", sagt sie. Das ist eigentlich alles, was sie sagt. „Was soll ich mit dir anfangen?" Dass sie die Musik liebt, na und? „Dann hör Schallplatten. Was stehst du rum? Spiel!" Nicht alle halten durch, die meisten aber doch. Immer derselbe Griff, jahrelang ein- und dasselbe, bis sie plötzlich sagt: „Wenn du nur nicht so schwer von Begriff wärst ..." Das heißt, der Griff sitzt, und zwar ein für alle Mal.

Für heute sind sie fertig. Das Mädchen packt die Geige in den Kasten.

„Sag mal", fragt die Lehrerin unvermittelt, „was für ein Instrument wolltest du als Kind spielen?"

Eine merkwürdige Frage. Natürlich Geige.

Die Lehrerin tut erstaunt: „Und wie ist es dazu gekommen?"

Na so, erklärt das Mädchen, in ihrer alten Wohnung lag eine Geige rum, eine Achtelgeige, der sogar die Saiten fehlten, mit der hat sie vor dem Spiegel posiert ...

Die Lehrerin sagt nachdenklich: „Also ist ein Traum für dich in Erfüllung gegangen?"

Soll das eine Frage oder eine Feststellung sein? Wen hat sie in diesem Augenblick vor Augen: die Schülerin in sechzig Jahren? Oder erinnert sie sich an sich selbst?

Wir sehen Fotos aus dem Jahre 1934 durch. Die Geigenlehrerin in spe ist zehn. Dieselben regelmäßigen Züge, Entrückung, Ruhe. Das Programm: ein Kinderkonzert, Ljowa, Jascha, sie. Wären die Aufnahmen von besserer Qualität, man würde bei jedem Kind links am Hals einen kleinen Fleck entdecken. Das Erkennungsmal eines Geigers.

Dann kommen weitere Fotos, aus der Zeit der Evakuierung im Krieg, wieder Ljowa und Jascha, diesmal schon mit Programmen für Erwachsene, dann Katja und David, wie da

steht. „Also ist ein Traum für dich in Erfüllung gegangen?"
Das ist natürlich auch eine Geschichte, aber sie lässt sich
nicht erzählen, ohne die Hauptsache zu zerstören, die sich
nicht in Worte fassen lässt.

„Nur die Liebe ist größer als die Musik", heißt es. Stimmt das?
Aber kehren wir zu dem polnischen Freund zurück: Er sollte
dem Mädchen bald ein weiteres Mal helfen.

Aus Europa hatte das Mädchen Perlen seltener Schönheit mitgebracht. Auf die Frage einer ihrer Bekannten (denn echte
Freundinnen hatte sie nicht) antwortete sie, ohne zu wissen,
warum: „Die hat mir mein polnischer Freund geschenkt."
Die Bekannte, ebenfalls eine Geigerin, war gesprächig
und stürmisch, vielleicht zu sehr. Doch manchmal fand sie
äußerst treffende Bilder: „Du öffnest das Fenster, und wer
steht da vor dir: ein Soldat in Uniform!" So beschrieb sie
die Gefühle, die eine fröhliche Modulation in ihr wachrief.
Als diese heiraten wollte, reagierte die Geigenlehrerin erstaunt: „Heiraten?" Sie hat doch noch nicht den Sibelius gespielt! „Ich habe Schüler", erklärte die Professorin, „und es
gibt Studenten, die bei mir Unterricht nehmen."
Die Bekannte musste die Geigenlehrerin wechseln.
„Das freut mich für dich, meine Liebe", lautete ihr Kommentar zu den Perlen. „Ich dachte schon, du bleibst mutter-
seelenalleine wie ein Polarkarnickel."
So bekam der polnische Freund mit der Zeit so etwas wie
eine reale Existenz und sollte ihr bald auch entscheidend
weiterhelfen.

Eine Geige zu finden, die mit deiner Stimme spricht, ist immer ein Glücksfall. Die, auf die sie gestoßen war und von
der sie wusste, sie würde sich nicht mehr von ihr trennen,
verfügte über einen strahlenden, edlen Klang. Selbst in den
Höhen hatte sie nichts Schrilles. Ein italienisches Exemplar,

jedenfalls zur Hälfte, denn auch bei den Geigen gibt es Halbblüter, das Unterteil stammte von der einen, das Oberteil von einer anderen. Sie war nicht alt, etwas über hundert Jahre, und war das Geschenk eines gütigen, längst nicht mehr jungen Mannes. Vieles Interessante muss im Dunklen bleiben. Wenn das Mädchen schon nichts Genaueres wusste, werden wir erst recht nichts erfahren. Ein gütiger, wohlhabender Mann, der eine mitleidige Seele hatte, ja, welcher gütige Mensch hat das nicht? Er schenkte sie ihr unter der Bedingung, dass sie es niemandem weitersagt.

Der Bekannten gefällt die Geige ebenfalls.

„Was hat sie gekostet? Sag's zum Spaß."

Das Mädchen zuckt mit den Achseln. Was soll denn daran spaßig sein?

„Schon wieder ein Geschenk deines polnischen Freundes? Wenn man mit der unterwegs ist, kann man es mit der Angst zu tun kriegen."

„Und wenn du mit deinem Kind unterwegs bist, nicht?" Die Bekannte hat schon ein Kind.

„Ich konnte die Polen noch nie leiden", gesteht sie. „Zu Unrecht?"

Sieht ganz so aus.

„Stolz, eingebildet sind die."

Das Mädchen lässt nichts auf den Freund kommen. „Das ist keine Einbildung", antwortet sie, „das ist Ehrgefühl."

„Kommt er dich wenigstens besuchen?"

„Hast du etwas dagegen, wenn ich dir auf deine Frage nicht antworte?"

Die Bekannte plaudert alles aus, sowohl von ihrem Mann, dem inzwischen schon verflossenen, als auch von dem oder den Männern, mit denen sie sich trifft. Warum ein Geheimnis daraus machen? So ein Unsinn!

„Darf man wissen, wie er heißt?" Das Mädchen schnappt ein. „Wenn du mit ihm knutschen willst, bitteschön."

So verbreitet sich die Nachricht von dem polnischen Freund im Konservatorium. Großzügig, guter Geschmack, beneidenswert. „Stille Wasser gründen tief und bergen oft genug Böses", urteilen erfahrene Menschen über das Mädchen. Aber sie irren sich: Dieses stille Wasser birgt nichts Böses.

Das Abschlussexamen am Konservatorium ist anstrengend. Für die Prüfung in Kammermusik will sie etwas Ausgefallenes finden. Sie hört sich Stücke für verschiedene Besetzungen an, ein Horntrio, das wäre doch was! Sie fragt einen Hornisten ihres Semesters, der als der Beste gilt: „Kennst du das Stück?"
„Nein."
„Möchtest du es spielen?"
Der Hornist nimmt es sich vor.
„Nein."
Aus dem Horn wurde beim Staatsexamen nichts.

Jetzt, da sie das Konservatorium abgeschlossen hat, müssen das Mädchen und ich in die Zukunft springen. Nicht nur hören, sehen, Notizen machen, sondern raten, erfinden. Hätte man aufgrund der Fotos die Zukunft der Kinder von 1934 vorhersagen können? Wahrscheinlich ja. Erstens, weil es keine Zufälle gibt, und zweitens, weil das Schicksal im Individuum angelegt, ein Teil von ihm ist.
Natürlich kann man viele äußere Umstände nicht voraussahnen. Auch wenn es keine Zufälle gibt, kommen Unsicherheitsfaktoren ins Spiel, die recht groß sind. Zum Beispiel: Wird unser heutiges Russland überhaupt noch in dieser Form existieren? Immerhin hat sein Vorgänger trotz seiner Stärke kaum länger gelebt als eine hundsgewöhnliche Geige, für die siebzig Jahre ein Klacks ist; ein Instrument, das siebzig Jahre alt ist, sieht aus wie neu, es hat keinen einzigen Riss, die Geigenbauer malen manchmal sogar welche dazu. Im Moment sieht es nicht so aus, als sei unserem heutigen

Land, dem Nachfolger des Landes, in dem Ljowa, Jascha, Katja und David aufwuchsen, ein langes Leben beschieden, unzählige Risse verunstalten seinen Körper, es droht auseinanderzufallen, aber vielleicht kommt auch alles anders. Statt Spekulationen anzustellen, lassen wir der Geschichte doch einfach ihren Lauf.

Zum Beispiel die neue Technik. Warum nimmt man diese Dinge, die sich derart rasant entwickeln, so wichtig? Ljowa und Jascha haben ein Leben gelebt, ohne etwas von Computern zu wissen, und hätten das offen gestanden auch nicht gewollt. Diese Dinge sind absolut noch nicht perfekt, warum sollte man wissen, wie sie funktionieren? Oder wie sich die Menschen zum Beispiel in dreißig Jahren fortbewegen werden, wenn unsere Geschichte endet? Welche Geräte sie zu Hilfe nehmen werden, um miteinander zu reden, um Musik zu hören? Warum sich darüber Gedanken machen, ist das nicht egal?

Es gibt jedoch Dinge, wo wir uns sicher sein können. Geigenbögen wird man wie früher mit Silberdraht oder Fischbein umwickeln, den Frosch mit Perlmutt besetzen, und die Rinnsale salziger Tränen auf den Achtel- oder Viertelgeigen werden nicht austrocknen. Die Kinder spielen und weinen, ohne anzuhalten oder das Spiel auch nur zu unterbrechen.

So ernste Dinge wie Politik oder Wirtschaft wird die Musik nicht beeinflussen, und wenn doch, dann nur indirekt. Erst vor kurzem ist ja bekannt geworden, dass der Hersteller der Steinway-Flügel zu dem Zeitpunkt, da die Kinder evakuiert waren, beim amerikanischen Kommando vorsprach, um den deutschen Konkurrenten Bechstein bombardieren und alles bis zur letzten Flügeltaste in Schutt und Asche legen zu lassen. Es wäre eine naive Vorstellung, wenn man sich die Weltgeschichte als Konkurrenz von Pianofortefabriken vorstellte, umso mehr, als damals weder Yahama noch Roter Oktober beteiligt waren. Zu ungefähr derselben Zeit aber sollte unser pockennarbiges, kleinwüchsiges Kerlchen seinen früheren germanischen Freund auf die Schippe nehmen, indem es sagte: „Der hat Goebbels, ich Gilels." Die Gefühle, die dieser Witz auslöst, sprechen dafür, dass er nicht erfunden ist, sondern wirklich von Stalin stammt. Aber die Politik hat uns vom eigentlichen Thema abgebracht: von der Beziehung zwischen dem Mädchen und ihrem polnischen Freund. Die Geschichte pflegt in Sprüngen und Wiederholungen voranzuschreiten.

Eine Reise folgt der anderen: zu Festspielen, zu Wettbewerben. Kein Leben, ein pausenloses Turbinengeheul und Räderrattern. In den nächsten zehn bis fünfzehn Jahren wird es kaum neue Reisemöglichkeiten geben. Wenn man über zweiunddreißig ist, fährt man nicht mehr zu Wettbewerben, sondern hat die ersten Schüler. Natürlich kommt wie bei jedem Beruf alles Mögliche vor, das ist menschlich, aber Intrigen, Skandale und heimliche Absprachen geben letztlich nicht den Ausschlag. Was unterscheidet den Geiger, der als Solist vor dem Orchester steht und das Konzert von Sibelius spielt, von denen, die ihn sitzend begleiten? Sie könnten auch das Solo spielen. Der große Anspruch, die Persönlichkeit? Man sagt: „Schicksal", und ersetzt so nur die eine Unbekannte durch eine andere.
Obwohl kein Mädchen mehr, sollte sie etwas Kindliches im Gesichtsausdruck bewahren. Ein Künstler braucht die Pose, ein Wort, das wenig schmeichelhaft ist, aber den Kern der Sache trifft. Ob Chirurg, Lehrer, selbst ein Soldat, sie alle brauchen etwas, sei es Schneid, einen individuellen Zugang, was auch immer. So kommt ein Künstler eben nicht ohne Pose aus. Und es ist ein großer Gewinn, wenn die schmale, etwas eckige Figur und der kindliche Gesichtsausdruck dem entsprechen, was du tust, wenn dich dieses Spiel erfreut, aufleben und staunen lässt.

Sie ist nun also eine hervorragend ausgebildete Musikerin mit einem kleinen Geheimnis, von ihrem polnischen Freund wissen eigentlich alle. Und selbst wenn Kinder und ein Mann in ihr Leben treten – wie sollte das ausbleiben, obgleich sie andererseits bei dieser Konzentration auf Spiel, Bogenstrich, Intonation auch allein bleiben mag – sogar denen würde sie ihr Geheimnis nicht offenbaren. Würde lächeln, nichts erzählen, ja keiner würde auch nur fragen.

Eine Datscha, ein Haus an der Oká. Für einen Monat im Jahr ist das ein großer Fluss. Morgens sieht sie sich die Flut an: das gelbliche Wasser, die aus dem Wasser ragenden Gerten. Erstaunlich, mit welcher Regelmäßigkeit diese klägliche Schönheit jedes Jahr wiederkehrt.
„Was macht die Oká?", fragt die Bekannte, die gerade aufgewacht ist. Sie ist zum Üben gekommen, sie hat Probleme: Sie muss einen Wettbewerb bestehen, sonst fliegt sie aus dem Orchester. „Nehmen wir uns aus Spaß den Sibelius vor?"
Sie ist aus der Übung gekommen seit dem Abschluss des Konservatoriums. Sie legt das Instrument hin: „Lass uns Roman und Vitalik rufen, Schaschlik grillen und quatschen. Ich kann mit Roman oder mit Vitalik im Zimmer schlafen. Wer gefällt dir besser?"
Sehr verlockend, aber sie erwartet leider jemanden …
„Den polnischen Freund? Es ist euch wohl ernst."
Und wie, ernster geht's nicht.
„Dann muss ich wohl die Koffer packen. Ich möchte deinem Glück nicht im Weg stehen."
„Du hast ein gutes Herz", sagt sie der Bekannten zum Abschied.
„Aber kein bisschen Verstand", entgegnet die lachend.
Die Bekannte reist ab. Sie dagegen wird an diesem Tag den Frühlingshimmel und die Bäume ansehen. Und spielen, nicht viel, aber konzentriert. Angewohnheiten aus der Kindheit halten sich. Natürlich auch die Fähigkeit, auf sich zu hören.

Vorschläge, ähnlich wie das Schaschlikessen mit Roman und Vitalik, erhält sie oft auf Reisen. Daraus entstehen dann Verbindungen, die mitunter schwer zu lösen sind. Aber nicht allein in praktischen Dingen hilft ihr der polnische Freund.

Nicht, dass sie vergäße, dass er nur eine Erfindung für ihre Bekannten und die Grenzpolizei ist, sich für die polnische Kultur interessierte oder die Sprache lernte: Die Polen, denen sie begegnet, sind wirklich eingebildet. Und das polnische Visum ist auch längst abgelaufen. EU, Schengener Abkommen, wer weiß, was aus dieser EU geworden sein wird? Ein vernünftiger Mensch glaubt nicht an Hirngespinste; aber wenn man jahrzehntelang von etwas spricht, und erst recht im Flüsterton, dann hat das beste Aussichten, Wirklichkeit zu werden. Familiäre und nationale Legenden können vielleicht keine Wunden heilen, aber trösten.

Als das Mädchen um die vierzig ist, taucht der polnische Freund manchmal in ihren Träumen auf, genauer: Sie träumt von ihm. Er besitzt keinen Namen, keine Stimme, kein Gesicht, hat aber etwas irgendwie Angenehmes. Morgens, kurz vor dem Aufwachen. Wenn der polnische Freund sich am Vorabend wichtiger Konzerte einstellt, heißt das, sie gelingen.

Mit den Jahren nimmt die Zahl der Konzerte ein wenig ab, die Zahl der Schüler nimmt zu. Sie hat keine so gewaltige pädagogische Begabung wie ihre Lehrerin, zumal sie es liebt, die Kinder zu loben. Und obwohl ihr Lob Abstufungen, entscheidende Abstufungen kennt, fließen in ihrer Klasse weniger Tränen als zu Katjas und Davids Zeiten. Aber ohne ein bestimmtes Quantum Feuchtigkeit geht es dennoch nicht ab, ja, es muss sogar sein.

Gegen Ende unserer Geschichte wird sich die Musikwelt wohl kaum stark erweitert haben. Immer noch wird die Musik eine parallele Existenz führen zur Welt der Erwachsenen, das heißt zur Welt der Produktionskräfte und

Produktionsverhältnisse. Schon keine junge Frau mehr, fliegt sie wieder in eine westeuropäische Stadt, dieselbe, in der alles begann. Ein Kammermusikfestival, eine faszinierende Art des Musizierens für die Künstler und das Publikum: ein gemütlicher Saal, der immer voll ist, ein tolles Programm, man kann von Glück sagen, wenn man eingeladen ist.

Würden die Notenblätter die dreißig Jahre überlebt haben? Als ob man nicht ohnedies genug zu schleppen hätte: die Geige, Bögen, Kolophonium, Saiten, Konzertkleidung. Der polnische Freund hat sich lange nicht gemeldet, aber sie hat keine Zeit, an ihn zu denken, sie hat jeden Tag einen Auftritt. Für jedes Konzert wird ein- oder maximal zweimal geprobt, bei dem Niveau der Musiker reicht das. Morgens Probe, tagsüber Erholung, abends Kennenlernen der Mitspieler, eines oder mehrerer, ein Kopfnicken, Hals- und Beinbruch, vor dem Auftritt sich noch schnell die Hände mit einem Tuch trocken reiben und los geht's.

Das Festival geht dem Ende zu, letzter Tag. Ein Horntrio, das von damals, endlich, sie wird es spielen, und das auch noch zum Abschluss. Der Hornist soll wunderbar sein, sie hat ihn noch nie gehört.

Aber er verspätet sich zur Probe. Sie geht ihre Passsagen mit dem Pianisten durch, einem rothaarigen, alternden Jungen, den sie seit langem kennt, und wartet. Endlich reißt ein Bratscher die Tür auf. Hat man sie über die Änderung nicht informiert? Und der Hornist? Er hat sich gestern den Magen verdorben, wird beim Konzert aber da sein. Hornisten essen gern, sie brauchen das zur Inspiration wie das Atmen.

Der Bratscher lächelt. Man hat ihm erst am Morgen Bescheid gesagt, aber er kennt das Stück, hat sich immer danach gesehnt, mit ihnen zusammen zu spielen, und hofft, niemanden zu enttäuschen. Er wird ja nur für die Probe gebraucht. Ein hochgewachsener Mann mit graumelierten Haaren, Augen zu, die Zeit drängt, sie haben schon eine Stunde Verspätung. Sie fangen an zu spielen. Sie merkt sofort: Das ist es, so hat sie sich dieses Stück vorgestellt. Am Ende des ersten Satzes steigt Freude in ihr auf, eine besondere, aus den Tiefen der Seele, so etwas hat sie noch nie erlebt. Sie muss sich zwingen, sich nicht durch die Freude von der Musik ablenken zu lassen, auf sich und auf die anderen zu hören; aber die Freude ist da, und sie wächst. In der Musik geht es um subtile Zeitnuancen. Um Rhythmus, oder weniger um Rhythmus als um das Metrum, den Puls; das Schwierigste ist, zu erreichen, dass alle den gleichen Puls haben. Der Rest: laut oder leise, der Bogenstrich, das ist leichter zu korrigieren. Aber hier gibt es nichts zu korrigieren: Das klappt gut, geradezu erschreckend gut.

Im Ton des Bratschers schwingt eine große Leidenschaft, Wärme, der Wunsch, etwas Wichtiges, das Wichtigste mitzuteilen, etwas von ihr zu erfahren, von sich selbst zu erzählen. Die Geige antwortet ihm:

„Sieh dir die Bäume und den Himmel an und zerbrich dir nicht den Kopf ..." So was Ähnliches.

Sie spielen zu Ende, atmen durch. Der Pianist räuspert sich:

„Bei den Trillern, habe ich da nicht zu sehr gestört?"

Nein, er hat überhaupt nicht gestört.

„Ich habe da eigentlich ein Solo. Vielleicht können wir die Stelle wiederholen?"

Sie schauen sich an, der Bratscher und sie. Können wir, aber wozu? Besser kann es nicht gelingen.

Ein Deutscher polnischer Herkunft. Ein Leben lang hat er in dieser Stadt gelebt. Und hat das Mädchen damals gesehen, als sie in der Musikschule vorspielte. Auch er war damals Geiger, hatte sich aber nicht getraut, sie anzusprechen. Er tat sich nicht sonderlich hervor, bevor er zur Bratsche wechselte. Jetzt spielt er hier im Orchester. Ein gutes Orchester. Wunderbar hat sie gespielt, makellos sauber und expressiv, er kann noch ihr ganzes Programm hersagen.

Seine Hände: groß, schön, rund. Aber genauso wie bei ihr bluten die eingerissenen Nagelhäutchen, na so etwas, sie haben sogar dieselbe nervöse Unart. Er bringt sie zum Hotel und redet wie ein Wasserfall. Er will heute Abend zu ihrem Konzert kommen, und danach ... Nach dem Konzert wäre es ihm eine Ehre ...

Sie hat gar nicht gewusst, wo das Herz sitzt. Nun weiß sie, wo es ist: in der Kehle! Er begleitet sie, verbeugt sich, geht. Er ist also ... So einer ist das also. Heillose, wirre Gedanken. Heute Abend, nach dem Konzert ... Und die Freude, wo war nur die Freude hin? Wie weggeblasen.

Sie hockt auf dem Bett und klappert mit dem Schloss vom Geigenkasten. Der polnische Freund, der polnische Freund. Ist ihr Traum also in Erfüllung gegangen? Ihr Herz kommt nicht zur Ruhe.

Da, eine Schrecksekunde: Wo ist der Bogen? Weg! Schweißgebadet und mit hochrotem Gesicht stürzt sie in den Saal, in dem sie geübt haben, Hauptsache, nicht *ihm* begegnen, wem, versteht sich. Sie findet nicht sofort die richtige Tür, alles zerstiebt vor ihren Augen.

Früher, da hat sie gelegentlich Kleinigkeiten verloren: Schlüssel, Schmuck, den Pass, ja sogar große Dinge sind ihr schon abhandengekommen: Koffer zum Beispiel, und nicht nur einmal, aber der Bogen, das ist ihr noch nie passiert. Gott sei Dank, er liegt auf dem Flügel.

Alles ist in Ordnung. Ohne zu wissen, warum, ruft sie die Veranstalter an. Warum eigentlich? Sie hat Angst, eine Heidenangst.

„Oh", die Veranstalter sind froh, „wir wollten uns gerade mit Ihnen in Verbindung setzen. Der Hornist ist wiederhergestellt. Nehmen Sie sich bitte ein Stündchen, und gehen Sie die Noten mit ihm durch."

„Nein." Sie bricht fast in Tränen aus. „Auf keinen Fall, ausgeschlossen!"

Sie weiß, sie hat das Stück selbst ausgewählt, aber gerade dieses Stück will sie um nichts in der Welt spielen. Sie sagt etwas und verwickelt sich in Widersprüche: Sie habe zu Hause zu tun, die Schulter tue ihr weh. Was heißt hier vertragliche Verpflichtungen? Noch nie habe ihretwegen etwas ausfallen müssen, kein einziges Mal, oder? Sie bittet, ihr einen Fahrer zu bestellen, sie ohne Aufsehen abreisen zu lassen, irgendwas zu erfinden.

Und erst auf dem Weg zum Flughafen beruhigt sie sich ein bisschen. „Nur die Liebe ist größer als die Musik", geht ihr durch den Kopf. Wer war hier denn nun größer als wer und inwiefern?

Im Flugzeug setzt sie sich ans Fenster: Von den Bäumen ist natürlich nichts zu sehen, der Himmel aber scheint überhaupt kein Ende zu nehmen. Sie kehrt nach Hause zurück – weiß Gott, wie dieses Land nun heißen wird. Darüber haben wir ja schon gesprochen.

Einen oder zwei Tage später wird sie die Klasse betreten, die Schülerin anschauen und sagen: „Was stehst du rum? Spiel!"

Juni 2013

PAPPKOMBINAT LIEBKNECHTZK

Im Krieg war's schlimmer. Doch auch nach dem Krieg ging es uns nicht sonderlich gut. Besser als jetzt war unser Leben nie. Unser Städtchen heißt Liebknechtzk, aber viele nennen es wie früher einfach „Pappkombinat", obwohl die Papierfabrik, die damit gemeint ist, schon ein paar Jahre außer Betrieb ist; auf dem Gelände wachsen Ahorn und Gras. Auch das Haus des Japaners verfällt. Der Besitzer, Saschka Oberemok, ein Einheimischer, hat sich nach Japan abgesetzt. Vielleicht auch nicht nach Japan, was tut's? Wer von uns war schon mal im Ausland? Außer Onkel Zhenja, der Anfang der Achtziger in Polen im Einsatz war.

„Onkel Zhenja, erzähl uns mal was vom Ausland."

Wenn man ständig rumsitzt, ist jedes Gesprächsthema recht.

„Die hatten aufgemuckt ..."

„Wer?"

„Na wer schon. Die Polen. Wir marschierten ein, bauten Raketen auf ..."

„Und die Polen?"

„Weiß der Teufel! Das hat man uns nicht mitgeteilt. Wir mussten die Stellungen einnehmen. Vier Militärbezirke von uns waren da. Quartier beziehen, uns einrichten."

Selten passiert etwas, das sich einprägt. Schon fast drei Jahre ist das Pappkombinat von Liebknechtzk geschlossen. Es war das Zentrum der Stadt: Kondensatorpapier, Kabelpapier, Filterkarton, Wellkisten, Verpackungsmaterial jeder Art. Es gab natürlich Absatzprobleme, aber wir hatten Arbeit. Bespannt mit einem Tuch, auf dem die Papiermasse trocknete, drehten sich ununterbrochen die Walzen. Eine einzigartige Ausrüstung, noch aus der DDR stammend.

Keiner dachte darüber nach, wem das Kombinat gehört, alles war ja staatlich, also Eigentum des Kollektivs, der Arbeiter. Und worauf kommt es denen an? Dass der Lohn pünktlich oder zumindest mit nicht allzu großer Verspätung gezahlt wird. Wer versteht schon was von Eigentumsformen? Die Direktoren wechselten, wir kamen irgendwie durch und hatten Arbeit. Bauten Wohnungen, nicht nur für uns, auch für Lehrer und Ärzte.

Dann kehrte Saschka Oberemok in die Stadt zurück. Schnell war klar, wer nun im Kombinat das Sagen hatte. Er konnte einem ins Gesicht hauen, jemandem den Arm brechen oder ausrenken; so geschehen mit einem Tataren, die konnte Saschka nämlich nicht leiden. Aber nicht nur die. Schon zuvor hatte er sich mit einer Serviererin angelegt, Saschkas früherer Mitschülerin, die sich offenbar zu schade war, einen Klassenkameraden zu bedienen. Es hieß, er habe ihr die Nase gebrochen. Sie erstattete keine Anzeige.

Er ließ sich ein großes Haus aus rotem Backstein bauen, mit Türmchen, damit jeder sah, in welch schwindelerregende Höhen er aufgestiegen war. Allein den Elektrikern schuldete er noch hinterher eine ganze Million, so toll war das Haus. Angeblich sollte seine Familie nachkommen, aber die ließ sich nicht blicken. Wirklich, Saschka war ganz schön aufgestiegen. Hatte es sogar zum Abgeordneten gebracht, zwar nicht auf Bundes-, sondern nur auf Kreisebene, aber das, wo er noch keine vierzig war.

Anfangs lief das Kombinat unter ihm gar nicht schlecht. Er nahm Kredite auf, zahlte den Arbeitern Prämien. Und auch er selbst leistete sich natürlich was: Neue Firmen entstanden, alles seine, Saschkas. Dann gab es einen Einbruch, das

Kombinat warf auf einmal nichts mehr ab. Die Arbeiter muckten auf, schlimmer als die Polen. Arbeiteten aber weiter. Der Kreisvorsitzende kam angereist, er hatte offene Ohren für die Klagen der Arbeiter.

„Ich verstehe eure Situation. Aber ihr seid nicht die Einzigen, die ganze Forstindustrie bricht im Moment zusammen", sagte er.

Was hat es für einen Sinn aufzumucken, wenn es überall dasselbe ist? Im Krieg war's schlimmer. Eine der Frauen schrie: „Alexander Jurjewitsch hat nur für die Beleuchtung seines Hauses drei Millionen ausgegeben!"

Der Kreisvorsitzende seufzte: „Für die Beleuchtung oder für die Befeuchtung?" Damit war die Versammlung geschlossen. Vor der Abreise sagte er etwas Unverständliches: „Ihr habt ja Rechte. Ihr müsst sie nur nutzen."

„Dass das Wasser zu viel Phenol enthält, ist eine berechtigte Kritik, das müssen wir auf Regierungsebene prüfen." Das sagte er schon, als er ins Auto stieg, die Füße schräg hielt und sich die Schuhe abklopfte – wir hatten in dem Jahr einen langen Winter mit viel Schnee. Er versprach auch mit Öl zu helfen, die Heizung in der ganzen Stadt hing vom Kombinat ab. Und dann haben die Leute noch gesehen, wie er sich bekreuzigte, als er an der Kirche vorbeifuhr.

Saschka hat bei der Versammlung auch im Präsidium gesessen, kauend. Er kaute ununterbrochen, die ganzen letzten Monate, es hieß, er habe das Rauchen aufgegeben, darum. Vor den Maifeiertagen gab es einen Prozess, es ging um Zinsen, Kredite, die Firma war rettungslos pleite. Die Leute bedauerten Saschka sogar, er war doch trotzdem einer von uns. Ein Kerl tauchte auf, gestreiftes Jackett, Pferdeschwanz. Der Konkursverwalter. Er hatte Saschka Geld mitgebracht, eine Million Dollar oder so, um sich mit Saschka im Guten zu einigen und das Kombinat und die Firmen den neuen

Eigentümern zu übergeben. Aber da wurde Saschka auf diesen Konkursverwalter auf einmal stinkewütend, holte sein Kaugummi aus dem Mund und klebte es dem Konkursverwalter an die Brusttasche. Im Vorzimmer, im Beisein seiner Sekretärin. Das Geld schlug er aus. Und an den Maifeiertagen heuerte er ein paar Männer an, die das Tuch an den Maschinen zerschnitten, dass nix mehr zu machen war, weder mit Kleben noch mit Nähen noch mit Auswechseln des Tuches. Er zahlte jedem nur fünfhundert Rubel, aber die Männer waren's zufrieden.

Aus, die Maschinen stehen jetzt still, das war's.

„Wie konntest du nur, Onkel Zhenja?" Er hat nämlich mitgemacht. Na, sein Chef hatte es ihm doch befohlen!

Da kamen ganz andere Leute angereist, ohne Pferdeschwanz, und Saschka setzte sich nach Japan ab.

Woran erinnern sie sich noch? Daran, wie er vom zweiten Stock seines Hauses auf die Ziegen schoss, wenn die auf sein Grundstück liefen, aber er traf nie, er wollte sie nur erschrecken. Ein Porträt von ihm blieb zurück, riesig, drei Meter hoch, Alexander Jurjewitsch Oberemok im Hermelinmantel. Mit Geburtsdatum. Dabei wusste jeder, wann er geboren war, an der einen Hand war sein Name eingeritzt, an der anderen sein Geburtsjahr. Und auf dem Porträt ist er kaum zu erkennen. Das ergibt ein Blick ins Internet, wo es immer noch Fotos von Saschka gibt.

Drei Jahre sind seitdem vergangen. Die Stadt lebt. Nicht besonders gut, aber wir haben es ja nie besser gehabt. Man hat uns Öl geliefert, die Anlage funktioniert, die Häuser haben Zentralheizung, ja, sogar warmes Wasser. Die Arbeiter sind an verschiedenen Stellen untergekommen, der eine beim Wachschutz, der andere fährt Taxi. Onkel Zhenja ist beim Arbeitsamt registriert. Das Kombinat und Saschka Oberemok, das ist vorbei. Und die Gegenwart sieht so aus: Im Stadtkrankenhaus von Liebknechtzk liegt eine junge Frau auf

der Intensivstation und wird künstlich beatmet: Alja Owsjannikowa. Jeden Tag kommt ihr Mann ins Krankenhaus, er
wird nicht vorgelassen und fragt den Arzt auch nichts. Sein
Name ist Tamerlan, der des Arztes Viktor Michajlowitsch.

★ ★ ★

Viktor Michajlowitsch ist beliebt. Trinkt nicht, ist kein junger Mann mehr, hat Erfahrung. Beachtet die Verkehrsregeln
und hält alles tipptopp in Ordnung: Sein Auto ist immer
blitzblank sauber und ohne Defekt. Die ganzen acht Jahre,
die er in der Stadt ist, fährt er denselben Wagen.
„Ein Auto von heute ist eine nicht minder komplizierte Angelegenheit als ein Mensch." Wenn Viktor Michajlowitsch
von seinem Auto spricht, leuchtet sein Gesicht. „Sieben verschiedene Flüssigkeiten: Bremsflüssigkeit, Kühlflüssigkeit
und so weiter." Er denkt an alle sieben und füllt sie immer
rechtzeitig nach.
Nach Liebknechtzk hatte man ihn seinerzeit wegen seines
Zertifikats als Anästhesist und Intensivmediziner gelockt,
damals hatte die Stadt noch Wohnungen zu vergeben. Man
hätte das Krankenhaus sonst schließen müssen, es hätte keine
Lizenz bekommen, das ganze Kombinat hätte sich wer weiß
wo behandeln lassen müssen.
Operationen werden selten durchgeführt, die Narkose macht
die Narkoseschwester, aber dazu wird eine Lizenz gebraucht.
„Was sein muss, muss sein. Die Leute, die die Gesetze machen, sind ja auch nicht dümmer als wir."
Viktor Michajlowitsch bezieht ein halbes Gehalt als Intensivmediziner und ein ganzes als Allgemeinarzt. Das ist er
auch am ehesten, obwohl er in seinem Leben in verschiedene
Spezialgebiete hineingerochen und Zertifikate für viele
Fachgebiete erworben hat, inklusive Organisation des Ge-
sundheitswesens. Den Beurteilungen nach ist er einer der

Besten unserer Umgebung: Planeinhaltung gewährleistet, Vorsorgeuntersuchungen eingerichtet und durchgeführt, und auch auf der Station herrscht Ordnung. Er ist während der Arbeitszeit immer auf dem Posten, und zwar selbst an Feiertagen in nüchternem Zustand. Besuchszeit von sechs bis acht, das Betreten der Intensivstation ist Unbefugten natürlich verboten.

Viktor Michajlowitsch kuriert mit Infusionen – davon fühlen sich die Babkas besser; es kümmert sich jemand um sie, der Plan ist erfüllt. Die Babka liegt da, bekommt eine Infusion – und ab nach Hause, zu ihrem Fernseher. Nächster Termin für die Renovierung durch Einlauf von oben: ein halbes Jahr später. Wirkt gegen alles.

„Was wollen Sie denn? ‚Alter' ist eine Diagnose, an der nichts zu ändern ist."

Die Babkas gehen zu ihm, zu wem auch sonst? Es gibt noch zwei Allgemeinärzte in der Poliklinik, zwei Frauen, aber die sind mittags schon ausgeflogen. Sie behaupten: Hausbesuche, aber alle wissen, was das heißt. Beide sind schon im Rentenalter: Mangel an Arbeitskräften, das ist jetzt überall so.

„Früher wurden die Ärzte nach dem Examen für drei Jahre an einen bestimmten Ort geschickt", sagt Viktor Michajlowitsch, meidet sonst aber tunlichst solche Themen.

Früher hat er abgewogen, was gut und was schlecht ist. Aber mit den Jahren hat er sich mit allem arrangiert, auch mit sich selbst, und wie alle geht er Schwierigkeiten möglichst aus dem Weg. Wenn er gebeten wird, ein Medikament oder eine Untersuchung zu verordnen oder jemand ins Kreiskrankenhaus zu überweisen, fragt er: „Brauchen Sie das wirklich?", tut aber in der Regel, worum man ihn bittet, um sich keine Beschwerde einzuhandeln. Eine Beschwerde ist keine Katastrophe, aber alle fahren lieber über ausgebaute Straßen, als sich durch Schlaglöcher lavieren zu müssen.

Arbeitstag: acht bis vier. Mit allen Fragen danach beschäftigen sich die diensthabenden Ärzte. Viktor Michajlowitsch mag keine Fragen nach dem Woher der Krankheit und Wie der Behandlung: „Sieh im Internet nach. Da findest du jede Menge."

Er selbst macht das nicht. Und das neue Lungenbeatmungsgerät – im Zuge der Modernisierung haben alle Krankenhäuser so eins bekommen – stand bis letzte Woche unausgepackt da.

„Ein alter Hund lernt ungern neue Tricks", ist sein Lieblingsspruch. Und: „Komm mal auf den Teppich."

Owsjannikowa ist schwerkrank. Junge Schwerkranke werden ins Kreiskrankenhaus weitergeschickt, wenn die Zeit reicht. Wenn nicht, landen sie in dem roten Gebäude hinter den Garagen. Jeder ungünstige Ausgang, insbesondere von jemandem, der noch arbeitsfähig ist, sorgt irgendwie für Missstimmung. Bei den Alten gibt es keine Probleme dieser Art: jemanden mit siebzig oder achtzig wiederbeleben, wozu?

„Er hat ein Recht dazu", ist Viktor Michajlowitschs Antwort, wenn die Schwestern ihm die Meldung vom Unausweichlichen bringen. Holt die Krankengeschichte raus und fügt das Fehlende hinzu. Nachschauen geht er nicht: Er hat schon genug Gestorbene gesehen.

Owsjannikowa ist ein Sonderfall, Viktor Michajlowitsch rechnet damit, dass sie noch gut einen Monat leben wird, genauer: fünf Wochen. Obwohl die Hirnrinde irreversibel geschädigt ist, doch das Herz arbeitet noch, und die Atmung besorgt die Maschine. Äußerst ernster Zustand.

„Ernst, aber stabil", antwortet Viktor Michajlowitsch, wenn es sich mal nicht hat einrichten lassen, dass die Schwester das Gespräch mit Owsjannikowas Ehemann Tamerlan führt. Alle haben ungern mit den Angehörigen zu tun.

Letzten Freitag war sie als Notfall zur Entbindung hierher gebracht worden; sie ins Kreiskrankenhaus zu bringen, dazu war es zu spät. Geburten haben hier Seltenheitswert und laufen nicht besonders gut organisiert ab. Viktor Michajlowitsch war nicht dabei, es gab genug, die rumliefen und rumschrien. Er sah Owsjannikowa erst gegen Ende des Arbeitstages, als sie entbunden hatte, das Kind ins Kreiskrankenhaus gebracht worden war und man die Mutter nach oben verlegte. Er wollte sie nicht haben. Besser bei der Rettungsstelle anrufen, er ist nur für allgemeine Fälle zuständig. Aber dann nahm er sie doch: Wenn die von der Rettungsstelle nicht rechtzeitig kommen, wer hat dann die Verantwortung? Eben: Viktor Michajlowitsch ist Intensivmediziner, und es handelt sich um eine junge Frau, Blutdruck fast dreihundert und Krämpfe: ein Anfall nach dem anderen.

Während er die Treppen hoch- und runterrennt, bekommt er richtig Nackenschmerzen. Owsjannikowa erhält eine erste Infusion, eine zweite, Viktor Michajlowitsch versucht eine Menge Verschiedenes, während er auf die Leute vom Kreiskrankenhaus wartet. Zuerst will der Druck nicht sinken. Dann erbricht sie, der Druck fällt auf einmal total in den Keller. Da trifft der gelbe Volkswagen von der Rettungsstelle ein, im Zuge der Modernisierung haben sie neue Intensivtransporter bekommen.

Er hätte wohl früher Hilfe rufen müssen. Aber Viktor Michajlowitsch tut das nur im Extremfall: Die kommen, geben kluge Kommentare ab und wissen alles besser. Und wenn nur seine Autorität litte, das ginge ja noch, aber er kann nicht weggehen, solange sie auf Station sind, und hinterher muss er auch noch einen ausgeben. Viktor Michajlowitsch selbst trinkt wegen seines Blutdrucks nicht.

Ein Neuer ist gekommen, rothaarig, schätzungsweise dreißig. Viktor Michajlowitsch kennt ihn nicht von früher.

Wattejacke, kurzer Kittel, Schlüssel um den Hals, fordert der ihn noch in der Tür auf: „Los, erzählen Sie."
Was heißt hier „Los". So kannst du mit deiner Frau reden. Na: Hochdruck, Krämpfe. „Klarer Fall. Eklampsie. Behandlung?" Viktor Michajlowitsch hält mit Mühe an sich. Blutdruck gesenkt? Jawohl. Was guckst du in der Krankengeschichte nach? Ich kann dir die Ampullen zeigen! Wieso Eklampsie, sie hatte doch schon entbunden? „Kommt vor. In den ersten achtundvierzig Stunden danach. Aber, Moment, die atmet ja gar nicht!" Was danach geschah, weiß Viktor Michajlowitsch auch nicht mehr so genau. Trotz Gummibeinen, Flimmern vor den Augen hilft er aber tatkräftig mit. Der junge Mann führt den Tubus ein, befestigt das Rohr und schaltet das Beatmungsgerät ein. Als er sieht, wie der Bursche an den Knöpfen dreht und auf die leuchtenden Vierecke drückt, lässt Viktor Michajlowitsch es sich nicht nehmen zu sagen: „Ihr Jungen habt es gut, könnt Fremdsprachen. Wir mussten uns das alles selbst beibringen."
Was war denn daran zum Lachen?
Sie sind fertig, ziehen die Handschuhe aus, gehen ins Arztzimmer. Ein schwerer Tag, sie müssen sich erholen. Ob er Edik oder Erik heißt, hat Viktor Michajlowitsch nicht ganz mitgekriegt. Egal, der Bursche bekommt ein volles Glas, er selbst ein kleines Schlückchen.
„Und was jetzt?", fragt Viktor Michajlowitsch, im Sinne von: Nimmst du sie mit? Obwohl klar ist, nein, er wird es nicht tun. „Und wenn sie zu sich kommt? Müsste man ihr nicht die Arme festbinden?"
Der Bursche zuckt die Achseln: „Wohl kaum. Das Hirn ist schon ..."
Klarer Fall. Nichts zu machen.
„Was ist sie für eine? Sieht eigentlich ganz sozial aus."

Wer weiß? Vom Aussehen her: ja. Das sind Fragen, denen man besser nicht auf den Grund geht.

„Und was für ein Kontingent haben Sie hier? Nur Babkas wahrscheinlich?"

Was denn sonst?

„Babkas. Und die Arbeiterklasse."

Wieder lacht er: „Ich dachte, die kommt nur noch in Büchern vor, die Arbeiterklasse."

Sie sitzen zusammen und unterhalten sich über alles Mögliche, das nichts mit dem Fall zu tun hat. Zum Beispiel darüber, wann die Straßen endlich auf Vordermann gebracht werden. Apropos, Viktor Michajlowitsch hat schon lange eine Frage: „Stimmt es, dass Ihre Volkswagen einen Boxermotor haben?" Der Bursche schaut ihn mit großen Augen an. „Sehen Sie im Internet nach, da finden Sie das bestimmt", rät er. „Und was die da betrifft", er deutet Richtung Intensivstation, „rufen Sie an." Er hinterlässt seine Telefonnummer.

Wie kann man mit einem Auto fahren und sich nicht dafür interessieren, wie die Zylinder angeordnet sind? Obwohl müde, bleibt Viktor Michajlowitsch noch und bringt die Krankengeschichte auf den aktuellen Stand. Besser gleich, am Montag erinnert er sich womöglich nicht mehr. Eklampsie also. Sei's drum. Er schaut den Diagnoseschlüssel nach: ICD 015. Keine Spur Gewissensbisse. Sonst wird man verrückt. Schon mal was von Burnout gehört?

Anfang der Woche ruft der Bursche von der Rettungsstelle selbst an: „Wie steht's? Ist sie zu sich gekommen? Dann ist wohl nichts zu machen?"

Doch, Viktor Michajlowitsch will sie über Wasser halten. Zweiundvierzig Tage.

„Wieso so eine krumme Zahl?"

Wie, er als Akademiemitglied weiß so einfache Dinge nicht?, fragt sich Viktor Michajlowitsch. Zweiundvierzig: das sind sechs Wochen. Bis sechs Wochen nach Entbindung gilt so was als Müttersterblichkeit, danach nicht. So lautet die Regel. Steht so was nicht in eurem Internet? Komm auf den Teppich, mein Lieber. Jawohl.

★ ★ ★

Alja Owsjannikowa ist Jahrgang einundneunzig. Die Mutter starb bei der Geburt, niemand weiß, was mit dem Vater ist. Onkel Zhenja ist der einzige Angehörige, Alja heißt mit Vatersnamen Jewgenjewna. Aber ihn nach ihren Eltern zu fragen, ist zwecklos. Er erinnert sich auch nicht mehr an Polen, wo er stationiert war. Nicht, dass er besonders stark tränke, nicht mehr als die anderen, aber in der letzten Zeit stimmt irgendwas nicht mehr mit ihm. Tamerlan meint, weil er damals die Maschinen im Pappkombinat kaputtgemacht hat. Sagt aber auch: ein prima Kerl, dass er sie nicht als Kind ins Waisenhaus geschickt hat, die Neunzigerjahre waren für alle schwer. Alja hat nie ans Waisenhaus gedacht. Ihre erste Erinnerung? Onkel Zhenja badet sie vor dem brennenden Ofen in einem Zuber. Früher haben sie oft den Ofen geheizt. Alja musste die Rinde vom Brennholz abziehen. Man kann natürlich auch Zeitung zum Anzünden nehmen, aber mit Rinde ist es spannender. Was noch? Alja war eine gute Pilzsammlerin, sie hatte so ein Buch, konnte schon im Kindergarten lesen und kannte alle Pilze mit Namen. Wie sie denn ohne Mutter klargekommen ist, fragt Tamerlan. Aber sie hat ja keinen Vergleich. Tamerlan stellt häufig Fragen, auf die sie keine Antwort weiß. Alja ist es nicht gewohnt, über sich zu sprechen. Auch ihre Bekannten – die Nachbarn, Lehrer, Mitschüler – reden wenig, es fällt ihnen wohl schwer. Die meisten Menschen sind nicht unverschämt, sondern eher schüchtern, denkt Alja. Auch sie selbst ist nicht unverschämt und hat eine leise Stimme, auch wenn sie manchmal am Ende auf einmal lauter wird. Den Kopf hält Alja ein wenig hoch, das wirkt provokativ, doch auch das scheint nur so.

In der Schule war sie weder gut noch schlecht, Zensuren interessierten sie nicht, besonders nach der Geschichte mit der Raupe. Die Rechenaufgabe sah so aus: eine Raupe klettert tagsüber drei Meter hoch, nachts rutscht sie zwei Meter runter, am wievielten Tag kommt sie aus dem fünf Meter tiefen Brunnen raus?

Alja sitzt in ihrem Zimmer in der Dämmerung, Onkel Zhenja ist schon vom Schichtdienst zurück, man hört durch den Vorhang die Zwiebeln brutzeln. Es gibt also Buchweizengrütze mit Zwiebeln. Onkel Zhenja ruft sie. „Ja, gleich!" Sie stellt sich die Raupe vor: Am Ende der ersten Nacht hat sie einen Meter geschafft, am Ende der zweiten zwei, zwei plus drei ist fünf. Also schafft sie es am dritten Tag.

Die Lehrerin schaut sich die Hefte an, auch Alja zeigt ihrs. Alle außer Alja antworten: am fünften Tag. Bei der Notenvergabe sagt die Lehrerin zu Aljas Verwunderung: „Alle haben eine Eins, Owsjannikowa eine Drei."

„Olga Jurjewna, wieso keine Vier?", fragt Alja fröhlich.

Olga Jurjewna will den Notendurchschnitt nicht mit Vieren verderben, in der Schule wird eine Kommission erwartet, sie werden jetzt dauernd überprüft. Aber sie schaut doch am Ende des Aufgabenbuchs nach, da steht auch die Antwort: Drei. Na so was, ein Druckfehler, Owsjannikowa hätte lieber ihren eigenen Kopf anstrengen sollen, statt einfach abzuschreiben. Was bildet die sich eigentlich ein? Die ganze Klasse ist voller Idioten, nur sie hat den Grips gepachtet?

Alja weint fast nicht und hat auch keinen Grund dazu, aber wenn sie doch weint, bekommt sie rote Flecken auf der Stirn. Ansonsten ist sie selbstverständlich schön, dünn, hat lange Finger, alles bei ihr ist länglich: der Mund und die Augen.

Sie hat helle, goldene Haare, um die sie ihre Freundinnen beneiden. Schade, sagt Tamerlan, dass es im ganzen Haus kein Kinderfoto von ihr gibt, nur offizielle Schulfotos, auf denen nie jemand aussieht wie in Wirklichkeit.

Das Haus, genauer: die Hälfte des Hauses, zwei Zimmer, die Schule, ein bisschen Natur auf dem Hintergrund von Asphalt und Schornsteinen. Eine andere Landschaft hat Alja nie gesehen. In der Nähe der Schule ein einsames, heruntergekommenes Denkmal „Für Karl Liebknecht, den Ritter der Weltrevolution". Gebückt, mit runder Brille und kleinem Kopf gefällt er Alja irgendwie, sie stellt sich manchmal neben ihn. Als ihr dann jemand eröffnet, er sei gar kein Ritter, sondern Knecht, und die Sache, der er diene, sei bestimmt nicht die Revolution, teilt sie ihren Freundinnen ihre Entdeckung mit, aber die lachen nur über den Unsinn, den Owsjannikowa im Kopf hat. Sie haben schon Verehrer, Kavaliere, mit einem Wort: Jungens, während Alja nach der Schule sofort nach Hause oder anderswohin geht, aber allein, enge Freundinnen hat sie nicht.

Die Mädchen ziehen sie auf: Na, warte du mal auf deinen Karl. Egal: sie langweilt sich mit gleichaltrigen Jungen, die können nur Bier trinken und unflätig fluchen.

Wie sie zur Miliz kam? Da wurde eine Stelle frei, Onkel Zhenja verdiente nichts mehr, sie lebten nur von ihrer Waisenrente, aber die gibt es nur bis achtzehn. Auch die Uniform – dunkelblauer Rock und hellblaue Bluse – gefällt ihr. Eine Schriftführerin hat nicht viel zu tun: da hockst du und kopierst Tabellen, aber meist kannst du ein Buch lesen. Ihr Tisch steht am Fenster, die Sonne scheint, ein Haar fällt auf die Buchseite, sie nimmt es und zieht es in die Länge ...

Warum sie nach der Schule nicht weggefahren ist, fragt Tamerlan. „Kein Geld?" Wie hätte sie denn Onkel Zhenja allein lassen können? Nirgends war sie, nur hier in der Kreisstadt, als ob da etwas anders wäre als in ihrer Stadt, nur größer und zu viele Autos. Ja, und dann: wie hätte sie ihm dann begegnen sollen? Alja kennt den Grund für Tamerlans Frage nur zu gut.

Groß, mager, gebückt, so ist er an den Maifeiertagen aufgetaucht, den linken Arm in einem Verband. Offensichtlich hat er starke Schmerzen, er runzelt ständig die Stirn, berührt den Verband und wischt sich den Schweiß von der Stirn. Er erklärt, er will Anzeige erstatten. Die Bescheinigungen hat er dabei. Wer hat ihn so zugerichtet? „Oberemok", sagt Tamerlan. „Alexander Jurjewitsch." Nicht nur der Diensthabende, auch die anderen Milizionäre sperren schlagartig die Ohren auf und kommen angelaufen; auch Alja schlägt ihr Buch zu: Wer Alexander Jurjewitsch ist, weiß jeder. „Weshalb?" Tamerlan hat sich geweigert, die Maschinen kaputtzumachen, kein Geld von Oberemok angenommen, und nicht nur das, auch andere hat er an der Zerstörung hindern wollen. Er will Strafanzeige erstatten. Nach welchem Paragraphen, das wüssten sie besser als er. Die Miliz kennt sich mit Papiermaschinen nicht aus, aber eine Anzeige gegen Alexander Jurjewitsch ist natürlich ein brisantes Ereignis. Der Bürger habe wohl anlässlich der Maifeiertage ein bisschen was getrunken. An den Feiertagen kommt es zu vielen Verletzungen. Nein, Tamerlan trinkt nicht, er wusste, er würde danach gefragt, und hat sich ein dementsprechendes Zeugnis ausstellen lassen. Er holt eine weitere Bescheinigung aus der Tasche. Tamerlans Hose ist dreckig, zerrissen, er macht einen bemitleidenswerten Eindruck. Ob er sich das nicht noch einmal überlegen will? Es handele sich immerhin um den Direktor und Chef. Eine riskante Sache … Nein, Sie sind verpflichtet, die Anzeige entgegenzunehmen. „Okay, dann schreib." Er kann nicht, der Arm ist gebrochen oder ausgerenkt. Tamerlan ist Linkshänder. „Kommen Sie her", sagt Alja. „Ich mache das."

So haben sie sich kennengelernt. Sie hat ihn nach Hause mitgenommen und ihm die Hose geflickt. Onkel Zhenja war spät abends nach Hause gekommen – außerstande, Fragen zu stellen. Als die Feiertage vorbei waren, gingen sie zum Standesamt und gaben das Aufgebot auf, Alja schrieb wieder. Während sie auf die Hochzeit warteten, verheilte sein Arm, und keiner dachte mehr an die Strafanzeige. Die Hochzeit war einfach und leise, Tamerlan hatte keine Angehörigen in der Stadt. Die Gäste schrien „gorko", und Tamerlan küsste sie. Merkwürdig: Er hat keine Tätowierungen. Alja hat in ihrem Leben wenig nackte Männer gesehen. Bei Onkel Zhenja zum Beispiel prangt ein Adler auf der Brust, seine Blutgruppe und Etliches sonst. Na, hat sie vielleicht gedacht, Jungens kommen mit Tattoos auf die Welt, lacht Tamerlan sie aus. Und Wodka trinkt er wirklich nicht, weder Wodka noch Wein, nichts dergleichen. Nicht, weil er sich streng an die muslimischen Bräuche hält, er kennt das einfach nicht. Nur einmal, so gestand Tamerlan ihr eines Tages, da habe er doch getrunken, und zwar sehr viel; hinterher war ihm richtig schlecht. Das war, als sein Nachbar seinen Wagen verkaufte, einen Wolga, Universal, Pick-up – aber Alja versteht ja nichts von Autos – kurz: Tamerlan wollte das Auto haben, hatte nicht genug Geld, da schlug der Nachbar vor: Wenn du mit mir trinkst, kriegst du es für die Hälfte. Er wollte den Tataren unbedingt betrunken machen. Aber der Nachbar hielt Wort. Und jetzt, wo es keine Arbeit mehr im Kombinat gibt, leistet ihnen das Auto gute Dienste. Tamerlan benutzt es als Taxi, beliefert verschiedene Geschäfte; er nimmt, was er kriegen kann, und lehnt nichts ab.
Sie leben zu dritt mit Onkel Zhenja, anderthalb Jahre schon. Onkel Zhenja bekommt Unterstützung vom Arbeitsamt, mehr als in der letzten Zeit im Kombinat. Tamerlan holt Alja jeden Tag bei der Miliz ab. Sie schmieden Pläne: anbauen, eine Sofagarnitur kaufen oder irgendwohin reisen, beide

haben noch nie das Meer gesehen, sie wünschen sich das eine und das andere, Dinge, von denen Alja nie geträumt hätte. Aber weder die Sofagarnitur noch das Schwarze Meer rauben Alja die Ruhe – alles kommt irgendwie von selbst, so, wie sie ihren Liebknecht getroffen hat, ohne zu suchen oder zu warten. Und dann ist sie schwanger.

Alja hatte nie an diese Möglichkeit gedacht, Tamerlan aber wollte bestimmt Kinder, er war schon dreißig. Obwohl sie nie darüber gesprochen hatten. Zuzuschauen, wie sich Aljas Bauch veränderte, ihn zu berühren, war noch interessanter als von Meeren zu träumen. Namen aussuchen. Ans Krankenhaus wandten sie sich nicht, nur ein Mal ging sie zum Ultraschall, sie sagten ihr etwas, was Alja nicht verstand, sie bat nur, ihr nicht zu verraten, ob es ein Junge oder ein Mädchen ist, sie wollte es noch nicht wissen. Schwangere haben oft komische Anwandlungen. So lief alles bis zum sechsten Monat. Da schwollen ihr auf einmal Arme, Beine und Gesicht an, Tamerlan brachte sie ins Kreiskrankenhaus, wo man sie zur Überwachung aufnahm. Etwas Schrecklicheres als das hat sie nie erlebt, sagt Alja.

Sie zerstachen ihr die Arme mit den Infusionen. Das hätte Alja ja noch ausgehalten, aber aus irgendeinem Grund, so klagt sie, nahmen sie ihr die Kleidung ab und, was die Hauptsache war, auch das Telefon. Der Leiter ist der Meinung, Schwangere dürften nicht telefonieren, Signale, Wellen, kurz: Sie verstand kein Wort. Und Besuch käme nicht infrage, alle haben Angst vor Infektionen. Alja sitzt auf dem Bett und weint, wie sie nie im Leben geweint hat. Und geht ins Zimmer zum Arzt. Da sitzt ein schrecklicher, glatzköpfiger, braungebrannter Typ …

Tamerlan umarmt sie, küsst sie auf Stirn und Augen.

… braungebrannt wie ein Neger. Und überall im Zimmer Riesenikonen, rote, mit Gold, sie hat noch bei niemandem so viele Ikonen gesehen. Und Urkunden, ebenfalls mit Gold und Silber. Und sie sagt dem Typ mit normaler Stimme, damit er nicht denkt, sie sei verrückt, sie will nach Hause und braucht die Sachen und das Telefon. Der Typ antwortet, die kriegt sie nicht, sie muss noch zwölf oder vierzehn Tage hierbleiben. Und als sie dann in Tränen ausbricht, lacht er und rät ihr, sich an die Miliz zu wenden. Da erinnert sie sich auf einmal, dass sie selbst bei der Miliz ist. Sie bekommt ihre Sachen und das Telefon; Krankschreibung und Abschlussbericht würden ihr zugeschickt. Sie geht zum Bus, weil sie nicht anderthalb Stunden warten will, bis Tamerlan kommt und sie abholt, zumal sie weiß, dass er zu tun hat.

Vieles andere, was noch ohne ihn geschah, verschweigt sie Tamerlan, und sie leben noch fünf oder sechs Wochen, keine schlechte Zeit, obwohl sie sich schon richtig schlecht fühlt, und dann beginnen auf einmal die Wehen, was ebenfalls überraschend kommt – sie dachten, sie hätten noch einen Monat Zeit.

Der Krankenwagen bringt Alja weg, Tamerlan folgt mit seinem Wolga. Als man sie aus dem Wagen herausträgt, sieht er sie noch einmal, und Alja blickt ihn ebenfalls an – mit einem Blick, wie ihn Kurzsichtige haben, wenn ihnen die Brille überraschend runterfällt. Aber kurzsichtig war Alja doch nie.

★ ★ ★

Das Weitere ist bekannt. Ein Mädchen ist auf die Welt gekommen. Der Zustand von Alja Owsjannikowa ist ernst, aber stabil. Viktor Michajlowitsch geht davon aus, das bleibt noch fünf Wochen so, glaubt aber selbst nicht ganz daran. Es ist schwer, einen Menschen an so einem Gerät am Leben zu erhalten, und dass über mehr als einen Monat kein einziges Mal im Krankenhaus der Strom ausfällt, ist ausgeschlossen. Aber noch geht das Leben weiter. Onkel Zhenja ist unruhig und fragt die Vorübergehenden: „Hast du was zu rauchen? Man schlägt es ihm nicht ab. Manchmal kommt von einem: „Onkel Zhenja, erzähl mal, wie ihr die Raketen in Polen aufgebaut habt", aber meist wissen sie, in welcher Situation er ist, und geben ihm einfach so Zigaretten.

Tamerlan macht Abendessen für sich und für ihn, morgens fährt er ins Kreiskrankenhaus zur Kinderstation, ein Weg von anderthalb Stunden (telefonisch bekommt man keine Auskunft) und gegen drei, vier zurück zu Alja, genauer zum Arzt: fragt, ob er Medikamente besorgen soll. Und überhaupt: Wie ist ihr Zustand?

Viktor Michajlowitsch beleidigen seine Nachfragen. Er hat ihm doch erklärt, dass nichts gebraucht wird. Und selbst wenn doch, es gibt eine Vorschrift, nach der Medikamente und Pflegemittel nicht von den Angehörigen beschafft werden sollen. Ihr Zustand ist stabil.

Heute ist ein kurzer Tag, Freitag. Tamerlan hat ihn nach der Arbeit auf der Straße abgepasst, Viktor Michajlowitsch will gerade nach Hause fahren: „Wie geht es Owsjannikowa? Gibt es Hoffnung?"

Viktor Michajlowitsch setzt sich ins Auto, zunächst schräg, damit er den Schnee von den Schuhen klopfen kann, dann steigt er ganz ein.

„Es gibt immer Hoffnung", sagt er, „solange ein Mensch lebt."

September 2013

BERGARBEITERSIEDLUNG EWIGKEIT

Notizen eines Dramaturgen

Mein Personengedächtnis ist miserabel, ich kann mir Patienten nur schlecht merken. Wenn sie nur ein einziges Mal da waren, fast gar nicht, besonders, wenn sie, wie man es nennt, zur Kontrolle kommen oder, noch schlimmer, bestimmte Bescheinigungen haben wollen: für eine Kur, für die arbeitsmedizinische Kommission. Letztere wimmele ich gnadenlos ab: Wenn du nur einmal nachgibst, stehen die Bittsteller Schlange. Wir machen hier unsere Arbeit, die Medizin ist kein Dienstleistungsbetrieb. Und diese Kommissionen für Arbeitsmedizin und ärztliche Gutachten sind durch und durch korrupt. Verstehen Sie sich darauf, jemanden zu schmieren? Ich jedenfalls will nichts damit zu tun haben. Alexander Iwanowitsch Iwlew aber, den Verfasser der vorliegenden Notizen, habe ich mir gemerkt, und ihn habe ich auch nicht weggeschickt. Er ging auf mich im Flur zu, redete mich mit „Doktor" oder mit Vor- und Vatersnamen an, aber das so voller Würde und ohne Druck, wie man es in unseren Breiten selten trifft. Ich lud ihn ins Sprechzimmer ein. Das Äußere des Alten, seine ganze Gestalt, sein Gang, seine Haltung hatten etwas Besonders, etwas, so würde ich es nennen, Vogelhaftes. Gerader Rücken, dünne, lange Finger, helle, fast farblose, nicht wässrige, sondern gleichsam durchsichtige Augen, eine große, spitze Nase. Aber Alexander Iwanowitsch hatte absolut nichts Dämonisches, im Gegenteil: etwas von einem Kind, Fröhlichkeit und einen Hang, zu lächeln, sich ohne Druck auf die Tränendrüse und ohne Hysterie freundschaftlich zu unterhalten – Kollegen werden verstehen, was ich meine. Und auch seine Kleidung fiel aus dem üblichen Rahmen, sie zeugte von Geschmack, vom Geschmack eines Schauspielers, wie sich später herausstellte, obwohl ich ansonsten nicht behalte, wer was anhatte, und nicht davon erzählen kann.

Ich ließ ihn mir gegenüber Platz nehmen und blätterte in den Papieren. „Wie geht es Ihnen, Alexander Iwanowitsch?" „Meinem Alter und der sozialen Lage entsprechend." Eine tolle Antwort!

Er hat mal als Dramaturg gearbeitet. Aber in unserer Stadt gibt es ja (wie er sagte: „Gott sei Dank") kein Theater, und Alexander Iwanowitsch ist auch schon längst Rentner.

Der Grund für sein Kommen war ein trauriger Anlass: Er brauchte Bescheinigungen für ein Alters- und Invalidenheim. „Für Veteranen. Wir bezeichnen uns als Veteranen. Veteranen von ichweißnichtwas. Entschuldigen Sie, dass ich Sie aufhalte."

Für ein Armenhaus, denn um etwas anderes handelt es sich nicht, kann es keine Kontraindikationen geben. Also: Unterschrift, Stempel, fertig. Trotzdem untersuchte ich ihn, ich hatte das Bedürfnis, dem netten Mann etwas Gutes zu tun. Und da ich eben Arzt bin, untersuchte ich ihn.

Die Schwester half ihm, sich aufs Bett zu legen. Erst da bemerkte ich, dass Alexander Iwanowitsch Schwierigkeiten hatte, sich körperlich anzustrengen.

Ich plaudere hier ein Geheimnis aus: Wir leben auf oder freuen uns sogar, wenn wir eine ernste, aber seltene Krankheit entdecken, besonders, wenn wir die Ersten sind, sie behandelbar ist und nicht direkt zu unserem Spezialgebiet gehört. Dann sind unsere Beobachtungsgabe und unser Horizont gefragt. Im Fall des armen Alexander Iwanowitsch stellte sich bei mir aber keine Begeisterung ein. Nicht, weil er gesund gewesen wäre (absolut nicht), sondern weil ich in dieser kurzen Zeit Gefallen an dem Alten gefunden hatte.

Und Krankheiten bei Bekannten zu finden, macht, selbst, wenn sie behandelt werden können, keinen Spaß. Und wie soll ein einsamer Alter mit unserer sogenannten Hightech-Hilfe klarkommen? Er wäre ja wohl kaum auf die Idee gekommen, in ein – von ihm liebenswürdigerweise Veteranenheim genanntes – Altersheim zu gehen, wenn er Geld oder Angehörige hätte, die ihn hätten versorgen können. Die medizinische Diagnose lasse ich natürlich aus.

„Wenn operiert werden muss, muss eben operiert werden." Alexander Iwanowitsch nahm die Diagnose mit seltenem Gleichmut auf. „Wie viel habe ich Ihrer Meinung nach ohne sie zu leben?"

Ein Jahr, so sagte ich, ein Jahr. Bestenfalls. Und es wird kein angenehmes Jahr sein. Luft braucht der Mensch nötiger als Essen und Wasser.

Ich verstehe es, Leute zu überreden, manche halten mich sogar für einen Despoten. Eine zu starke Bezeichnung, schließlich hängt doch alles von den Motiven ab, oder? Aber Alexander Iwanowitsch war nicht schwer zu überreden. Gut: nach Moskau fahren (hier die Adresse), vorher anrufen (ich gebe Ihnen die Telefonnummer), das Gutachten des Professors einholen, der die Operation durchführt, in der Kreisstadt die Erklärung über die Kostenübernahme einholen, wenn man sie Ihnen verweigert, mich anrufen, und zwar sofort, die Nummer steht oben auf dem Gutachten. „Beim Kostenübernahmeamt empfiehlt es sich, das Wörtchen ‚Staatsanwaltschaft' fallen zu lassen, können Sie sich das merken?", er nickt unsicher, „eineinhalb bis einen Monat später kommt der Termin, und wenn alles überstanden ist, kommen Sie hierher zurück."

Das funktioniert nicht besonders gut, muss man sagen, besonders bei älteren Menschen, aber wir haben auch positive Beispiele, man muss es versuchen. Unser Abschied verlief hastig, ich habe ihm, glaube ich, noch nicht einmal die Hand gegeben: Der Nächste wartete schon.

Als ich abends aufräumte, fand ich ein in Zellophan einge-
schlagenes Heft. Es stammte von Alexander Iwanowitsch.
Persönliche Aufzeichnungen. Anrufen? Die Schwester sagte, er habe kein Telefon, weder Festnetz noch Funk. Macht
nichts, er wird sich schon erinnern und kommen. Ich steckte
das Heft in die Schreibtischschublade, da stapelte sich bei
mir ein Haufen Papiere.

Vielleicht haben sich meine Eindrücke von Alexander
Iwanowitschs Verhalten und Äußerem auf dem Hintergrund
von dem, was ich aus seiner Novelle oder seinen Tagebuch-
aufzeichnungen erfahren habe, ein bisschen verändert, und
bestimmte Zusammenhänge zwischen einzelnen Details
sind klar geworden, aber damals war er einfach ein Kunde.
Ein angenehmer. Wir müssen Krankheiten heilen, Geld
verdienen, unsere Familie versorgen, wir wollen den Beruf
nicht idealisieren: Ja, er ist gut, vielleicht der beste, aber ein
Beruf mit seinen Grenzen. Wir sollten im Leben der Kranken eine möglichst geringe Rolle spielen.
Ein paar Wochen später aber erinnerte ich mich: Wie steht
es mit Alexander Iwanowitsch? Ist er im Krankenhaus? Ist er
operiert worden? Ich rief in Moskau an: Was macht unser Alter? Nein, er ist bei ihnen nicht aufgetaucht. Oder hat keinen
Eindruck gemacht. Weder der Ernst seiner Krankheit noch
seine Persönlichkeit. „War der Alte verwahrlost?" „Nein,
durchaus gut in Schuss, und so alt auch wieder nicht." „Wir
haben jemanden von Ihnen gehabt. Eine Frau. Wir haben
keine Dokumentation, keine Aufzeichnungen." „Ja, ich habe
auch eine Frau geschickt." Ich fragte nach ihr. „Gut", sagten
sie, „dann schick also deinen Alten."
In der Kreisstadt anzurufen, hat keinen Sinn und ist mir zu-
wider. Ich bat also die Schwester. „Da können wir Ihnen
leider nicht weiterhelfen." Wie zu erwarten war. Im Altenheim war Alexander Iwanowitsch nicht aufgetaucht, bei der

Rettungsstelle hatte er nicht angerufen, im Leichenschauhaus war er auch nicht geführt worden.

Gut: Eine Telefonnummer hatte er nicht, aber eine Adresse hatte er immerhin. Unsere Stadt ist nicht groß. Es ist zwar etwas ausgefallen, bei seinen Patienten unaufgefordert aufzutauchen, aber ich fuhr hin.

Kein Haus, sondern die Hälfte eines Hauses, mit einem einzigen Eingang. In der Tür steht ein Mann. Ein typischer Einheimischer, ohne besondere Kennzeichen. Ich sage ihm etwas: schnell, nicht besonders deutlich, aber nachdrücklich, bestimmt. Keiner hört hier, was jemand sagt, entscheidend ist der Ton.

„Gleich. Ich frage bei Muttern."

Ich habe inzwischen gelernt: „Bei Muttern" heißt „bei meiner Frau".

Ich drücke die Tür zu Alexander Iwanowitsch auf. Merkwürdig, sie ist nicht abgeschlossen. Es sieht so aus, als hätten die Nachbarn sein Territorium in Gebrauch genommen.

Zu sagen, er lebt (oder lebte) nicht reich, heißt nichts sagen. Viele haben es jetzt schwer. Aber man kommt bei uns noch irgendwie durch: niedriger Lebensstandard, Provinz.

Die Frau kommt, nun sind sie zu zweit und wirken zunehmend aggressiv. Beide sind dick, ungepflegt, und es riecht schlecht. Ich erkläre, weshalb ich gekommen bin, nein, sie können mir nicht weiterhelfen.

„Was sind das für Gläser? Gehören sie Alexander Iwanowitsch?"

„Nein, uns", antwortet die Frau. „Wir räumen sie weg."

Ihr Nachbar sei weggefahren.

„Wohin? Wann?"

„Meinen Sie, er berichtet uns davon?"

Die typische Situation: Trotz ihrer Forschheit empfindet dieses Paar das einfache Interesse für einen Menschen fast als persönliche Beleidigung. Gut für das Regime, nebenbei bemerkt.

Am Abend dachte ich: Vielleicht haben die meinen Alexander Iwanowitsch umgebracht? Unwahrscheinlich? Das Aussehen dieses Dicken mit seiner Mamulenka war durchaus zupackend. Und ihr Nachname „Krutows", die „Schroffen", passte auch. Haben ihn umgebracht, den Leichnam versteckt oder vergraben und nutzen nun sein Zimmer. Nicht nur in Moskau, auch hier bei uns gibt es nur noch wenig ungewöhnliche Menschen, Sonderlinge. In meiner Jugend gab es sehr viel mehr, wo sind die alle hingekommen? Eben, dahin, dem Konkurrenzkampf zum Opfer gefallen.

Ich erzähle meine Gedanken dem Chef der örtlichen Polizei. „Die Krutows? Nein", sagt er, „das glaube ich nicht. Wir haben ja nicht mehr die Zustände der Neunzigerjahre."

Eine seltsame Logik.

„Aber wenn es sein muss", sagt er, „prüfen wir das." Oder, wie er sich ausdrückt, „nehmen sie in die Mangel".

„Aber bitte alles im Rahmen des Gesetzes."

Er reagiert beleidigt: „Wann haben wir denn gegen das Gesetz verstoßen?"

Gut, das wissen Sie besser.

Ich erinnerte mich wieder an das Heft. Und las es. Wenn auch Sie es lesen, wird Ihnen eher verständlich sein, warum ich so beharrlich suchte.

An Makejew (Wladlén Makejew, einen örtlichen Schriftsteller, wie Sie in den Notizen lesen können) wandte ich mich nicht auf direktem Weg, sondern auf dem Umweg über eine Künstlerin, seine Nachbarin und eine ethnisch makellose Russin. Auch Makejew konnte nicht weiterhelfen.

Es vergingen noch einige Monate des Wartens und unsystematischer Suche mit Telefonanrufen bei allen möglichen unangenehmen Institutionen, auf Kreisebene, Moskauer Ebene, föderaler Ebene, ich rief bei den unmöglichsten Stellen an. Es wurde immer klarer, dass Alexander Iwanowitsch nicht mehr lebte.

Bevor Sie zu lesen anfangen, ein paar Worte zur Bombardierung der Stadt, die der Oberste Befehlshaber durchführen oder ausführen ließ. Ich habe keine direkten Belege finden können für eine Luftattacke auf die Siedlung Ewigkeit, das Ereignis, von dem Alexander Iwanowitsch erzählt. Aber ich bin auf Belege über die Bombardierung eines Hauses der Kultur in einer anderen Stadt gestoßen. Sie hieß „Toter Fluss" – oder „Tal des Toten Flusses" in der Sprache der Nenzen – und lag ebenfalls im äußersten Norden.

Ein paar Zitate: „Das Haus der Kultur einer verlassenen Siedlung wurde von Langstreckenbombern bombardiert", melden Nachrichtenagenturen. „Eine Gruppe von Langstreckenbombern führte Experimente mit einer neuen Flügelrakete durch. An Bord eines der Flugzeuge befand sich der Oberste Befehlshaber ..." und so weiter.

Details findet man leicht: „Der Vorsitzende des Rayons befand sich zum Zeitpunkt des Starts auf dem Versuchsgelände. Nach Aussage des Stadtoberhaupts flog die erste Rakete ein bisschen zu hoch, aber die folgenden legten das Gebäude in Schutt und Asche." „Der Präsident hatte uns zwanzig Minuten gegeben, um uns in Sicherheit zu bringen", sagt unser Gesprächspartner lächelnd. „Wir fanden noch brennende Raketenteile. Eine fantastische Technik, eine fantastische Trefferquote", konstatierte der Bürgermeister.

Im Internet gibt es einen Film über diese Ereignisse. Start vom Militärflughafen, Auftanken in der Luft, Start der Raketen, Rückkehr. „Das Gesicht des Oberbefehlshabers lässt darauf schließen, dass er zufrieden ist", sagt eine Stimme aus dem Off.

„Die sprechen von ihm, als handele es sich um ein Tier", sagte meine Krankenschwester beleidigt, als ich ihr den Film zeigte. Ich wiederhole: Direkte Hinweise auf das, was Alexander Iwanowitsch beschreibt, habe ich nicht gefunden. Aber Versuche mit Flügelraketen gibt es und wird es weiter geben.

Und eine Siedlung mit dem Namen „Ewigkeit" existiert. Ja, nicht nur „Ewigkeit", auch „Glück", „Treue", „Tapferkeit" sind als Ortsnamen anzutreffen.

Die Leser werden Fragen haben. Ein Mann, der einen Mord begangen hat, soll Vorsitzender des Rayons geworden sein? Oder: Woher stammt die Zeile über die Mirabeau-Brücke und die Oká? Meine Antwort: ich kenne mich weder mit der gegenwärtigen Praxis der Ernennung der kommunalen Politiker noch mit der gegenwärtigen Dichtung aus, aber Alexander Iwanowitsch dürfte kaum etwas verwechselt oder erfunden haben.

Auch ich habe noch Fragen. Hätte ich ihn nicht in mein Krankenhaus aufnehmen sollen? Aber wenn man anfängt, Leute nicht aus medizinischen, sondern aus menschlichen Motiven, aus persönlicher Sympathie einzuweisen, wo kommen wir da hin? Wir führen keine großen Operationen durch, und auf andere Weise war hier nicht zu helfen. Und noch eins: Warum wollte er, dass das Heft bei mir landet? Hat er es verloren, vergessen? Den zahlreichen Ergänzungen und Korrekturen nach zu urteilen, lagen Alexander Iwanowitsch seine Notizen am Herzen. Was wusste er von mir, wovor wollte er warnen? Vor der Leidenschaft für das Theater? Aber ich bin ohnehin kein Theaterfan.

Das Verschwinden des Verfassers ist ein Jahr her. Ich habe ihm maximal ein Jahr gegeben, die Diagnose war sicher. Soweit ich die Gesetze kenne, muss Alexander Iwanowitsch als verschollen gelten, sodass es Zeit ist, seine Erzählung in Druck zu geben. Wenn er wider Erwarten noch lebt, wird er mir wohl kaum zürnen: Männer machen selten Aufzeichnungen zum persönlichen Gebrauch, und Alexander Iwanowitschs Erzählweise ist auf einen Leser angelegt. Lediglich die Kapitelüberschriften, die im Manuskript nicht vorhanden waren, stammen von mir.

Ich male mir aus: Was, wenn Alexander Iwanowitsch sich hätte operieren lassen, jetzt in Deutschland oder in seinem Amerika lebt und aufgrund dieser Veröffentlichung wiederauftaucht? Das wäre doch toll und gäbe ihm die Möglichkeit, auf sich aufmerksam zu machen (oder wie der widerliche Makejew sagen würde: „im Rampenlicht zu stehen"). Was wäre es für eine Freude, ihm das Honorar zu überweisen! Und meine Vor- und Nachworte, die könnte ich mir dann auch gleich sparen.

Die Namen habe ich nicht geändert.

Juni 2015, Tarussa

Trauben

„,Sicher ward mir eine hohe Bestimmung zuteil' ... Männer legen sich immer etwas zurecht. War es Ihr Traum, Dramaturg zu werden, Alexander Iwanowitsch?", fragt Ljubotschka mich.

Ljubotschka Schwalbe ist eine der Frauen, nach denen ich mich bis ans Ende meines Lebens sehnen werde. Sie nimmt einen großen, grünen Apfel vom Tablett und drückt mit dem Zeigefinger darauf.

„Der ist echt", sagt sie und beißt rein.

„Ljubka, was machst du da?", schreit die Verantwortliche für die Requisiten. „Du verputzt mir die ganzen Requisiten! Nächstes Mal kriegst du einen Plastikapfel."

„Entschuldigen Sie, Valentina Genrichowna, dass ich mit vollem Mund spreche. Damit Sie es wissen, Äpfel enthalten Vitamin E."

Valentina Genrichowna winkt ab: „Du hast auch so mehr Vitamin E, als gut ist ..."

Valentina Genrichowna arbeitet fast so lange am Theater wie ich. Ein wunderbarer Mensch: die Verantwortliche für die Requisiten und für das Buffet gleich mit. Ohne sie würden wir alle – Schauspieler, Beleuchter und so weiter inklusive der Administration – Hungers sterben. Und solche Äpfel sind hier überhaupt nicht zu kriegen.

„Sehen Sie, Alexander Iwanowitsch, die sparen auf meine Kosten an einer zum Verzehr bestimmten Requisite", sagt Ljuba kläglich, als wir wieder zu zweit sind. „Sie haben versprochen, mir etwas zu erzählen ..."

Ich freue mich, wenn sie in Redelaune ist. Was ich werden wollte? Nein, natürlich nicht Dramaturg. Ich habe von etwas anderem geträumt. Aber ich bin darüber überhaupt nicht unglücklich.

Ljuba springt auf: „Huch, Slawa ruft mich! Alexander Iwanowitsch, warum schreiben Sie nicht? Schreiben Sie doch was! Versprochen?" Das kommt, als sie schon unterwegs ist, von der Treppe herab.

Eine Erinnerung, lang ist's her.

Eine frische Erinnerung. Mein hiesiger Kamerad, Makejew, Wladlén Nilowitsch, Mitglied des Schriftstellerverbandes seit Urzeiten: „Lassen Sie uns was aus Ihrem Leben machen", schlägt er vor. „Für die Zeitung ‚Oktober'. Sie schreiben, was Ihnen einfällt, und ich steige dann ein. Ich schenke Ihnen den Titel: ‚Geboren in Ewigkeit'."

Makejew ist kein schlechter Mensch, hat aber so seine Macken. Er hat zugegeben, dass er nicht Wladilén heißt. Im Pass steht Wladlén.

„Wladlén klingt so proletarisch, stimmt's? Wladilén klingt ausgefallener."

Ich gehe fast täglich mit Makejew spazieren. Warum auch nicht? Ich bin Rentner, arbeite nicht, habe jede Menge Zeit, aber über Wladilén Nilowitsch wundere ich mich: Wann kommt er dazu, seine Scholle zu bearbeiten? Letzten Monat zeigte er mir ein Manuskript: „Unschuldig wie ein Lamm", zwölfhundert Seiten, ein Roman. Er ist beleidigt, dass ich ihn noch nicht gelesen habe.

„Wenn Sie mich schon nicht lesen, schreiben Sie über sich selbst. Schön der Reihe nach. Wir nehmen es uns vor und redigieren. Ich kann gar nicht genug kriegen von den Geschichten einfacher Menschen. Wenn Sie was gegen die Zeitung ‚Oktober‘ haben, bringen wir es in einer überregionalen Publikation unter. Dann haben Sie die Chance, auf einer noch bedeutenderen Ebene im Rampenlicht zu stehen. Klingt der Titel ‚Geboren in Ewigkeit‘ nicht richtig gut?“ Eigentlich bin ich bei Tscheljabinsk geboren. Aber warum sollte ich es nicht versuchen? Ich habe doch ein Stückchen von der Welt gesehen! Nur kurz und nur ein kleines Stückchen, aber was für eins!

Ein Städtchen bei Tscheljabinsk. Eigentlich noch nicht einmal ein Städtchen, sondern eine Fabrik, fast auf freiem Feld. Und daneben: Bruchbuden, Waggons, Häuschen. Hier die Schule, da der Arzt, ein Heim für Frauen, eine kleinere Bruchbude: das Heim für die Männer. In den Ural brachte man Menschen von überall: aus Leningrad, aus Minsk, aus Kiew. Ganze Institute wurden dorthin evakuiert: Wenn ihr nicht bis zum Herbst die Produktion auf die Beine gestellt habt, seid ihr dran. Keiner muckt auf, es gibt keine Alternative, es herrscht Krieg. Und ob es sich um eine gesundheitsschädliche Produktion handelt oder nicht, daran dachte ebenfalls keiner. Ich erinnere mich kaum daran, an den Krieg, er war ja auch bald vorbei, aber wir beeilten uns nicht sonderlich, vom Ural wegzuziehen: wohin auch? Man kann sich überall eingewöhnen, sagt Mutter. Wo dein Bett ist, da klage nicht, diese Einstellung habe ich von ihr. Wir wohnen mit Mutter und ihren zwei Schwestern in einem Heim, die Frauen genieren sich nicht vor mir, das taten sie auch später nicht, ich weiß nicht, warum.

Schule. Da gibt es eigentlich nichts zu erinnern, und ich wollte ja auch nicht von meinem ganzen Leben, sondern nur von Teilen erzählen. Mutter bat, ich solle so viele Gedichte wie möglich auswendig lernen, da hat man nichts zu schleppen, die kann man überallhin mitnehmen. Mutter musste oft umziehen.

Ich war elf, und mein einziger Wunsch war: ein Mikroskop. Unsichtbares hatte auf mich eine ungeheure Anziehungskraft. Ein Fernrohr hätte ich auch nicht verschmäht, aber mein Traum war ein Mikroskop.
Einmal nahm mich Mutter mit nach Tscheljabinsk. Ein Gebrauchtwarenladen, Mutter wühlte in den Sachen. Da, auf einmal, ich traute meinen Augen nicht: auf der Theke, unter Glas: mein Traum. „Mutter, Mutter, komm her!" Ich erinnere mich genau: ein kleines Mikroskop in einer Schachtel, auf der mit Tusche „400" stand. Mutter schaute traurig: „Wir sollen vielleicht eine Prämie bekommen ..." Ihr Ton klang nicht besonders überzeugt. Sie nahm mich bei der Hand, wir gingen raus, ich fragte nicht mehr. Dabei hatte sie es mir eigentlich gar nicht richtig abgeschlagen. Wir machten weiter Besorgungen, aber ich muss so verstimmt ausgesehen haben, dass sie beschloss, mit mir ins Theater zu gehen.
Wer hat damals wem mehr leidgetan: ich Mutter oder sie mir? Ich erinnere mich weder an den Namen des Theaters noch des Stücks. Ein Märchen wahrscheinlich. Wir sitzen in der Dunkelheit, ich denke an das Mikroskop, und da ... Eigentlich nichts Besonderes, ein Schauspieler steckt sich eine Traube in den Mund (vermutlich keine echte, wo sollten die im Ural herkommen), er schaut mich an, und sein Gesicht nimmt einen seligen Ausdruck an, wirklich. Da fühle ich, wie sich mein Mund mit etwas Süßem füllt. Nie im Leben habe ich etwas Leckereres gekostet als diese Trauben. Der Schauspieler wischt sich die Hände an der Hose ab.

Mutter mochte nicht, wenn ich das tat. Aber vom Weintraubensaft hat er klebrige Hände. Selbst, als er sich nach dem Schluss verbeugt, muss er sie noch abwischen. Das ist kein Spiel mehr, er tut nicht nur so. Die Entscheidung ist klar: Ich muss Schauspieler werden, ich brauche kein Mikroskop. Mutter lacht: Du hast doch gebockt, wolltest nicht lernen, das R richtig auszusprechen. Den ganzen Rückweg lang freuen wir beide uns an dem Spruch: „Reben mit Trauben von Riesenformat ranken auf dem Ararat." Und am nächsten Morgen bringt sie mir ein Buch mit: „Boris Godunow und andere dramatische Werke."

Die ersten Seiten sind herausgerissen. Godunow schießt aus dem Stand mit den Worten los: „Das ist nicht in Ordnung, Fürst!" Dieser Anfang gefiel mir so gut, dass ich zwischen den Wäscheleinen im Heim durchlief und die Frauen erschreckte, indem ich schrie: „Das ist nicht in Ordnung, Fürst!"

„Haben Sie mal in einen Abgrund geschaut, Alexander Iwanowitsch?", fragt Ljubotschka, die großen Augen auf mich gerichtet.

Was fragst du, meine Liebe, und dann auch noch mit so einem Ausdruck? Fast hätte ich gesagt: wie eine Provinzschauspielerin. Aber dann wäre sie womöglich beleidigt, und Ljubotschka, meine Schwalbe, beleidigen, was könnte mir ferner liegen! Nein, den Strudel der Leidenschaften und anderes kenne ich eher aus der Literatur. Obwohl ich sogar verheiratet war und mich nur mühsam aus dem Staub gemacht habe. Ich bin ja deswegen in Ewigkeit gelandet.

„Ach, erzählen Sie doch."

„Mein Familienleben war schnell ausgeträumt. Warum Träumen nachtrauern?"

„Sie sind lustig", seufzt Ljubotschka. „Und haben alles im Leben richtig gemacht. Von Jugend auf."

Von Jugend auf … Nein, in meiner Jugend habe ich versucht, in die Schauspielschule zu kommen.

„Dann hat es wohl nicht sollen sein", meint Slawa, Slawa Worobjow, Liebling des Publikums und der Schauspielerinnen. Unser Hamlet, Ödipus und Don Juan. Andere zu belauschen, gehört sich nicht. Obwohl du natürlich recht hast.

Die Schauspieler gehen nach der Morgenprobe ihrer Wege, Ljuba und ich sind wieder allein. Sie schaut auf die Tür, durch die Slawa den Saal verlassen hat: „Alexander Iwanowitsch, mein Lieber, was soll ich nur machen?" Ich habe damals nicht verstanden, was sie meinte.

Also alles der Reihe nach, wie Makejew rät. Pädagogische Hochschule, Fach: russische Sprache und Literatur, sie schickten mich an eine Berufsschule. Bei der Armee war ich nicht, bei meiner Musterung stellten die Ärzte Herzgeräusche fest. Achtmal habe ich die Aufnahmeprüfung für die Schauspielschule gemacht. Und nicht geschafft. Ich habe geheiratet, meine Tanten beerdigt, und dann auch meine Mutter, sie starb schlagartig.

Ich bin schon dreiunddreißig, unterrichte Russisch, bin verheiratet. Meine Frau hat einen seltenen Namen: Aglaja, Glaschenka, Deutschlehrerin. Die Schule stellt uns ein Zimmer, die Nachbarn sind leise. Sommerferien. Ich sitze in der Küche und schau die Zeitung durch. Die Kommunisten lesen „Prawda", wir „Iswestija". Meine Glaschenka zieht sich im Zimmer an und macht sich schön. Und gibt sich keine besondere Mühe, zu verbergen, dass sie außer mir jemanden hat, und auch ich möchte ihrem Leben nicht im Weg stehen, ihr nicht nachspionieren und erst recht keine Szene machen. Ja, es war richtig, dass sie mich nicht als Schauspieler genommen haben, mir fehlt das Händchen für Szenen. Das ist mir jetzt klar, aber damals …

Damals saß ich da mit der Zeitung und dem kalt werdenden Tee, und in der Zeitung stand, im hohen Norden gebe es eine Bergarbeitersiedlung mit dem Namen Ewigkeit, wo seltene Kohlearten gefördert werden. Und dass da alles zum Besten stehe: Sauna, Ambulanz und sogar – hinter dem Polarkreis! – ein kleiner Park. Und vor kurzem ist Kultur in die Stadt gekommen, steht in der „Iswestija". Eine Bibliothek hat ihre Pforten geöffnet, ein Theater wurde gebaut: für eine so kleine Örtlichkeit wie Ewigkeit ein wirklich einzigartiges Projekt. Das Theater ist detailliert beschrieben: Seitenbühnen, Schnürboden, Drehscheibe. Offenbar hatte der Korrespondent die Schauspielschule auch nicht geschafft.

Meine Frau geht zu ihrem Rendezvous. Ich nehme mir einen Zettel und schreibe: Ich würde gerne bei Ihnen arbeiten, können Sie nicht einen Dramaturgen brauchen? Philologische Ausbildung, verheiratet, nicht vorbestraft, Zeugnisse können nachgereicht werden. Adresse: Rayon Sewerogorsk, Bergarbeitersiedlung Ewigkeit, Theater.

Zu meiner und noch mehr zu Glaschenkas Überraschung kam die Antwort per Telegramm: Wir erwarten Sie. Es verstand sich von selbst, dass ich alleine in diese Ewigkeit fahre. Meine Frau sollte sich umschauen und entscheiden … Ein paar Monate später schickte nicht sie, sondern der Notar Papiere: Scheidung. Das hätte sie eigentlich auch selbst tun können, aber sie schrieb sehr ungern Briefe. Ich war nicht beleidigt.

Bis jetzt sehe ich, wenn ich die Augen schließe: zwei-, dreistöckige Häuser, alles schnurgerade, symmetrisch, ohne den Fluss, der das auflockert, obwohl er von September bis Mai zugefroren ist. Post, Sparkasse, ein winziger Markt, eingleisige Eisenbahn, Bahnhof. Jetzt sind wahrscheinlich nur noch die Schwellen ohne Gleise da, aber damals fuhren noch Züge, mit Kohle beladene und normale Personenzüge. Was noch? Karusselle, Schießstand. Ein kleines Denkmal mit kargen Bäumen in der Nähe: Das ist der Park, von dem in der „Iswestija" die Rede war. Dass die Sonne im Sommer nicht untergeht, war natürlich wunderbar. Du gewöhnst dich daran. Genauso wie daran, dass sie von Ende November bis Februar abwesend ist.

Ich wohnte direkt im Theater, in einer Mansarde über der Bühne, etwas dahinter. Ein Eckzimmer, Fenster in zwei Himmelsrichtungen. Es war für Dienstreisende gedacht, vor mir war es unbewohnt. Tisch, zwei Stühle, Bett. Sogar ein Krug ist da. Herrlich! Arbeits- und Schlafzimmer in einem. Es hieß: vorübergehend, bis eine Dienstwohnung für mich gefunden ist. Ich bin nie auf die Idee gekommen, das einzufordern.

Mir Sawwitsch, so hieß mein erster Direktor, stieg mit mir hinauf und zeigte mir alles: „Entschuldigen Sie sehr, mit dem Wasseranschluss müssen Sie sich noch etwas gedulden."

„Macht nichts, ich komme schon klar!"

Mir Sawwitsch war sympathisch. Ruhig, fürsorglich, wir haben lange zusammengearbeitet. Dann wurde er pensioniert und fuhr nach Hause, ich weiß nicht mehr wohin: nach Pjatigorsk oder Kislowodsk. Man sagt, das Klima in hohem Alter zu wechseln, ist riskant. Ja, er war sympathisch.

Ich habe leider nie Tagebuch geführt, die Tage schieben sich ineinander − von wegen Tage! − Jahre, ja ganze Jahrzehnte verschwimmen in meinem Gedächtnis. Aber an meinen ersten Tag im Theater erinnere ich mich ganz genau. Ich packe den Koffer aus, stelle Bücher und Fotos auf, alles hüpft in mir vor Freude. Nach Mitternacht geh ich runter in den Theatersaal: Die Türen sind fest verschlossen, ringsum ist es stockfinster, ich warte, bis sich die Augen daran gewöhnt haben, steige auf die Bühne und gehe da auf und ab. Ein paarmal atme ich tief durch und will schreien: „Das ist nicht in Ordnung, Fürst!" oder wenigstens „Eine Kutsche!", lache dann aber nur leise. Lange, lange stand ich in der Finsternis.

Die herrschenden Verhältnisse

Rechts hinter der Bühne ist das Buffet für die Schauspieler.
Ich bitte Valentina Genrichowna, mir ein Ei mit Erbsen und
eine Suppe zu geben. „Die Suppe ist von gestern, Alexander Iwanowitsch. Nehmen
Sie den Fisch. Der Fisch ist gut."
Unsere Schulden trägt Valentina Genrichowna in ein Heft
ein. Und was geschieht mit diesen Eintragungen? In den
dreißig Jahren habe ich es kein einziges Mal erlebt, dass sie
sich geweigert hätte, jemandem etwas zu essen zu geben.
Nicht nur wir vom Theater, auch wenn wir Gäste hatten,
keiner ging je leer aus. Ich bezahle immer, aber nicht alle
sind in so einer guten Lage. „Wir spielen ja nicht um Geld …"
Stimmt's, Ljubotschka?
Ljubotschka ist heute nicht in Stimmung. Ich gehe in den
Saal, in zehn Minuten beginnt die Probe. Ich bin neugierig,
ein junger Regisseur aus Piter ist angereist.

„Im hohen Norden, in Paris …"
Alle lachen: Auf der Galerie erscheint Don Juan, bis zum
Gürtel nackt, um den Hals eine Gitarre.
Der Regisseur macht eine Bemerkung: „Wollen Sie nicht etwas anziehen, Wjatscheslaw?"
Er selbst sitzt im Mantel mit hochgeschlagenem Kragen da,
draußen ist vierzig Grad Frost, im Theater wird geheizt,
aber nicht ausreichend. Laura geht im wattierten Mantel
über die Bühne. Mit roten Ringellocken, wegen der Haare
nennen wir sie Ringelchen.
Ljuba hat keine Rolle, aber ihr Mann ist dabei, Sachar Gubarew,
verdienter Künstler der Republik in spe. Wie Slawotschka
braucht er keine Maske: Gubarew ist der geborene Komtur.
Der Regisseur nimmt die Brille ab, haucht auf die Gläser,
wischt sie mit einem Tuch ab. Und wendet sich wieder an

Slawotschka. „Sie haben einen schönen Körper", sagt er nachdenklich. „Aber wir sollten ihn mit irgendwas bedecken."
Nein, Slawotschka hat eine akrobatische Nummer vorbereitet, er kommt ja vom Zirkus. Donna Anna nimmt einen Schluck aus der Thermosflasche, um sich aufzuwärmen, alle wissen, was für einen Tee sie da hat. Auch der Regisseur aus Piter ahnt es wohl: Die hauptstädtischen Regisseure sind auch nicht auf den Kopf gefallen.
„Was denn nun, ich verstehe das nicht?!", kreischt Donna Anna. „Wo sollen wir stehen?"
Der Regisseur unterbricht die Probe und versammelt die Schauspieler um sich: „Lasst uns zusammen überlegen und ausprobieren."
Gubarew kommentiert: „Der hat keine Ahnung von dem, was er aufführt, das ist klar wie Kloßbrühe!"
Außer dem Regisseur und mir lächeln alle. Es schmerzt mich, das mit anzusehen, auch die jetzige Erinnerung schmerzt.
Der Regisseur wendet sich Donna Anna zu: „Ich muss Ihre Rolle mit jemand anderem besetzen. Warum? Können Sie sich das nicht denken? Möchten Sie, dass ich es vor allen sage und an die große Glocke hänge?"
„Hier schmeißt mich niemand raus", schreit die Schauspielerin (ich nenne absichtlich nicht den Namen, wer weiß, ob sie nicht noch irgendwo arbeitet). „Ich erzähle sonst überall, wie Sie mich mal in Puffärmeln auf die Bühne schicken wollten."
Der Regisseur lacht. Er hat schneeweiße Zähne. In Ewigkeit hat keiner solche. Das muss am Wasser hier liegen, heißt es. Warum ich mich gerade an diese Szene erinnere? Vieles war davor, vieles danach. Einfach so? Nein, nicht einfach so, mit dem „Steinernen Gast" begannen unsere kleinen Aufführungen der Klassiker.

Der Regisseur war im Februar angereist, das ist sicher, Ljubotschka ist im Februar geboren, Sternzeichen Wassermann, wie sie bei jeder Gelegenheit betonte. Aber in welchem Jahr war das? Zweitausendfünf, glaub ich. Oder zweitausendsechs.

„Haben Sie gehört, Alexander Iwanowitsch? Ihr Protegé aus Piter ist abgereist, unter Aufkündigung des Vertrags."

Ja, Ljubotschka, er hat sich zuvor von mir verabschiedet.

Gubarew lästert grinsend: „War dem hiesigen Stress nicht gewachsen." Und, ist das ein Grund aufzutrumpfen? „Soll er doch mit seinen Zähnen auf dem Newskij angeben."

„Vor den Pferden!", witzelt Slawotschka, dem man beim besten Willen nie etwas übelnehmen kann.

„Schläge sind zum Kontern da", stichelt Gubarew. „Ohne Rückgrat keine Professionalität. Das sagt Ihnen ein verdienter Künstler der Republik."

Eigentlich darf Gubarew sich noch gar nicht „Künstler der Republik" nennen, er hat erst die Papiere für die Auszeichnung eingereicht.

„Alexander Iwanowitsch, warum kann ich nicht die Donna Anna spielen?"

Ich zucke die Achseln: Künstlerpech.

Es fällt schwer, der Reihe nach zu erzählen, wenn die Ereignisse friedlich ihren Gang gehen. Die Siebziger-, Achtzigerjahre waren ruhig, sehr ruhig. Natürlich ist der Dramaturg nicht die Hauptperson am Theater. Es gibt einen Direktor, der zugleich künstlerischer Leiter ist, einen Leiter des künstlerischen Betriebsbüros, einen technischen Leiter (die Regisseure übergehe ich, die wurden eingeladen), aber mit der Erfahrung wächst auch dein Einfluss: Du schlägst ein Stück vor, äußerst dich zur Besetzung, man hört auf dich. Mein Verhältnis zu den Schauspielern war unbelastet, positiv. Nur zwischen ihnen kam es manchmal zu Missverständnissen. Da will eine Schauspielerin ihr Heft nehmen, um die Rolle einzustudieren, aber die Seiten pappen zusammen, einer hat ihr die Seiten mit Marmelade verklebt. Da kommen sie zu mir hochgelaufen. Ich erzähl das nur so, ohne mich herausstellen zu wollen.

Im Land änderte sich allmählich alles. Jemand berichtete davon, aber die Nachrichten, die zu Ewigkeit und erst recht bis zu unserem Theater vordrangen, waren dünn. Unser Tagesablauf: morgens Probe, tagsüber Freizeit, die Schauspieler müssen die Rolle rekapitulieren, abends Vorstellung. Unsere Truppe ist klein, alle haben zu tun. Schauspieler arbeiten gerne. An Feiertagen gab es manchmal auch zwei Vorstellungen und dann noch die Matinee für Kinder, wie haben wir das nur geschafft und durchgehalten? Zum Fernsehen war nie Zeit, ich hatte über all die Jahre gar keins. Mein Fenster in die Welt da draußen waren die Stücke, ich musste viel lesen. Die Themen der Stücke änderten sich merklich, das fiel mit der Zeit auf.

Hier unser Repertoire aus den Neunzigern. Eine Auswahl, das, was mir spontan einfällt. „Dmitrij mit der Trommel": aus dem Leben der neuen Reichen, eine Komödie. Sprachlich nicht sonderlich interessant, aber ordentlich Action, eine Menge Frauenrollen. Kam gut beim Publikum an, die Zuschauer standen Schlange. Noch eine Komödie, übersetzt aus dem Englischen: „Vorsicht, Krokodil, nicht anlächeln", ein hartes Stück, Alltag in einem amerikanischen Gefängnis. Und das genaue Gegenteil: „Besser, du wärst Jude", delikate Beziehungen zwischen Männern, ein Melodrama, ein Stück, das bei uns auf kein Verständnis stieß, sich schlecht verkaufte und schnell abgesetzt wurde. Ich habe mich selbst gewundert, als ich es sah: Wie hatte ich das bloß empfehlen können? Offenbar hatte mich bei der Lektüre irgendetwas angesprochen, und in den Städten hatte das Stück viel Staub aufgewirbelt. Und noch eine Komödie: „Wie der Teufel so spielt", ein bekanntes Stück, eine Inhaltsangabe erübrigt sich. So sah also unser Repertoire aus.

Im „Boten von Sewerogorsk" erschien eine Kritik. Titel: „Ihre Majestät, die Kunst, auf der Bühne". Sie stammte von einer Zuschauerin, die unter mehreren Namen schrieb. Mal als Muse Wassiljewna, mal als Melpomene Sidorowna, sie wählte immer besonders komische Namen. „Der Zuschauer lauschte und war mit weit geöffneten Augen und stockendem Herzen dabei. Ohrenbetäubende Ovationen", das war natürlich übertrieben, aber der Truppe gefiel es, sie schnitten es aus und hängten es in den Schminkzimmern auf, besonders, wenn in der Zeitung ein Foto von jemandem war. Ein Schauspieler braucht Aufmerksamkeit, und wenn Melpomene ihn mit Schweigen übergeht (obwohl sie, wie man ihr zugutehalten muss, einfach auf alle einging), muss trotzdem etwas Lobendes zur Schau gestellt werden: wenigstens eine Jubiläumsurkunde oder ein Dank des Theaters für all die Jahre gewissenhaften Engagements.

Einmal erschien ein Artikel in der zentralen Zeitung. Sein Titel lautete schlicht: „Bild des Jammers":

Zu dem ohnehin niedrigen Niveau der Schauspieler kommen noch ein paar Katastrophen während der Vorstellung hinzu. So erkrankt die Hauptdarstellerin in den Pausen zwischen den Akten und taucht aufgedunsen und in tiefstem Alt intonierend wieder auf der Bühne auf, während sie im ersten Akt lediglich piepst. Ihre fünfzehnjährige Tochter leckt sich anfallsartig die Lippen angesichts des Objekts ihrer Begierde. Und der Dorfgeistliche schreitet im Metropolitenornat einher und bekreuzigt sich ohne Unterlass, als wolle er den Leibhaftigen vertreiben oder wisse nicht, wohin mit den Händen. Der Gipfel ist seine Aussprache, ein Dialekt, der klingt, als sei der Priester ein Nuntius aus dem Kreis Iwanowo. Der Zuschauer quittiert alles mit Gleichmut. Ewigkeit ist eine kleine Stadt: Da muss man nehmen, was man kriegt. Plakat und Programmheft sind zur Premiere nicht fertiggeworden. Im Foyer wird mit Pelzen gehandelt. Ein Bild des Jammers.

„In den Pausen zwischen den Akten! Piepst!", wiederholen sie hinter dem Rücken unserer Primadonna Anna Arkadjewna.

Schauspieler zum Lachen zu bringen, ist nicht schwer.

„Alexander Iwanowitsch, in Zukunft sollten wir lieber keine lebenden Autoren mehr ins Programm aufnehmen", sagte Mir Sawwitsch nur, als er den Artikel gelesen hatte.

Ich stimmte zu, ja, der Artikel konnte nicht von einem Kritiker stammen. Kritiker verreißen erfolgreiche, berühmte Schauspieler. Dafür sind wir zu unwichtig. Den Namen des Autors verrate ich nicht, er war auf eigene Kosten zur Premiere angereist, hatte Valentina Genrichowna dreieinhalbtausend Rubel für das Bankett spendiert, zu dem er dann selbst nicht mehr erschien.

„Das trifft sich gut, Mir Sawwitsch, ich kenne einen Regisseur aus Piter, der schon lange davon träumt, Puschkins ‚Kleine Tragödien' bei uns aufzuführen."

„Oh, là, là", seufzt Mir Sawwitsch.

Entscheidet selbst, meine Lieben. Er verlässt uns bald, kehrt in sein Pjatigorsk zurück.

Wir haben also Februar zweitausendfünf oder -sechs. Neuer Leiter wird Gennadij Prokopjewitsch. Klein, energisch und, obwohl ebenfalls in den Vierzigern geboren, immer im Eilschritt durch das Theater jagend. Ewigkeit ist für ihn vergleichsweise unattraktiv, denn zuvor war er Leiter der Philharmonie auf Regionalebene. Zu diesem Umstand waren verschiedene Gerüchte im Umlauf, die ich hier übergehe.

Gennadij Prokopjewitsch versammelte uns, fixierte uns mit dem rechten Auge – sein linkes war aus Glas, damit blinzelte er nur – und verkündete: „Na, genug Kunst gemacht? Wie wäre es denn mal mit Geldverdienen?"

Und so erfuhren wir von den Stipendien, von denen wir nie gehört hatten. Bewilligung mit Vorliebe für Klassik, so Gennadij Prokopjewitsch.

„Wir bringen eine große Zahl an Aufführungen raus, und das schnell und nur mit den eigenen Leuten. Spielen ein

Weilchen und nehmen uns ein neues Stück vor. Für die künstlerischen Fragen ist Alexander Iwanowitsch zuständig." Und er blinzelte mir zu und versicherte: „Mit Klassik kann nichts schiefgehen. Das ist sicher." Alle stellen sich hinter Prokopjewitsch. Weg mit den Regisseuren, die machen einen verrückt. Zeitgenössische Stücke, da gibt es nur Schwarzmalerei oder seichte Komödien. Höchste Zeit, sich ernsten Dingen zu widmen. Alte Kostüme und Dekorationen haben wir genug auf Lager. Wir sind ja schließlich kein akademisches Theater. „Umso mehr, als der globale Trend jetzt dahin geht ..."

„Wie bitte, was für ein globaler Trend?"

„Ach, nicht so wichtig. Was wäre das Theater ohne Experiment?"

Das klang nicht schlecht. Mir Sawwitsch hatte auch manchmal über unsere lange Probenzeit geklagt, weil er ständig die Termine verschieben musste. Aber wer hätte gedacht, dass mit dieser Versammlung etwas in Gang kommt, was uns, das Theater und die ganze Stadt hinwegfegen sollte. Ich erinnere mich manchmal deutlich, manchmal verschwommen, und versuche, zu verstehen: Wie unbekümmert wir doch waren, wie unbedacht, wie konnten wir es wagen, die Vorsehung, das Schicksal so herauszufordern?

Klassik, sie, die man in den städtischen Theatern jahrelang probt und dann lieber doch nicht aufführt, die wollen wir uns einen Monat lang vornehmen – was kommt als Nächstes? Ich traue mich kaum, die großen Namen zu nennen – holen die Dekorationen und Kostüme aus dem Lager, klopfen den Staub heraus und bringen sie auf die Bühne. Spielen sie ein bisschen, setzen das Stück ab – und her mit dem nächsten Stipendium. Wir hätten die Finger von dem Geld lassen sollen. Als ob wir es bei Valentina Genrichowna nicht gut genug gehabt hätten! Wir lebten einträchtig, brachten unsere Komödien heraus, zur Freude aller, lagen uns in den Armen, gratulierten einander: herzlichen Glückwunsch zur

Annahme des Stücks, Anna Arkadjewna!, herzlichen Glückwunsch zur Premiere, Alexander Iwanowitsch!, so hätten wir doch ewig weiterleben können.

Wie die Buchhalterin erzählte, tauchten in den Papieren immer mehr unbekannte Mitarbeiter auf: Regisseure, Kostümschneider, Bühnenbildner, ja sogar Komponisten und, man denke, sogar ein Repetitor für Bühnensprache, ein Armenier! Ich hatte bei der Versammlung im Februar geschwiegen und nur gefragt: Und was, wenn nachgeprüft wird?

„Das ist nicht zu befürchten", war die einzige Reaktion. Viele gaben später Prokopjitsch die Schuld – zu unrecht. Er bewegte sich durchaus im Rahmen der Gegebenheiten und betonte: „Die Leute haben sich längst den herrschenden Verhältnissen angepasst, nur ihr hier in Ewigkeit seid hinterm Mond."

Kurz nach der Versammlung klopfte der Regisseur bei mir, der aus Piter. Er kam von einer Unterredung mit dem neuen Direktor, in der er auf kein Verständnis gestoßen war, und hatte den Vertrag gekündigt.

„Donna Anna ist eine Fehlbesetzung, das habe ich nicht richtig eingeschätzt. Ihre, wie heißt sie noch, Schwalbe ist zu schön, in die verliebt sich jeder. Von der anderen", er nennt ihren Nachnamen, „war mir bekannt, dass sie trinkt. Ich dachte: genau das Richtige, eine Witwe, die trinkt. Don Juan nimmt jede, sowohl Hässliche wie … na, Sie wissen schon. Eine Klassikerinszenierung, das ist nicht ohne, Alexander Iwanowitsch."

Ich weiche seinem Blick aus.

Ein neuer Direktor, eine neue Generation von Schauspielern: Sachar Gubarew und Ljubotschka Schwalbe, seine Frau. Und bald danach stößt auch Worobjow, Slawotschka, zu der Truppe. Don Juan ist seine erste große Rolle.

Die Freundschaft zwischen Sachar und Slawotschka fiel in eine Zeit, als die Schauspieler sich selbst überlassen waren. Gennadij Prokopjewitsch war oft abwesend, und ich, wie hätte ich das schaffen sollen? Umso mehr, als es sich um außerordentlich gute Schauspieler handelte, das gilt insbesondere für dieses Trio.

Ljubotschka Schwalbe, Anfang dreißig, aber bildhübsch! Keine einzige Falte, lange Wimpern und die Stimme ... Und ihre Haare!

„Sachar und ich waren das schönste Paar unseres Jahrgangs."

„Tja, kann mir vorstellen, was das für ein Jahrgang war", kontert Slawotschka und lacht schallend.

Gubarew ist älter als Ljubotschka. Er ist nicht sofort an die Schauspielschule gegangen, sondern erst zum Militär, er hat eine richtige Artillerieausbildung absolviert.

„Die Artillerie ist der Gott des Krieges." Gubarew liebt Waffen. Von dem Stipendium kaufte er sich einen Revolver und ging zum Schießstand, um sich einzuschießen. Wozu, Sachar?

„Damit man mir mit dummen Fragen vom Leib bleibt."

Runder, geschorener Kopf, breite Nase, ausdrucksvolles Gesicht, viele kennen ihn aus Filmen. Zu uns gelockt hatten ihn die Zuschläge im hohen Norden, eine Eigentumswohnung und die Aussicht, zum Künstler der Republik ernannt zu werden. Und mit ihm zusammen kam Ljubotschka.

„Früher war Sachar ganz anders. Er hat mich geli-i-iebt", Ljubotschka zieht das I in die Länge, wirft den Kopf in den Nacken und zeigt ihren schönen, weißen Hals, „die Finger hat er mir geküsst und Gedichte auf mich geschrieben."

Slawotschka und ich werfen uns einen Blick zu. Gubarew und Gedichte! Lies mal vor, Ljuba, aber mit Ausdruck.

„Wissen Sie, Alexander Iwanowitsch, wie sehr ich mir Kinder gewünscht habe!"

Ich wundere mich immer, wie schnell ihre Stimmung umschlägt.

„Gubarew ist das schnurzepiepe. Er ist ein Schütze. Schützen ist so was schnurzepiepe: Frauen, Kinder. Besonders Kinder. Alexander Iwanowitsch, was meinen Sie, ist Fedjunin schwul? Er folgt Sachar wie ein Schatten."

Was für Fragen du hast, Ljubotschka! Nein, wohl kaum. Über Fedjunin spreche ich ungern, jetzt und auch später.

Wie viel lustiger ist es da doch, sich an Slawa zu erinnern, Slawa Worobjow, meinen Nachbarn und Kameraden. Slawotschka war zu uns in die Ewigkeit vor einem Ehemann geflüchtet. Hatte sich in den Zug gesetzt und war durchgefahren, bis er, angezogen von unserem Namen, bei uns ausgestiegen war. Auch er hatte keine Wohnung und war im Theater auf demselben Stock wie ich untergebracht. Er nannte mich Onkel Sascha.

Eine tolle Biografie: Er kam vom Zirkus, ein Akrobat, Seiltänzer, schlug Saltos in der Kuppel. Wenn er nachts das Wasserrohr bis zum vierten Stock zu seinem Zimmer hochkletterte, musste jeder meinen: Er bricht sich das Genick! Kinkerlitzchen, winkt er ab. „Und deine Eltern, wo haben die ihre Augen gehabt?" Er lacht: Woher soll ich das wissen? Er ist mit vierzehn von zu Hause abgehauen, eine Dompteuse hatte sich in ihn verliebt.

Man musste sich in ihn verlieben. Alle Schauspielerinnen waren von ihm hingerissen. Fragst du ihn: „Na, mal wieder zu spät ins Bett gekommen", antwortet er lächelnd: „Ich kann nicht ohne heißes Wasser leben, Sie wissen doch."

Das kriegst du schon noch hin.

„Sie haben gut reden. In Ihrem Alter hat man sich ausgetobt, Onkel Sascha."

Nicht nur die Schauspielerinnen, alle alleinstehenden Frauen, ob Kostümschneiderinnen, Maskenbildnerinnen, Buchhalterinnen, sie alle rissen sich darum, Slawotschka zu Diensten zu sein, sodass er an manchen Tagen gleich mehrmals sein Bad nahm. Und keiner machte Ärger und stritt herum, so wunderbare Menschen wie Slawotschka zu treffen, ist eine große Seltenheit. Auch ich habe das nur dem Theater zu verdanken. Manchmal denke ich: Wie froh ich sein kann, was für ein Glück ich gehabt habe! Und wenn etwas Finsteres, Ungutes in mein Leben eintrat, so muss ich mir das selbst zuschreiben.

Was konnte er nicht alles: jonglieren, Feuer schlucken. Eine Textvorlage brauchte er nicht. Ein Blick auf die Seite, und er wusste alles auswendig. Und wie er Gitarre spielte! Wie er sang! Selbst die unbestechliche Valentina Genrichowna konnte nicht an sich halten und bewahrte die größten Leckerbissen für Slawotschka auf.

„Unser aller Gemeinwohl", so nannte sie ihn.

Von den hundert – nein mehr! – Schauspielern, die in diesen Jahren bei uns arbeiteten, musste das Schicksal ausgerechnet diese drei aufeinanderstoßen lassen. Aber wir haben natürlich selbst Vorschub geleistet. Dachten, wir könnten Berge versetzen, die ganze klassische Weltliteratur auf die Bühne bringen. Ein Fehler, noch einer, dann ein Verbrechen, und alles kam, wie es kommen musste. Das hieß in unserem Fall: Theater weg, Stadt weg. Auch ich bin an dem Geschehenen schuld: Die Griechen hätte man wirklich nicht anrühren müssen, ohne mich hätte keiner den Ödipus aus der Versenkung geholt. Es ist dumm, sich seiner Intuition zu rühmen – wo war die, als noch Zeit war? –, ich erinnere mich nur daran: Als wir uns den Hamlet vornahmen, erwartete ich schon eine Strafe, wünschte sie mir sogar herbei. Eine Prüfungskommission traf ein, und es schien: Jetzt ist Schluss. Aber nein, das Schicksal verschonte uns noch einmal, die Überprüfung verlief ohne Beanstandung.

Woher kommen die denn? Vom Rechnungshof, von der Kulturverwaltung? Alle sind aufgeregt. Es hat nie Kontrollen gegeben. „Aus dem Ministerium!"

„Und wie viele sind es?"

„Gleich vier!"

Ich treffe Valentina Genrichowna. Sie weiß nicht, was sie zuerst machen soll: in die Requisitenwerkstatt laufen, das Heft mit den Schuldeinträgen verbrennen oder den Tisch decken? Ich schaue in die Schneiderwerkstatt, um mein Jackett zu bügeln, auch da geht es drunter und drüber. Nur Gennadij Prokopjewitsch ist nicht aus der Ruhe zu bringen. Er lässt Gubarew und noch einen von unseren Männern kommen. „Keine Panik, Leute", sagt er. „Was spielen wir heute? ‚Maß für Maß?' Von wem ist das noch mal, Shakespeare? Macht euch an die Arbeit. Diese Spürhunde gleich zu mir schicken. Und dass mir keiner diese faulen Säcke bewirtet, das ist rausgeschmissenes Geld." Beneidenswert, wie er die Fassung bewahrt.

Am späten Abend, als das Theater leer und dunkel war, sahen die Leute von der Prüfungskommission in meinem Zimmer noch Licht brennen und kamen zu mir. So etwas wie in Ewigkeit hatten sie noch nie erlebt. Gennadij Prokopjewitsch hatte sie im Vorzimmer sitzen lassen, ohne ihnen auch nur Tee anzubieten. Er zog sich die Sachen an und verschwand.

Ich ging zur Pforte, wo das Telefon ist.

„Alexander Iwanowitsch, ich bin in Urlaub. Die Buchhaltung auch, ich habe in der letzten Woche die entsprechende Anordnung unterschrieben."

Ich bot ihnen Tee mit Trockengebäck an. Sie schauten sich um. Auf meinem Tisch lag der geöffnete Hamlet.

„Inszenieren Sie das?" Sie blätterten. „Und wo ist der Stempel vom Kulturministerium?"

Danach war ich noch nie gefragt worden.

„Haben Sie gehört? Hier wird bald zugemacht. Die ganze

Stadt soll umgesiedelt werden. Die Bergwerke lohnen sich nicht. Sie bringen keine Rendite."
Diese Leute vom Ministerium machten einen traurigen Eindruck. Und die wollten etwas wissen?! Ich fragte sie aber dann doch. Eine ganze Stadt schließen, wie soll das gehen? Sie zuckten mit den Achseln und sagten: „Ohne einen Muckser."

Ödipus

„Soll ich jetzt etwa immer seine Mütter spielen?"
Diese Frage hörte ich von Ljubotschka, als wir mit dem „Hamlet" fertig waren und uns zu unserem Unglück den „Ödipus" vornahmen.

Schon im „Hamlet" war es zu Zwischenfällen gekommen.
Ringelchen, unsere Ophelia, meldete mir auf einmal: „Ljuba ist durchgeknallt."
Ljuba spielt Gertrud, Gubarew den Geist. Slawotschka ist natürlich Prinz Hamlet. Bei der Probe hatte Ljubotschka entweder die Worte vergessen oder ließ sich aufgrund einer Stimmung dazu hinreißen zu klagen, wie ihr alter Mann sie zwang, keine Kinder zu kriegen.
„Sie heult wie ein Schlosshund, Alexander Iwanowitsch, und erzählt offen, wenn sie schwanger wäre, würde er nichts kennen und unter allen Umständen ..."
Entsetzlich! Was soll ich Ringelchen sagen? Das müsse an der Übersetzung liegen? Ich laufe nach unten. Ljuba steht, zu den Kulissen gewandt da, über ihr der Komtur: auf Stelzen, in Rüstung, die Requisiten werden bei uns immer wieder verwendet. In Slawotschkas Augen leuchtet ein Feuer: „Du bist eifersüchtig, Sacharuschka. Du wärst ein guter Othello."
Gubarews Kopf und Hals laufen rot an.

„Sehen Sie mal, wie puterrot Gubarew anlaufen kann!",
spottet Slawotschka lachend, „wie Signor Pomidor."
Sachar will ihm eins mit der Stelze überziehen. Ich hatte
nicht verstanden, was zwischen den Schauspielern vorgefallen war. Ich dachte, das ist Spaß. Das hätten die beiden auch
lieber gehabt. Die Probe war geplatzt.
Aber wir brachten den „Hamlet" raus. Ljuba fasste sich wieder und sprach alles nach Textanweisung. Jeder spielte, wie
er konnte, Melpomene gefiel es.

„Na, wen wollen Sie Ihrer Ljubotschka diesmal geben? Kleo-
patra? Maria Stuart? Vielleicht Julia? Ist sie schon vierzehn?"
Da erklärst du: Sie wissen doch, Anna Arkadjewna, was wir
machen, ist leider nicht sehr seriös. Wir geben uns Mühe,
entwickeln eine Vorstellung, proben, aber alles in Eile, wir
müssen uns für das Stipendium rechtfertigen, sehen Sie
mal, was für einen Batzen wir in dieser Saison abgegriffen
haben. Es findet sich schon etwas für Sie, das Problem ist
nur, Sie lernen langsam und brauchen lange, um sich die
Rolle anzueignen.
Anna Arkadjewna zieht an ihrer Papirossa und bläst den
Rauch in die Gegend.
„Wir haben nicht gelernt, Rollen zu spielen, und erst recht
nicht, mit unserem Körper und unserer Stimme Geld zu
verdienen, sondern auf der Bühne zu leben und zu sterben.
Ich lerne meine Rolle nicht, ich durchlebe sie, verstehen Sie
den Unterschied?"
Ich verspreche mir selbst und Anna Arkadjewna, die Situation mit Prokopjitsch zu erörtern. Übrigens schaute er sich
unsere Aufführungen nie an. Er sagte, Einäugige könnten
nicht dreidimensional sehen.

Gennadij Prokopjewitsch, braungebrannt und stramm, füttert keine kleinen Fische, sondern wahre Prachtexemplare.

An der Wand ein Riesenaquarium, in dem bunte Fische plätschern, auf dem Tisch eine neue Schreibgarnitur. Ich teile ihm mit, dass sich die Klassikerinszenierungen aus meiner Sicht überlebt haben. Was gedacht war, eine Entwicklung in Gang zu setzen, hat zu Müdigkeit und Überdruss geführt. Das liegt nicht an den Schauspielern und schon gar nicht an den großen Werken, die wir spielen durften, sondern an mir. Ich bin nur Dramaturg und schon ein alter Mann, überdies habe ich keine Theaterausbildung.

Ich habe viel vorbereitet, was ich sagen will: Sobald wir angefangen haben, Geld zu verdienen, sei alles aus dem Ruder gelaufen. Und jetzt? Jetzt seien wir nur nackte Menschen auf nackter Erde (das haben wir auch aufgeführt). Aber Prokopjitsch unterbricht mich:

„Legen Sie Wert auf die Verpackung oder wollen Sie das, was drin ist?" Das ist neuerdings sein Lieblingsspruch. Ich wollte immer fragen, was das heißt, hatte aber Angst, etwas Unanständiges sei gemeint. „Sie sind müde, Alexander Iwanowitsch. Wann waren Sie zuletzt in Urlaub? Noch nie? Dann machen Sie sich schnellstens auf den Weg."

Wohin denn? Prokopjitsch hatte mich total aus dem Konzept gebracht. Wohin soll ich fahren?

„Es gibt doch viele Möglichkeiten." Er zeigt auf das Aquarium, als wolle er die Fische zu Zeugen anrufen. „Nach Scharm el-Scheich. Oder in Ihr Griechenland."

Ich verliere den Faden und bitte auf einmal, wie vor den Kopf geschlagen, ob ich mir nicht mit einer Aufführung des „Ödipus" einen alten Traum erfüllen könne. Ich wundere mich, über die Worte, die aus meinem Mund kommen. Wie immer hält Prokopjitsch sich aus künstlerischen Fragen heraus, na klar, warum nicht „Ödipus"?

„Ich verstehe überhaupt nichts. Strophe, Epeisodion, Antistrophe. Worum geht es eigentlich?"

Um die Wahrheit, Slawotschka, darum, dass die Wahrheit unweigerlich ans Licht kommt. Und wenn sie noch so traurig ist.
„Sie sind wie die Sphinx, Onkel Sascha, Sie sprechen in Rätseln."
Gut: Also, es geht um das Schicksal. Darum, dass du deinem Schicksal nicht entfliehen kannst.
Er seufzt: „Sieht ganz so aus."

In der Hauptstadt erinnern sie sich auf einmal an Gubarew und laden ihn zu einer Filmserie ein. Er möchte gleichzeitig klären, was mit seiner Bewerbung um den Titel geworden ist, der Antrag ist inzwischen schon fünf oder sechs Jahre her. Wir müssen ohne Sachar zurechtkommen, schade, ich wollte ihn den Kreon spielen lassen. Oder den blinden Seher Teiresias: Gubarew versteht es, den Leuten Angst einzujagen. Seine Sehergabe ist nicht so stark ausgeprägt. Alle sind im Nachhinein klüger als vorher. Valentina Genrichowna indes war über die Entwicklung zwischen Ljuba und Slawotschka keineswegs überrascht: „Die versprühten doch schon Funken, bevor Sachar wegfuhr. Man konnte sich ihnen kaum nähern, ohne das Gefühl zu haben, man stört."
Ich hatte den gegenteiligen Eindruck. Mir kam es vor, als wollten sie nicht allein sein.
„Das widerspricht sich doch nicht. Sie verstehen aber auch nichts von den Sünden der Menschen, Alexander Iwanowitsch, absolut nichts."
Vielleicht hat sie recht. Ach, Valentina Genrichowna! Wenn ich denke, wie sie vor zwanzig, dreißig Jahren war. Immer streng, konzentriert, immer in ihrer obligatorischen Schürze irgendwohin unterwegs. Wie viele Jahre vergangen sind, wie sich alles verändert hat!

Wir stellen den Altar auf und lassen den Chor hufeisenförmig um ihn herum antreten. Entgegen den Regeln ist der Chor gemischt, dafür hat jeder einen Ölzweig in der Hand, mit dem er winkt, tanzt, singt. Das gefällt ihnen richtig: „Alexander Iwanowitsch, das ist ja richtiger Rap." Slawotschka übernachtet nicht mehr im Theater. Zur Probe kommen sie zu zweit, Händchen haltend. Auf viele wirken Ljubotschka und er wie wahnsinnig, ich finde nur, sie sind ein bisschen abgemagert. Die jungen Schauspielerinnen haben Mitgefühl mit Slawotschka, was sie nicht daran hindert, sich zu wundern, was an ihr so toll sein soll.

„Ich weiß nicht, was er mit ihr macht, aber Ihre Ljuba ist völlig durch den Wind." So sieht Anna Arkadjewna das, der vor allen Dingen die Aufführung am Herzen liegt: „Es ist natürlich in Ordnung, dass Iokaste nicht ganz bei Trost ist, aber bitte in vernünftigen Grenzen."

Ich habe nichts am Zustand meiner Helden auszusetzen: ein bisschen erschöpft sind sie schon, ja, aber beide sind voll bei der Sache. Das sehe und höre ich mit meinen Augen und Ohren auch ohne Theaterausbildung.

Für Anna Arkadjewna haben wir eine Rolle ohne Text eingefügt: als Erzieherin von Ödipus Töchtern Ismene und Antigone. Die beiden sind zugleich Ödipus' Schwestern und Iokastes Enkelinnen, also Tanten und Nichten füreinander. „Eine reizende Familie", seufzt Anna Arkadjewna.

„Kinder, erbarmungswürdige! Bekannt, nicht unbekannt ist mir …" Slawotschka ist ein richtiger König, obwohl er der Jüngste ist.

„Können Sie sich Slawotschka als alten Mann vorstellen?", fragte mich Valentina Genrichowna einmal. „Ich auch nicht." Ich habe damals viel Literatur gewälzt und mit Spezialisten aus den Großstädten korrespondiert. Meine Lieben, wende ich mich an die Schauspieler, das ist eine griechische Tragödie, da kommt es nicht darauf an, auf der Bühne zu leben und zu sterben, Leid darf nicht zum Ausdruck gebracht, sondern muss dargestellt werden. Ist der Unterschied klar?

„Nicht besonders, Alexander Iwanowitsch, aber wir geben uns Mühe."

„Vergesst bitte, was ihr auf der Schauspielschule gelernt habt, ihr sollt nicht auf der Bühne leben, sondern etwas vorführen. Seit Jahren haben wir jetzt erstmals die Gelegenheit, ein ernstzunehmendes Schauspiel zu machen."

Ljubotschka trägt ihre neue Situation einfach, mit Würde. Zwar fürchte ich, ehrlich gesagt, um ein paar Stellen in dem Stück: Ljubotschka spielt nicht zum ersten Mal Königinnen, und ich habe noch die Vorfälle im „Hamlet" in Erinnerung. Doch nein, sie bekommt keine Anfälle, als die Rede davon ist, wie brutal Laios, ihr voriger Gatte, mit ihrem kleinen Sohn umging: „da schnürte jener / Ihm die Gelenke beider Füße ein / Und ließ ihn (…) Ins unzugängliche Gebirge werfen". Und sogar, wenn die anderen Schauspielerinnen sie ärgern wollen, ihr die Requisite wegnehmen oder sich absichtlich ihre Worte aneignen, bleibt sie stets distanziert und erhaben. Woher sie diese Ruhe nimmt? Ein Wunder.

Mit derselben Majestät übersiedelt sie in Slawotschkas Zimmer. Sachar muss bald zurückkommen, was denn, sollen sie sich verstecken? Nein, sie werden zusammenarbeiten, zu dritt, wir sind doch zivilisierte Menschen und keine Kinder. „Dann sprich dich los, wovon du redest!" Nein, unsere Ljubotschka bringt nichts mehr aus dem Konzept.

Später, alles später, erst den „Ödipus" aufführen. Die Frauen sind still geworden: Slawa ist nun verheiratet, Ljubotschka ist wieder verheiratet.

„Ein wunderbares Paar", findet Valentina Genrichowna.

„Wie Jessenin und Isadora Duncan."

„Fedjunin, lass das Geläster. Wenn du fertig bist mit dem Essen, geh."

Valentina Genrichowna ist mit niemandem so streng wie mit Fedjunin. Sie sagte mal: „Ich fürchte hässliche Menschen."

Da ist also auch Fedjunin mal zu Wort gekommen. Ja, er gehörte zu unserem Theater, ich weiß nicht mehr, welche Funktion er hatte. Prokopjitsch hatte einmal gefragt: Brauchen wir den eigentlich? Sollen wir den lästigen Genossen nicht rausschmeißen? Wir hatten damals Mitleid mit ihm: nach so vielen Jahren ... Und dann: Er hatte einen roten Ausschlag im Gesicht, wo soll er denn hin? Und haben Sie seine Arme gesehen? Schwache Menschen stoßen bei uns überhaupt auf Mitleid, und der hier hat auch noch Stücke geschrieben. Keine einzige Theaterzeitschrift druckt Fedjunins Stücke, so misslungen sind sie. Ich habe es auf alle möglichen Weisen mit ihm versucht, wollte ihn nicht zu sehr ausschimpfen, aber ihm auch keine zu große Hoffnung machen. Schon wieder Biberpelze, Ohnmachten, Rittersporen, Polizisten. Er erklärt, das entspricht den Erfordernissen der Gattung: historische Rekonstruktion. Ja, meinetwegen, gut, aber lenken Sie Gennadij Prokopjewitsch damit nicht ab, zeigen Sie die Sachen lieber gleich mir.

In der letzten Zeit war Fedjunin häufiger als sonst im Theater zu sehen. Wir maßen dem keine Bedeutung bei.

Und wie war es mit Gubarew? Aus den Augen, aus dem Sinn. Das Gedächtnis beim Theater ist kurz: der alte Laios, der frühere Ehemann, war irgendwohin gereist. Nach Theben, Korinth, ins Elysium. Hatte sich in ein Gespenst verwandelt. Die Proben begannen wohl im Oktober, die Premiere war für Februar angesetzt. Bei der Neujahrsfeier fehlte Gubarew, oder war er erst später weggefahren? Im Januar übernachtete Slawotschka nicht mehr im Theater, und zum Sonnenfest, das bei uns groß gefeiert wurde, war Sachar noch nicht wieder da. Ja, in diesen meinen besten Jahren in Ewigkeit waren die Tage überreich an Ereignissen, da vertut man sich leicht mit der Chronologie. Wir lebten im Vorgefühl eines

Triumphes und eines Unglücks. Nicht nur ich hatte dieses Gefühl, das hatten viele.

Die geschlossene Vorführung für die Teilnehmer verlief erfolgreich, ohne große Abstriche. Sollte es wirklich glücken?

Am Premierentag finden keine Proben statt. Ich gehe zum Frühstück runter: Slawotschka sitzt ganz alleine im Buffet. Auf dem Tisch ein Glas und ein Aschenbecher.

„Schon das vierte", flüstert mir Valentina Genrichowna zu, „ich habe ihm einen Auflauf gemacht, aber er will nichts essen." Lampenfieber, klar. Aber ich bin ruhig: Bis zur Aufführung ist noch viel Zeit, und Slawotschka hat nie nach einem Alkoholiker ausgesehen. Aber ich frage ihn doch: „Warum trinkst du schon am Morgen?"

Er lacht ertappt und hilflos zugleich: „Um nicht auf nüchternen Magen zu rauchen."

Der Schütze

„Slawotschka, soll ich dir Kaffee machen?"

Hört er, was man ihn fragt? Nein, er steht auf, lächelt wieder und geht fort, in seiner lustigen Zirkusmanier, ein bisschen schlaksig. Weißer Rollkragenpulli, schwarze Hose, schwarze Schuhe. Ich hätte auf seine Kleidung aufmerksam werden müssen, aber ich war mit meinen eigenen Gedanken beschäftigt. Gedanken, die nie mehr gebraucht werden sollten.

Hätte ich wissen können, dass sich an diesem Morgen auf unserer Bühne etwas Schreckliches abspielen wird, das Widerlichste und Sinnloseste, das man sich denken kann? Hätte ich mich dem Schicksal entgegenstellen können? Am Anfang, als ich die Sache aus der Nähe betrachtete, dachte ich: Natürlich, ich hätte es wissen müssen, mich einmischen können, ich suchte die Schuld bei mir. Aber dann reihte sich das Unglück mit Slawa in die Kette der anderen Katastrophen ein, und mein geradezu unsinniger Glaube, dass wir die Ereignisse beeinflussen können, löste sich in Luft auf. Alles ist irgendwo vorherbestimmt, man muss das Unvermeidliche akzeptieren. Und denen, die einen umgeben, helfen, es ebenfalls zu akzeptieren.

Ich erinnere mich deutlich: Valentina Genrichowna räumt das Glas und den Aschenbecher vom Tisch, ich bitte sie um Auflauf und Tee, plötzlich ertönt ein Knall und danach das Klirren von Glas. Was ist da los? Die Bühnenarbeiter haben nichts auf der Bühne zu suchen, der Bühnenaufbau für das Stück ist längst beendet. Wir blicken uns an und rennen hin. Die Tür zur Bühne ist verschlossen. Wieso? Wir verriegeln sie nie. Mit Händen und Füßen hämmern wir dagegen, ruckeln am Schloss. Später wird Valentina Genrichowna weinend erzählen, sie habe in diesen Minuten erstmalig gespürt, wo das Herz sitzt; wir müssen Herztropfen für sie holen. Sie hat damals sofort alles verstanden: „Gubarew. Er bringt ihn um."

Kaum hat sie das gesagt, da knallt es wieder. Ich habe nie einen echten Revolver aus der Nähe gehört: ein dumpfer, abscheulicher Knall. Wir erstarren vor Entsetzen. Fußgetrampel, die Tür öffnet sich, vor uns Sachar. In der einen Hand hält er den Schrubber, der die Tür verbarrikadierte, in der anderen den Revolver.

„Finita la commedia, der Luftikus ist mit seinen Seitensprüngen im Jenseits gelandet. Ruft Ljubotschka, sie soll sich ihren Liebsten ansehen. Bei Eichhörnchen muss man auf die Augen zielen!" Er stößt uns weg und hinkt zur Seite.

Slawotschka hat eine Riesenwunde anstelle des Gesichts. Echtes Blut und nicht Moosbeerensaft, den er sich am Abend in die Augen schmieren sollte. Valentina Genrichowna breitet ihre Schürze über ihn.

Weiter erinnere ich mich nur an Bruchstücke. Fedjunin läuft durch die hintere Reihe und schlüpft ins Zuschauerfoyer. „Diese Ratte", sagt Valentina Genrichowna deutlich. Gubarew sitzt auf dem Boden neben der Tür, den kahl geschorenen Kopf geneigt, sein Kampfesgeist ist verflogen: Er verbirgt das Gesicht, hat die Knie angezogen, zittert. Der Revolver steckt unter seinem Körper. Jemand legt eine Jacke um Gubarew, bringt ihm ein Glas Wasser. Leute kommen, unterhalten sich leise, stehen alle in einiger Entfernung, wann wird man ihn endlich abführen? Da Gubarew hinkt, kommt der Verdacht auf, Slawotschka habe ihn verwundet. Nein, Slawotschka hat in die Luft gezielt und eine Lampe zerschossen. Gubarew ist an einem Gewicht, das die Kulissen befestigte, hängen geblieben, da stolperten wir ständig drüber. Macht nichts, hieß es dann immer.

Ich gehe zu Ljubotschka, um ihr mitzuteilen, was geschehen ist. Sie winkt ab und dreht sich weg. Erst abends kann sie weinen. Glücklicherweise gelingt es, sie oben zu halten.

„Vierzehn Meter, achtzig Zentimeter." Ich helfe Irina Wadimowna, die Entfernung zwischen den Kulissen zu messen. Irina Wadimowna ist Justizleutnant, Alter: zwischen dreißig und fünfzig. Dem Aussehen nach eher fünfzig, den Worten nach wesentlich weniger. Sie fragt: „Und warum haben sie das Geballer nicht draußen veranstaltet?" Und gibt selbst die Antwort: „Bei diesem Wetter erstarrst du in fünf Minuten zum Eisblock."

Ewigkeit ist natürlich nicht Pjatigorsk, aber es lag nicht an der Kälte. Fedjunin und seine historischen Rekonstruktionen. Ich habe diesen Mann nie wiedergesehen. Er kam zur Gedächtnisfeier, schwafelte etwas von Offiziersehre und dem Duellkodex: Es sei natürlich nicht in Ordnung, dass es nur einen Revolver gab, mit dem sie aufeinander schossen, aber die beiden hätten nicht nur die Waffe teilen müssen, sondern mit dem Schuss in die Luft sei Gubarew eine zusätzliche tödliche Beleidigung zugefügt worden. Prokopjitsch führte Fedjunin beiseite, sagte ihm etwas, und Fedjunin verschwand auf Nimmerwiedersehen.

„Das kann doch nicht euer Ernst sein", wundert sich Irina Wadimowna, als wir ihr erzählen, wer die Idee für das Duell hatte. „Einundzwanzigstes Jahrhundert, Offiziersehre. Das ist doch lachhaft."

Gubarew und Slawotschka wurden gegen Abend weggebracht. Die nächsten Tage habe ich kaum in Erinnerung, es ging auf einmal alles sehr schnell. Ljuba konnte mit niemandem sprechen, ich brachte ihr etwas zu essen, manchmal aß sie, manchmal rührte sie es nicht an. Prokopjitsch ließ einen Aushang machen: „Im Zusammenhang mit dem Umzug auf eine neue Bühne fallen die Aufführungen aus." Wir verehrten Prokopjitsch immer, aber erst jetzt lernten wir ihn so richtig schätzen. Er fuhr nach Sewerogorsk, machte die nötigen Gänge und brachte Slawotschkas Urne pünktlich zum neunten Tag. Wir gingen zusammen in Ljubas Zimmer und stellten die Urne auf die Fensterbank. Ljuba weinte, wir verweilten neben ihr. Wir vereinbarten: Wenn es wärmer wird, entscheiden wir, wo wir Slawotschka beerdigen. Vielleicht melden sich ja auch Angehörige, wir hatten ihnen ein Telegramm geschickt.

Prokopjitsch deutet an, es sei ja noch nicht klar, wo wir selbst sein würden, wenn es wieder warm ist. Merkwürdig, früher hat er solche Gemeinplätze vermieden. Wir laden Ljuba ein, ins Buffet zu kommen, wir haben eine Gedächtnisfeier organisiert. Nein, sie kommt nicht, sie will sich in ihrem jetzigen Zustand nicht zeigen. Dann komme auch ich erst später. Ich gehe hinter Prokopjitsch in den Flur. Er deutet auf die Tür: „Schauspielerin. Sie denkt schon daran, wie sie aussieht. Sie wird darüber hinwegkommen."

Hoffen wir zu Gott, Gennadij Prokopjewitsch. Ich will mich bei ihm für seine Anteilnahme bedanken. Er stoppt mich. „Ich reise bald ab. Die Leitung überlasse ich Ihnen." Und was für Aufführungen sollen wir machen, ohne Slawotschkin und die anderen? Die alten Sachen wiederaufnehmen: „Wie der Teufel so spielt", das Stück mit dem Krokodil? Alles erscheint auf einmal in einem anderen Licht. „Alexander Iwanowitsch, atmen Sie mal durch. Sagen Sie mir lieber, was ich mit meinen Fischen machen soll. Zum Beispiel. Sie kennen doch die Neuigkeiten." Ich nicke. Ich dachte wirklich, ich kenne die Neuigkeiten.

„Die Wahrheit erzählen ist leicht und angenehm, also halten Sie sich daran." Irina Wadimowna, die Untersuchungsführerin, hat die Aussagen von vielen eingeholt, bevor sie sich mit mir trifft.

Sie misst und notiert sich die Angaben, ich halte das Zentimetermaß. Ich sehe, wie Irina Wadimowna sich durch den Raum bewegt: Sie tritt mit der ganzen Fußsohle auf und schlackert unschön mit den Armen. Wie anders sich die Schauspieler auf der Bühne bewegen, denke ich, während ich sie beobachte. Obwohl die Dekorationen abgebaut und alles gereinigt und weggescheuert ist, fühle ich mich hier äußerst unwohl. „Lassen Sie uns zu Abend essen", schlage ich vor, „Sie sind doch schon den ganzen Tag auf den Beinen."

Wir bewirteten sie, es ist noch viel von der Gedächtnisfeier übrig. „Gießen Sie mir ein, nach Ihrer Schwalbe weiß ich nicht mehr, wo mir der Kopf steht. Zuerst erzählt sie mir, ihre zwei Männer hätten etwas geprobt. Mit echten Patronen? Berufsunfall? Und wo ist die zweite Pistole? Das haut nicht hin. Da erklärt sie, sie ist an allem schuld. Ich frage: Ljubow, wie war noch Ihr komischer Nachname? Dann waren Sie diejenige, die den Worobjow umgebracht hat? Soll ich das so verstehen?"

Arme Ljuba. So empfindet sie das wohl. Da ist nicht dran zu rütteln.

„Wieso ist da nicht dran zu rütteln? Reden Sie mit ihr. Und dass Gubarew ihr die Finger geküsst hat, ist für die Untersuchung völlig unerheblich."

Ljubotschka kommt bei Frauen nie gut an. Ich frage, was Gubarew zu erwarten hat.

„Mord ohne erschwerende Umstände: sechs bis fünfzehn Jahre. Haben Sie gedacht, man schickt ihn wie im neunzehnten Jahrhundert in den Kaukasus? Wenn das Opfer ebenfalls geschossen hätte, hätte man die Möglichkeit, das Mindeststrafmaß zu unterschreiten. Hat er kleine Kinder? Aber machen Sie sich keine Sorgen. Solche wie Gubarew haben es gar nicht so schlecht im Lager: Er ist den Leuten ja vom Fernsehen bekannt. Er sollte sich nur nicht zu sehr damit brüsten, wie gut er schießen kann. Warten Sie erst mal, wenn die Presse den Fall aufgreift, die machen noch einen Helden aus ihm. Aber genug, ich muss aufs Revier."

Ich reiche Irina Wadimowna den Pelz und bringe sie zum Ausgang, wo ein großes Foto von Slawotschka hängt. Sie bleibt davor stehen.

„Schade", sagt sie seufzend. „Aber immerhin, er hat sein Leben gelebt. Mein Sohn ist fünfundzwanzig. Hängt rum, drückt sich vor der Armee. Verbringt den ganzen Tag mit Computerspielen. Ohne eine einzige Frau. Da weiß man nicht, was besser ist, nicht wahr?"

Zurück im Buffet, setze ich mich. Das ist mir alles zu viel. Valentina Genrichowna setzt sich neben mich.

„Alexander Iwanowitsch. Ich fahre weg. Ins Ausland." Sie lacht. Sie hat einen Bruder in Mariupol. „Das liegt jetzt in einem anderen Land."

Ja, das Leben muss ja irgendwie weitergehen. Ich merke auf einmal, wie müde ich bin. Ich muss doch noch nach Ljubotschka sehen.

„Und Sie, Alexander Iwanowitsch, haben Sie noch keine Pläne?"

Was für Pläne? Ich spüre, ich kann dem Gespräch nicht folgen. Mir dreht sich der Kopf.

„Die Bewohner müssen aus der Stadt wegziehen." Sie springt auf: „Hören Sie das etwa zum ersten Mal? Die Leute packen die Sachen, schicken sie weg. Auf der Post ist die Hölle los. Und wenn Sie erst wüssten, was sich auf dem Bahnhof abspielt!"

Ich kann heute nicht klar denken. Eine ganze Stadt schließen, geht das? Offenbar ja, wenn Valentina Genrichowna das sagt. Warum sollte sie mich belügen? Ich höre davon zum ersten Mal. Morgen, ich denke morgen darüber nach, ich muss mich hinlegen.

„Haben Sie auch das Gefühl, Alexander Iwanowitsch, als ob wir beide an unserem Leben vorbeigelebt haben? Als ob dieses ganze Theater nicht unsere Sache war?"

Ich weiß nicht. Was hätte ich sonst tun sollen? Literatur unterrichten? Es gibt keinen Zufall. Ich stehe auf, bitte sie um Verzeihung. Ich muss wohl heftig geschwankt haben.

„Kommen Sie", schlägt sie vor, „ich bringe Sie zu Ihrem Zimmer."

Das hätte noch gefehlt. Ich schaffe es schon.

„Sie sind ein guter Mensch, Alexander Iwanowitsch. Der Beste von allen, die ich je getroffen habe."

So verabschiedete sich Valentina Genrichowna von mir. Ich habe mich noch nicht einmal bei ihr bedankt und nicht nach ihrer Adresse gefragt.

Alle sind nach Hause gegangen, nur noch Ljubotschka und ich sind hier. Was wir machen? Nichts. Wir haben versucht, Karten, Schach zu spielen. Abends sitzen wir im Buffet, lachen oft aus irgendeinem nichtigen Anlass. Wir schmieden keine Pläne, erinnern uns nicht an Vergangenes, schlafen, bei Nacht und bei Tag. Wir haben nichts zu tun. Verbrauchen nur Strom.

In früheren Jahren mochte ich es, wenn die Schauspieler in Urlaub waren, ich schaffte dann so viel: las Bücher und Zeitschriften, suchte neue Stücke aus, empfing Gäste aus anderen Städten, Folkloregruppen besuchten uns, Amateurwettbewerbe fanden statt. Aber jetzt hatten wir uns gleichsam selbst auf eine Reise gemacht, von der wir nicht wussten, wie lange sie dauern würde.

Vierzig Tage war es her. Aus diesem Anlass saßen wir zu zweit zusammen, tranken Wein, gingen runter in den Saal. „Es sieht so aus, Alexander Iwanowitsch, als würden wir hier nie wieder herkommen. Wir müssen die Sachen packen."
„Warte, Ljubotschka, vielleicht wird noch alles gut? Wir hätten nicht in diesen Saal gehen sollen." Sie ließ sich wegführen, blickte mich aber mitleidig an.
Ich liege in der Finsternis und denke nach. Ein einziger Schuss. Und wenn der Revolver nicht funktioniert hätte? Und wenn Gubarew nicht gestolpert wäre? Vielleicht hätte er Slawotschka dann verschont und ebenfalls in die Luft geschossen? Und wäre nicht ins Gefängnis gekommen. Wir hätten den Schusswechsel schon irgendwie vertuschen und am Abend unseren „Ödipus" aufführen können. Und wären vielleicht sogar mit dem Stück auf Tournee gegangen, wir hatten es doch richtig gut hingekriegt.
Dummes Zeug, sage ich mir. Historische Rekonstruktion. Zu denken, der Zufall sei an allem schuld, das Leben eines Menschen hänge von solchen Lappalien ab, ist unzulässig und beleidigend. Slawotschka hat unmöglich an Ljuba vorbeigehen, Gubarew unmöglich danebenschießen können, und auf König Ödipus bin ich im Gespräch mit Prokopjitsch bestimmt nicht aufgrund des Zufalls gekommen, dass er Griechenland erwähnte.

Mit diesen Gedanken schlafe ich ein. Am Morgen trifft ein Schreiben ein: Ewigkeit wird auf höchsten Beschluss aufgelöst. Rationalisierung, Verwaltung der Ressourcen, Gewinnung von Neuland. Die Buchstaben springen mir vor den Augen, ich versuche, sie in eine sinnvolle Ordnung zu bringen und höre deutlich eine Stimme, die sagt: „Durch welche Reinigung? Welches ist die Art des Falls?/ Durch Ächtung oder Tod gesühnt durch Tod! Es rufe / Dies Blut das Wetter auf die Stadt herab!" Das war seine Stimme, Slawotschkas.

Nach der Ewigkeit

Aus den Lautsprechern auf dem Bahnsteig ertönt Musik, dann fahren wir los. Ich erinnere mich an Schneeflocken im Licht der Scheinwerfer und einen allgemeinen Seufzer, als die Stadt auf einmal in der Dunkelheit versinkt. „Mutter lässt Sie bitten, die Bäume erst zu fällen, wenn sie weg ist", deklamiert Ringelchen. „Man hat den Transformatorabschnitt abgeschaltet", antwortet ihr einer, der den Durchblick hat. Es gibt natürlich auch Tränen. Als ich kochendes Wasser holen will, stoße ich auf Anna Arkadjewna. Sie steht auf der Plattform an der Tür, fast in der Dunkelheit, und sieht mich nicht. Eingehüllt in ihren Lieblingsplaid, der bei ihr aus irgendeinem Grund Plaid mit großer Vergangenheit heißt, raucht sie und summt leise ein Lied oder schluchzt. In diesen Tagen schafft man die Leute mangels eines anderen Transportmittels alle mit dem Zug nach Sewerogorsk, wo sie in Hotels, Wohnheimen, ja sogar Schulen und Lehranstalten untergebracht werden. Wohnungen sind in erster Linie für Leute mit Kindern bestimmt, für die anderen sollen in nächster Zukunft welche gebaut werden. Gerüchte besagen, manch einen habe man mit Gewalt wegbringen müssen. Man kann die Leute doch nicht ohne Licht, Wasser und Heizung zurücklassen? Wenn ihnen endlich klar wird, was los ist, kommen sie nicht mehr raus. Auch ich selbst habe ja alles erst reichlich spät verstanden. Ewigkeit gibt es nicht mehr. Wie das? Einfach so.

Die Theaterleute werden mit der letzten Fuhre evakuiert. Wir haben zwei Eisenbahnwaggons mit Abteilen bekommen, eine privilegierte Situation. Ljuba sitzt in Fahrtrichtung mir gegenüber, wir sind nur zu zweit im Abteil, oben liegen die Sachen, hauptsächlich Ljubas.

„Sie haben eine erstaunliche Fähigkeit, Alexander Iwanowitsch, keine Dinge um sich herum anzuhäufen", lobte mich Valentina Genrichowna immer.

Ich ziehe es vor, antwortete ich ihr, nicht mehr Requisiten verwalten zu müssen, als in meinen Koffer passen. Der liegt nun also da oben mit seinen Metallecken und Holzleisten, ganz in alter Frische. Wie leichtfüßig ich, als ich ankam, mit ihm die Treppe hochlief. Und auch jetzt habe ich es geschafft, ihn hierher zu schleppen.

Draußen wirbelt ein Schneesturm, wir fahren langsam. Die Handlungsabfolge liegt jetzt klar zutage. Erst Habgier, Ausbeutung der Klassik, weiter: verbotene Leidenschaft, dann Verbrechen. Die Folge: für die Helden Untergang oder Zwangsarbeit, für uns, die Statisten und den Chor: Vertreibung. Wie kann sich einer, der bei Verstand ist, zu der Behauptung versteigen, das Leben folge keinem Plan?

Ich stehe auf und inspiziere das Gepäck. Die Urne, wo ist denn die Urne? Ljubotschkas Augen, die ohnehin groß sind, weiten sich vor Entsetzen: Die Urne steht noch auf der Fensterbank. Ljubotschka zu beschuldigen, verbietet sich, sie ist ja selbst ganz verzweifelt darüber. Wir kommen zu dem Schluss: Nun kann Slawotschkas Ruhe von niemandem mehr gestört werden. War er denn nicht in seinem Zimmer durchaus glücklich?

Ich setze mich wieder hin und schließe die Augen. Schon wieder ein Ereignis, das einzuordnen ist. Es kann doch kein Zufall sein, dass wir Slawas Asche im Theater zurückgelassen haben ...

„Alexander Iwanowitsch!" Ljuba macht eine große Pause. „Ich glaube, ich bin schwanger." Wieder Pause. „Warum sagen Sie nichts?"

Was heißt: „Ich glaube"? Ich habe Angst, sie zu fragen. „Das wäre doch schön, oder?"

„Sie meinen, das wäre schön?"

Der Zug hält, und das nicht zum ersten Mal, die Gleise sind eingeschneit. Ich gehe im Gang auf und ab und denke nach. Die Schaffnerin kommt: „Na, Opa, kannst du nicht schlafen?" Lustig, dass sie mich Opa nennt. Zurück im Abteil, hülle ich Ljubotschka in eine Decke. Diesmal stehen wir besonders lange, die Gleise müssen maschinell geräumt werden. Das geht den ganzen Weg so: Kaum sind wir ein Stückchen gefahren, da stehen wir schon wieder. Erst am nächsten Morgen kommen wir an.

Sewerogorsk: hohe Häuser mit vielen Wohnungen, ein riesiges Verwaltungsgebäude, rauchende Schlote. Eine richtige Stadt: Sportpalast, Gefängnis, übrigens das, in dem Gubarew, Ljubas angetrauter Ehemann, einsitzt.

„Auf geht's?"

Die Schauspieler nehmen ihre Sachen und wollen sie raustragen. Jetzt bekommen wir Wohnungen zugeteilt, können uns gegenseitig besuchen und Erinnerungen wälzen.

„Es wäre schön, wenn wir nicht zu weit auseinander wohnten." „Ob die Wohnungen möbliert sind und Haushaltsgeräte zur Verfügung stehen?" „Haben Sie solche Wohnungen je gesehen?"

Ich beteilige mich nicht an diesen Gesprächen, und es bezieht mich auch keiner in sie ein. „Atmen Sie mal durch", hat so nicht Gennadij Prokopjewitschs Rat gelautet? Beim Theater geht alles schnell. Rentner, Opa.

Meine Gedanken kreisen um etwas anderes. Die ganze Nacht habe ich kein Auge zugetan, nur die schlafende Ljuba betrachtet und die Decke über sie gebreitet. Wie wird sie das Kind nennen? Vielleicht Sascha? Ein guter Name, passt immer, egal, ob Junge oder Mädchen. Vielleicht kann ich dem Kind die Vokale anhand des Kinderlieds „Dro Chonosen mot dem Kontroboss" beibringen oder mit Mutters Spruch vom Ararat die Aussprache des R üben?

Wir sollen uns im Bahnhofsgebäude versammeln. Ljubotschka braucht lange, bis sie fertig ist. Das ist bei ihr jetzt so. Wir kommen erst dazu, als man in dem allgemeinen Lärm schon nichts mehr versteht: Die einen wollen die Miliz rufen, die anderen die Presse und das Fernsehen, die Dritten drohen, handgreiflich zu werden. Die Vertreterin offizieller Stellen bittet alle, den Mund zu halten und sich vielleicht auch einmal in ihre Lage zu versetzen.

„Meine Herrschaften, man appelliert an unsere Menschlichkeit!" Anna Arkadjewnas tragisches Gelächter geht in Husten und dann in Schluchzen über.

Wir erfahren: Wir bleiben im Zug, es gibt keinen Platz für uns. „Stellen Sie sich vor, Sie sind mit dem Zug auf Tournee, wie im Krieg. Die Agitationsbrigaden lebten jahrelang in Eisenwaggons."

„Aber der Krieg ist doch zu Ende?"

Die Antwort ist ausweichend: „Für die einen ja, für die anderen nein."

Von meinem Standpunkt aus, den ich lieber nicht offen äußere, ist das nicht weiter schlimm: Es ist warm, wir haben Licht und Platz, wir können die Bahnhofskantine benutzen und bekommen Karten für drei Mahlzeiten am Tag. Im Wartesaal für Fahrgäste mit Kindern gibt es eine Dusche, die man selbst nachts benutzen kann. Weine nicht, Ljubotschka. In dem Waggon, in

dem ich auf die Welt kam, konnte von einem solchen Luxus
nicht die Rede sein. Hörst du? Wenn sie die Stromversorgung
abschalten, bekommen wir Kohlebriketts. Kohlebriketts! Davon haben wir damals noch nicht einmal zu träumen gewagt.
Auch der Arzt am Bahnhof hat rund um die Uhr geöffnet.
Ljubotschkas Stirn bedeckt sich mit roten Flecken. Es muss
etwas geschehen. Ich dränge mich durch die Menge und
verkünde mit etwas zu lauter Stimme, dass Ljuba schwanger
ist. Aus irgendeinem Grund quittieren unsere Leute das mit
Lachen, Schauspieler sind wie Kinder und können genauso
grausam sein.

Die Frau in Uniform wehrt sofort ab: „Ja, meinen Sie denn, ich
könnte mir deshalb Wohnraum aus den Rippen schneiden?"
Ein Ausweg findet sich schnell. Ljuba kommt ins Krankenhaus,
zur Überwachung. Da kann sie liegen, sich beruhigen und
ohne Hektik untersuchen lassen. Ich begleite sie zum Auto. Sie
reicht mir die Stirn zum Kuss und lächelt zum Abschied.

Ich behielt recht: In einem modernen Eisenwaggon zu leben,
ist überhaupt nicht weiter schlimm. Wir haben genug zu essen, es ist ruhig und warm. Am Anfang störten die ständigen Durchsagen: Auf dem ersten Gleis läuft Zug Nummer
Soundso ein, aber man gewöhnt sich daran und überhört es.
Der Bahnhof liegt mitten in der Stadt, alles in der Nähe: Lä-
den, eine Wäscherei, sogar ein Schwimmbad. Für einen, der
jahrelang nicht aus Ewigkeit herausgekommen ist, gibt es
viel Neues. Die einen klappern die Institutionen ab, schlagen
Krach, fordern eine Entschädigung für ihren verloren gegan-
genen Besitz, andere suchen Arbeit und rufen ihre Bekannten
an. Ich verbringe die meiste Zeit im Liegen: Wieder ist in
mir der Hunger erwacht, ziellos nur für mich zu lesen, wieder lerne ich Gedichte auswendig. Ich gehe auf den Bahnhof,
frühstücke, wechsle ein paar Worte mit unseren Leuten, er-
fahre, was es Neues gibt, und ab auf meine Bank zum Lesen.

Von unserem Theater bleiben immer weniger Leute hier. Ringelchen war eine der Ersten, die verschwand: Es ging das Gerücht, sie sei nach Piter gefahren, zu dem Regisseur mit den weißen Zähnen, sie waren sich nähergekommen, als sie die Laura mit ihm geprobt hatte. Anna Arkadjewna wurde nach Syktywkar in ein Kindertheater eingeladen.

Einmal bin ich ins Krankenhaus gegangen, zur gynäkologischen Abteilung, habe mich verlaufen, lange gesucht, aber sie haben mich trotzdem nicht zu Ljuba gelassen, mal hieß es, wegen Quarantäne, dann generelles Besuchsverbot, dann Besuchsverbot für Männer, jedes Mal was anderes. Ich wollte ihr Bücher, Obst und Wasser bringen. Sie sagten: Wir geben es ihr, bei Schwalbe ist alles in Ordnung, keine erhöhte Temperatur. Ich beruhigte mich, ging zu meinem Waggon, las und träumte.

Oh, là, là, wie Mir Sawwitsch zu sagen pflegte, unser unvergesslicher Direktor. Meine Träume waren süß, und obwohl ich jetzt weiß, wie sie endeten, finde ich sie nicht vergeblich. Nachts, wenn die Deckenbeleuchtung ausgeschaltet ist, liege ich im Dunkeln, erinnere mich an die Lieder, die mir Mutter gesungen hat, gehe im Geist Kindersprüche und Kinderverse durch. Wie wenig ich mich selbst kenne: Das ist es, was ich brauche! Ich hab mir die Finger an meiner deutschen Glaschenka verbrannt und seitdem beschlossen, kein Risiko mehr einzugehen. Nein, natürlich war das kein Beschluss. Ich habe einfach gelebt, wie es mir in die Wiege gelegt wurde.

„Bin ich für Sie vielleicht so eine wie die Medea?", schreit sie wie am Spieß: Ich habe es nicht lassen können, Ljubotschka von meinen Überlegungen „wie es einem in die Wiege gelegt wird" zu erzählen.

Pst, pst, die Wände sind hier aus Pappe. Obwohl, jetzt kannst du weinen oder schreien, das ändert nichts.

Ljubotschka war auf einer Station mit Frauen gelandet, die ihre Schwangerschaft beenden wollten.

„Abtreibung, Alexander Iwanowitsch. Das heißt ‚eine Abtreibung machen‘. Wieso brutal? Sie haben mich doch selber hierhin bringen lassen."

Kurz gefasst: An einem Tag hatte ein Geistlicher die Frauen besucht. Alle waren hingegangen, auch sie. Ein junger Mann. Wie war er durchgelassen worden?

„Offenbar sind die gegen Ansteckung gefeit, Alexander Iwanowitsch. Er hat schön geredet, war vorbereitet. Hat uns mit der Hölle geschreckt, die Frauen haben geweint. Ich nicht, wieso auch? Ich war ja nur mitgegangen, um ihnen Gesellschaft zu leisten. Ich sitze so da und gucke ihn mir an. Groß, mit gepflegtem Bart. Und auch er hat öfter nach mir geguckt als nach den anderen. Er merkt, dass ich nicht sonderlich niedergeschlagen bin. Und fragt, was bist du? Ich sage: ‚Wassermann.‘ Er lacht: ‚Was hast du für einen Beruf?‘ ‚Schauspielerin am dramatischen Theater.‘ Er schüttelt den Kopf: ‚Wolltest ein leichtes Leben haben. Schau mal, wie die anderen Mädchen leben.‘ ‚Was meinen Sie damit?‘ ‚Dass Possenreißer überhaupt nicht in den Himmel kommen können. Weißt du, wie man das Theater früher nannte? Gaukelei. Nicht umsonst wird euresgleichen ja nicht auf dem Kirchhof, sondern wie die Selbstmörder außerhalb der Friedhofsmauern begraben.‘ Ich frage: ‚Begraben Sie mich nicht ein bisschen zu früh, heiliger Vater? ‘ Er antwortet: ‚Heiliger Vater? Nein, für dich nicht.‘ ‚Na, umso besser.‘ Er wendet sich von mir ab: ‚Entschuldigt, liebe Schwestern, das Gespräch ist ein wenig vom Thema abgewichen.‘ Er fährt fort mit den ewigen Qualen und Zähneknirschen und würdigt mich keines Blickes. Die Frauen heulen wie die Schlosshunde. Ich denke: Der Vortrag hat gezündet, sie bringen ihre Kinder zur Welt. Aber kaum hält er an, da legen sie los! ‚Ich habe keine Wohnung!‘, ‚Mir ist gekündigt worden‘, ‚Wissen Sie,

wie lange man auf einen Kindergartenplatz warten muss?',
,Sie können ja mal versuchen, mit meiner Schwiegermutter
zu leben!' Die eine ist ohne Arbeit, die andere ohne Dach
überm Kopf, die Dritte hat einen Säufer zum Mann. Unser
Väterchen hört sie aufmerksam an, rät: ,Da hättet ihr früher
dran denken sollen!' Und geht." Auch die Frauen gingen und ließen die besagte Abtreibung
machen. Alle durch die Bank. Inklusive Ljubotschka.
„Alexander Iwanowitsch", lacht sie durch Tränen. „Der
Pope sprach übrigens Dialekt. Erinnern Sie sich?"
Na klar: „Ein Bild des Jammers."

„Wolltest du es dem Geistlichen heimzahlen, ja?"
„Verstehen Sie doch! Er hat ja recht, hundertprozentig. Da
hätte ich früher dran denken sollen."
Woran denn? Meine Mutter zum Beispiel: die hat mich geboren und aufgezogen, ganz alleine. Das waren auch nicht
gerade die günstigsten Bedingungen.
„Und was soll's? Es macht doch keinen Unterschied, ob wir existieren oder nicht. Ohne Familie, ohne Wohnraum, ohne Beruf!"
Ich hätte ihr sagen wollen, doch, meine Familie, das bist du,
aber man kann sich doch nicht bei jemandem als Verwandter
aufdrängen. Du bist eine Schauspielerin. Überleg mal, was du
alles gespielt hast. Jedes Theater nimmt dich mit Handkuss.
Und ich habe meine Pension. Und Ersparnisse, keine großen,
aber immerhin. Und ich kann auch arbeiten gehen, als Lehrer.
Sie weint, quält sich, die Arme: „Alexander Iwanowitsch,
mein Lieber, verzeihen Sie mir."

Ich weiß noch nicht einmal, wie viel Zeit vergangen ist.
Eine Woche, zwei? Ljubotschka sehe ich nur sporadisch. Eines Tages komme ich nach dem Frühstück zurück: Sie steht
auf dem Bahnsteig. Ich frage: Wohin gehst du?
„Muss ich mich jetzt immer bei Ihnen abmelden?"

Ljubotschka hat ein gutes Herz. Sie hat gemerkt, dass ich über ihre Antwort traurig war, und nimmt mich mit, sie geht jetzt ins Schwimmbad.

Ich kann zwar nicht schwimmen, stehe aber am Rand und gucke. Allerdings sieht man nicht besonders gut: im Mai ist es Tag und Nacht hell, aber die Lufttemperatur liegt unter null, über dem Wasser hängt eine Dampfwolke. Wie hat da jemand Ljubotschka nur aus dieser Brühe rausgeangelt?

Ein paar Tage später kommt sie zu mir: „Sie können mir gratulieren, Alexander Iwanowitsch. Ich habe einen Mann getroffen. Ich ziehe zu ihm. Ich habe das Gefühl, da wird was draus."

Was für einen? Was macht er?

„Nichts Besonderes, Ingenieur. Aber ein Zwilling, verstehen Sie? Zwillinge hatte ich noch nicht. Nur Widder und Schützen. Wir heiraten und fahren nach Amerika."

Ich gratuliere natürlich. Wünsche ihr Glück. Ljuba ist wieder fröhlich, das ist die Hauptsache, und auch einen neuen Hut hat sie auf.

Wir reden über Termine: „Bitte vergessen Sie nicht, Alexander Iwanowitsch, für übermorgen sind wir verabredet. Die sozialen Sicherheitsorgane warten sehnlichst auf uns."

Das wievielte Mal ich schon dahingehe, immer umsonst.

„Lassen Sie das Gerede, der Spatz in der Hand ..." Ljubotschka bekommt für ihre Wohnung eine Entschädigung, es heißt: Die Höhe richtet sich nach dem Katasteramt. Ich versuche, zu verstehen, was das heißt.

„Ihnen", sagt man mir, „Verehrter, steht keine Entschädigung zu, da Sie nur befristet in Ewigkeit gemeldet waren. Auch wer eine Dienstwohnung hat, bekommt keine Entschädigung. Nur Wohnungseigentümer."

Ljubotschka wird wütend, schreit: „Und da sagen Sie, Alexander Iwanowitsch: Krieg das Kind!" Sie dreht sich zum Publikum um und äfft die Sachbearbeiterin nach: „,Verehrter'.

Nicht einer unter Ihnen ist würdig, ihm die Schuhsenkel zuzubinden", schimpft sie und deutet auf mich.

Ich verstecke die Hände in den Manteltaschen, Ljubotschka hielt mir diese Geste hinterher vor. Das Publikum – die Schlange und die Sachbearbeiterinnen – ist erstaunt: Was will die denn noch?

„Sie können wohl den Hals nicht vollkriegen?"

Und danach kommt gleich: Was ist das eigentlich für ein nichtrussischer Name: Schwalbe?

Da dreht sich Ljubotschka aber um und blickt wie Iokaste, Gertrud, Elisabeth von England! Es braucht nur einen Funken, damit sie sich ereifert.

„Beruhige dich", flüstere ich, „komm, wir gehen."

Da schaltet sich der Chor ein: „Ist das nicht die, wegen der man den Schauspieler ins Gefängnis gesteckt hat? Diesen Kahlköpfigen, der den Major im Fernsehen gespielt hat?"

Ich packe Ljubotschka am Arm und ziehe sie zum Ausgang.

„Ich bitte dich, schlag keinen Krach, mach keinen Aufstand, ich brauche nichts. Wir und unzufrieden sein? Wir haben doch selber Dreck am Stecken."

Wir sind draußen: „Was reden Sie da von wegen Dreck am Stecken? Wachen Sie auf, Alexander Iwanowitsch! Ewigkeit wurde nicht aufgelöst, weil wir bestimmte Stücke gespielt haben oder ich gleichzeitig mit meinem Mann und Slawotschka geschlafen habe – übrigens gleichzeitig nun auch wieder nicht – oder weil Gubarew ihn erschossen hat. Sie haben doch selbst gesagt: Es geht immer um die Wahrheit. Der wahre Grund für die Auflösung von Ewigkeit ist ein offizielles Schreiben, die Politik!"

Offenbar hatte ihr der Zwilling das mit der Politik erklärt.

„Nicht nur Städte, ganze Länder schrumpfen. Aber in Amerika ist das anders. Da ist es ein großes Glück, wenn man eine Straße durch dein Haus bauen will."

Ja? Wie das? Wir schauen uns an und platzen vor Lachen. Legen die einen anderen Preis zugrunde als den des Katasteramts?

Wir kugeln uns vor Lachen, wiederholen alles ein ums andere Mal, die Leute kommen raus und denken: Die haben sie nicht alle. Ljubotschka hat sich eher ausgelacht als ich und sagt: „Gehen Sie nach Hause, ich gehe ins Gefängnis. Ich muss mich von dem Kriminellen scheiden lassen, bevor die Öffentlichkeit mir die Hölle heißmacht."

Sommer. Alle haben etwas gefunden. Ich bin allein, man hat mich vergessen. Auf einmal erinnern sie sich an mich.

„Komm, Opa, wir finden ein Altenheim."

Als ich das Ljubotschka sage, zischt sie: „Das hätte noch gefehlt! Lassen Sie uns zu einer Agentur gehen und ein Haus für Sie suchen. Wo würden Sie denn gerne wohnen?"

Wir suchten lange aus. Sie hat mir sehr geholfen. Und auch noch Geld gegeben: „Nehmen Sie es, lassen Sie sich nicht bitten!"

Womit habe ich das verdient? Ich dankte und nahm es an.

„Alexander Iwanowitsch, hängt das Schicksal vom Charakter ab?"

Was für eine Frage! Ljubotschka stellte sie mir letzten Herbst, vor unserem Abschied. Warum hast du nicht früher gefragt?

„Hätten Sie denn früher gewusst, was Sie mir antworten sollen?"

Und die flügge Oká …

Im Endeffekt ließ ich mich in Tarussa nieder. Eine andere Variante, die infrage kam, war Gudauty in Abchasien, aber in meinem Alter sind starke Klimaänderungen riskant. Obwohl meine Wahl, ehrlich gesagt, nichts mit dem Klima zu tun hatte. „Und flügge von Wunden unterm Pont Mirabeau die Oká …" Zwar gibt es überhaupt keine Brücke Mirabeau und auch keine andere Brücke. Aber Tarussa hat trotzdem genug Liebenswertes.

Ich gehe viel spazieren, hier ist es einfach unglaublich schön. Ich habe mich mit einem einheimischen Schriftsteller angefreundet, Makejew, Wladilén Nilowitsch, das erwähnte ich schon.

„Wählen Sie Ihre Freunde eigentlich gar nicht aus?", fragte mich Ljubotschka einmal.

Ich weiß nicht, meine Gute, vielleicht hast du recht. Ich finde, wenn dich das Schicksal mit jemandem zusammenführt, solltest du das nicht ausschlagen. Umso mehr, als Makejews und meine Biografie, wie sich herausgestellt hat, in vielem ähnlich sind. Wir sind fast gleichaltrig, unsere Väter fielen beide Stalin zum Opfer. Wladilén Nilowitschs Vater war allerdings ein hohes Tier, meiner nur ein kleiner Straßenbahnschaffner.

Nur eins stört mich ein bisschen. Makejew klagt gerne. Soll er sich doch aussprechen, finde ich, wenn ihm das Erleichterung verschafft. Hauptsache, er steigert sich nicht noch mehr hinein.

„Schon wieder bin ich bei den diesjährigen Literaturpreisen übergangen worden. Alle Preise gehen an Juden. Judenpack verteilt Preise ans Judenpack. Das ist in der Literaturszene gang und gäbe."

Ich versuche, ihm zu sagen, schauen Sie mal, wie schön es um uns herum ist! Bald blüht der Flieder, ich kann es gar nicht erwarten. Wissen Sie, wie lange ich keinen richtigen Flieder gesehen habe?

„Russischer Frühling, heißt das. Und wo bleiben die Preise für uns Russen?"

Da habe ich richtig daran getan, dass ich kein Schriftsteller geworden bin. Obwohl ich durchaus mit dem Gedanken gespielt habe. Ich zeige ihm: Sehen Sie mal, ist das nicht eine

Erle? Wächst von selbst, man braucht sie nicht zu säen und sich nicht um sie zu kümmern. Ich freue mich an diesen kleinen Dingen, nach dem hohen Norden kann ich das kaum fassen. Ein Wunder!

„Ja, ein Wunder … Ich liebe unsere russische Natur. Aber nochmal im Rampenlicht zu stehen, fände ich auch nicht schlecht."

Wenn das Wetter es erlaubt, gehe ich alleine oder mit Makejew spazieren, sonst sitze ich in der Bibliothek. Sie öffnet frühmorgens und schließt um sieben. Meinen Rückstand habe ich schon etwas aufgeholt, aber ich muss natürlich noch unendlich viel lesen.

Wieder habe ich es gut getroffen, aber ich bin so wenig wie möglich zu Hause: Ich möchte Antonina Fjodorowna nicht gegen mich aufbringen. Sie und Michail Stepanowitsch, das sind meine Nachbarn, wir wohnen Wand an Wand, auch der Hof gehört uns gemeinsam. Das Grundstück ist ebenfalls geteilt, aber ich habe sie sofort gebeten, meine Hälfte zu benutzen, ich tauge überhaupt nicht zum Gärtner. Als ihre Verwandtschaft seinerzeit das Grundstück teilte, haben sie meine Nachbarn irgendwie beleidigt, Einzelheiten weiß ich nicht. Mit Michail Stepanowitsch ist es leichter, er wollte mir sogar einmal helfen, als ich mit dem Wegschaffen des Eises dran war: Ich habe alles Mögliche versucht, kriegte es aber nicht klein. Michail Stepanowitsch sah, wie ich mich abplagte, und brachte mir bei, wie man das Schabeisen halten muss, um das Eis zu zerstückeln.

„Ich würde es ja machen, aber …", sagt er, aufs Fenster deutend.

Antonina Fjodorowna, seine Frau, nennt er „Mamulenka". Ich dachte zuerst, das ist seine Mutter. So ein Ding! Die griechischen Tragödien sitzen mir immer noch in den Knochen! Gut, dass ich nichts dergleichen gesagt habe. Die Lage ist ohnehin nicht gerade einfach: Zum ersten Mal bin ich Besitzer von Wohnraum, komme aber nicht damit zurecht, das

Theater hat mich in dieser Hinsicht schwer verwöhnt. Du bringst die Sachen in die Kostümschneiderei, da bügeln die, nähen Knöpfe an oder geben dir sogar etwas Neues. Haareschneiden: Kein Problem, das macht die Maskenbildnerin Anjuta, die spuckt sich immer zuerst auf die Finger, bevor sie die Haare in Form bringt, wir haben unentwegt darüber gelacht. Gar nicht zu reden vom Essen, Boden reinigen, Abfall wegwerfen, Strom bezahlen ... Damit habe ich früher nie zu tun gehabt, ich lebte ohne Sorgen und kam wochenlang nicht aus dem Theater heraus.

Gut, Wäschewaschen und kochen, das lerne ich schon irgendwie, aber dass Ljubotschka mir nicht schreibt, bedrückt mich. Ich gehe alle paar Tage auf die Post, doch es ist nichts für mich gekommen.

Jeder macht sich aus anderen Gründen Sorgen. Mit Makejew rede ich oft über sein Werk.

„Angesichts der Tatsache, dass mein dokumentarischer Roman in eine patriotische Richtung zielt, sollte ich ihn im Zusammenhang mit den jüngsten Ereignissen nicht umbenennen? Was halten Sie von dem Titel ‚Taurien gehört uns‘?"

„Mir hat ‚Unschuldig wie ein Lamm‘ auch gefallen. Obwohl, ehrlich gesagt ..."

„Ehrlich gesagt, mein lieber Alexander Iwanowitsch, Sie haben bisher nicht die Möglichkeit gefunden, sich anzusehen, was ich geschrieben habe. Es ist ein Leichtes, einen Künstler zu beleidigen. Das sage ich nur nebenbei, nur so aus Spaß."

Das weiß ich ja und erzähle Makejew darum von meinem Pech mit der Brille. Ich wollte es ihm nicht sagen, kann ja vorkommen so was, aber wo er mich so drängt ...

Meine Brille war auf einmal weg. Ich habe überall gesucht: nichts. Ohne kann ich weder lesen noch schreiben. Sogar das Essen schmeckt nicht so gut, wenn man nicht sieht, was man isst. Und ich kann mir ja nicht bei jeder Gelegenheit gleich eine neue Brille leisten. Da kommt auf einmal mein Nachbar Michail Stepanowitsch mit meiner Brille an. Ich will ihm danken, wo haben Sie die denn gefunden? Aber der hat sie einfach an sich genommen. Ist in mein Zimmer gegangen und hat sie eingesteckt, als ich nicht zu Hause war.

„Ich dachte, die passt mir, aber nein, die ist zu stark", sagt er.

Makejew findet: „Ich weiß nicht, wie es im hohen Norden ist, in Mittelrussland sperrt man seine Tür eigentlich ab. Aber dann hindert Sie doch jetzt nichts mehr, meinen Roman zu lesen, oder?"

Nein, klar, versprochen.

Ich hätte ihn gelesen, sofort, wenn ich nicht wieder etwas von Ewigkeit gehört hätte. Und das von einer Seite, von der ich es nie erwartet hätte! Na so was: Ohne Makejew hätte ich nie erfahren, wie die Geschichte meines Theaters ausging. Das war so. Wir treffen uns an unserem Stammplatz neben dem Verwaltungsgebäude auf der Anhöhe über dem Fluss. Normalerweise verspätet sich Wladilén Nilowitsch etwas. Aber diesmal ist er sogar zu früh. Und gespannt wie ein Flitzebogen. „Ich habe eine Überraschung für Sie, lieber Alexander Iwanowitsch." Er zieht eine Zeitung aus der Innentasche des Mantels, hält sie aber fest und gibt sie mir nicht. „Da gehe ich meine Zeitung aus dem Briefkasten holen und fange an zu lesen. Vorne ein großer Artikel über unsere phantastische Rüstungstechnik. Und dass unser Oberbefehlshaber in eigener Person an den Tests zu ihrer Erprobung teilnimmt. Strategischer Bomber mit variabler Tragflächenpfeilung, sagt Ihnen das was? Bei den Piloten heißt der ‚Weißer Schwan'."

Wladilén Nilowitsch steht mitten auf dem Platz und erzählt begeistert von verschiedenen Fliegern, ich kann da was verwechseln, ich bin ja nie geflogen, nur Zug oder Bus gefahren. „Auftanken in der Luft ... Vier Raketen!", ruft Makejew. „Alles Volltreffer! Und ... Achtung, jetzt kommt's! Und da schaue ich, was unter dem Foto steht. Ja, ist das denn die Möglichkeit? Das ist doch die Heimat unseres Alexander Iwanowitsch? Und wirklich: Bergarbeitersiedlung Ewigkeit! Na, überzeugen Sie sich selbst! Irrtum ausgeschlossen." Und er reicht mir das Blatt.

Ich weiß nicht mehr, wie ich die Zeitung genommen und mich auf die Bank gesetzt habe. Makejew hat mich abgefangen, ohne seine Hilfe wäre ich bestimmt hingeschlagen. Wirklich, das Theater, meins! Wo die Schminkräume für die Frauen waren, klafft ein Loch. Eine der Raketen ist hier explodiert. Rechts darüber mein Fenster. Keine Scheiben, schwarz. Hier das Sims, über das Slawotschka an der Aufsicht vorbei nachts in sein Zimmer kletterte. Ob die Urne noch ganz ist? Von wegen ... Mir schießen die Tränen in die Augen. Nicht nur die Buchstaben, noch nicht einmal die Bilder kann ich erkennen. Wer steht da mit den brennenden Raketenteilen, ist das etwa Sachar? Lacht übers ganze Gesicht. Dünn war er ja nie, aber ist er das wirklich? Ja, da steht es: das Oberhaupt des Rayons Sewerogorsk Sachar Gubarew. Haben die ihn so schnell freigelassen? Jawohl, das ist er, in all seiner Schönheit: unser Schütze, der Komtur.

Der arme Makejew steckt mir Taschentücher zu. Ich bitte ihn um Verzeihung.

„Alexander Iwanowitsch, aber es hat doch keine Opfer gegeben ..."

Sicher, sicher. Ich fange mich ja schon wieder ...

Wir sitzen ein Weilchen, ich beruhige mich ein bisschen, nur die Tränen wollen nicht versiegen. Makejew rückt näher an mich heran und legt mir die Hand auf die Schulter: „Kennen Sie den Namen unseres Oberbefehlshabers?"

Na klar. Ich bin doch nicht ganz auf den Kopf gefallen.

„Soll ich Ihnen mal sagen, wie er wirklich mit Nachnamen heißt?" Er schaut sich vorsichtig um: „Zenzipper. Zenzipper heißt er mit seinem richtigen jüdischen Nachnamen."

Vor Verwunderung bleiben mir die Tränen weg. Und woher wissen Sie das?

„Das sagen doch alle."

Ich ging an dem Tag nirgends hin. Entschuldigte mich bei Makejew, ging ans Wasser hinunter und las. Ich habe die ganze Zeitung durchgelesen: da stand vieles, was ich vorher nicht wusste. Ereignisse von großer Tragweite, was sind unsere kleinen Sorgen dagegen? Ich konnte mich nicht dazu durchringen, mir die Fotos noch einmal anzusehen. Ich drehte das Blatt hin und her, nur weil ich sie nicht noch einmal sehen wollte. Aber dann habe ich sie mir doch angeschaut. Ohne Tränen. Und auf einmal wurde mir leicht: Schluss, die Geschichte ist zu Ende, kein Grund mehr, sich zu sorgen. Das Schicksal hat uns mit vier Treffern ereilt, niemand ist tot, da kann man sagen, es hat uns freundlich mit dem Flügel gewinkt. Keiner braucht mehr etwas zu befürchten. Und Slawotschka hätte dieses Finale bestimmt auch gefallen: ein Knall, und weg ist er, in alle vier Winde. Und bei Ljubotschka kommt ebenfalls alles in Ordnung.

Auch wenn das unglaublich klingt: Buchstäblich am nächsten Tag kommt ein Brief. Da ist sie wieder, die Vorsehung! Wie sollte ich da nicht glauben, dass mein Leben irgendwo vorgezeichnet ist. Nun, kein richtiger Brief, aber eine Postkarte: „Alexander Iwanowitsch, wir sind heute ans Meer gefahren, um uns die Wale anzusehen, danach bin ich im Auto eingeschlafen und habe von Ihnen geträumt beziehungsweise von einem Mann, der gesagt hat, Sie lebten nicht mehr. Ich habe bitter geweint und bin aufgewacht."

Jetzt habe ich Ljubotschkas Adresse. Und ein Telegramm geschickt: „Ich lebe." Auf der Post haben sie gelacht, heutzutage schickt keiner Telegramme, und wenn doch, dann mit gegenteiligem Inhalt. Genaueres kann ich ihr jetzt später schreiben.

Seitdem sind das Theater und Ewigkeit aus meinen Träumen verschwunden. Und was die Oberbefehlshaber betrifft, an die haben wir nie gedacht. Nur einmal, nach einer langen Aufführung, als wir bis nach Mitternacht zusammensaßen. Da sagte Ljubotschka auf einmal mit ganz jämmerlich klagender Stimme: „Wenn uns wenigstens jemand wahrnähme. Unsere Arbeit, unsere Qual."

Gubarew von der anderen Seite des Tisches: „Wer soll dich denn wahrnehmen? Der Präsident?"

„Meinetwegen auch der Präsident. Dann würde ich ihm einen Thronfolger schenken." Dabei hatte sie nur ein einziges Gläschen intus.

Gubarew haute mit der Faust auf den Tisch: Rums! „Wen willst du denn auf die Welt bringen, wo die NATO vor der Tür steht!"

Ja, Gubarew war anders als wir, er hielt sich immer auf dem Laufenden.

Genauso wie Makejew. Ein weiterer Monat verging. Wir gehen spazieren, ich bleibe stehen, tue, als wolle ich mir die Gegend ansehen oder einen Zweig berühren, in Wirklichkeit muss ich Atem holen, ich bekomme neuerdings schlecht Luft.

„Haben Sie die Nachrichten gehört?" Makejew lacht: „Diesmal habe ich keine Überraschungen für Sie persönlich."

„Sie wissen doch, ich lese keine Zeitungen und sehe nicht fern. Manchmal dringt etwas durch die Wand meiner Nachbarn in mein Zimmer, aber das zählt nicht. Radio und Fernsehen, das sind doch Sie für mich, Wladilén Nilowitsch."

Er nickt.

„Wir sind in den letzten Tagen ganz schön vorgerückt. Haben unsere Positionen befestigt und die Gegner in einen tollen Kessel getrieben! Sie haben eins aufs Haupt gekriegt, wir haben ihnen richtig den Arsch aufgerissen!"

Makejew ist ganz lebhaft geworden, rosiges Gesicht, funkelnde Augen: Er sieht richtig gut aus. Solche Ereignisse wirken sich auf manche alten Männer wie eine Verjüngungskur aus. „Wenn Gott den Krieg schickt, schwing ich mich aufs Pferd ..." Auch Wladilén Nilowitsch geht es so: „Da kriegt man richtig Lust mitzumachen. Als ich meinen Wehrdienst geleistet habe, war ich ein begnadeter Maschinengewehrschütze! Sergeant Makejew, sogar mit Auszeichnung. Erinnern Sie mich daran, ich zeige Ihnen die Fotos. Totale Verschmelzung mit der Waffe. Waren Sie beim Militär, Alexander Iwanowitsch?"

„Nein. Wir sind ja nicht mehr dran, Wladilén Nilowitsch, aber müsste Ihr Enkel Sergej nicht bald einberufen werden?", frage ich.

„Nein, er ist mit seiner Mutter in Deutschland und studiert." Er schweigt eine Zeit lang und sagt dann: „Wissen Sie, was ich beschlossen habe? Wenn ich wieder mit meinem Roman übergangen werde, haue ich nach Deutschland ab. Die haben wenigstens eine gute Gesundheitsversorgung, nicht wie bei uns, wo du keine Chance hast. Ich verkaufe alles, bevor die Preise im A..., Entschuldigung, im Eimer sind. Sie wissen schon, was ich meine, Sie sind ja kein Freund der deftigen russischen Kraftausdrücke ..."

Na, so schlimm ist es auch wieder nicht. Das hängt davon ab, welche.

„Ich verstehe, was Sie denken. Aber ich habe nicht die mindeste Lust zu sterben. Du fühlst dich, wie wenn du zu Besuch bist und deine Gastgeber planen: morgen Kino, danach noch was, und du selber musst weg, verstehen Sie?"

Sind Sie denn krank?

„Nein", antwortet er, „bisher nicht. Toi, toi, toi."

Wir sind an unserem Platz angekommen, dem Bach, wo wir uns gewöhnlich trennen. Da fragt er auf einmal: „Was kommt auf uns zu? Was meinen Sie denn, Alexander Iwanowitsch?"

Ich weiß nicht, was ich darauf antworten soll. Man muss doch Vertrauen haben …

„Worauf denn? Sie verfolgen doch die Politik gar nicht."

Nein, das meinte ich nicht so. Mir fällt es schwer, das in Worte zu fassen. Irgendwo gibt es wen, der weiß, was das Beste für mich ist. So vielleicht.

Der Flieder ist längst verblüht, es ist sehr warm. Ich kann mit Makejew nicht spazieren gehen: Ständig muss ich innehalten, jede kleine Erhebung macht mir Mühe. Ich gehe immer häufiger auf den Friedhof, den alten, der zwei Schritte von mir entfernt liegt. Da sind keine Leute, es ist still und grün. Ich gehe durch die Reihen und sehe mir die Steine an: suche einen Namen, der mich an den meiner Mutter erinnert. Die Stadt ist alt, hier liegen viele, da stößt man leicht auf einen, der ähnlich klingt. Oder ich sehe einfach eine Tafel mit einer verwitterten Aufschrift, denke an sie und murmele ein Gedicht.

Ein Altersheim ist kein lustiger Ort, aber ich muss mir eins ansehen. Gut, dass hier direkt in der Stadt eins ist.

„Haus der Veteranen", korrigiert mich der Direktor, ein ganz junger Mann, noch keine vierzig. „Wir nennen uns Veteranen. Veteranen von was auch immer!"

Ein unheimlicher Witzbold: „Wenn du bei unserer Arbeit nicht lachst, wirst du verrückt."

Ich laufe hinter ihm die Treppe hoch, mit Mühe und Not, aber ich will keine schlechte Figur machen und halte durch.

„Die Zimmer sind auf diesem Stock. Sind Sie allein oder mit Gattin? Dann finden wir einen netten Zimmernachbarn für Sie? Oder wollen Sie eine Zimmernachbarin?", fragt er und blinzelt mir zu. „Gehen wir mal hier rein."

Geht das denn? Da wohnt doch wer.

„Wir machen hier keine Sperenzchen", sagt er und öffnet die Tür eines bewohnten Zimmers.

Danke, das habe ich schon gesehen. Und unten?

„Da sind die Tattrigen. Kranke und Schwache. Da gehen wir nicht hin. Wir haben auch Problemfälle, wo man jeden zweiten Tag die Polizei rufen muss. Die klauen sich gegenseitig das Gebiss. Zustände wie im alten Rom. Man darf nicht einen Augenblick lang Schwäche zeigen."

Wir gehen zusammen in die Küche, probieren, es schmeckt mir gut, ich habe schon lange nichts Warmes mehr im Magen gehabt. Zurück im Büro des Direktors packt der mich auf einmal am Ellbogen und sagt: „Ich mache Ihnen ein Angebot, das Sie nicht ablehnen können." Er legt mir einen Arm um die Schultern, ich weiß gar nicht mehr, wann mich einer so umarmt hat. „Wir richten hier ein Theater ein."

Ein Theater? Vor Verwunderung kriege ich einen Husten. Woher weiß er von meiner Theatervergangenheit?

„Geheimdienst. Nein, ich scherze."

Er zeigt mir die Zeitung „Oktober". Ein Artikel, der eine Viertelseite einnimmt. „Geboren in Ewigkeit". Makejew, W. N.

„Man will jetzt, dass wir Laientheater machen. Wir touren durch die Gegend, wer weiß, wenn wir Glück haben, bekommen wir ein Gouverneursstipendium. Unterschreiben Sie schnell. Dann kriegen Sie ein Luxuszimmer."

Ich biege mich vor Lachen und kriege mich nicht mehr ein. Der Direktor muss denken, ich habe einen Anfall. Was für ein Theater denn? Ein Schattentheater? Sind wir denn noch keine Schatten? Werfen wir selbst noch Schatten?

„Warum denn Schattentheater?", wundert er sich. „Ein gewöhnliches Theater. Ganz gewöhnliche Aufführungen, Komödien. Positive Eindrücke. Das Alter ist schon schwer genug, Alexander Iwanowitsch."

Ich lache immer noch und kann nicht aufhören. Der Direktor verabschiedet mich entschieden weniger freundlich, als er mich empfing. Und das, wo er mir so viel Zeit gewidmet hat.

Ich nehme die Papiere und will auf Umwegen zu mir nach Hause. Dann kann ich mir die Gegend ansehen, solange es hell ist, und muss nicht durch die Schlucht, das schaffe ich heute nicht. Bloß nicht gleich bei den Tattrigen landen! Man kann sich überall einleben, aber bei den Tattrigen, nein. So schlecht geht es mir doch gar nicht, ich muss mich nur einlaufen. Erst mal auf die Bank setzen und verschnaufen. Zur Tür strömen Leute, die Veteranen: Punkt achtzehn Uhr, Abendessen. Durch die Glasscheiben sehe ich, wie meine zukünftigen Kameraden in den Speisesaal gehen und ihre Plätze einnehmen. Ich muss weiter. Es fängt gleich an zu regnen, die Papiere werden nass. Ich riskiere es mal durch die Schlucht, so lang ist der Aufstieg gar nicht. Was kommt auf uns zu? Was soll denn daran unklar sein? Im Krieg wurden wir geboren, im Krieg werden wir sterben.

Mir ist aufgefallen: nicht, dass ich die ganze Zeit meines Lebens an ihn gedacht hätte, solang der Tod fern war, doch hin und wieder schon. Jetzt habe ich ihn völlig vergessen. Zwar schaue ich mich manchmal um, aber nicht nach der Vergangenheit, sondern, um zu sehen, was mich gerade umgibt: Wie mir das alles fehlen wird! Die Felder, die Weiten drüben am anderen Flussufer. „Und die flügge Oká …“ Hinter den Wäldern: Türme, Lichter, eine richtige Stadt, aber dahin will ich nicht. Abends warte ich, bis die Bojen leuchten, gehe an die Luft, betrachte den dunklen Himmel. Ich habe nicht besonders viel gesehen und gehört, aber fehlen wird mir vieles. Nicht nur die Bäume und der Fluss. Die Schneeflocken im Licht der Scheinwerfer. Und Gedichte, das vor allem. Ob man sie mitnehmen kann? Eine Erinnerung an den Ural, Ljubotschka, Slawa, die Ewigkeit.
„Im hohen Norden, in Paris …“ Nein, da war ich nicht. Aber das stört mich überhaupt nicht. Warum auch? Ich habe

mein eigenes Stück der Welt gehabt, das ich gesehen habe!
Und das nicht zu kurz. Was habe ich nicht alles erlebt!
So stehe ich sinnend, bis es kalt und dunkel ist. Und gehe
ins Haus.
Reben mit Trauben von Riesenformat ranken auf dem Ararat.

AN DER SPREE

Der Glaube an die eigenen Kräfte ist das Ergebnis langjähriger ständiger Siege. Lisa, Jelisaweta, eine von Natur stahlblonde Frau, fliegt von Moskau nach Berlin. Lisa nennt sie nur ihr Vater, für die anderen ist sie Betty, das klingt energisch und fröhlich, der Name Betty steht ihr. Der Spruch über den Glauben an die eigenen Kräfte stammt von Capablanca. Aber nicht nur dieser würde Betty nicht widerstehen können: kurzer Haarschnitt, lange, kräftige Beine, auch die Arme sind kräftig, ihre Muskeln sind generell sehr entwickelt, schwarze Bluse, helle, hautenge Hose, Waschbrettbauch, am Hals hat sie ein Tattoo in Form einer abstrakten Zeichnung. Wenn sie nicht eine horizontale Falte auf der Stirn hätte, könnte man sie „rassig" nennen, aber sie ist ja schließlich keine Stute, kein arabisches Rennpferd, bei dem man nach Mängeln sucht. In jeder Gesellschaft, und sei sie noch so zufällig wie mitreisende Flugzeugpassagiere, erweckt sie Aufmerksamkeit. Eine schöne erwachsene Frau, nüchtern, gebildet. Betty ist Projektleiterin, die Nummer zwei eines sehr bekannten Unternehmens. Sie ist stolz auf sich, gut, das schon, aber wer wäre das an ihrer Stelle nicht? Auf dem Flug liest sie eine dicke Zeitschrift, obwohl ein Hochglanzjournal, ein durchaus ernstzunehmendes Blatt, in dem sie nichts auslässt, weder die journalistischen noch die literarischen Texte. In einer teils lustigen, teils traurigen Erzählung geht es um die Hochzeit zweier Mathematiker. Die

Braut begegnet zum ersten Mal in ihrem Leben ihrem Vater, der nichts von ihrer Existenz wusste, sie entstammt einer zufälligen Verbindung, einer kurzen Romanze. Auf der Hochzeit flackert bei Vater und Mutter die alte Liebe wieder auf, diesmal wohl kaum nur für kurze Zeit, es entsteht ein Durcheinander; wie die geladenen Schauspieler sich benehmen, ist lustig; die Personen haben komische Namen wie bei Mozart. Betty versteht auch etwas von der Oper, sie wird heute eine besuchen, und zwar nicht allein, nein. In Berlin kann man immer ein gutes Konzert oder eine Oper hören, die kulturellen Möglichkeiten haben sich durch den Fall der Mauer verdoppelt, da kann man auswählen, und den Kritiken nach zu schließen, ist es im Osten oft nicht schlechter als im Westen. Die Erzählung – sie hat es nicht geschafft, sie zu Ende durchzulesen – war wirklich amüsant und kam genau zur rechten Zeit, als wäre auch von ihr selbst die Rede.

„Was führt Sie nach Berlin?"

Der Grenzpolizist redet sie auf Englisch an, sie antwortet ihm auf Deutsch: Sie möchte ihre Schwester besuchen.

„Eine gute Sache."

Das kann man wohl sagen, er ahnt ja gar nicht, wie gut! Aber er schaut Betty lange prüfend an, nicht ihren Pass und ihr Gesicht, sondern den Hals und den Busen. Und wie heißt die Schwester, und wie lange haben sie einander nicht gesehen? Sie heißt Elsa, und ja, sie haben einander lange nicht gesehen. Betty ist fröhlich, auch der Grenzpolizist ist gut gelaunt, er stempelt, zack-bums, willkommen in der Bundesrepublik Deutschland.

„Friedrich-von-Schiller-Allee 14", sagt sie zufrieden, als sie ins Taxi einsteigt. „Krämer & Krämer, Reitsportartikel."

Sie lächelt, als sie sich erinnert, wie ihr Vater sie zum Flugzeug brachte.

„Loschadj heißt Pferd, Konj heißt Ross, Substantive werden großgeschrieben. Das ZK hat noch ganz andere Probleme gelöst", ein Spruch, zu dem er oft in schwierigen Situationen greift. Er drückte sie lange zum Abschied und umarmte sie. Eine junge, freie, starke, schöne Frau zu sein, gibt es einen glücklicheren Zustand auf der Welt! Zu Bettys Leben gehören Männer – wieso auch nicht? – aber mehr als für ein paar Monate hält sie keinen an ihrer Seite. Sie sind alle sportlich – Betty hat nichts gegen Sport, man lernt dadurch arbeiten, Hindernisse überwinden, aber für eine ernste, dauerhafte Beziehung verlangt sie mehr: Virtuosität, Fröhlichkeit, Verstand. Das ist kein Prinzip, keine Philosophie des Männerhasses, sie hat keine Philosophie: Sie will nur leben und leben lassen.

„Wir brauchen uns doch nicht zu beeilen, oder?", fragt Betty den Chauffeur, der etwas zu sehr auf Risiko fährt. Sie muss um sechs, zum Ladenschluss, in der Schiller-Allee sein. Der Chauffeur ist ein langweiliger, schlecht rasierter, aufgedunsener Typ über fünfzig. Sie hat nach seinem Namen gefragt, ihn aber sofort wieder vergessen: Günther oder so. Aus der DDR. Übrigens hat sie gedacht, in Berlin gäbe es nur türkische und russische Taxichauffeure. Sie beeilt sich hinzuzufügen, dass sie selbst Russin ist. Er hat sie für eine Holländerin oder gar Schweizerin gehalten. Wunderbar, dann soll dieser Günther sie ein wenig aufklären und ihr die Stadt zeigen. Betty möchte Berlin ins Herz schließen. Sie ist voller Wohlwollen.

In Berlin ist es wärmer, feuchter und dunkler als in Moskau. Der Himmel ist grau, aber es regnet nicht. Rechts ist der neue Flughafen Berlin-Brandenburg, sie bauen und bauen und kriegen ihn nicht fertig. Noch gibt es nichts Überwältigendes zu sehen.

Zurück zum Sport. Schwimmen hat ihr der Vater beigebracht, das konnte sie, seit sie sich erinnern kann, es ist für sie wie Lesen und Sprechen. Fechten, Laufen und Reiten hat sie im Sportclub gelernt, Schießen gleichfalls, der moderne Fünfkampf ist ein höchst harmonischer Sport. Am meisten Spaß machten ihr natürlich die Pferde. Aber den Fünfkampf musste sie aufgeben, und zwar ausgerechnet der Pferde wegen: Bettys Augen tränten im Pferdestall, eine allergische Reaktion auf den Hafer. Sie wechselte zum Synchronschwimmen und zeigte ihre Beine unterm Wasser, woran die Eltern, besonders der Vater, ihre Freude hatten. Seine Vergangenheit vor der Heirat und Bettys Geburt (sie war ein recht spätes Kind) verband sich in seiner kindlichen Phantasie mit dem Wasser, mit dem großen Wasser. Er hatte die geographische Fakultät der Moskauer Universität abgeschlossen, beherrschte die Fremdsprachen Deutsch, Englisch, Serbisch, Arabisch (Letzteres mit Wörterbuch) und war ein ausgezeichneter Schwimmer, selbst jetzt mit seinen siebzig Jahren schwamm er von Mai bis September in der Moskwa und ging in den anderen Monaten ins Schwimmbad. Draußen ist die Bebauung bisher ziemlich zusammenhanglos, achtlos zusammengewürfelt. Viel Neues, Stahlbeton, Glas. Berlin ist eine Stadt nichtvollendeter Ideen, offener Möglichkeiten. Sie sind in der Karl-Marx-Allee, der Chauffeur bricht sein Schweigen und zeigt ihr die Häuser, in denen die DDR-Bonzen gewohnt haben. Die Fenster sind größer, die Balkons breiter, aber in den heutigen Zeiten wirken sie dürftig. Mit so einer Architektur kannst du Betty nicht imponieren, in so einem sowjetischen „Haus optimierter Planung" ist sie aufgewachsen, in Strogino, der Vater lebt jetzt noch dort, und ihre Mutter hat bis zuletzt da gewohnt. Ihre arme Mutter ist ganz überraschend gestorben. Sie hat sich ins Krankenhaus gelegt, um sich durchchecken zu lassen, und ist gestorben. Vater und Betty trauen jetzt den russischen Ärzten nicht mehr. Aber lassen wir die traurigen Erinnerungen. Betty ist vor einigen Jahren ins Zentrum umgezogen, auf die Ostozhenka. Die ersten Schritte im Business – das braucht man nicht zu verbergen – hat sie mithilfe des Vaters getan, er machte sie mit den richtigen Leuten bekannt, weiter ist sie alleine aufgestiegen. Wer, wenn nicht sie, Betty, musste es weit bringen: mit ihrem Verstand, der Kenntnis mehrerer Fremdsprachen, ihrem Aussehen? So sehr hat der Vater gar nicht geholfen, man sollte das auch nicht überschätzen. Betty ist so mit ihren Gedanken beschäftigt, dass sie nicht merkt, dass sie im Westteil der Stadt sind. Wie merkwürdig Berlin angelegt ist: Alleen, die nirgends hinführen, auf keine Plätze oder monumentale Gebäude zulaufen, sondern im Leeren enden. Theater, Konzertsäle, eine Botschaft neben der anderen, Regierungsbehörden: eine Stadt der Bohème und der Bürokratie. Ah, das ist ja auch die Oper, die sie heute Abend mit Elsa besuchen will. Der Plan sieht so aus: Sie holt Elsa im Geschäft ab, sie fahren zur Oper, gehen dann essen und unterhalten sich offen. Sie ist heute mit jedem Essen einverstanden, Elsa soll auswählen, Betty schwant, ihre Schwester ist Vegetarierin. Und wenn sie dumm ist? Nicht vernünftig Englisch kann, ein schlechtes Zeichen für eine junge Deutsche? Aber die Oper wird ihr bestimmt gefallen, die Deutschen sind ein musikalisches Volk, und Dummköpfe brauchen auch Abendessen. Es wird schon alles gut gehen, sagt ihr ihr Gefühl.

Betty hat kein Hotel gebucht, Elsa wird sie bestimmt zu sich nach Hause einladen. Sie ist zweiundvierzig und offenbar einsam. Egal, wie unansehnlich ihre Wohnung ist, das muss Betty aushalten: Verwandte sucht man sich nicht aus. Macht nichts, vielleicht springt auch etwas für Elsa heraus. Und für Betty kann das Zusammentreffen mit der Schwester ebenfalls nützlich sein: Dann könnte sie die russischen Neuregelungen für Auslandskonten umgehen. Aber das ist nicht der Grund, warum sie hergereist ist.

„Lassen Sie uns hier rechts abbiegen", bittet sie, „dann können wir an der Spree entlangfahren."

Stein, Kacheln, Geländer: Hier führt eine Straße an der Spree entlang. Ein mickriges Flüsschen, vielleicht eine Spur breiter als unsere Jausa. Auch bei minimalen Schwimmkünsten kann man hier nicht ertrinken.

Betty holt ihren Spiegel heraus und betrachtet sich. Ihr Vater hat dieselbe Falte auf der Stirn, nur sehr viel stärker ausgeprägt – das sieht man besonders auf seinem Jugendfoto, das so schwer zu finden gewesen war. Wenn Vater gefragt wird, wo er jetzt arbeitet, antwortet er, er habe nach dem Tod seiner Frau das Interesse an allem verloren. Ja, er arbeitet, irgendwo da, er macht eine unbestimmte Handbewegung, Einzelheiten verrät er nicht. Er kuratiert nichtkommerzielle Projekte. Verlegerische, im Bildungsbereich. Kommerz liegt ihm nicht, das ist Lisas Sache.

Sie haben die Stadt hinter sich gelassen und sind nicht in einem Park, sondern in einem richtigen Wald mit lärmenden Vögeln und Eichhörnchen gelandet. Wo soll sich ein Reitsportgeschäft auch befinden, wenn nicht am Stadtrand? Hier gibt es sogar Füchse und Hasen, und bald, im April, Mai kommen alte Leute her und lassen sich bräunen, die Deutschen lieben es, nackt in der Sonne zu liegen. Na ja, nicht unbedingt eine Augenweide.

Wir müssen bald da sein. Betty schaltet den Ton ihres Handys ab, sieht sich noch einmal die Fotos an, schaut in ihrer Tasche nach, ob sie die Opernkarten hat, und wirft noch einen letzten Blick in den Spiegel. Packt alles zusammen und streicht sich über die Oberschenkel. Betty hat lange Finger mit reliefartig hervortretenden Gelenken.

„Schwei-ei-g mein Herz, in schneewei-ei-ßer Nacht", stimmt sie ganz, ganz leise an, „der Spähtrupp geht auf gefährliche Su-u-che ..." Dieses Lied brachte sie immer in Schwung. Auch das hat sie von ihrem Vater gelernt, er konnte die Oberstimme nicht alleine halten, Betty unterstützte ihn, indem sie mitsang und ihn auf dem Klavier begleitete.

Ja, ja, sie hat auch die Musikschule absolviert, vor Urzeiten. Schillerallee 14. Wo sind die anderen dreizehn Häuser? Irgendwo hinter den Bäumen. Krämer & Krämer, eine halbe Stunde vor Ladenschluss. Zu spät kommen gehört sich nicht, zu früh kommen auch nicht. Betty steigt hinter dem Gebäude aus, lässt das Taxi wegfahren und schaut sich um. Keine Menschenseele, weder Sicherheitspersonal noch Kunden. Nur ein winziges, graues Auto mit Pferdeschnauzen auf Motorhaube und Kofferraum. Klar, wem es gehört. Das Auto ruft bei Betty wieder Mitleid hervor.

Es ist trüb, aber nicht kalt, es muss hier geregnet haben, die Luft ist mit Wasser getränkt. Es riecht nach frisch beschnittenen Sträuchern: ein starker, schwer zu bestimmender Geruch. Betty geht noch zehn Minuten in der Dämmerung spazieren, es ist Viertel vor sechs.

Das Schaufenster ist hell erleuchtet: Zaumzeug, Zügel, Stirnriemen, Stoßdämpfer, Schabracken in allen Farben, Halfterpolster und Sattelpolster, alles, was sie kennt und liebt, einen kurzen Augenblick vergisst sie den Anlass ihres Besuchs. Weiter: Reitkappen, Zylinder, was für schicke Breeches, mit Wildledereinsatz unter dem Po, schade, dass sie keine Gelegenheit hat, sie zu tragen. Aber die Stiefel, sie muss sich die Marke merken. „Tiffany". Los jetzt.

Das Schießen hat man Betty so beigebracht: die ganze Luft ausatmen, dann ein bisschen, ein Viertel einatmen, den Atem anhalten, zielen. Hören, wie das Herz schlägt, und in den Pausen zwischen den Schlägen abdrücken. Betty greift nach der Klinke, macht eine kurze Pause und öffnet die Tür. „Guten Tag, Elsa", sagt sie zur Kasse tretend. „Ich habe gute Nachrichten für Sie."

Diese Geschichte hat eine Vorgeschichte. Ende Februar hat ihr Vater angerufen und sie gebeten, bei ihm vorbeizukommen. Sein Ton war nüchtern und sachlich: zwei Neuigkeiten. Willst du wie immer erst die schlechte hören? „Krebs." Er hätte das lieber nicht ... Ja, der männlichen Linie. Prostata. Vorsteherdrüse. Die Urologin in der Poliklinik sagte: Krebs, nichts Besonderes. Ihr Vorschlag lautet ... Der Vater heulte auf einmal auf: „Kastration! Und wer garantiert, dass das hilft? Keiner."

Nein, Betty wird eine solche Barbarei nicht zulassen. Sie wird einen Arzt für ihn suchen, und zwar in Deutschland. „Genau, in Deutschland." Der Vater beruhigt sich sofort wieder: Darum hat er sie ja gerufen.

Aber es gibt ein Hindernis. Sie dürfen ...

„Wer: sie?"

„Ja, ist das denn nicht klar? Sie: die früheren Mitarbeiter der Ersten Hauptabteilung (ja, die berüchtigte KGB-Abteilung) dürfen nicht nach Europa oder sonst wohin, das ist für sie verboten. Der Vater sagt das schnell und widerstrebend. Er geht davon aus, dass seine Tochter ein kluges Mädchen ist, und hält ihre Verwunderung für gespielt.

Sie hat natürlich irgendetwas mitgekriegt. Einmal, als sie dreizehn war, hat sie zufällig gehört, wie ihr Nachbar Onkel Sawwa zu Besuch kam und lachend erzählte, wie ein Genosse ihres Vaters um ein Haar den Arzt umgebracht habe, der ihn erfolgreich operiert hatte. Er schenkte ihm einen superteuren Whisky oder Cognac, aber in der Flasche war eine hohe Konzentration irgendeines giftigen Stoffes (Betty hat den Namen vergessen): eine Verwechslung, er hatte eine Flasche aus dem falschen Safe genommen. Vater brachte ihn schnell zum Schweigen und drängte ihn aus der Wohnung. Bei dieser Gelegenheit hat Betty einen tollen Spruch gelernt, den Vater auf Englisch sagte: Ask no questions, and you'll be told no lies. Und ins Ausland war er tatsächlich nie gefahren, er machte lieber in seinem Heimatland Urlaub. Und wenn sie nachdächte, würde sie wohl noch mehr Hinweise finden.

Die schlechte Nachricht weiß sie nun. Vater hat Krebs und traut den sowjetischen Ärzten nicht. Betty mag eigentlich keine abfälligen Worte über die Sowjetunion, sie hat sie praktisch nicht erlebt, ist aber überzeugt davon, dass es damals auch sehr viel Gutes gegeben hat. Doch was die Medizin betrifft, da ist sie einverstanden, die ist einwandfrei ein sowjetisches Relikt.

Und die gute Nachricht?

Vater reißt sich offenbar nicht darum, sie mitzuteilen. Er lächelt, bittend, unter Schmerzen, verlegen. So hat ihn Betty noch nie gesehen. Die gute Nachricht lautet: Sie hat wahrscheinlich eine Schwester in Deutschland. Klar, warum er früher geschwiegen hat: Da lebte Mutter noch, und warum er jetzt damit herausrückt: Eine Zusammenführung der Familie ist die einzige Chance für ihn, zur Behandlung ins Ausland reisen zu können.

Der Hintergrund: Vom Beginn der Siebziger bis zum Jahre 1982 lebte er in Westberlin unter dem serbischen Nachnamen Milić. Warum nicht Fischer oder Schmidt? Das war eben so. Vielleicht war sein Deutsch nicht gut genug. Wo er gearbeitet, was er da gemacht habe? Er fertigte Karten an, geografische Karten, arbeitete sozusagen seiner Ausbildung entsprechend als Geologe in einem Büro. Seine Karten brauchte nur fast niemand. In Berlin hatte sich in den Siebzigerjahren die Lage entschärft, es herrschte Normalität. Er ging an den Fluss, heiratete, sie bekamen ein Mädchen. Seine Frau hieß Anna. Was sie machte? Nichts, sie war Musiklehrerin. Sie war sehr viel älter als er. Sie müsste jetzt schon Rentnerin sein, wenn sie nicht gestorben ist. Er lebte also ohne Sorgen, und sie schmiedeten furchtlos gemeinsame Pläne. Wollten ein Häuschen kaufen, zogen Elsa auf. Plötzlich bekommt er den Befehl: Zurück nach Hause. Nicht er, jemand anderes war enttarnt worden, war aufgeflogen. Stellen Sie keine Fragen ... Betty erinnert sich, wie der Spruch weitergeht.

Befehle sind dazu da, dass man sie ausführt. Er bekam nicht wenig Zeit für den Aufbruch: zwei volle Tage. Frühmorgens ging er wie so oft an die Spree, legte seine Kleidung am Ufer ab, und er selbst ... Es gab Schlupflöcher. Man hatte ihm vorgeschlagen, die Familie mitzunehmen, aber soweit er wusste, würde diese Idee Anna kaum gefallen, sie hegte keine besondere Sympathie für die Russen, für das sozialistische Lager. Kurz gesagt: Es war zwischen ihnen nicht zu einem Gespräch darüber gekommen.

„Obwohl unser Verhältnis gut war. Du weißt ja, Lisonka, ich habe im Prinzip zu allen ein gutes Verhältnis."

Er brachte sie zur Tür und umarmte sie auf einmal fest.

„Übrigens, ich bitte dich, wenn du da mit jemandem sprichst – wo, was meint er? – ich habe niemals auf irgendeine Weise, verstehst du?, Deutschland geschadet."

Den größten, unerträglichsten Eindruck machte auf Betty nicht die Erzählung des Vaters, nicht die Diagnose der Urologin, sondern der stickige, süßliche Geruch faulen Fleisches – an den Händen, aus dem Mund –, den sie roch, als der Vater sie umarmte. Als sie nach Hause kam, wusch sie ihn schnell ab, suchte die Schwester und fand sie.

Elsa Milić, geboren 1973, ein Glück, dass sie nicht geheiratet und ihren Namen geändert hat. Facebook ist eine nützliche Sache. Elsa hat sechzehn Freunde, nicht gerade viel. Irgendjemand hat wenigstens Fotos von ihr gemacht. Elsa ist überall allein, sie lässt nur Tiere an sich heran. Zottige, halbtote Hunde, auch die Pferde sind in keinem guten Zustand. Reisen, Essen, Politik und selbst verschollene Kinder interessieren Elsa nicht, nur die Gesundheit herrenloser Hunde und die Futtermenge der Pferde. Hier ein Foto vom letzten Herbst. Eine Ähnlichkeit mit dem Vater ist kaum auszumachen, sie hat ein recht flaches Gesicht, breite Backenknochen und eine breite Nase, rötliche Haare mit grauen Strähnen. Was soll man dazu sagen? Sie müsste sich schminken. Zumal das Foto,

das Elsa ausgewählt hat, sicher noch vorteilhaft ist. Hier steht sie neben einem Pferd und ist im Profil zu sehen. Bettys Schwester hat einen ausgeprägten Hängehintern, muss man sagen. Von der Mutter: keine Spur, aber dass eine alte Frau sich nicht in den sozialen Netzen herumtreibt, besagt nichts. Sie bat den Vater, sich an irgendeinen Zug von Elsa zu erinnern. Sie begann schon, Mitleid mit ihr zu empfinden. „Ihre Erfolge waren nicht groß, kein Vergleich mit deinen, du bist sehr viel begabter. Ich habe ihr mal gesagt: Es gibt Kinder, die man ausschimpfen, bestrafen muss, damit sie sich mehr Mühe geben, und andere, die man im Gegenteil loben und verwöhnen muss. Zu welcher Kategorie du, Elsa, gehörst, verstehe ich nicht, bei dir wirkt nichts. Sie antwortet: Papa, das musst du selbst herausfinden. Kannst du dir das vorstellen, Liska?" Er dachte ein bisschen nach. „Trotzdem spekuliere ich darauf, dass sie mir eher hilft als ihre Mutter."
Bei Facebook kommt man sofort zur Sache. Betty schrieb ihrer Schwester auf Englisch (was sich anbot, da es für beide eine Fremdsprache war): „Wenn Sie die Tochter eines Mannes namens Mirko Milić sind, melden Sie sich bitte. Ich habe Ihnen etwas außerordentlich Wichtiges über ihn mitzuteilen. Ich bin bereit, nach Berlin zu kommen." Es vergingen ein paar Tage, bis Elsa die Mitteilung las (worüber Betty informiert wurde), und noch ein paar weitere, bis sie in verheerendem Englisch antwortete: Kommen Sie an jedem beliebigen Werktag gegen Ladenschluss ins Geschäft.
Und Betty steht nun schon an der Kasse, reicht Elsa die Hand und sagt auf Deutsch: „Ich habe gute Nachrichten für Sie. Ich bin Ihre Schwester."

Gesten sind glaubwürdiger, überzeugender als Worte. Die erste Szene hat sie durchdacht und geprobt: Elsa die Hand reichen und ihre Hand drei Sekunden festhalten. Ihre eigene Linke auf Elsas Rechte legen. Blickkontakt.

Elsa hat gerötete Augen und geschwollene Lider: allergische Bindehautentzündung. Das kommt vom Heu.

„Bei mir lief auch dauernd die Nase, und die Augen tränten, bevor ich das Reiten aufgab."

Dieselbe Allergie, dasselbe Hobby: Bisher ist alles gut. Elsa sieht in Wirklichkeit besser aus als auf Facebook, trotz der Bindehautentzündung.

„Nein, das kann nicht sein." Ihre Stimme ist leise und heiser, wie die einer Raucherin. „Sie sind zehn Jahre jünger, Sie können nicht meine Schwester sein."

Zwölf Jahre, wenn man es genau nimmt. Trotzdem. Betty holt ihr Handy heraus und zeigt das Foto des jungen Vaters. Die ganze Wohnung haben sie auf den Kopf gestellt, um ein altes Foto von ihm zu finden. Es stammt von seinem Mitgliedsausweis im Kommunistischen Jugendverband.

Elsa betrachtet das Foto mit großem Interesse. Fremde Leute schaut man nicht so an.

„Woher haben Sie das?"

Es klingt idiotisch: „Sein Komsomol-Ausweis."

„Er ist gestorben, als ich acht war. Ich kenne seine jugoslawische Vergangenheit nicht. Wir haben kein Foto mehr von Vater."

Herrgott, jugoslawische Vergangenheit. War jetzt der richtige Zeitpunkt? Gute Nachrichten können zwar auch einen Schock auslösen, aber irgendwann muss sie es doch sagen: „Das ist es ja, Elsa." Sie müsste wieder ihre Hand nehmen, aber Elsa hat ihre Hände schon zurückgezogen. „Das ist es ja gerade, unser Vater ist nicht tot, er lebt."

Sie hätte um ein Haar hinzugefügt: Obwohl er sich sehr schlecht fühlt, besinnt sich aber und beschließt: Sparen wir uns den Krebs für später auf.

Betty sucht ein anderes Bild auf ihrem Handy:

„Und so sieht er heute aus." Betty hatte lange die richtige Pose für Vater ausgesucht, aber Elsa wirft nur einen flüchtigen Blick auf das Foto.

Ist sie begriffsstutzig, oder hat sie eine so große Selbstbeherrschung? Elsa wühlt in der Schublade und zieht ein in Zellophan eingewickeltes Foto heraus und legt es Betty hin. Eine Wiese. Mit zwei Steinplatten. In die eine ist ein Kreuz mit zwei Querbalken gemeißelt und die Aufschrift: Mirko Milić. Und die Lebensdaten: 1944–1982. Auf der anderen Platte: Anna Milić, die Figur eines Engels und darunter die Worte: *Der Rest ist Schweigen* – das kommt ihr irgendwie bekannt vor.

Es ist zwar beschämend, aber Betty nimmt die Nachricht, dass Elsas Mutter tot ist, mit Erleichterung auf. Sie hat mit Elsa allein schon genug am Hals.

Woran sie starb, ist unbekannt. Elsa nennt ihre Mutter beim Namen: Anna ging nicht gerne zu Ärzten. Die letzten vier Jahre ist sie überhaupt nicht mehr aus dem Haus gegangen. Und Elsa erinnert sich noch an die Beerdigung des Vaters: Kerzen, Gesang. Ein serbischer Geistlicher war zugegen, Elsa hat ihn noch vor Augen.

„Wo ist das denn alles?"

„Auf dem Friedhof."

Betty lächelt unpassenderweise ein wenig. Sie erinnert sich an den Witz über die Programmierer: denen nachgesagt wird, auf alles eine richtige, aber völlig nichtssagende Antwort parat zu haben.

„Klar auf einem Friedhof, aber auf welchem?"

Elsa winkt mit der Hand ab, kneift die Augen zusammen, senkt den Kopf – genau wie der Vater, wenn er nicht antworten will.

„Liebe Elsa, Vater liegt nicht unter der Platte."

Zu Bettys Verwunderung haben auch diese Worte keine Wirkung.

„Natürlich nicht, er ist ja ertrunken. Der Körper wurde nicht gefunden. Man hat ihn für tot erklärt. Und die Kleidung beerdigt, die am Ufer lag."

Und warum hat man nach Elsas Meinung den Körper nicht finden können?

„Die Spree mündet in die Havel, die Havel in die Elbe …"
Betty möchte sie unterbrechen: Und die Elbe in das Weltmeer. Aber sie fragt nur friedfertig: „Was soll diese Geografie?"
„Die Havel und die Elbe flossen durch die DDR. Das machte die Suche unmöglich." So hat man es ihnen erklärt.

Ob Betty den Grabstein mit ihrem Handy knipsen kann? Nein, na gut. Aber Elsa soll ihr jetzt einmal zuhören. Und Betty erzählt ihrer Schwester das Wenige, das sie von der Berliner Zeit ihres Vaters weiß. Dass er die Möglichkeit gehabt hat, seine Familie mitzunehmen, erwähnt sie nicht.

„Sehr interessant", sagt Elsa scheinbar nachdenklich, ohne die Augen zu heben, aber mit zitternder Stimme, und ihre Hände zittern wahrscheinlich auch. Warum hätte sie sie sonst in die Tasche gesteckt? Sie wiederholt: „Sehr interessant. Aber warum jetzt?"

Jetzt bloß nicht die Perestroika und den anderen Quatsch vorschieben, denkt Betty.

„Warum nicht früher, als Anna noch lebte?"

Betty zuckt mit den Achseln, es ist eben so gekommen.

„Elsa, ich verstehe, dass du ein wenig … verwundert und geschockt bist, aber das Leben hat es nun einmal so an sich, da passiert so manches. Man muss es nehmen, wie es ist, stimmt's? Für mich war das auch alles eine Überraschung."

Betty schaut auf die Uhr: „Ich habe Karten für die Oper. Magst du Opern?"

Elsa guckt merkwürdig, verständnislos. Ja, sie ist offenbar dumm und schwierig.

„Ich habe gedacht, ihr liebt alle die Musik." Man muss sich ständig vor ihr rechtfertigen. „Zauberflöte. Eine Oper von Mozart."

„Ich habe eine Hochschulausbildung als Musiklehrerin abgeschlossen", antwortet Elsa schließlich. Rührt sich aber nicht von der Stelle.

„Ja, und warum hast du die Musik aufgegeben?"

„Ich habe sie nicht aufgegeben. Ich habe die Ausbildung abgeschlossen."

Lass uns hinterher darüber sprechen. Sie können sich doch nicht ewig so an der Kasse gegenüberstehen! Elsa zuckt mit den Achseln, sie hat kein Problem damit.

Irgendetwas ist schiefgelaufen. Sie muss jetzt alle Karten offenlegen.

„Erstens, lassen wir das Gerede über Vater erst mal. Umso mehr, als er krank ist, er hat ein Geschwür."

Elsa zuckt nicht mit der Wimper. Man muss mit ihr reden wie mit den russischen Verkehrspolizisten: Du musst ihnen die Ohren vollquatschen, in der Hoffnung, dass du mit irgendetwas Erfolg hast.

Zweitens, Betty hat erst vor ein paar Tagen von der Existenz einer Schwester erfahren, hat sie gesucht, ist nach Berlin geeilt, bietet ihr ehrlich ihre Freundschaft an: Betty ist eine gute Freundin, da kann Elsa sich sicher sein. Wieder null Reaktion. Ziemlich unhöflich.

„Drittens, wie man so sagt: Keiner ist ohne Sünde." An dieser Stelle senkt Betty die Stimme ein wenig: Denen wird hier schon im Kindergarten ein Schuldgefühl eingeimpft.

„Und er hat den Interessen Deutschlands in keiner Weise geschadet", das kann Betty garantieren, er würde sie nie belügen. „Geben wir ihm eine Chance, alles wiedergutzumachen, einen Neuanfang zu wagen."

Es sieht so aus, als hätte Betty etwas erreicht: Elsa schaut von dem Friedhofsfoto auf. Aber sie schweigt.

„Natürlich", setzt Betty fort, „kann man Anna nicht mehr um Verzeihung bitten, aber ..." Betty weiß noch nicht, was für Argumente sie ins Feld führen könnte, und beschließt, Gefühle ins Spiel zu bringen. „Viertens, fünftens und hundertfünfundzwanzigstens war Vater im Dienst. Befehle sind dazu da, dass man sie ausführt. Was Anna betrifft ..."

„Was vorgefallen ist, war ja bestimmt keine böse Absicht, nichts, das gegen Elsa und ihre Mutter gerichtet war."

„Weißt du, wie man sagt: nothing personal, nichts gegen dich persönlich. Er hat euch ja nicht wegen einer anderen Frau verlassen."

„Nothing personal", wiederholt Elsa mit einem starken Akzent. Betty meint, alle Knoten gelöst, alle Bälle abgeschmettert zu haben. Sie schaut wieder auf die Uhr und schlägt vor: „Machen wir es so: Ich rede mit ihm, und Vater ruft dich an. Wenn du willst – denk nicht an Visum, Fahrkarte und so weiter – fahren wir nach Moskau. Du musst uns doch unbedingt besuchen, du bist ja eine halbe Russin ..."

Elsa unterbricht sie: „Machen wir es lieber so: Sie lassen uns in Ruhe."

Und sie schaut wieder ihr Foto an. Uns? Wen meint Elsa? Sich, Anna? Sie alle drei? Ihrem flachen Gesicht kann man nichts entnehmen. Man muss ihr die Möglichkeit geben, nachzudenken, Luft zu holen: Nicht alle Menschen reagieren gleich schnell. Betty wird sie einen Augenblick allein lassen und sich rasch ein Paar Stiefel aussuchen. Die Zeit drängt, sie müssen zur Oper aufbrechen.

Aus irgendeinem Grund platzt ihrer Schwester ausgerechnet in diesem Moment der Kragen: „Wir haben keine Stiefel in deiner Größe", erklärt sie deutlich und schrecklich böse. Betty ist schon an dem Regal der Marke „Tiffany": Da sind sie doch. Woher weiß Elsa eigentlich ihre Schuhgröße?

„Ich habe doch gesagt, wir haben keine für dich!"

Okay, keine Aufregung. Und eine Kappe, kann sich Betty eine Kappe aussuchen?

„Nimm dir eine! Die Kasse ist geschlossen. Nimm sie dir, egal welche!" Elsa wirft die Kassenschublade zu und schreit in den Telefonhörer: „Taxi, dringend. Sonst verspätet sich hier eine Dame zur Oper." Jawohl, eine Dame, hört Betty.

Hol sie der Teufel, die Kappe und alles andere, Betty hat hier keine Chance.

„Gebe Gott dir Gesundheit." Sie will hinzufügen: und einen Mann, der nicht trinkt, lässt das aber, ihr ungnädiges Schwesterchen würde den Humor sowieso nicht zu schätzen wissen. Allein will sie nicht in die Oper. Das fehlte gerade noch, dass diese Faschisten sie anstarren. Sie wird die Karten dem Taxichauffeur schenken, na, mach dir einen kulturvollen Abend, du Fritz, oder heißt du Hans? Und am späten Abend fliegt sie zurück nach Moskau. Unterwegs kommt sie irgendwie wieder ins Lot, liest die Liebesgeschichte zu Ende, die ihr gegen Schluss allerdings bedeutend weniger zusagt.

Als Betty nach Strogino fährt und dem Vater die Nachricht vom Tod seiner ersten Frau und von der Tatsache bringt, dass er neben ihr begraben ist, wird der Vater plötzlich unruhig. Dann nimmt er sich zusammen. Und äußert sich so über Elsa: „Ein stures Mädchen." Und fuchtelt mit den Fingern in der Luft herum: „Im Grunde genommen habe ich diese Deutschen nie verstanden."
Er hat auf einmal einen Hustenanfall, in der letzten Zeit hustet er stark, sitzt der Krebs etwa schon in der Lunge? Sie klopft ihm auf den Rücken, ihm wird leichter, und er beruhigt sie zum Abschied: „Das ZK hat noch ganz andere Probleme gelöst, Lisok. In Israel ist die Medizin auch auf der Höhe."

März 2016

HERZENSGUTE MENSCHEN

Nein, hier sind keine Kinder, die Kinderstation ist im anderen Gebäude. Die grauhaarige, stämmige Frau sieht Bella in die Augen. Bella erinnert sich nur an ihren Nachnamen: Ordschonikidse, Stiftung „Mitleid.ru". Kinderkrankenhaus Dingsbums … An den Namen des Krankenhauses erinnert sich Bella nicht mehr, genauso wenig, wie sie weiß, was „ru" heißt. Frau Ordschonikidse hat den durchdringenden Blick eines Menschen, der es für seine Pflicht hält, die Wahrheit zu sagen, ganz gleich, wie schrecklich sie ist. Und sie hat eine tiefe Stimme: „Märchen vorlesen, wie schön. Die Kinder sind uns heilig." Das ei zieht sie in die Länge.

„Wir tun hier alles für die Kinder." Hat Bella selbst Kinder, Enkelkinder?

„Nein, keine eigenen." Bella kommt es vor, als habe sie auf diese Frage schon mal geantwortet.

„Dann sind Sie also ganz, ganz alleine?" Ordschonikidses Zischlaute sind scharf. „Jemand mit einer Verlustreaktion, den können wir nämlich bei uns nicht brauchen. Aber Angelina Andrejewna hat sich ja für Sie eingesetzt …" Bei dem Wort „Angelina" nimmt ihre Stimme einen wärmeren Klang an, die Oberlippe hebt sich – Andeutung eines Lächelns.

Einen Teil dessen, was sie gesagt hat, hat Bella nicht verstanden: Was für eine Reaktion?

Ordschonikidse erhebt sich – das wär's für heute.

„An die Tuberkulosebescheinigung erinnern wir uns?"

Bella bittet um Entschuldigung: Sie ist ein bisschen zerstreut. Bescheinigungen, Analysen, das wird sie alles erledigen. Und vergisst ihr Versprechen auf der Stelle.

Die Welt, auch die Welt des Theaters, kennt durchaus gute Menschen. Die lassen sie auch in letzter Zeit nicht im Stich. Ihre Freundinnen – Schauspielerinnen, Maskenbildnerinnen, Künstlerinnen – bringen ihr etwas zu essen, kochen, decken für sie den Tisch.

„Bella, Bellotschka, du Arme." Die Freundinnen bringen Neuigkeiten mit: Alle haben's schwer, sind krank, haben Kummer. „Wir wussten ja, dass das Alter nicht einfach ist, aber wer hätte gedacht, dass es auch so erniedrigend ist!"

Bella hört ihnen zu, hört sie aber nicht, und selbst wenn doch, bezieht sie das nicht auf sich. Sie blickt in die Runde der Gäste.

„Siehst du, wie vergesslich du geworden bist. Du solltest mal zum Arzt gehen, dich untersuchen lassen, Bellotschka. Valentina – du erinnert dich doch? – die Dramaturgin, die hat ebenfalls ihren Mann verloren. Gott sei seiner Seele gnädig. Unsere Poliklinik hat einen guten Neurologen. Er hat Valentina sehr geholfen."

Bella ist in der Küche und wäscht ab. Sie kann sich das Essen aufwärmen, stört die Nachbarn nicht, indem sie Wasser überlaufen lässt, geht umsichtig mit Feuer und Strom um, zieht sich ordentlich an, pflegt sich und kommt durchaus ohne fremde Hilfe klar, findet sie. Wird es nicht Zeit, den Tee zu servieren? Bella erschrickt: Das Zimmer ist voller Leute, lauter Unbekannte.

„Keine Sorge, Bellotschka", sagen die Freundinnen, „das sind doch alles Freunde, deine und Ljowas. Komm, meine Liebe, setz dich ein bisschen zu uns."

Damit sie sich in der Stadt nicht verirrt, wird ein Armband mit ihrer Adresse angefertigt. Nichts einfacher als das: Der eine kann nicht gehen, da setzt man ein neues Gelenk ein, wovor manche in diesem Alter Angst haben; der andere hat's mit dem Blutdruck.

„Unsere Bella Jurjewna ist eben nicht ganz klar im Kopf. Wie Lenin." Petetschka, der Beleuchter, taucht in der Küche auf, er hat heute einen über den Durst getrunken. „Wie heißt unser Theater, na los! Puschkin-Theater, Gogol-Theater, Stanislawski-Theater?" Bella nickt verwirrt. Petetschka winkt ab: „Besser ganz ohne Grips." Sie lassen ihn nicht ausreden, wimmeln ihn ab und versprechen ihm eine Abreibung, wenn er wieder nüchtern ist.

Die Theaterleute mögen Bella, obwohl sie nur noch formal dazugehört, sie ist schon lange nicht mehr aufgetreten. Man muss eine Beschäftigung für sie finden, sie irgendwie einbeziehen, sonst geht's mit ihr bergab. Lina schaut vielleicht später vorbei, vielleicht hat die eine Idee. „Doch, sie sind herzensgut." Bella stimmt Ljowa nicht zu, der es schwer findet, mit Schauspielern Freundschaft zu schließen: „Die wollen nur immer dabei sein, sind auf große Gefühle aus, deshalb sind sie auch in der Not gleich zur Stelle."

Oi, Lina ist gekommen, unser Engelchen. Sie hat so wenig Zeit, wie nett von ihr!

„Wussten wir's doch, sie hat eine Idee!", rufen die Freundinnen. „Bitteschön!"

Lina ist praktisch veranlagt, die packt sofort alles an. Hat einen Haufen um die Ohren und kriegt alles hin. Wie kindlich, wie natürlich sie ist! Schminke benutzt sie kaum. Und wie einfach und schön sie sich kleidet: immer klitzekleine, elegante Sächelchen, ihre Schuhe könnten aus dem Kindersortiment stammen. Und dieser rührende kleine Rucksack. Bei Lina ist alles schön und rührend: Gestik, Mimik, Intonation, die ausdrucksvollen Augen, alles stimmt überein.

„Bella Jurjewna, am meisten Freude macht es, wenn man jemandem etwas Gutes tun kann." Lina neigt den Kopf, führt die rechte Hand zur Brust. „Was für ein wunderbares Foto von Lew Grigorjewitsch!" Lina würde liebend gern noch bleiben, aber unten wartet jemand auf sie.

Hier also die Beschäftigung für Bella: Kindern Märchen vorlesen. Stiftung „Mitleid", zehn Minuten mit dem Bus; bei schönem Wetter geht's auch zu Fuß. „Warum nur Märchen?" Bella Jurjewna kann doch wunderbar Erzählungen und Novellen vortragen. Auch die Leute da: supernett, Lina lächelt ihr zu, und Bella antwortet ihr mit einem Lächeln.

Ein dickes Heft, kariert, Kostenpunkt früher: achtundvierzig Kopeken, links: leere Seite, rechts: der Text. *Lieber Junge:* vertikale Wellenlinie, *heute:* unterstrichen, *will ich dir ein Märchen erzählen:* Häkchen, Einatmen. Ein Schauspieler der alten Schule arbeitet nie mit einem gedruckten Text, er schreibt sich alles eigenhändig ins Heft. *Es waren einmal ein alter Mann und eine alte Frau ...* Vertikale Wellenlinie: Atemholen, doppelt unterstrichen: das wichtigste Wort, zwei senkrechte Striche: Pause. Pfeile für die Satzmelodie: Stimme hoch, Stimme runter. Links Raum für Kommentare. *Schirmbilduntersuchung* (Lungenfacharzt) oder *Bildschirmuntersuchung* (Augenarzt), Vorsicht! Nicht verwechseln! Bella denkt nach, Ordschonikidse muss ihr irgendwo schon mal begegnet sein. Bei „Mitleid" arbeiten Tascha, das heißt: Natascha, eine Lustige, und andere Mädchen; sie verwechselt die Namen noch. Tascha hat versprochen, Bella mit den Bescheinigungen zu helfen, die Analysen: ein Klacks, die machen wir im Computer, besser als echte. Sie muss sich allerdings noch ein wenig gedulden.

„Sie wissen doch, Bella Jurjewna, was für Gäste wir erwarten." Bella nickt: ja ja. Sie möchte nur an offizieller Stelle klären, wann sie endlich anfangen kann.

„Nein, jetzt nicht." Tascha wird ihr Bescheid sagen, sobald der Zeitpunkt gekommen ist.

Solange die Bescheinigungen nicht vorliegen – Ausschluss von Tuberkulose, Drogenabhängigkeit, Aids, Hepatitis –, wird sie nicht zu den Kindern vorgelassen. „Die Bescheinigungen machen wir, aber heute ist es gerade ungünstig." Die Ordschonikidse ist vom Ministerium zurück, Tascha sagt: mit mieser Laune, eine Mitarbeiterin hätte eigentlich mit ihr sprechen sollen, doch die, so habe sich herausgestellt, hätte ausgerechnet heute gekündigt, nachdem sie wer weiß was versprochen hatte. Nichts zu machen, sie kann wieder von vorne anfangen. So einen Zirkus veranstaltet das Ministerium nicht zum ersten Mal.

„Ob wir arbeiten oder nicht, das ist denen offensichtlich schnurzepiepe." Tascha möchte den Ernst ihrer Worte unterstreichen, aber ihre Augen blicken fröhlich und sind nicht niedergeschlagen.

Was sie denn für die Kinder ausgesucht habe, wird Bella gefragt. „Bloß nicht die ‚Wilden Schwäne'! Wen die auf ihren Flügeln forttragen, um den ist's geschehn!"

Jeder Fingernagel von Tascha prangt in einer anderen Farbe, oberhalb des Handgelenks ist bei ihr etwas eingeritzt, an beiden Armen das Gleiche, bräunliche Hennatattoos. Die Mädchen sprechen extrem schnell, a, o und u sind nur mit Mühe zu unterscheiden, die Lippen auseinandergezogen, der Mund kaum geöffnet.

Tascha schnattert hinter vorgehaltener Hand etwas von den Jacken, die sie im Kindersortiment erstanden hat, die Verkäuferin habe sie zuerst ganz reizend gefragt, zu welcher Gelegenheit die Jungen die denn bräuchten, und wie baff die war, als sie erfuhr, die Jungen würden die Jacken nur einmal tragen, und das aus todtraurigem Anlass, sie müsse sich also keine Gedanken machen, die Kinder würden nicht aus ihnen herauswachsen. Und was für einen niederschmetternden Eindruck das auf die gemacht habe. In der Folge hätten sie vergessen, ihr den Kassenbon auszuhändigen, und Tascha habe von der Buchhaltung eins auf den Deckel bekommen. Die Mädchen weinen viel an diesem Tag, und auch Bella ist gerührt, obwohl sie sich nicht erklären kann, warum. In ihrem Kopf machen sich immer mehr Löcher breit, und die Pfade, die Stege zwischen diesen Löchern werden schmaler. Manchmal bekommt sie Angst, sie könnten sich auf einmal zusammenschließen, dann bliebe in ihrem Kopf nur noch diese weißliche Flüssigkeit übrig, die sich bildet, wenn die Milch gerinnt, wie war noch der Name dafür: ach so, Molke. Sie geht schon mal die Tassen abspülen, ja? Und setzt sich dann ein bisschen hin. Auf wen warten wir denn nun eigentlich? Und wann soll der kommen?

„Wir erwarten Gäste. Hohe Tiere." Tascha ist wieder fröhlich. „Hohe Gäste, und deshalb mussten wir für das Gruppenfoto die Liliputaner unter den Ärzten auswählen, Obergrenze: ein Meter siebzig. Ein Witz."

Die Tage gehen ins Land, das Wetter schlägt um, es wird sehr warm. Bella hat nichts anderes zu tun, als zuzuhören, was die Mädchen erzählen, die Tassen zu spülen, ihren Erinnerungen nachzuhängen. Es gibt ungefährdete, noch nicht überflutete Inseln, eine davon ist ihre erste Begegnung mit Lew.
Winter, Erholungsheim, Kreis Wladimir. Wie hat es die junge Schauspielerin Bella dorthin verschlagen können? Obwohl es ihr hier durchaus gefällt: Nirgends hat sie vorher so viel Himmel gesehen wie im Kreis Wladimir. Aber nicht nur Augen für den Himmel hat sie, sondern auch für die Urlauber, und da sie kurzsichtig ist, es aber peinlich findet, eine Brille zu tragen, betrachtet Bella die Menschen ungeniert und geht mit weit aufgerissenen Augen ganz dicht an sie heran.
Lew, ein dicklippiger, dunkler Typ, ist zu einem halblegalen Mathematikseminar hier und steht im Vestibül vor der unter Glas gerahmten Internen Hausordnung des Kuibyschew-Erholungsheims. Bella spiegelt sich im Glas, er fängt ihren Blick

auf und denkt sich: Da habe ich leichtes Spiel. Sie betrachtet ihn mit unverhohlener Begeisterung. Lew lädt sie ein, sich mit ihm zusammen die Hausordnung zu Gemüte zu führen, aber Bella ist schon ein paar Tage hier und kennt sie auswendig. „Erstens", deklamiert sie, mit dem Rücken zur Hausordnung. „Das Aufbewahren von Koffern, Lebensmitteln und Skiern in den Zimmern ist verboten." Zwerchfellgestützte Atmung, so hat man's ihr beigebracht. „Zweitens. Die Urlauber sind verpflichtet, ihr Bett zu machen. Drittens. Es ist streng verboten, ohne Erlaubnis der Etagenaufsicht ein fremdes Zimmer zu betreten. Viertens …"
Deshalb, schwant ihr plötzlich, kommt Bella die Ordschonikidse so bekannt vor: die Etagenfrau. Genau wie damals, sie hat sich kein bisschen verändert … An dieser Stelle gerinnen Bellas Gedanken wieder zu einer undurchsichtigen Flüssigkeit, sie bricht ab, ohne den Gedanken weiter zu verfolgen.

Ljowuschka verstand es prächtig, die Wachsamkeit dieser Etagenfrau einzuschläfern, aber Bella konnte nur für ein oder zwei Stunden zu ihm kommen, während seine Zimmernachbarn im Seminar saßen, und auch das nur mäuschenstill, ohne groß Krach zu machen. Bella hatte kaum Erfahrung in der Liebe, sodass die Umstände sie nicht irritierten. Dabei hatte ihre Liebe keine Zukunft: Erstens wohnte er in Leningrad, Bella in Moskau, zweitens drohe ihm in Bälde wegen seiner Dissadententätigkeit das Gefängnis, so Ljowa (das war wahrscheinlich ein bisschen übertrieben, er kam nicht nur nicht ins Gefängnis, sondern wurde noch nicht einmal von seiner Arbeitsstelle geschasst), drittens, Ljowa war verheiratet. Der Mensch ist polygam veranlagt, erklärte er ihr, das versuchte er in einer Tour seiner Frau beizubringen und jedem, der ihm über den Weg lief, ebenfalls, gleich welchen Geschlechts und bei welcher Gelegenheit. Und obwohl sie nichts dergleichen an sich bemerkt hatte, nickte Bella verständnisvoll: Na, wenn das so ist, dann ist es eben so.

Bella schlendert über den Krankenhaushof, ihr ist heiß, sie fächelt sich mit dem Heft Luft zu und sucht Schatten. Ein bisschen blickt sie jetzt schon durch. „Mitleid" gehören in diesem Gebäude mehrere Zimmer: das Büro der Chefin Ordschonikidse, die Buchhaltung und ein großer Aufenthaltsraum für Tascha und die anderen Mädchen. An der Tür hängt ein Schild: *Zutritt zum Verwaltungsgebäude für Patienten und deren Angehörige nicht gestattet.* Und handschriftlich: *Wir danken für Ihr Verständnis.* Die Kinder sind also nicht hier, sondern im Gebäude auf der anderen Seite des Hofs.

Im Hof taucht mehrmals am Tag ein dicklicher junger Mann mit Bärtchen auf, ganz in Rot, genauer: Weinrot. Ein Hitzkopf, wie es heißt, aber als Arzt mit einem Händchen, geb's Gott! Andererseits, wo hätte er schon landen können, wenn es sie nicht gäbe, ihre Stiftung.

„Sascha, stellen Sie die Raucherei ein", ordnet Ordschonikidse an und schlägt das Fenster zu, damit der Rauch nicht reinkommt.

„Sie können mich mit ‚Doktor' anreden, wenn Sie meinen Vatersnamen vergessen haben", knurrt Sascha, aber die Ordschonikidse hört ihn schon nicht mehr. Er dreht sich zu Bella um: „Ein drahtiges Weib, oder? Die hat das Zeug zum Minister für Gesundheit. Oder Schwerindustrie. Vielleicht wird sie das ja noch."

Er flößt Bella Vertrauen ein, Ordschonikidse dagegen ist die Etagenfrau. Wie laut er lacht, wie aufrichtig! Bella ist es zum ersten Mal gelungen, hier jemanden zum Lachen zu bringen. Sascha hat sie mal auf der Bühne gesehen, lang ist's her, aber er weiß noch, es hat ihm gut gefallen, obwohl sie nur in einer Nebenrolle auftrat. In seiner Jugend besuchte Sascha fast jeden Tag das Theater, der Stiefvater legte Wert auf die kulturelle Erziehung des Heranwachsenden. „Sie haben doch in dem Theater Dingsbums Sowienoch gespielt, wie hieß es noch ..." Er schnipst mit den Fingern und wartet, dass Bella ihm mit dem Namen auf die Sprünge hilft, blickt ihr dann aber genauer ins Gesicht. „Entschuldigen Sie. Das tut ja eigentlich wirklich nichts zur Sache."

Nichts passiert, die Tage sind angefüllt mit Unterhaltungen, deren Sinn Bella nicht ganz klar ist, aber offenbar haben sich alle daran gewöhnt, dass sie in der Ecke hockt, mit ihrem Heft, oder im Hof auf- und abgeht, und beachten Bella fast nicht. Nur die Tassen, die sind nun immer sauber. Auch Bella hat sich an sie gewöhnt und stellt keine Fragen. Am Theater muss man sich mit Geduld wappnen: Es hat Ihnen doch keiner versprochen, dass es gleich klappt, kriegt man da zu hören. Heute oder gestern ist sie auf Ordschonikidse gestoßen, die über sie hinwegsah und nur das eine Wort sagte: „Warten."

„Als ich die Leitung der Station hier übernommen habe, waren das noch andere Zeiten." Sascha macht wieder Rauchpause. „Da habe ich säckeweise Apparate und Medikamente aus dem Ausland angeschleppt. Freunde haben ausgeholfen, jeder mit dem, was er gerade hatte. Dann ist die da aufgetaucht", er zeigt auf sie, „mit ihrer Stiftung. Wir sind ihr natürlich dankbar, sie hat eine Menge auf die Beine gestellt, aber eigentlich haben wir genug Ärger mit unserer eigenen Chefetage. Mehr als genug."

Bella hört aufmerksam zu. Was für eine Artikulation Sascha hat: richtig schöne, volle Vokale!

„Und jetzt noch Ihre Angelina, das Aushängeschild von ‚Mitleid‘." Die Stimme geht hoch: „Was für eine Schleimscheißerei die gestern abgelassen oder auch nur unterschrieben hat, das kommt aufs Gleiche raus! Haben Sie das mitgekriegt? Seien Sie froh, dass Sie nicht Zeitung lesen."

Sascha spielt den Starken. Man müsste das genauer ausdrücken. Ljowa hat es vor kurzem auf die Formel gebracht: „Belka, wer bei uns mehr als die allereinfachsten Dinge will, der muss sich über die Leute hinwegsetzen können."

Sascha schaut verständnislos: „Ljowa, wer ist denn das, Ihr Mann?" Er muss weg: Ambulanz-Sprechstunde, die Kinder warten. Ljowa und sie sind damals fast gleichzeitig aus dem Erholungsheim wieder abgereist, er nach Leningrad, sie nach Moskau. Sie haben verabredet, sich in drei Wochen am Roten Tor zu treffen, zu einer bestimmten Uhrzeit. Bella hatte noch kein Telefon.

Am Abend desselben Tags beziehungsweise des nächsten oder auch überüberübernächsten. Die Mädchen erzählen, dass die Mitarbeiter weggehen, dass hinten und vorne Personal fehlt, keiner will die todkranken Kinder behandeln, das sei jetzt überall so, bald werden ihnen noch die Mittel ausgehen, um die Kinder für bestimmte Operationen ins Ausland schicken zu können, und dann werden die Eltern, wie in früheren Jahren, vor Ordschonikidse auf die Knie fallen und sie anflehen – kein Anblick für schwache Nerven, das hält nur so ein Drache wie die Ordschonikidse aus. Und dann werden sie wohl wie damals, als die Stiftung in den Anfängen lag, Namensschildchen aus dem Hut ziehen und das Los darüber entscheiden lassen müssen, welches Kind zur Behandlung ins Ausland darf. Sodass jetzt der, der morgen kommen soll, ihre einzige Hoffnung ist, dass die Wilden Schwäne – stimmt's, Bella Jurjewna? – die Kinder nicht forttragen, und der Wirbel um Angelina, der kommt da genau zur falschen, oder umgekehrt, genau zur rechten Zeit. Und Angelina erscheint auf der Bildfläche, sichtlich verärgert, begrüßt Tascha und die anderen, nickt Bella aber nur kurz zu und weicht ihrem Blick aus. Und während Bella zu verstehen sucht, womit sie Lina Kummer gemacht haben könnte, betritt Ordschonikidse den Raum.

„Etwas Schwereres als den Telefonhörer haben die noch nie in der Hand gehalten, die machen aus einer Mücke einen Elefanten! Taschka, ruf auf Station an, die sollen uns ein nettes Kind aussuchen, einen Jungen, am besten exotisch."

Oder, halt, sie geht besser selbst. Einen Kittel. Und Überschuhe, für sie und den Fotografen.

Als Lina von der Station zurück ist, trinkt sie Kaffee mit ihnen und weint, legt sich die Hand aufs Herz und betont, für die Kinder sei sie glatt imstande, ihre Seele Luzifer oder Beelzebub zu verkaufen, einerlei, und alle stimmen zu, sie ist ein Engel, machen Fotos und weinen mit ihr zusammen, außer der Ordschonikidse, die schaut nur finster. Und Bella schließt sich ebenfalls der Sympathiekundgebung für Lina an, die hat doch auch für sie eine Menge Gutes getan und weicht ihr jetzt aus unerfindlichem Grund aus.

Sascha kommt vorbei, der Arzt – erst jetzt bemerkt Bella, dass er rothaarig ist –, Sascha ist ebenfalls fuchsteufelswild, aber über irgendwas anderes, seines, und bittet, sich ständig nach Lina umblickend, nicht über das Ziel hinauszuschießen, auf dem Teppich zu bleiben und keinen Blödsinn über die von ihm geleitete Station zu schreiben, die Operationen, die sie durchgeführt hätten, seien keineswegs einmalig: „Es ist doch überhaupt nichts Besonderes geschehen!" Er stottert vor Aufregung. „Wir haben diesen japanischen Jungen geheilt, und da werde ich seit dem Morgen bombardiert und mit Fragen von irgendwelchen hergelaufenen Journalisten belästigt." Ordschonikidse zuckt mit den Achseln: so ein Affenzirkus, unwichtig.

„Kollegen, lassen Sie uns den morgigen Tag planen." Sie bittet, das Prozedere auszudrucken und es an die Versammelten zu verteilen, damit am nächsten Tag jeder weiß, was er zu tun hat.

„Er ... Ist es sicher, dass er kommt?", fragt eins der Mädchen.

„Bisher sind wir jedenfalls noch nicht aus seinem Terminkalender gestrichen."

„Fototermin!", empört sich Sascha. „Ich habe keinen Bock, da mitzumachen!"

„Das machen wir nicht Ihretwegen, Alexander Markowitsch", wendet Ordschonikidse ein, „das dient ausschließlich der Sache, den Kindern! Wer weiß, vielleicht können Sie das Foto ja noch brauchen." Sie lächelt spöttisch: „Die passende Größe haben Sie ja!"

Tascha mischt sich ein: „Legen Sie es in Ihren Pass! Bombensichere Sache, damit vermeiden Sie sowohl Ärger mit dem Zoll als auch mit der Polizei."

„Wären Sie denn einverstanden, Doktor, ein Foto mit mir machen zu lassen?", fragt Lina auf einmal ganz ohne Affektiertheit. Ihre Tränen sind getrocknet, Lina ist wie vorher, liebenswert und ruhig.

Sascha kriegt rote Wangen, auch seine Stirn läuft rot an: „Mit Ihnen, klar!"

Das Gespräch kommt auf die Dinge, um die sie bitten. Draußen ist es dunkel. Es ist schon ganz schön spät. Bella lehnt den Kopf an die Wand. Tascha flüstert: „Kommen Sie, ich bring Sie nach Hause."

Nein, sie bleibt hier, hört zu.

Sie wacht auf, weil sich jemand streitet. Sascha und Ordschonikidse sind sich schon wieder in die Haare geraten:

„Vor einer Stunde haben Sie sich noch geweigert, ihm die Hand zu geben, und jetzt kommen Sie mit so einer Liste!"

„Wofür denn eine Kapelle? Wir können die Schwestern nicht bezahlen!"

„Der Mensch lebt nicht allein von Tabletten, Alexander Markowitsch ... Die Kapelle wird ihm Eindruck machen, er ist ein gläubiger Mensch!"

Der von Angelina mitgebrachte hochaufgeschossene Fotograf ergreift, des Wartens überdrüssig, das Wort:

„Mann, der kennt sogar das Thema der Leningrader Sinfonie!"

Die Ordschonikidse, ebenfalls nassgeschwitzt und mit hochrotem Kopf, nickt beeindruckt: bitteschön!

„Na und? Und woher wissen Sie das?" Sascha kommt schon wieder ins Stottern.

Der Fotograf ist baff. Ein Mann von Kultur. Das weiß doch jeder! „Von jemand anderem würden Sie nie im Leben sagen: Mann, der kennt das Thema der Leningrader Sinfonie!"

„Regen Sie sich nicht auf, Sascha." In Ordschonikidses Stimme schwingen immer Stahltöne mit, aber jetzt sind nicht nur vereinzelte Noten zu hören, sondern ein andauerndes Gleisdröhnen.

„Das würden Sie sonst niemandem zugutehalten, mir nicht und auch nicht einer Krankenschwester, ja, noch nicht einmal dieser armen Alten mit Alzheimer!"

Pause. Sascha stürmt aus dem Raum, die anderen bleiben mit niedergeschlagenen Augen sitzen. Nur die Ordschonikidse blickt Bella forschend ins Gesicht: „Kennen Sie das Thema der Leningrader Sinfonie?"

Auf diese Weise kommt auch Bella mal zu einer Replik. „Da muss ich Ljowuschka fragen", antwortet Bella, „Ljowuschka kennt Schostakowitsch in- und auswendig."

Lina geht zu Bella und küsst sie ungestüm auf die Schulter. Was ist das? Bella nimmt eine große Unklarheit in ihrem Kopf wahr. Tascha begleitet sie zum Trolleybus, dann bis zu ihrem Haus – Bella hätte natürlich auch alleine nach Hause gefunden – und bringt sie ins Bett. Bella lässt sie machen, obwohl das nicht ihr Bett ist, und auch die Wohnung kommt ihr unbekannt, fremd vor.

„Bleiben Sie vorläufig erst mal zu Hause, Bella Jurjewna. Wenn wir ihn los sind, rufe ich Sie an." Tascha hat weiße Zähne und große Augen, die blitzen richtig in der Dunkelheit.

Ihre Wohnung, an die sich Bella erinnert, liegt in Wirklichkeit nicht da, wo Tascha sie hingebracht hat, sondern am anderen U-Bahn-Zweig, näher am Zentrum, in Chamowniki. Keine Wohnung, sondern ein Zimmer in einer Gemeinschaftswohnung, in den anderen beiden Zimmern wohnen die Nachbarinnen Tante Schura, eine Rentnerin, und Ninka, Anstreicherin von Beruf, sie trinkt. Die Wohnung liegt halb im Keller, im Souterrain, und zu Bellas Zimmer führen zwei Wege: der normale durch den Eingang die Treppe runter oder, wenn sie das Gitter davor öffnet, über das obere Fenster.

Bella hätte ihm natürlich ihre Adresse geben können, Ljowa hätte es schon gefunden oder auch nicht, die drei Wochen, die sie einander nicht gesehen haben, sind eine lange Zeit, es hätte allerhand dazwischenkommen können: Man hätte ihn zum Beispiel verhaften können, Ljowa hätte seine Meinung ändern können (was sie betraf, hatte sie da keine Angst, aber er wollte ihr die Wahl lassen), auch wie sich Ljowas Leningrader Frau zur Polygamie verhielt, war nicht ganz klar.

Sie wacht also an dem vereinbarten Tag in aller Herrgottsfrühe auf, betrachtet ihr Zimmer mit den Augen, mit denen Ljowa es ihrer Meinung nach betrachten würde, frühstückt, registriert, dass Ninka schon zur Arbeit ist, prima, während Tante Schura natürlich wie eh und je zu Hause hockt, und will sich – sie hat noch genügend Zeit – die Haare schön machen. Sie hat sie sich erst vor kurzem schneiden lassen, aber davon sieht man nichts mehr. Bei zunehmendem Mond sollte man sich nicht die Haare schneiden lassen, so ihre Freundinnen, das sieht gleich wieder zerzaust aus. Übrigens, Regenwasser tut dem Haar besonders gut, aber wo willst du das im März hernehmen, gewöhnliches Wasser tut's auch. Statt eines Föns ein Händetrockner, äußerst bequem, geklaut im Besucherklo des Theaters der Sowjetischen Armee, ein Geschenk für Bella: druntersetzen und Hebel überm Kopf drücken. Sie hat jede Menge Zeit, aber Bella ist schon etwas strapaziert: acht Uhr morgens, für eine Schauspielerin ist das mitten in der Nacht, da blinzelt sie nur kurz, die Augen öffnet sie nicht wieder vor elf. Schrecklich, schrecklich! Als hätte sie nie etwas Schrecklicheres erlebt. So ein dickes Ei! Zweieinhalb Stunden Verspätung, verflixt, der wartet auf Garantie nicht. Beim Umsteigen läuft sie wie ein aufgescheuchtes Huhn vom ersten zum letzten U-Bahn-Waggon. Na endlich: „Dserschinskaja", „Kirowskaja". Lermontow-Denkmal. Als Ljowa die Verabredung traf, hat er es sich nicht verkneifen können, hinzuzufügen: „Bildhauer: Brodskij", so was wissen die Petersburger aus dem Effeff – sie traut ihren Augen nicht, ihr Ljowa schlendert gemütlich die Treppe da oben auf und ab, im Besitz von Bücherrucksack und Koffern, die sie in ihrer Kurzsichtigkeit für zwei brav dasitzende Hunde hält. „Na", sagt Ljowa, „guten Tag." In ihren Erinnerungen fehlt hier ein Stück, obwohl, nein, Bella erinnert sich, wie geschickt er mit den Koffern in ihren Keller kletterte und fragte: „Na, machen wir ein bisschen Krach?", und mit welch einer unerwarteten Sanftheit Tante Schura Ljowas Auftauchen in der Wohnung aufnahm, nicht nach seiner polizeilichen Meldung fragte und sich fast den ganzen Tag über unsichtbar machte.

Ein langer Tag, sie reden und reden, hauptsächlich natürlich über seine, Ljowas, Aussichten: Eine Arbeit findet er bestimmt, es gibt immer irgendwo die Möglichkeit, Repetitorien für Studenten zu veranstalten oder zu übersetzen, schlimmstenfalls schreibt er für irgendwelche Idioten Doktorarbeiten, und was die Dissidententätigkeit betrifft, die will er aufstecken, nicht aus Angst, sondern wegen des ständigen Drucks, immer als Gutmensch dazustehen. Sie haben alles Mögliche zu bereden, gehen spazieren in der Nähe der Nikolajkirche in Chamowniki und des Tolstoj-Museums – Bella hat es, ehrlich gesagt, noch nie von innen gesehen – bis zum Neujungfrauenkloster. Bella möchte, dass Moskau ihm gefällt, zu ihrer Freude hat er kein bisschen von dem typischen Dünkel der Bewohner von Piter, und als sie sich schließlich wieder dem Haus nähern, bricht Bella auf einmal in Tränen aus, erst versteckt, dann ziemlich offen. Er soll bloß nicht denken, sie sei hysterisch, Schauspielerinnen sind nicht hysterisch, jedenfalls nicht alle, die Männer sind schlimmer, worauf Ljowa antwortet, sie brauche sich für ihre Tränen doch nicht zu rechtfertigen, das liege am Augenblick – nicht jeder, aber dieser Augenblick sei einfach einzigartig.

Nachts regnete es, Bella wachte auf, wälzte sich im Bett herum, schlief wieder ein. Sie wacht erst auf, als das Telefon klingelt und eine lachende Frauenstimme schnell, fröhlich und die Vokale verschluckend sagt:
„Bella Jurjewna, alles abgesagt, er kommt nicht."
„Wer?"
Ein Lachen: „Na, der das Thema der Leningrader Sinfonie kennt." Wieder Lachen, Stimmengewirr: „Vielleicht hat er einen Schnupfen oder Bauchweh bekommen. Die Bescheinigungen haben wir Ihnen ausgestellt. Bella Jurjewna, kommen Sie Märchen vorlesen. Stimmt was mit Ihnen nicht? Erkennen Sie uns nicht?"
Bella legt nachdenklich den Hörer hin. Bescheinigungen, Sinfonie – wie viel Verwirrendes sie umgibt. Soll sie gehen? Ja, es wird Zeit. Sie hat schon wieder etwas Wichtiges verschlafen. Den Kopf in den Nacken gelegt, steht Bella im Hof und bewundert die Wolken. Wie viel Leben und Fröhlichkeit in ihnen steckt; warte, zack, gleich kommt ein Spritzer. Richtig, völlig übergangslos, wie in Ljowas Lieblingsfilmen, alles auf einen Schlag von Wasser überflutet. Und gleich darauf, ohne Pause: Sonnenschein, Bella blinzelt, hält der Sonne das nasse Haar hin, das tut dem Haar besonders gut.
In Bellas Kopf herrscht auf einmal eine für die letzte Zeit erstaunliche Klarheit. Da, der, auf den sie so gewartet hat, er geht dahinten zwischen den Häusern über den Hof. Sie ruft ihn an, winkt ihm zu. Er kann sie unmöglich überhört haben, was antwortet er ihr nicht? Und woher kommt der Hund? Ljowa und sie hatten nie einen Hund. Keine Kinder, keinen Hund. Nie.

Juli 2016

GLOSSAR

Archimandrit: Vorsteher eines (östlich-orthodoxen) Klosters

Butowo: südlicher Vorort von Moskau

Capablanca, José Raúl (1888–1942): kubanischer Schachspieler und Diplomat

Datschniki: Besitzer und Bewohner einer Datscha, eines Wochenendhäuschens

„Der in den Wogenschwall des Meeres einst begrub": russisches Kirchenlied *Volnoju morskoju,* übersetzt von Birgit Veit

Dserschinskaja: bis 1990 Metrostation in Moskau, benannt nach Felix Dserschinski, heute: Lubjanka

farsteyn: jiddisch „verstehen"

Garmer: Bewohner des Bezirks Garm in Tadschikistan

Gilels, Emil Grigorjewitsch (1916–1985): sowjetischer Pianist

„Im hohen Norden, in Paris": Zitat aus *Der steinerne Gast* von Alexander Puschkin

Kirowskaja: bis 1990 Metrostation in Moskau, benannt nach Sergej Kirow, heute: Tschistyje Prudy

Kulober: Bewohner des Distrikts Kulob im Südwesten Tadschikistans

Mamulenka: Koseform „Mamachen"

Manty: gefüllte Teigtaschen

MTschS: Abkürzung für das russische Notfallministerium

„Mutter lässt Sie bitten, die Bäume erst zu fällen, wenn sie weg ist": Zitat aus *Der Kirschgarten* von Anton Tschechow

Nenzen: indigenes Volk im Nordosten des europäischen Teils Russlands und im Nordwesten Sibiriens

Pamirer: Bewohner des Pamir, Gebirge und Hochland im Osten Tadschikistans

Pelmeni: mit Fleisch gefüllte Teigtaschen

Piter: kurz für Sankt Petersburg

Plow (Pilaw): Reisgericht

Prokopjitsch: umgangssprachlich abgekürzte Form des Vatersnamens

Saporoshez: sowjetische Automarke

Schirk: arabisch „Götzendienst"

Schurpa: Suppe aus dem Kaukasus

„Schweig mein Herz, in schneeweißer Nacht, der Spähtrupp geht auf gefährliche Suche": Lied aus dem Film *Na semi vetrach*, *Auf den sieben Winden*, übersetzt von Birgit Veit

Skrjabin, Alexander Nikolajewitsch (1872–1915): russischer Pianist und Komponist

Tjuttschew, Fjodor Iwanowitsch (1803–1873): russischer Dichter

„Und die flügge Oká": In Paul Celans Gedicht *Und mit dem Buch aus Tarussa* kommt zweimal der Fluss Oká vor. Die Wortfolge „und die flügge Oká" ist eine Rückübersetzung der russischen Version, die hier vom deutschen Original abweicht.

Wahhabiten: Anhänger einer Richtung des sunnitischen Islams

„Was macht die Oká? Die Oká ist k. o.": Die Oká ist der Fluss, an dem Tarussa liegt. Wortspiel mit dem Flussnamen

Wladilén: typisch sowjetischer Name, der aus den Bestandteilen Wladi(mir) + Len(in) gebildet ist

Alexej Parin

DIE CHRONIKEN VON LEONSK

Roman

Die russische Stadt Leonsk blickt auf eine eindrucksvolle Geschichte zurück: Einst von venezianischen Adelsfamilien gegrün-
det, entwickelte sie sich zu einer Hochburg der Kunst, Musik
und Bildung. Doch noch etwas zeichnet die märchenhafte Stadt
und ihre Bewohner aus: Die venezianischen Zwerglöwen, die in
Leonsk heimisch geworden sind. Die sanften und intelligenten
Leoncini wurden zum Wahrzeichen der Stadt und ein Symbol
ihrer Unabhängigkeit.
Doch diese Löwen sind in Gefahr – und mit ihnen die Freiheit
von Leonsk.

148 S., Hardcover mit Schutzumschlag
ISBN 978-3-99012-330-0, € 19,90

HOLLITZER

H

www.hollitzer.at